Zum Buch:

Voller Schmerz richtet Amber sich bei ihrem Großvater auf dem Familiensitz Saffron Hall ein: Der Verlust ihres ungeborenen Kindes macht es der jungen Frau unmöglich, ihr Leben wie gehabt weiterzuführen. Selbst die Anwesenheit ihres Mannes Jonathan erträgt sie nur mit Mühe, obwohl er ihren Schmerz teilt. Für ihren Großvater organisiert sie dessen überbordende Bibliothek, die große Teile des unter Denkmalschutz stehenden Gebäudes einnimmt. Bei Sanierungsarbeiten am Haus stößt Amber auf ein altes Stundenbuch: »Mea culpa, mea maxima culpa«, mit diesen Worten beginnt der Text. Von welcher »Schuld« kann die Rede sein? Amber begibt sich auf Spurensuche und verstrickt sich tief in die Vergangenheit ihrer Familie.

Zur Autorin:

Clare Marchant wuchs in Surrey, England, auf und studierte Geschichte und Frauenforschung, Disziplinen, in denen sie sich mit der Lebenssituation von Frauen im Wandel der Zeit befasste. Danach landete sie – unbeabsichtigt – in der IT-Branche und arbeitete einige Jahre als Projektmanagerin in London. Mittlerweile schreibt sie hauptberuflich und lebt mit ihrem Ehemann sowie ihren zwei jüngsten Kindern in Norfolk.

Clare Marchant

Die Frauen von Saffron Hall

Roman

Aus dem Englischen
von Sonja Häußler

HarperCollins

Die Originalausgabe erschien 2020 unter dem Titel
The Secrets of Saffron Hall bei AVON, London.

1. Auflage 2022

Deutsche Erstausgabe

Published by arrangement with AVON
A division of HarperCollins*Publishers* Ltd
Umschlaggestaltung von Birgit Tonn, HarperCollins Deutschland;
Cover design by Claire Ward © HarperCollinsPublishers Ltd 2020
Umschlagabbildung von Lee Avison / Trevillion Images
Gesetzt aus der Stempel Garamond
von GGP Media GmbH, Pößneck
Druck und Bindung von GGP Media GmbH, Pößneck
Printed in Germany
ISBN 978-3-7499-0232-3
www.harpercollins.de

Klimaneutral
Druckprodukt
ClimatePartner.com/15109-2009-1001

FSC
MIX
Papier
FSC® C014496

Für dich, Mum.
Du hast immer an mich geglaubt.

Prolog

1541

Ihre Hand bebte, als sie die Feder in die Tinte tauchte und die Worte schrieb. Die Schrift war kaum lesbar, weil heiße Tränen auf das Pergament fielen, einzogen und die Fasern aufquellen ließen.

Mary, geborgen in den Armen unseres Herrn,
17. November 1541
Mea culpa, mea culpa, mea maxima culpa

Draußen hing die schwere graue Wolkendecke so tief, dass sie beinahe die Wipfel der kahlen Bäume berührte. Der eisige Wind peitschte nadelspitzen Schnee gegen das Fenster, pfiff durch die zahlreichen Ritzen und fand seinen Weg nach drinnen, wo er seine nasskalten Finger um ihren erschöpften Leib schlang. Doch das war kaum von Bedeutung. Ihr Herz war bereits vor Kälte erstarrt, ein harter, schmerzender Klumpen, der schwer in ihrer Brust lastete. Weder wollene Kleidung noch pelzbesetzte Umhänge konnten sie jetzt noch wärmen.

Eleanor wusste, dass die Überlebenschance eines so kleinen, zu früh geborenen Babys gering war. Ihr Flehen konnte nicht erhört werden. Doch zu sehen, wie sich die perfekten Gesichtszüge ihrer Tochter in Alabaster verwandelten, nur Minuten, nachdem sie das Licht der Welt erblickt hatte, war mehr, als sie ertragen konnte.

Und jetzt saß sie im Turm, reglos und gefasst, während sie darauf lauschte, dass sich das Trappeln von Hufen näherte, das die Ankunft der Männer des Königs ankündigte. Noch nie hatte sie ihren geliebten Greville mehr gebraucht denn jetzt, aber er kam nicht. Die feuchten Binsen unter ihren Füßen waren von dem Blut, das sie verloren hatte, verklumpt. Ihr ganzer Körper schmerzte. Am liebsten hätte sie sich auf den kalten Steinboden gelegt und ihr Leben ausgehaucht, noch während das Blut aus ihr herausfloss. Es besudelte ihre Hände, verfärbte sie dunkel. Wo es getrocknet war, spannte die Haut straff über ihre Knöchel.

Sie mussten weg, und zwar bald, sehr bald. Sie waren schon viel länger verweilt, als sie vorgehabt hatte, und es blieb keine Zeit, das zu tun, was getan werden musste. Sie konnte nur hoffen, dass jemand die Botschaft, die sie zurücklassen würde, entziffern konnte und verstand, worum sie bat, und ihrer Bitte nachkäme. Unwillkürlich schweifte ihr Blick über den Boden, wurde von der Stelle angezogen, wo Mary lag. Hörte sie etwas? Ein Wimmern? Einen leisen, gequälten Schrei? Nein, es waren nur ihre Fieberfantasien und die kreisenden Möwen, die der Winterwind draußen vor dem Fenster vor sich hertrieb und die mit ihr weinten.

Mit bebenden Händen begann sie zu schreiben.

Infans filia sub pedibus nostris requiescit

Dann nahm sie eine gepresste Safranblüte und einen Zweig Rosmarin, legte sie vorsichtig zwischen die Seiten und schloss das Buch.

1

2019

»Soll ich dir tragen helfen?« Großvater lehnte in der Arbeitszimmertür, eine Tasse Tee in der einen und einen Stapel Custard-Cream-Kekse in der anderen Hand.

Amber blickte von dem staubigen Karton auf, den sie gerade ausräumte und dessen Inhalt sie vorne auf den Schreibtisch stapelte. Bald würde ihr der Platz ausgehen. Ihr blasses Gesicht war schmal und verhärmt. Tiefe Schatten hingen wie Blutergüsse unter ihren Augen und zeugten von den Stunden, die sie nachts wach lag, während alles um sie herum schlief.

»Grandad, du kannst sie nicht heben. Denk nicht mal daran!«, ermahnte sie ihn. Kekse waren wahrscheinlich das Schwerste, was er zurzeit tragen konnte.

»Du siehst blass aus«, bemerkte er. »Du solltest mehr essen.«

Amber steckte den Kopf wieder in den Karton und verdrehte die Augen. »Ich sehe immer so aus. Das liegt an den roten Haaren.« Ihre Eltern hatten wenig Fantasie bewiesen, als sie sie Amber genannt hatten. Sie erhob sich und legte eine Handvoll alter Ausgaben von »London A-Z« – alten Stadtplänen – auf einen schwankenden Stapel beinahe identischer Ausgaben aus den 1950ern. »Echt jetzt?« Sie deutete darauf und zog die Augenbrauen hoch. »Wolltest du dich zum Taxifahrer ausbilden lassen oder was?« Sie bedachte ihn mit einem schiefen Lächeln.

Nun war es an ihrem Großvater, die Augen zu verdrehen. »Versuch jetzt nicht abzulenken«, sagte er zu ihr und zog finster seine buschigen Augenbrauen zusammen, die inzwischen beinahe weiß waren, aber immer noch eine Spur ihrer ursprünglichen kastanienbraunen Farbe enthielten.

»Nun, ich habe eine Tabelle erstellt, um alles zu katalogisieren«, fuhr sie fort, als hätte er überhaupt nichts gesagt, »und ich notiere den Standort der Bücher im Haus, damit du sie später finden kannst, wenn du entschieden hast, was du mit ihnen machen willst.«

»Das klingt alles sehr effizient.«

»Darauf hatten wir uns doch geeinigt«, erinnerte sie ihn. »Meine Fähigkeiten als Archivarin im Tausch gegen Kost und Logis.« Und einen Ort, an dem sie sich verstecken konnte, was sie aber nicht laut aussprach. »Außerdem bin ich ja so lange hier, weil ich damit rechne, dass es eine Weile dauern wird, bis all deine Bücher erfasst sind. Es sind Tausende. Ich wusste natürlich von der Bibliothek, aber ich hatte keine Ahnung, dass du auch die Dachkammern mit Gott weiß was gefüllt hast.«

»Nun ja, das ist das Problem, wenn man Buchhändler ist«, verteidigte er sich. »Auf Auktionen muss man manchmal einen ganzen Restposten kaufen, obwohl man eigentlich nur ein einziges Buch daraus will. Kann sein, dass auf dem Dachboden nur Müll ist, aber zuerst muss man alles durchgehen.«

»Hmm, *Müll* trifft es wahrscheinlich am besten«, kommentierte Amber, während sie zwei weitere Uraltausgaben der A-Zs auf den Stapel legte und einen zerfledderten *Dolly*-Band auf einige *Jackie*-Jahrbücher. Sie musste sich sehr zurückhalten, einige der Bücher, die sie gefunden hatte, durchzublättern, denn sonst würde diese Mammutaufgabe nie bewältigt. Wenigstens gab es genug Lesestoff für lange, einsame Nächte. Die dunklen Stunden, wenn sie es vorzog, gar nicht erst einzuschlafen, um sich nicht beim Aufwachen wieder an alles erinnern zu müssen.

Ihr Großvater tunkte einen Keks in seinen Tee und versuchte, sich die aufgeweichte Hälfte in den Mund zu schnippen. Inzwischen waren seine Reaktionen nicht mehr so schnell wie früher, und sie hörte, wie er leise vor sich hin fluchte, als die Kekshälfte zurück in seinen Tee fiel und darin versank. Seit seinem Schlaganfall hinkte er leicht, und wenn er müde war, sprach er undeutlich, aber am schlimmsten hatte es seinen linken Arm getroffen, der inzwischen schwach und nahezu unbrauchbar war. Für einen Linkshänder wie ihn war diese Einschränkung umso einschneidender. Ihr Großvater hatte ein Leben lang eine schnelle Auffassungsgabe und ein blitzschnelles Reaktionsvermögen besessen, und Amber spürte seinen Frust über diesen Körper, der ihn nun im Stich ließ, jeden Tag.

»Und wie geht es *dir?*« Er fragte stets behutsam, denn es war, als würde sie mehr und mehr verschwinden, sich nahezu auflösen. Schatten verdunkelten ihr Gesicht, und er erkannte deutlich die blassblauen Venen, die sich über ihre Stirn zogen, wenn sie die Strähnen ihres feinen Haars zurückstrich.

»Ach, weißt du, ganz okay.« Sie wusste genau, worauf er anspielte, doch sie war nicht bereit, darüber zu sprechen. Noch nicht. Sie lächelte ihn an, auch wenn das Beben ihrer Mundwinkel sie Lügen strafte.

»Ich bin zwar alt«, sagte er ein wenig zu scharf, »aber ich bin nicht dumm. Du bist nicht nur spindeldürr, du siehst auch erschöpft aus. Du solltest etwas Anständiges essen, nicht nur Suppe und Toast oder Cornflakes. Das würde helfen, weißt du?« Er zog die Augenbrauen hoch, und um seine Augen bildeten sich Fältchen, als wollte er seine harschen Worte noch einmal mimisch untermauern. »Und immer, wenn ich in die Küche gehe, finde ich tassenweise Tee, den du gekocht, aber nicht getrunken hast. Was soll das?«

»Ich kann nicht schlafen.« Sie zuckte mit den Schultern. »Teekochen tröstet mich. Eine kleine Routinesache, die ich ohne nachzudenken erledigen kann. Das hilft mir, den Kopf freizubekommen.« Manchmal lassen sich dadurch die Dämonen im Zaum halten, wenigstens für ein paar Minuten, dachte sie bei sich. »Und außerdem kann ich mich nicht daran erinnern, dass meine Essgewohnheiten Teil unseres Arrangements sind. Ich bin hier, weil ich Ruhe und Einsamkeit suche, kein Genörgel – vielen Dank auch!« Sie wandte sich dem nächsten Karton zu und begann, seinen Inhalt auf die letzte freie Ecke des Schreibtischs zu knallen – mit dem Ergebnis, dass eine Staubwolke aufstieg. Winzige Partikel, die vor Aufregung, endlich frei zu sein, aufwirbelten und im schwachen Sonnenlicht tanzten, das sich mühsam durch die schmutzigen Fensterscheiben kämpfte. Amber vermutete, dass sie in den Jahrzehnten, seit ihre Großmutter gestorben war, nicht geputzt worden waren.

Nachdem sie den inzwischen leeren Karton unangemessen aggressiv flachgedrückt hatte, warf sie ihn in die Zimmerecke, wo sich bereits ähnlich zugerichtete Kartons stapelten. Ihr Großvater beobachtete sie schweigend, während sie den nächsten Karton zu sich heranzog, oben aufriss und die Bücher herausnahm.

»Ich dachte, hier zu sein und etwas zu tun zu haben, das dich auf ... andere Gedanken bringt, würde dich aufmuntern. Aber das scheint noch nicht der Fall zu sein. Vielleicht ...« Er hob ein wenig die Hand, als sie den Mund öffnete, um ihn zu unterbrechen »... war es doch keine so gute Idee, hier rauszukommen, an einen so abgelegenen Ort. Wenn du schon nicht bei Jonathan sein willst, wäre es dann nicht vielleicht besser für dich, zu deinen Eltern zu gehen? Wohltuender für deine Seele? In schwierigen Zeiten ist Abgeschiedenheit manchmal nicht das Richtige.«

Ambers Augenbrauen schossen fast bis zum Haaransatz hinauf. »Ähm, Glashaus? Steine? Warum hast du dich nach Grandmas Tod in diesen alten, weitläufigen Kasten zurückgezogen, um dein Geschäft hinter geschlossenen Türen weiterzubetreiben? Wie du dich vielleicht erinnerst, hast du Mum bei Grandmas Familie abgesetzt und dann das Weite gesucht, um dich hier, mitten im Nichts, zu vergraben. Entschuldige also, wenn ich in deine Fußstapfen trete. Schieb es auf die Gene, wenn du willst.«

Sie ließ sich auf den Bürostuhl hinter dem Schreibtisch fallen und rollte ein wenig nach hinten, wobei sie sich bemühte, nicht mit den Zähnen zu knirschen. Saffron Hall befand sich schon seit Generationen im Besitz ihrer Familie und war ein Teil ihres Daseins, ein Teil ihrer selbst. Hier spürte man die Seelen ihrer rothaarigen Vorfahren, und es war ihr nur natürlich erschienen, hierher zurückzukehren und sich vor der Welt zu verstecken, als ihr Leben in die Brüche gegangen war. Sie liebte ihre Eltern zwar, doch ihre Beziehung zu ihnen war oft angespannt, und ihrem Großvater fühlte sie sich näher. Momentan musste sie *ihn* um sich haben und in Saffron Hall sein. Deshalb war ihr Großvater der letzte Mensch, von dem sie erwartet hätte, dass er ihre Entscheidung infrage stellte.

Als Amber sich setzte, ging ihrem Großvater auf, dass sie eine Mauer aus Büchern um sich herum auf dem Schreibtisch errichtet hatte, hinter der sie jetzt vollkommen verschwand. Noch eine Barrikade, hinter der sie sich verschanzte. »Nur weil ich das so gemacht habe, heißt das noch lange nicht, dass es das Richtige war«, sagte er zu der leeren Stelle, an der sie gerade noch gestanden hatte. Er drehte sich vorsichtig um, damit seine Beine die Chance hatten, sein Gehirn einzuholen, und kehrte ins Wohnzimmer zurück, um das Halb-drei-Rennen in Kempton Park zu Ende zu schauen.

Sobald sie sicher war, dass er das Zimmer verlassen hatte, stand Amber wieder auf. Sie wischte sich mit dem Saum ihres T-Shirts die vertrauten Tränen ab, die wieder angefangen hatten zu fließen. Sie hatte versucht, sie zu stoppen, indem sie den Kopf in den Nacken legte, aber vergebens. So oft schon hatten sie sich ihren Weg nach unten gebahnt, um von ihrem kleinen spitzen Kinn zu tropfen, dass man fast hätte glauben können, ihre Bahnen seien schon auf ihren Wangen eingraviert. Vielleicht wachte sie eines Morgens mit unauslöschlichen Linien auf, die wie Tattoos bis in alle Ewigkeit ihr Gesicht zieren würden. Als sichtbares Zeugnis ihres Leids, das der Welt zeigte, was für ein schrecklicher Mensch, was für eine Versagerin sie war. Das Leben war schon schwer genug, auch ohne eine Gardinenpredigt von Grandad, dem Meister des Weglaufens, der sich nun schon seit sechzig Jahren in diesem Mausoleum von einem Haus versteckte.

Sie hatte nur ein Jahr von der Universität freibekommen, in dem sie ihr Leben irgendwie auf die Reihe bekommen musste. Entscheiden, ob sie und Jonathan etwas hatten, das es wert war zu retten. Die erdrückende Trauer, die zu einer engen Freundin geworden war, lag schwer auf ihren Schultern, als sie in die Küche ging, um eine Tasse Tee zuzubereiten, die sie dann doch nicht trinken würde.

2

1538

In ihrem Zimmer konnte Eleanor den Tumult unten im Hof hören – Männer brüllten nach Stallburschen und Dienern, Pferdehufe stampften ungeduldig auf dem Kopfsteinpflaster. Die umtriebige Gefolgschaft, die angekommen war, schien riesig zu sein. Niemand im Haus war eine so große Anzahl an Gästen und den Lärm, den sie mit sich brachten, gewohnt; auch nicht Eleanor.

Trotz ihrer Vorbehalte wusste sie, was das höfische Protokoll diktierte. Ihr lieber Vater hatte ihr schon von klein auf gute Manieren beigebracht, deshalb schickte sie sich an, die Treppe hinunterzugehen und ihren Cousin William zu begrüßen, der nun der Besitzer ihres Zuhauses war. Wie es schien, hatte er nicht nur seine Familie mitgebracht, sondern auch viele andere.

Als sie zusammen mit Joan, ihrer Gefährtin und besten Freundin, oben an der Steintreppe anlangte, wimmelte es im großen Saal nur so vor Menschen, der üble Geruch feuchter Wollkleidung stieg auf, und sie rümpfte die Nase. Auf der Suche nach ihrem Cousin huschte ihr Blick zwischen den vielen Edelmännern umher, die alle noch ihre dicken Reitumhänge trugen. Während sie beobachtete, wie der Küchenjunge umherflitzte und Krüge mit Bier anbot, fiel ihr ein blasses Gesicht mit einem hart wirkenden Augenpaar auf, das sich zu Schlitzen verengte, als sich ihre Blicke trafen. Es gehörte einer Frau in einem reich bestickten tiefgrünen Reiseumhang aus Samt, daneben stand ein untersetzter, stämmiger Mann. Eleanor sah Joan an, und sie zogen beide die Augenbrauen hoch. Dann lächelte Joan, nickte Eleanor aufmunternd zu und kehrte in ihr gemeinsames Zimmer zurück. Eleanor musste dies allein erledigen.

Sie bahnte sich ihren Weg durch das Gedränge, kaum jemand bemerkte ihre zierliche Gestalt. Schließlich fand sie sich vor dem Paar wieder, das sie von der Galerie aus entdeckt hatte. Von Nahem war William kaum größer als ihre eigenen eins sechzig, er war rundlich, rotgesichtig und schwitzte stark. Sie begrüßte die beiden mit einem Knicks.

»Mylord, Mylady, willkommen in Ixworth. Ich hoffe, Ihr werdet in Eurem neuen Heim sehr glücklich.«

»Cousine Eleanor, wie schön, Euch zu sehen.« Seine geringe Körpergröße glich er durch die Lautstärke seiner Stimme aus. Eleanor zuckte ein wenig zusammen, als ein Hauch seines schalen, bierschwangeren Atems ihre Nasenlöcher bestürmte. »Das ist meine Gemahlin, Lady Margaret.«

Eleanor knickste erneut mit gesenktem Blick, doch als sie sich wieder aufrichtete, starrte sie in stechende, scherbengleiche Augen, deren Blick sich förmlich in die ihren einbrannte. Warum hasste diese Frau sie so sehr? Jede Pore ihres pockennarbigen Gesichts verströmte Feindseligkeit. Ihre feinen Kleider und Pelze, ihre modische, mit Perlen bestickte französische Kapuze – dies alles konnte nicht von der Verwüstung ablenken, die ihre Haut davongetragen hatte. Diese Menschen zogen nun in ihr wunderbares Zuhause ein und nahmen sich alles, was ihr Vater besaß, denn William war sein Erbe und Eleanor nur ein Mädchen, das schon bald heimatlos sein oder in ein Kloster gesandt werden würde. Margaret sollte eigentlich vor Freude im Saal umhertanzen und nicht aussehen, als würde sie jeden Moment in eine Million Stücke zerspringen.

»Unser vortrefflicher Sohn Robert kommt in wenigen Tagen nach«, fuhr William fort. »Er ist erst ein Jahr alt und hat ein leichtes Fieber, deshalb kommt er erst aus Richmond, wenn ihm wieder wohl ist und eine Kinderstube für ihn hier eingerichtet wurde. Wir kommen direkt vom königlichen Hof, und es tut uns natürlich leid, dass wir nicht rechtzeitig zur Bestattung Eures Vaters kommen konnten.«

Er klang nicht besonders bedauernd, und Eleanor schoss eine Reihe von Bildern durch den Kopf – von dem spärlichen Trauerzug hinter dem Sarg ihres Vaters, als dieser von seinem geliebten Heim in die Kapelle gebracht und neben ihrer Mutter begraben wurde.

»Der König wird Sir William schmerzlich vermissen«, verkündete Margaret, »und ich kann mir nicht vorstellen, was wir in dieser gottverlassenen Wildnis anfangen sollen.« Sie rümpfte ihre lange Nase, und Eleanor wurde allmählich klar, weshalb sie so missmutig aussah. Sie verkniff sich die schroffe Antwort, dass sie liebend gern wieder an den Hof zurückkehren konnten, weil sie sie nicht in ihrem Zuhause haben wollte. Nur dass es nicht mehr ihr gehörte. Plötzlich konnte sie die Menschenmenge, die drückende Hitze und den Gestank ungewaschener Körper keinen Moment länger ertragen.

»Bitte entschuldigt mich«, murmelte sie, bevor sie durch das Gedränge zur Tür rannte.

Sobald sie draußen war, hielt sie einen Moment in der kühleren feuchten Luft inne und atmete tief durch. Seit siebzehn Jahren war sie an Einsamkeit und Ruhe gewöhnt; wie sollte sie den ganzen Tag lang in einem Haus voller Lärm und Aufruhr leben? Es war unerträglich.

Sie schaute über das Weideland, hob den Blick zu den blass cremefarbenen Klostermauern aus Sandstein, die sich aus dem morastigen Boden erhoben, der ihr Zuhause umgab. Es handelte sich dabei um ein kleineres, eigenständiges Priorat unter den Fittichen der weit größeren Thetford Priory, wobei die Mönche überwiegend ihren eigenen Gesetzen gehorchten. Wie immer bot es ihr die Zuflucht, nach der sie sich sehnte, und ohne auch nur eine Sekunde nachzudenken, raffte sie ihre Röcke, und ihre Füße flogen nur so über den Boden auf das Kloster zu, einen ausgetretenen Pfad entlang, der durch hüfthohes Gras führte.

Eleanor schlüpfte durch die abgenutzte Eichentür in den Klostergarten und stieß langsam den Atem aus, der sich vor ihr zu einer Wolke formte. Hier war sie sicher. Der leere Garten lag vor ihr und erfüllte ihr Herz mit Ruhe. Die Obstbäume, die Kräuter und das Gemüse, alles makellos von den Mönchen gepflegt, waren ihr ein Trost. Trotz der späten Stunde schossen Mauersegler über ihren Kopf hinweg und fingen Insekten, ein Finkenpaar stritt lautstark in einem nahe gelegenen Gebüsch. Was auch immer zu Hause passierte, diese kleine Ecke ihrer Welt war von Dauer. Die beruhigende Routine der Mönche bei ihrer täglichen Arbeit, die Gesänge und die lateinischen Gebete, die aus der Kapelle zu ihr herüberdrangen, reinigten ihre Seele von den lieblosen Gedanken, die sie in Bezug auf ihren Cousin hegte.

Sie bückte sich und pflückte einen Zweig Thymian, rollte die winzigen grünen Blätter zwischen Zeigefinger und Daumen und sog den scharfen Duft ein, den sie verströmten.

Ein leises Rascheln riss sie aus ihren Gedanken, und als sie aufblickte, sah sie Bruder Dominic auf sich zukommen. Ihn mochte sie von allen Mönchen am liebsten, er war ein guter Freund, und in kindlicher Unschuld breitete sich unwillkürlich ein strahlendes Lächeln auf Eleanors Gesicht aus, so freute sie sich, ihn zu sehen. Ein Gefühl, das in den letzten paar Monaten so gut wie erloschen war.

»Kommst du zu Besuch oder um dich zu verstecken?«, fragte der junge Mönch, als er bei ihr angelangt war. Er war erst vergangenes Jahr ordiniert worden und nicht viel älter als Eleanor selbst. Sie sah einen verwandten Geist in ihm, jemanden, der sich wider sein besseres Wissen den festgelegten Regeln anpassen musste. Er funkelte sie schelmisch an und zog die Brauen nach oben, seine Augen waren vom klarsten Grün, das sie je gesehen hatte. Er kannte die Antwort auf seine Frage bereits.

»Natürlich zu Besuch«, erwiderte sie. »Wenn niemand weiß, dass ich hier bin, ist das lediglich ein nützlicher Zufall.«

»Ist dein Verwandter schon angekommen?«

»Ja, ist er. Zusammen mit seiner Frau und einem riesigen Gefolge aus anderen Leuten. Der Saal war voll. Ich habe sie begrüßt und ließ sie sich dann in ihre Gemächer zurückziehen. Ich bezweifle, dass mich so schnell jemand vermissen wird. Oder überhaupt vermissen wird.«

»Dann komm herein und trink einen Becher Honigwein. Der Prior wird sich über Gesellschaft freuen – er hat wieder Schmerzen. Er verträgt diese kühle Luft und die Feuchtigkeit nicht. Ich habe ihm einen Wickel aus Nelken und Flohkraut gemacht, doch das scheint seine Schmerzen nicht zu lindern.«

»Du könntest etwas Fieberkraut hinzufügen«, schlug sie vor. »Oder Lorbeeröl, wenn du welches hast.«

»Ich glaube schon. Das ist eine gute Idee, danke. Ich gehe sofort nachschauen.«

Eleanor fand den Prior, Pater Gregory, in seinem Privatgemach. Hier war das einfache Lied, der tiefe, melodische, wellenartige Psalmengesang, der sich wiegte wie Bäume im Wind, lauter, sodass der Stein unter ihren dünnen Pantoffeln vibrierte. Er reichte ihr einen Tonbecher; Eleanor nippte an dem Honigwein und spürte, wie sich seine Wärme in ihr ausbreitete.

Sie setzte sich auf die Kante einer Bank und schloss die Augen, während der Friede und die Gelassenheit dieser Mauern sich über sie senkte. Solange sie denken konnte, hatte sie das Kloster beinahe jeden Tag mit ihrem Vater besucht. Und jetzt war es ihre Zuflucht, ein Ort, dessen tägliche Routine immer gleich blieb. Von allen Seiten stürmten Veränderungen auf sie ein, zupften an ihren Kleidern, rissen sie durch das Getrappel von Pferdehufen und die Rufe fremder Männer mit sich. Die Nachrichten aus London wurden immer besorgniserregender, der König ließ viele Abteien und Klöster schließen und drohte das einst geordnete Leben, das sie kannte, hinwegzufegen. Was würde die Zukunft für ihre Freunde bereithalten? Angst und böse Vorahnungen überliefen sie wie ein Schauer.

»Es heißt, dein Cousin sei angekommen?«, sagte der Prior schließlich.

»Ja«, antwortete sie, aus ihren Gedanken gerissen. Sie berichtete von dem Gefolge, das er bei sich hatte.

»Vielleicht ist es besser, wenn du dich ihm nicht widersetzt …«, ermahnte Pater Gregory sie und ließ den Rest des Satzes unausgesprochen. Sie musste sich mit ihrem Cousin gutstellen: Ihre Situation war heikel, und ihm gehörte das Dach über ihrem Kopf. Eleanor runzelte die Stirn und nickte – sie wusste, was von ihr erwartet wurde.

Als sie aus dem Fenster starrte, bemerkte sie, dass die Schatten allmählich länger wurden. Ein leises Schnarchen von Prior Gregory machte sie darauf aufmerksam, dass sie zu lange geblieben war, deshalb schlüpfte sie durch die Tür in die Marienkapelle, wo sie die Fingerspitzen ins Weihwasser tauchte und sich bekreuzigte. Danach sank sie hinten, wo es dunkel war, auf die Knie. Sie schloss die Augen, murmelte die Vesper – das vertraute Abendgebet –, während das tiefe, einfache Lied weiterhin die Hintergrundmusik zu ihrem Gemurmel bildete. Im flackernden Kerzenschein warfen die Kapuzen der Mönche unstete Schatten an die rauen Wände und die gewölbte Decke. Eleanor hob einen Moment lang den Kopf und ließ sich von den Klängen ihrer Kindheit durchdringen. Sie befand sich auf der Schwelle zu einem neuen Leben; alles, was vertraut war, würde schon bald verschwinden.

Sie erhob sich wieder und schlüpfte zur Tür hinaus, zurück auf die Wiese, wo die Abenddämmerung gerade hereinbrach. Es war nicht klug, nach Einbruch der Dunkelheit noch draußen zu sein, vor allem nicht, wenn das Haus voller Fremder war. Sie wollte keinem von ihnen außerhalb der schützenden Mauern ihres Heims begegnen.

3

2019

Das ungewöhnlich warme Wetter Ende September klammerte sich an die letzten Spuren des Sommers, als wäre es nicht willens, ihn würdevoll in den Herbst übergehen zu lassen. Tag für Tag war die Luft wegen der starken, drückenden Hitze dick und feucht und verstopfte ihre Lungen. Bevor sie zu Bett ging, riss Amber die Fenster nur so weit auf, wie sie es wagte – sie war besorgt, weil sie schon so alt waren, fürchtete, dass sie mitsamt dem Rahmen aus ihren steinernen Einfassungen fallen könnten. Allerdings half es nichts; die schwere, reglose Luft hing nicht nur still über dem Gelände des Anwesens, sondern auch in ihrem Zimmer.

Sie lauschte den vertrauten Geräuschen des Hauses, bis es knarzend in Nachtruhe versank. Zu ihren Füßen hatte sich bereits Gerald, der riesige rote Kater ihres Großvaters, zusammengerollt. Er schlief tief und fest, ihm schien die Schwüle überhaupt nichts auszumachen. Amber legte sich auf ihre Decke, das T-Shirt klebte unangenehm auf ihrer Haut – wahrscheinlich würde sie nicht einschlafen können.

Irgendwann musste sie wohl doch eingedöst sein, denn plötzlich wurde sie von einem Krachen geweckt, das so laut war, dass Gerald sich augenblicklich in einen fauchenden roten Fellball verwandelte. Sie öffnete ihre Schlafzimmertür, und er schoss hinaus. Im selben Moment blitzte ein grelles bläulich weißes Licht auf, das sie blendete, und sie zuckte erschrocken zusammen. Gleich darauf ertönte erneut ein Krachen. Es hörte sich an, als würde die ganze Erde bersten; danach ein Donnergrollen, das sich allmählich in der Ferne verlor. Dann endlich hörte Amber das ersehnte Geräusch von Regen, der in großen Tropfen auf das Efeu draußen prasselte. Rasch schloss sie die Fenster, ließ aber die Vorhänge offen, und sah zu, wie das Wasser über die kleinen Glasscheiben strömte, während das Gewitter weitertobte. Sie würde jede Wette eingehen, dass Gerald seine Meinung geändert hatte und doch nicht rauswollte; bestimmt hatte er unten irgendwo ein trockenes Plätzchen gefunden, an dem er sich zusammenrollen konnte.

Der Wind heulte um das Haus, und plötzlich schlug ein gewaltiger Blitz ein. Amber hörte ein lautes Krachen und ein Knistern, beinahe als würde etwas frittiert. Behutsam öffnete sie die Schlafzimmertür und streckte den Kopf hinaus; sie schnüffelte, ob es nach Verbranntem roch. Das Haus lag in absoluter Dunkelheit, doch sie konnte nichts Ungewöhnliches riechen. Als sie das Licht im Schlafzimmer einschalten wollte, tat sich nichts. Der Strom war ausgefallen. Sie hörte ihren Großvater in seinem Zimmer rumoren und grummeln und bewegte sich über den Flur vorsichtig darauf zu. Das Letzte, was sie wollte, war, dass er im Dunkeln stürzte.

»Grandad, ist alles in Ordnung?«, rief sie in die Stille vor dem nächsten Donnerschlag hinein, der den Boden unter ihren Füßen zum Erzittern brachte. »Der Strom ist ausgefallen.«

»Ja, ich bin wach – einen Moment.« Sie hörte, wie sich etwas weiter hinten im Flur seine Tür öffnete, und als ein weiterer Blitz den Himmel erleuchtete, erkannte sie für einen kurzen Moment seine Silhouette im Türrahmen.

»Bleib in deinem Zimmer«, rief sie ihm zu. »Ich wollte mich nur vergewissern, dass es dir gut geht.«

»Alles in Ordnung«, sagte er ungehalten. »Auf dem Dach ist ein Blitzableiter. Ich nehme an, er wurde getroffen und zerstört; das wäre nicht das erste Mal. Aber bevor es hell ist, können wir nichts unternehmen. Riechst du irgendetwas?«

Besorgt schnupperte Amber wieder. »Nein, eindeutig nicht«, sagte sie.

»Dann ist ja gut. Das heißt, es brennt nicht bei uns.« Er klang recht fröhlich, doch seine Worte wurden von einem weiteren ohrenbetäubenden Knall verschluckt, und der Flur leuchtete erneut auf.

Unwillkürlich schrie Amber auf. Eigentlich fürchtete sie sich nicht vor Gewittern, aber das hier war etwas anderes. »Bist du sicher, dass das nicht gefährlich ist?«, fragte sie, während sich ihr Herzschlag wieder normalisierte.

»Natürlich.« Ihr Großvater gluckste. »Dieses Haus hat fünfhundert Jahre Wetter überstanden; uns wird nichts passieren. Vielleicht fallen ein paar Schieferplatten vom Dach. Das können wir morgen früh überprüfen. Versuch jetzt zu schlafen.«

Sie blieb noch einen Moment stehen und lauschte, wie er sich vortastete und dabei gegen Möbel stieß; dann folgte das Quietschen von Sprungfedern, als er sich wieder ins Bett legte.

Der Gedanke war einfach lächerlich, bei dem Lärm draußen und bei dem Regen, der noch immer ans Fenster prasselte, schlafen zu können. Als sie wieder zu ihrem Zimmer gelangte und gerade die Tür hinter sich schließen wollte, hörte sie das wetzende Geräusch von Krallen auf Parkettboden. Gerald kam hereingeflitzt und verschwand unter ihrem Bett.

Als endlich der Morgen dämmerte, zog das Gewitter weiter und verlor sich über der Nordsee; Amber fiel für ein paar Stunden in einen unruhigen Schlaf, bis sie von Gerald geweckt wurde, der an der Tür kratzte und hinauswollte, weil seine Blase voll war. Sie zog sich ihren Morgenmantel über und folgte ihm nach unten, wo sein pelziges Hinterteil durch die Katzenklappe verschwand. Keine Spur von ihrem Großvater, obwohl der normalerweise früh aufstand, und es war schließlich schon hell draußen.

Sie steckte ihre Füße in ein Paar viel zu großer Gummistiefel ihres Großvaters, das sie neben der Hintertür gefunden hatte, und trat nach draußen. Die Luft fühlte sich klarer an. Amber atmete tief ein und genoss die kühle Frische in ihren Lungen, roch die feuchte Erde und die nassen Pflanzen, auf die vergangene Nacht der Regen heruntergeprasselt war. Der Duft von Pfefferminze, Schnittlauch und Rosen überwältigte ihre Sinne, als sie durch die Pfützen auf dem beschädigten Steinpfad platschte, der zum Gemüsegarten führte. Zum Glück war das Glas des Gewächshauses heil geblieben. Ihr Großvater war bestimmt erleichtert, wenn er es bemerkte.

Der Rasen war mit Ästen und Zweigen übersät, die Überreste der letzten Sommerblumen lagen auf dem Gras, doch Amber betrachtete sie nicht genauer, sondern stapfte in ihren unförmigen Stiefeln weiter, bis sie zu der Ursache des Krachs kam, den sie vergangene Nacht gehört hatten. Am Fuß des Turms, der die Bibliothek beherbergte und der vermutlich den ältesten Teil des Gebäudes darstellte, waren Stücke von grobem Mauerwerk und Steine verstreut. Sie blickte am Turm hinauf, konnte aber nicht erkennen, dass irgendwo etwas fehlte, vermutete allerdings, dass die einheimischen Denkmalschützer anderer Meinung wären. Ambers Archivierungsarbeiten würden ruhen müssen, bis sie sich darum gekümmert hatte.

Sie folgte ihren schlammigen Fußabdrücken wieder zurück ins Haus und hängte sich ans Telefon, um herauszufinden, wann sie wieder Strom hätten, und nachzufragen, wie sie wegen des Schadens am Turm vorgehen musste.

Als ihr Großvater in die Küche kam, war es bereits nach neun, und Amber hatte schon alles, was sie konnte, organisiert, allerdings sehnte sie sich jetzt nach einem heißen Getränk und Toast.

»Wir sind nicht die Einzigen, die keinen Strom haben«, berichtete sie. »Zwischen hier und Downham Market sind Leitungen zusammengebrochen. Das kann noch den ganzen Tag so gehen, aber sie arbeiten daran.«

»Dann also kein Fernsehen für mich heute.« Ihr Großvater verzog das Gesicht zu einer niedergeschlagenen Grimasse, während er sich auf einen Stuhl am Tisch fallen ließ. »Aber wenn das alles ist, was wir zu erdulden haben, können wir uns nicht beklagen.«

»Genau genommen ist es nicht alles«, warnte sie ihn vor und erzählte ihm von dem Mauerwerk, das sie am Fuß des Turms entdeckt hatte. »Ich kann nicht erkennen, woher es kommt, aber ich habe die Leute von der Gemeinde angerufen, die für die denkmalgeschützten Gebäude zuständig sind, damit sie einen Handwerker schicken. Aber sie kommen selbst her und schauen es sich an. Wenn die Straßen frei sind, sollten sie heute Nachmittag hier sein, aber als ich mit ihnen sprach, wussten sie noch nicht, ob hier in der Gegend Bäume umgestürzt sind.«

Amber freute sich, als kurz vor dem Mittagessen die Lichter wieder flackernd angingen. Sie und ihr Großvater machten sich gerade über Bacon-Sandwiches und ihre zweite Tasse Tee her, als ein Klopfen an der Tür ankündigte, dass die Gemeindeleute gekommen waren, um den Turm zu inspizieren.

»Ich muss gestehen, dass ich nicht so früh mit Ihnen gerechnet hätte«, sagte Amber, als sie mit ihnen um das Haus herumging. »Wenn Sie mir einen Handwerker empfehlen würden, rufe ich ihn an, damit er sich das mal ansieht.« Offenbar hatte sie etwas Falsches gesagt, denn der ältere der beiden Männer blieb so abrupt stehen, dass sein jüngerer Assistent beinahe mit ihm zusammengeprallt wäre.

»Mrs. Morton«, begann er; er sprach betont langsam, als hätte er es mit einer Fünfjährigen zu tun, »dies ist ein besonders bedeutendes Bauwerk von allgemeinem Interesse, fast so etwas wie ein Nationaldenkmal. Es ist zwar das Zuhause Ihres Großvaters, aber auch Teil der Geschichte dieses Landes, und darum müssen Sie einen auf historische Gebäude spezialisierten Restaurator heranziehen, nicht irgendeinen Cowboy, den sie bei Google finden.«

Amber knirschte mit den Zähnen, während sie über eine passende Antwort nachdachte, die nicht so herablassend war wie die Art und Weise, in der er mit ihr sprach. Der jüngere Beamte sah angemessen verlegen aus und ließ seinen Blick durch den Garten schweifen, um ihr nicht in die Augen schauen zu müssen.

»Ich bin mir der Geschichte und des Ursprungs meines Familiensitzes durchaus bewusst, vielen Dank«, erwiderte sie kühl, »deshalb habe ich Sie auch hergebeten, um den Schaden zu besichtigen und mir dann jemanden vorzuschlagen, den ich anrufen kann. Ich habe keineswegs vor, einfach irgendjemanden im Internet zu suchen.« Sie schritt über den Rasen auf den Turm zu, stieg dabei über die Trümmerteile, die immer noch dort lagen, und überließ es den beiden Männern, ihr zu folgen.

»Hier ist das Mauerwerk, aber ich komme nicht dahinter, woher es stammt.« Sie sprach den jüngeren Mann direkt an, während er und sein Kollege Monokulare aus den Taschen zogen und damit schweigend am Turm hinaufschauten. Schließlich räusperte er sich, um zu antworten.

»Ich vermute, dass die Zinnen letzte Nacht direkt vom Blitz getroffen wurden«, sagte er zu ihr. »Wie ich sehe, ist eine von ihnen abgebrochen, aber das scheint das geringste Ihrer Probleme zu sein. Auf dieser Seite verläuft vom Dach abwärts ein Riss über etwa ein Drittel der Fassadenlänge. Er reicht bis zum Fensterrahmen herunter. Das muss sich dringend jemand anschauen.«

»Können Sie mir denn jemanden empfehlen, der es sich ansieht?«

»Wir haben eine Liste mit bewährten Firmen. Sie werden zuerst ein Gerüst aufstellen, um sich den Schaden richtig anschauen zu können. Das wird nicht billig«, sagte der Ältere der beiden und klang dabei fast erfreut. Ambers Bedürfnis, ihm eine Ohrfeige zu verpassen, wurde stärker. Sie ballte die Hände zu Fäusten.

»Kein Problem, das zahlt die Versicherung«, sagte sie leichthin, während sie inständig hoffte, dass diese Annahme richtig war.

Zwei Tage später kamen Kenny Clarke, ein spezialisierter Restaurator, und sein Sohn Pete mit einer Lastwagenladung Gerüstteile an. Das Gerüst wurde drei Tage lang vor dem Haus von ihnen und gefühlt einem Dutzend Gerüstbauer zusammengesetzt. Sie klopften und schlugen, pfiffen, lachten und riefen, während sie allmählich einen riesigen Metallkäfig um den Turm errichteten. Amber versuchte, sich im Arbeitszimmer zu verstecken, da sie schon an Tag eins gemerkt hatte, dass jemand mit einem Tablett voller Tassen und einem hoffnungsvollen Lächeln an der Hintertür auftauchte, sobald sie in der Küche entdeckt wurde. Meistens war es Pete, der tiefblaue Augen hatte, die jedes Mal funkelten, wenn er grinste. Es war sonnenklar, weshalb die anderen Arbeiter immer ihn schickten, um nach Tee zu fragen. Als sie sich einmal mit ihm unterhalten wollte, stellte sie jedoch sehr schnell fest, dass er trotz seines markant guten Aussehens sehr schüchtern war.

Nun saß sie an ihrem Laptop, neben ihr auf dem Schreibtisch ein Stapel staubiger, zerlesener Krimis aus den 1950ern, und konnte sich nicht konzentrieren.

Irgendetwas an dem Zimmer fühlte sich falsch an; allerdings kam sie nicht darauf, was jetzt anders war. Soweit sie sehen konnte, war kein Möbelstück verrückt worden. Dank der dicken Staubschicht, die alles bedeckte, hätte man leicht feststellen können, wenn etwas verändert worden wäre. Tatsächlich lag etwas Seltsames über dem ganzen Haus, und was immer es war – am stärksten nahm sie es in der Bibliothek unten im Turm wahr. Im schwachen Licht, das die kleinen Fenster hereinließen und das jetzt noch durch die Fülle von Gerüststangen verringert wurde, fühlte sich der Raum merkwürdig an, unruhig. Als wäre er nicht glücklich mit den Arbeiten, die da draußen vonstatten gingen – ein alberner Gedanke, sagte sie sich. Dennoch war die Atmosphäre gestört, und manchmal war sie sich sicher, beobachtet zu werden, auch wenn ein rascher Blick durch das Zimmer bewies, was sie bereits wusste – sie war allein.

Schon wenige Stunden, nachdem die beiden Männer ihre Untersuchung begonnen hatten, stand Kenny mit einem kleinen Päckchen an der Hintertür und fragte, ob er mit ihr und ihrem Großvater sprechen könne. Er war nicht so heiter wie sonst, und nachdem sie ihn in die Küche gebeten und ihm einen Platz am Tisch angeboten hatte, ging sie ihren Großvater suchen.

»Es ist weit schlimmer, als von unten zu sehen war«, begann er, sobald sich alle mit einer Tasse Tee gesetzt hatten. »Es müssen umfangreiche bauliche Maßnahmen ergriffen werden. Der Riss, den wir entdeckt haben, ist größer, als ich anfangs dachte, und er wird sich über kurz oder lang an der Turmwand nach unten hin immer weiter verlängern, bis die ganze Ecke abschert und alles einstürzt. Der Fensterrahmen hat sich so stark gelockert, dass wir ihn herausnehmen mussten, bevor er abfällt und das alte Glas zu Bruch geht. Das hier hat Pete auf dem Fenstersims gefunden.« Er legte das Päckchen, das er mitgebracht hatte, vor Amber auf den Tisch.

Noch bevor sie es nahm, wusste sie, dass es sich um etwas Besonderes handelte, und eine Gänsehaut überlief ihre Arme, sodass sich alle Härchen aufrichteten. Ein kleiner rechteckiger Block, der grob in ein besticktes braunes Leinentuch eingeschlagen war, das an den Ecken ausfranste. Das Ganze verströmte einen modrigen Geruch mit einem Hauch von Gewürzen und Weihrauch, der Amber kurz an ihr und Jonathans Zuhause erinnerte und an seine alte Kirche nebenan. Als sie es in den Händen hielt, hatte sie den Eindruck, dass die Luft einen Moment lang erzitterte und sich verzerrte. Amber ließ es in ihren Schoß sinken und versuchte, dem Gespräch der beiden anderen zu folgen. Was immer in dem alten Tuch verborgen war wollte sie sich erst ansehen, wenn sie allein war.

Es folgten weitere Diskussionen über die Arbeiten, die notwendig waren, und nachdem sie Kenny mit noch mehr Tee sowie Schokoladenkuchen für ihn und Pete wieder nach draußen entlassen hatten, ging Amber, das Bündel fest an die Brust gepresst, ins Arbeitszimmer. Sie legte es auf den Schreibtisch und schlug vorsichtig das Leinen auseinander, das vom Alter vergilbt und braun geworden war und stellenweise dunkle Flecke aufwies. Der stechende Duft alter Bücher und bitterer Kräuter schlug ihr entgegen, und sie schloss einen Moment lang die Augen. Der Geruch breitete sich im Raum aus wie ein Geist – da, aber gleichzeitig auch nicht da.

Er rief ihr kurz Jonathan und seine Kirche ins Gedächtnis. Seine Weihe und die anschwellenden Stimmen der Chorknaben, als sie das *»Ubi Caritas«* sangen und die Worte ehrfurchtsvoll ins Gewölbe hinaufsteigen ließen, während ihr Mann in seiner schwarzen Robe mit ausgestreckten Armen und Beinen auf dem Boden lag, der von den tiefen, kraftvollen Klängen der Orgel vibrierte. Das farbige Licht, das durch die Buntglasfenster hereinströmte, schien durch den Weihrauch hindurch und erzeugte einen nebligen Regenbogen. Sie hatte Jonathans starke Leidenschaft für die Theologie und seine absolut felsenfeste Überzeugung von seinem Glauben nie verstanden, doch jetzt wünschte sie sich mehr als alles andere, sie hätte ebenfalls einen solchen Felsen, an den sie sich klammern konnte und der sie retten würde. Sie schloss einen Moment lang die Augen und überließ sich dem nun schwächer werdenden Duft. Er enthielt die scharfe, beinahe metallische Note eines intensiven Gewürzes, das sie nicht einordnen konnte.

Amber schaute sich den Stoff genau an und untersuchte die schwere Stickerei. Sie sah uralt aus. Vorsichtig entfernte sie das Tuch von dem Gegenstand, den es umhüllte. Sie sog scharf die Luft ein, als sie merkte, was sie da in der Hand hielt: ein kleines ledergebundenes Gebetbuch, dessen dicker Einband hauchzarte Seiten umfasste – offenbar aus dem Besitz einer höher gestellten Dame.

Umgeben von prächtigen Buchmalereien – erlesenen biblischen Illustrationen, die eine solche Strahlkraft besaßen, dass man meinen konnte, sie seien gerade erst vollendet worden – stand auf der Innenseite des Einbands in einem alten englischen Schriftstil, dessen Entzifferung Amber ein wenig Mühe kostete:

Dieses Buch wurde mir, Eleanor, anlässlich unserer Vermählung von meinem lieben Gemahl überreicht.

Sir Greville Richard Lutton, geboren im Juni 1508
Eleanor Lutton, geboren am 29. November im Jahre des Herrn 1520

Darunter stand in derselben Manier und mit Verzierungen:

Jane Elizabeth Lutton, geboren am 7. August 1534
Henry Greville Lutton, geboren am 15. Mai 1539

Ein weiterer, weniger glanzvoller Eintrag lautete schlicht:

Thomas Lutton, Juli 1539

Unter Thomas' Eintrag stand:

Mary, geborgen in den Armen unseres Herrn, 17. November 1541
Mea culpa, mea culpa, mea maxima culpa

Amber schluckte schwer. Wie es schien, hatte Mary genau wie ihre eigene Tochter, ihre kleine Saffron, ihre Geburt nicht überlebt. Die absolut schlimmste Erfahrung, die Eltern je machen konnten. Ein Schmerz, der für immer in ihr Herz eingebrannt war. Aber warum hatte die Verfasserin dieser Worte *Mea culpa* hinzugefügt? Wie konnte sie glauben, dass es ihre eigene Schuld gewesen war? Auch wenn Amber genau wusste, wie sich das anfühlte, dieses überwältigende Gefühl von Schuld. Gegenüber dem Frontispiz, dieser ersten Seite mit der Liste der Geburten, stand noch etwas auf Lateinisch, aber es war unordentlich gekritzelt, als hätte sich jemand beeilt, und es gab keine kunstvollen Verzierungen wie auf der anderen Seite. Ambers Blick blieb an der ersten Zeile hängen, und sie freute sich, dass sie dank ihres Berufs in der Lage war, sie zu übersetzen:

infans filia sub pedibus nostris requiescit
»Eine kleine Tochter liegt unter unseren Füßen«

Was war mit dieser Inschrift gemeint? War es eine Grabinschrift für Mary? Sie spürte, wie ihr Herz immer schneller schlug. Es war, als hätte dieses Buch sie gefunden, als hätte es im Turm auf sie gewartet, um sich mit ihr zu vereinigen. Zwischen ihr und Eleanor, der ursprünglichen Besitzerin vor Hunderten von Jahren, existierte eine sehr schmerzhafte Verbindung: Sie beide waren trauernde Mütter. Ihr Verdacht bestätigte sich: Dieses Buch war eindeutig sehr alt. War es die ganze Zeit hier in Saffron Hall gewesen?

Auch wenn das Haus nur noch einen Bruchteil seiner ehemaligen Größe hatte, wusste sie aus Berichten und Recherchen, dass es im Mittelalter eine ansehnliche Burg gewesen war. Ein Stundenbuch, ein kleines, persönliches Gebetbuch wie dieses, von Hand geschrieben und nicht gedruckt, musste sehr kostbar für eine Dame gewesen sein. Was für ein Fund! Die Luft um Amber knisterte, und einen Moment lang glaubte sie, ein Flüstern gehört zu haben, als hätten die Mauern des Gebäudes geseufzt und sich ein wenig gerührt – wie eine Vorahnung. Sie musste unbedingt den Rest der lateinischen Passage entziffern, um herauszufinden, ob es darin um Mary ging.

4

1538

»Sir William will dich sprechen«, verkündete Joan atemlos, als sie in Eleanors Gemach geeilt kam, wo diese sich schon fast den ganzen Tag versteckt hielt; sie hatte Patiencen gelegt und in den Dauerregen hinausgeschaut, der ans Fenster prasselte, als würde er Einlass begehren. Eleanor klatschte eine weitere Karte auf den Tisch.

»Warum?« Sie blickte nicht auf. Seit ihr Cousin vor einer Woche eingetroffen war, gab es ein Kommen und Gehen von Leuten, die sie noch nie zuvor gesehen hatte, doch niemand hatte sie behelligt. Sie hatte gehofft, sie hätten vergessen, dass sie da war, aber offensichtlich hatten sie das nicht.

Joan zuckte mit den Schultern. »Ich weiß es nicht«, erwiderte sie und fuchtelte mit den Armen, als könnte sie ihre Freundin dadurch veranlassen, sich zu sputen. »Aber es war eher eine Forderung als eine Bitte, deshalb lässt du ihn besser nicht warten. Du weißt, wie wichtig es für uns beide ist, uns gut mit ihm zu stellen. Wir sind jetzt seine Gäste; wir haben hier keine Rechte mehr.«

Eleanor schob eine eigenwillige Strähne ihres dicken, widerspenstigen Haares unter ihre Leinenhaube und ihre Füße in weiche Lederpantoffeln, dann ging sie mit gemessenen, festen Schritten hinunter in den großen Saal. Es gab keinen Anlass, sich vor einer Begegnung mit ihrem Cousin zu fürchten, sagte sie sich, auch wenn jede Haarwurzel ihrer Haut vor Verzagtheit prickelte und ihr zittriger Atem ihr selbstbewusstes Auftreten Lügen strafte. Joan hatte weise Worte gesprochen: Sie waren jetzt von der Gnade ihres Cousins abhängig, und auch wenn sie ihre Lage hasste, durfte sie das nicht vergessen. Sie nahm eine Anspannung im Raum wahr, als würden alle die Luft anhalten und lauschen, in der Erwartung, dass gleich etwas Schlimmes passieren würde, und das gefiel ihr nicht.

Ihr Cousin saß mit Lady Margaret am Feuer. Am anderen Ende des Saales wurde gerade der Tisch für das Abendessen gedeckt, und Eleanors Bauch knurrte laut. Seit so viele Menschen gekommen waren, hatte sie es vorgezogen, den Mahlzeiten nicht beizuwohnen, sondern später in der Küche zu essen, und meist war nur noch wenig Vernünftiges übrig, wenn sie zum Essen kam. Der intensive Geruch nach verbranntem Fett und Braten wehte durch den riesigen Saal herüber, und ihr lief das Wasser im Mund zusammen.

Eleanor machte einen kurzen Knicks und wartete dann mit gesenktem Blick, bis William zu sprechen begann.

Er zuckte zur Bestätigung leicht mit dem Kopf. »Eleanor, endlich beehrst du uns mit deiner Anwesenheit.«

Sie wusste nicht, was sie darauf erwidern sollte. Sie bezweifelte, dass er überhaupt bemerkt hatte, dass sie abgesehen von der Messe so oft abwesend war, wie es nur ging.

Deshalb presste sie die Lippen zusammen und sagte lieber gar nichts. Er saß im Lieblingssessel ihres Vaters, und Eleanor biss sich in die Wange, um zu verhindern, dass ihr bittere Tränen in die Augen schossen, als er auf den Schemel neben sich deutete und sie sich darauf sinken ließ. Die Binsen – die getrockneten Gräser, die auf die Steinplatten gestreut wurden, um sie sauber zu halten – waren dort, wo er saß, feucht von verschüttetem Bier und fingen schon an zu riechen. Eleanor konnte nicht umhin, angewidert die Nase zu rümpfen. Ihr Vater hatte stets darauf geachtet, dass die Binsen und der Lavendel trocken und frisch waren und dufteten, und sie war erleichtert, dass er nicht mehr miterleben musste, was in ihrem Zuhause geschah. William rülpste laut, und es überraschte sie angenehm, dass selbst Margaret bei dem widerlichen Geräusch zusammenzuckte.

»Eleanor, mein Sohn Robert kommt in den nächsten Tagen hierher. Das ist genau das, was dieses Haus braucht – eine Familie, die es ausfüllt. Wie du sicherlich verstehst, ist das nicht länger dein Zuhause.«

Sie öffnete den Mund, um anzumerken, dass er nun der engste Verwandte war, den sie hatte, doch dann schloss sie ihn wieder, ohne ein Wort zu sagen. Sein Tonfall verriet ihr, dass sie eine Last war, die es so schnell wie möglich loszuwerden galt. Genau wie sie vermutet hatte. Am Horizont ragte dräuend das Nonnenkloster auf.

»Du hast Glück, weil ich arrangiert habe, dass Sir Greville Lutton dich heiratet. Er ist ein reicher Kaufmann und Höfling mit riesigen Ländereien in Norfolk und bereit, dich zu nehmen, auch wenn dir dein Vater keinerlei Mitgift hinterlassen hat.«

Vor Bestürzung konnte Eleanor nicht widersprechen, sie schwieg schockiert. Ein paar Sekunden lang saß sie reglos da und hielt den Atem an. Heiraten? Sie? Und wer war dieser Sir Greville Lutton, von dem er gesprochen hatte?

Viele Mädchen wurden schon mit siebzehn verheiratet, aber sie war davon ausgegangen, dass man sie hinzuzog, dass man ihr eine Wahl ließ, die ihrem Stand entsprach, wie es ihr Vater gewollt hätte. Als Baron, der sich in der Schlacht von Flodden Field hervorgetan hatte und später zum High Sheriff ernannt wurde, hätte er erwartet, dass man das für seine Tochter tun würde. Wenn er nicht so plötzlich gestorben wäre. Zu ihrem Erstaunen winkte Sir William einen Mann zu sich, der am anderen Ende des Saales bei einer Gruppe saß; dieser erhob sich und kam herüber, bis er vor Eleanor stehen blieb und eine tiefe Verbeugung machte. Er war hier?

»Cousine Eleanor, Sir Greville Lutton.« William stellte sie einander vor, als wäre er extrem stolz auf sich. Das war er vermutlich auch, immerhin hatte er sich erfolgreich einer Verwandten entledigt, die sein neues Zuhause belastete. Sie hob ihren Blick zu dem Fremden. Er war weit größer und schlanker als William, mit starken, breiten Schultern. Sein dunkles Haar war kurz geschnitten, ebenso sein Bart, und er sah sie besorgt an. Krähenfüße säumten seine dunklen Augen, über denen dichte, buschige Brauen wucherten. Er wirkte beträchtlich älter als sie.

William und Margaret machten viel Aufhebens darum zu verschwinden und mit ihren Freunden zu Abend zu essen, doch Eleanor war der Appetit plötzlich vergangen. Stattdessen hatte sie das Gefühl, sich jeden Augenblick übergeben zu müssen. Greville setzte sich auf den Platz, den William gerade geräumt hatte, beugte sich vor und stützte die Unterarme auf die Knie. Sein Wams, seine Jacke und seine Kniehose waren vollkommen schwarz, was ihm ein bedrohliches Aussehen verlieh.

»Ich weiß, dass es ein Schock für dich ist.« Seine Stimme war tief, aber überraschend sanft und kultiviert. Eher wie die ihres Vaters als die ihres Cousins. »Aber du hast nichts zu befürchten. Ich kann dir ein sicheres Zuhause und ein gutes Leben schenken. Ich bin Witwer und habe eine kleine Tochter, Jane. Sie ist fast vier Jahre alt und lebt bei mir in Norfolk. Wenn wir verheiratet sind, bringe ich dich dorthin, und ich hoffe, du wirst dein neues Zuhause ebenso lieben wie ich. Leider kann ich nicht so oft dort sein, wie ich gern möchte. Ich treibe Handel in London, wo ich ein erfolgreiches Geschäft habe, das Stoffe und Gewürze aus dem Fernen Osten importiert. Und ich muss Zeit am königlichen Hof verbringen.«

Seine Worte rauschten an ihr vorbei, und sie nahm nichts davon in sich auf. Dieser Fremde sollte ihr Ehemann werden, und sie hatte in dieser Angelegenheit kein Mitspracherecht. Niemanden kümmerte es, ob sie ihn heiraten wollte oder nicht. Schließlich platzte sie mit der Frage heraus, die sie am meisten beschäftigte. »Wie alt seid Ihr, Sir?«

Ein Glucksen drang tief aus seiner Kehle. »Ich bin neunundzwanzig Jahre alt«, erwiderte er. »Ich wurde mit vierundzwanzig mit meiner Frau vermählt. Sie starb bei Janes Geburt. Jetzt brauche ich eine neue Frau, die meinem Haus vorsteht und mir Söhne gebärt. Du bist …« Er hielt inne und ließ den Blick über ihre schlanke Figur gleiten. Eleanor kauerte unglücklich vor ihm; sie trug absichtlich ein Kleid aus tristem braunem Barchent, um sich unter all den fein gekleideten Besuchern so unsichtbar wie möglich zu machen. »Du bist jünger, als ich mir gewünscht hätte in Anbetracht der Tatsache, dass ich ein Haus und ein Anwesen habe, das in meiner Abwesenheit zu führen ist, aber ich vermute, dass du stärker bist, als du aussiehst. Und du hast dieses Haus für deinen Vater geleitet, deshalb wirst du es gut meistern. Morgen statte ich dem Prior einen Besuch ab und bestelle das Aufgebot, und in drei Wochen werden wir heiraten. Dann bleibt mir gerade noch genug Zeit, dich nach Milfleet zu begleiten, bevor ich an den Hof zurückkehre. Und jetzt lass uns zu Abend essen.« Er stand auf und bot ihr seinen Arm an.

Eleanor schüttelte den Kopf. »Ich wünsche nicht zu essen, habt vielen Dank, Sir.« Sie verlieh ihrer Stimme einen kühlen Ton, doch sie konnte selbst hören, dass sie vor Kummer bebte. Langsam erhob sie sich und hielt den Rücken gerade, als sie ruhig und bedächtig zur Treppe ging und sich hinauf in den Schutz ihrer Gemächer begab.

5

1538

In der Dunkelheit der frühen Morgenstunden warf die Glut im Kamin einen glänzend kupferfarbenen Schein auf das Zimmer. Wenn sie jetzt Joan rufen würde, die auf ihrem Feldbett in der Ecke schlief, würde sie sofort das Feuer wieder in Gang bringen, das wusste sie, doch Eleanor fror nicht. Tatsächlich brannte ein Zorn in ihr, der so heiß war wie ein Schmelzofen. Sie ließ sich auf dem Fenstersitz nieder und zog die schweren Vorhänge zurück. Dann legte sie ihre Stirn an das kühle Glas und beobachtete, wie eine Eule lautlos in niedrigem Flug über die Wiese schwebte, vorübergehend aus Eleanors Blickfeld verschwand und dann auf einer der vielen Eichen, die überall im Park verstreut standen, wieder auftauchte. Das war ihre Welt, der einzige Ort, den sie je gekannt hatte. Und heute war ihr Hochzeitstag.

Sie wusste, wo Norfolk, ihre neue Heimat, war – nicht weit weg vom heimischen Suffolk. Ihr Vater hatte ihr Gruselgeschichten von den windgepeitschten, sumpfigen Weiden und den wilden Mooren erzählt, aber es hätte genauso gut ganz am anderen Ende des Landes liegen können, denn morgen, wenn sie Ixworth verließe, würde es kein Zurück geben. Sir William untersagte ihr zwar nicht, Joan mitzunehmen, doch alle anderen in ihrem Leben würden zurückbleiben: Die Dienerschaft und die stillen Mönche mit ihrer sanftmütigen Lebensweise, von denen sie viele als liebe Freunde betrachtete. Ihr Vater war nicht mehr, und nun war ihr Leben hier vorbei.

Als das bleiche Licht der Morgendämmerung allmählich den Himmel erhellte und die Sonne als schimmernder roter Ball tief über dem Horizont hing, saß sie immer noch auf dem Fenstersitz. Durch das Haus drangen die Geräusche, die beim Feuermachen und den letzten Vorbereitungen für das Hochzeitsfest später entstanden. Sie hatte ihren Verlobten seit ihrer ersten Begegnung kaum mehr gesehen; die meiste Zeit hatte er mit den anderen Gästen auf der Jagd verbracht. Diese waren zweifellos alle erpicht darauf, dem Haus und dem wütenden Brüllen des jungen Robert zu entkommen, der vor zehn Tagen angekommen war und seine Anwesenheit Tag und Nacht kundtat. Nirgends im Herrenhaus konnte man dem ständigen zornigen Geschrei des Babys entrinnen. Sir William lachte nur und stahl sich dann den ganzen Tag mit seinem Pferd davon. Kein Wunder, dass seine Frau ständig ein mürrisches Gesicht machte; wahrscheinlich hatte sie auch Kopfschmerzen. Wenn sie endlich wieder am Hof wären, würde sie diesem Krach entrinnen. Hier in Ixworth war das weit schwieriger.

Joan erschien schweigend in der Tür, sie trug eine Schüssel mit dampfendem Wasser und Rosenblütenblättern. Nachdem Eleanor sich gewaschen hatte, half Joan ihr, sich anzuziehen, bevor sie sich zur Frühmette ins Kloster schlichen. Tief in ihrem Inneren ahnte Eleanor, dass sie das am meisten vermissen würde.

Sie kniete mit geschlossenen Augen auf dem kalten Steinboden und war sich Joans gleichmäßiger Atemzüge neben sich bewusst, während sie von den vertrauten lateinischen Gebeten eingehüllt wurde. Sie murmelte automatisch ihre Antworten, während sie die Perlen ihres Rosenkranzes durch die Finger gleiten ließ und ihren Gedanken erlaubte zu wandern. War Joan genauso besorgt wie sie wegen des Umbruchs in ihrem Leben? Ihr Cousin hatte sogleich eingewilligt, als Eleanor darauf bestanden hatte, dass ihre Freundin sie begleitete. Doch für Joan war das nichts Neues – sie hatte ihre eigene Familie verlassen, entfernte Verwandte von Eleanors Mutter –, um Eleanors Vertraute zu werden, weil man glaubte, dass Eleanor zarter weiblicher Gesellschaft bedurfte. Auch wenn Joan die Ruhigere der beiden war, wusste Eleanor, dass ihre Freundin eine innere Stärke besaß, die sie selten offenbarte, und dies würde ihnen beiden in ihrem neuen Leben helfen.

Doch Ixworth war nicht Joans Zuhause, und sie würde auch nicht heiraten, mit allem, was dazugehörte. Eleanor schluckte schwer. Sie wusste, was im Ehebett geschah, und Greville war kein Junge in ihrem Alter. Er würde Erwartungen haben, daran zweifelte sie nicht. Deshalb, nein – um ihre eigene Frage zu beantworten: Joan hatte nur wenig Grund zur Sorge.

Die Stimmen der Mönche hoben sich zu den letzten Takten des *»Te Deum«*, das zu der gewölbten Decke aufstieg, während der schwere, süßliche Duft des Weihrauchs durch das Kirchenschiff waberte und der Gottesdienst zu Ende ging. In sechs Stunden würde sie wieder hier sein, und man hatte sie bereits unterrichtet, dass sie früh am nächsten Morgen nach Norfolk aufbrechen würden. Das war es nun – zum letzten Mal war sie hier allein, um sich zu verabschieden.

»Geh schon mal vor«, sagte sie, »ich komme gleich nach.«

Joan sah sie unsicher an. Glaubte sie, Eleanor würde weglaufen? Wenn es einen Ort gäbe, an den sie flüchten könnte, wäre sie schon längst fort.

»Ich will mich jetzt verabschieden«, fügte sie hinzu. Joans Gesicht hellte sich auf, sie lächelte milde und nickte. Dann drückte sie Eleanors Arm ein wenig. »Wir müssen noch die letzten Sachen packen«, ermahnte sie sie.

»Das habe ich nicht vergessen – wenn ich zurückkomme, wird noch genug Zeit sein. Es wird ein langer Tag werden.«

Joan verschwand durch die Tür der Kapelle. Eleanor blieb schweigend im morgendlichen Dämmerlicht hinten in der Kirche zurück. Inzwischen hatten sich die Mönche alle verstreut, um ihrer Arbeit nachzugehen, nur zwei waren zurückgeblieben. Sie bliesen die Kerzen aus und säuberten die Kerzenständer. Ihre Bewegungen waren fließend, als wären sie in einen uralten religiösen Tanz vertieft, ihre Kutten aus grobem Wollstoff streiften leise den Boden – das einzige Geräusch, das sie von sich gaben. Schließlich gingen auch sie, und Eleanor war allein; Einsamkeit und Stille hüllten sie wie eine vertraute, tröstliche Decke ein. Doch ihr blieb wenig Muße, innezuhalten und dies zu würdigen. Ihre Zeit war abgelaufen.

Nach einem kurzen Besuch draußen am Grab ihrer Eltern war sie hier fertig mit dem Verabschieden; sie vermisste sie, hatte aber akzeptiert, dass sie für immer fortgegangen waren. Sie lief weiter, bis sie in den Kräutergarten des Klosters gelangte. Ausgehend von einem zentralen Beet war er in Abschnitte unterteilt, die Sonnenstrahlen ähnelten. Jeder davon enthielt Kräuter, mit denen man Krankheiten verschiedener Körperteile heilen konnte. Dahinter wuchsen in einem separaten Beet Pflanzen, die die Mönche verwendeten, um Farben für ihre bunten Tinten herzustellen. Als hätte er sie schon erwartet, war der Prior bereits da, er pflückte behutsam junge Triebe von einer Fieberkrautpflanze. Als er sie sah, richtete er sich auf und lächelte, dann gingen sie gemeinsam zu einer Holzbank, die an der Steinmauer des Gartens stand. Dort hatte ihr Vater immer gesessen, wenn er zugeschaut hatte, wie sie den Mönchen im Garten half. Oder an den vielen Tagen, an denen sie drinnen den Kopisten zusah und ihre raffiniert illuminierten Texte, die sie in mühevoller Kleinarbeit anfertigten, kopierte.

In einträchtigem Schweigen saßen die beiden einige Minuten lang da, bis er schließlich fragte: »Bist du bereit für deine Hochzeit und die nächste Etappe deiner Reise?«

Eleanor zuckte mit den Schultern. »Ich denke schon. Ich werde diesen Ort so sehr vermissen. Aber nichts bleibt für immer, wie es war, oder?« Es gelang ihr, ein wenig zu lächeln, als wollte sie ihn beruhigen und nicht sich selbst, und seine alte Hand, deren Adern pulsierten und deren Haut dünn wie Pergament war, tätschelte die ihre.

»Weise Worte. Selbst hier in unserer frommen Abgeschiedenheit, wo seit Jahrhunderten alles gleich geblieben ist, werden womöglich schon bald Veränderungen eingeläutet«, erwiderte er. Ihr war klar, dass er von den Beamten des

Königs sprach, die Klöster schlossen. Niemand wusste, wo sie als Nächstes auftauchen würden. Eine unheilvolle Atmosphäre der Angst hing ständig über ihnen, heftete sich lautlos an das Gefüge ihres Lebens. »Nun«, sagte er, um das Thema zu wechseln, »ich habe ein Geschenk für dich. Es ist kein Hochzeitsgeschenk, sondern etwas, das ganz speziell für dich gedacht ist. Komm mit.« Zittrig erhob er sich und ging zu einem Holzverschlag an der gegenüberliegenden Mauer, in dem die Gartengeräte der Mönche aufbewahrt wurden. Er griff hinein und zog eine stabile Holztruhe mit Schnitzereien hervor. Eleanor hob den Deckel an, um hineinschauen zu können. Sie schien mit kleinen, knorrigen Zwiebeln gefüllt zu sein. Fragend blickte sie zu ihm auf.

»Krokusknollen«, sagte er, »damit du in deinem neuen Zuhause deinen eigenen Safran anbauen kannst. Du hast gesehen, wie wir ihn hier an unserem Standort anbauen, du hast viele Male bei der Ernte und beim Trocknen geholfen, und du weißt den Wert des Safrans zu schätzen – nicht nur in Bezug auf Geld, sondern auch in Bezug auf seine Verwendung. Dies ist die Mitgift, die dir das Kloster schenkt. Wir werden dir die Truhe nachher bringen.« Er blickte auf sie hinab und lächelte sanft. Es war das Lächeln eines Vaters für die Tochter, die er nie hatte.

»Danke, das ist so freundlich von Euch. Die Knollen sind sehr kostbar für mich.« Sie schloss den Deckel der Truhe, dann ließ sie sich auf ein Knie sinken und küsste den Ring an seiner Hand. »Ihr werdet für immer in meinen Gedanken sein«, versprach sie und verließ den Garten. Sie war entschlossen, nicht mehr zurückzublicken, Tränen in ihren Augen ließen ihre Sicht ohnehin verschwimmen.

Der Rest des Vormittags ging rasch vorbei. Die Düfte und die Geräusche, die aus der Küche drangen, verrieten, wie aufgeregt die Dienerschaft war, dass sie nach der Trauer der vergangenen Monate endlich einen glücklichen Anlass vorzubereiten hatten. Für sie war die Vermählung ein Grund zu feiern, wenn schon nicht für Eleanor, und sie waren entschlossen, ihr ein beeindruckendes Hochzeitsfest zu bereiten. Schon seit Tagen waren sie damit beschäftigt, Schwäne, Gänse und Wildschweine zu braten. Die Regale der kühlen Speisekammer bogen sich unter eingekochten Früchten, süßem Gebäck, Kuchen und Vanillesoßen sowie einer herrlichen Hochzeitstorte.

In ihrem Zimmer war die letzte Truhe noch offen, damit die letzten Sachen hineingepackt werden konnten; Eleanor saß stumm da, während Joan sie frisierte. Ausnahmsweise war ihr Haar nicht bedeckt; in die engen, unbequemen Zöpfe, die um ihren Kopf lagen, waren Blumen und Perlen eingeflochten. Schließlich wurde der feine Batistschleier, den auch ihre Mutter getragen hatte, an ihrem Kopf festgesteckt. Schon jetzt litt sie in Gedanken und im Herzen. Sie trug ihr bestes Kleid, es bestand aus Wolle und hatte ein gedämpftes Blau – der perfekte Kontrast zu ihrem auflohenden Haar, das leuchtete, als würde es in Flammen stehen. Ihr Blick huschte immer wieder zu dem Bett hinter ihr, seine Vorhänge waren zurückgezogen und gaben den Blick frei auf die Tagesdecke, die ihre Mutter in den ersten Jahren ihrer Ehe, vor Eleanors Geburt, bestickt hatte. Ihr Vater hatte ihr oft versichert, wie sehr sich ihre Mutter gefreut hatte, ein Kind zu bekommen.

Erst vor ein paar Tagen war Lady Margaret uneingeladen in ihr Zimmer gefegt und hatte die Möbel und die Ausstattung inspiziert; sie hatte erklärt, dass dies ihr Zimmer werden würde, sobald Eleanor fort war. Mir hämischem Blick hatte sie an der Tagesdecke herumgefingert, und Eleanor hatte sofort beschlossen, dass sie in ihrem Gepäck noch Platz für ihre Tagesdecke finden musste, ganz egal, was sonst noch eingepackt wurde. Bereits jetzt fühlte sich das Zimmer nicht mehr wie das ihre an, und heute Nacht würde ihr Ehemann zu ihr in dieses Bett steigen. Sie schauderte, und Joan stieß einen missbilligenden Laut aus, als eine Haarnadel zu Boden fiel.

»Halt still«, schalt sie.

Schließlich konnte sie das Unausweichliche nicht länger hinausschieben. Unten hatten Lärm und Tumult inzwischen nachgelassen, die Hausangestellten waren bereits hinausgegangen, um ihren Weg zur Kapelle zu säumen. Es war still im Haus, und Eleanor konnte jeden ihrer bebenden Atemzüge hören, während ihr das Herz in der Brust hämmerte. Schweißperlen sammelten sich auf ihrer Stirn und ließen den Schleier auf ihrem Gesicht kleben.

Wenn sie für eine göttliche Intervention gebetet hätte, wäre jetzt der Augenblick gekommen, in dem sie anerkennen müsste, dass Gott sie im Stich gelassen hatte. Und zwar auf schlimme Weise. Prior Gregory hatte ihr oft gesagt, dass manche Dinge, etwa der Tod ihres Vaters, ein Teil von Gottes großem Plan waren, aber es war schwierig zu begreifen, wie Gott glauben konnte, dies würde ihr Leben verbessern.

»Schau nicht so verzagt«, versuchte Joan sie aufzumuntern, während sie ihr ein kleines Lavendelsträußchen reichte, das Eleanor unter ihr Kleid steckte. »Viele Mädchen würden sich freuen, wenn ein stattlicher Ehemann und ein neues Zuhause auf sie warten würden.«

Eleanor blickte ihre Freundin scharf an und war plötzlich dankbar dafür, dass sie in Joans Augen mehr hatte, als sie verdiente, auch wenn diese Erkenntnis ihre finstere Laune nicht heben konnte.

Joan ging vor ihr her, sie hielt einen Rosmarinzweig in die Höhe, und Eleanor folgte ihr langsam mit zitternden Knien, doch sie hatte die Schultern durchgedrückt und hielt den Kopf hoch erhoben, als sie sich der Kirche näherten. Alle aus dem Herrenhaus hatten sich draußen versammelt und warteten, einschließlich der Dienerschaft, die sie schon ihr ganzes Leben lang kannte, der Gäste ihres Cousins und natürlich William und Margaret. Als wollten sie sich mit eigenen Augen vergewissern, dass sie die Hochzeit auch wirklich durchzog. Was sie tun würde. Sie war zu feige, um davonzulaufen oder sich in ein Kloster zu begeben. An der schweren Holztür stand der Prior, daneben Greville; dieser trug zwar sein übliches Schwarz, doch die Einsätze seines Wamses blitzten dieses Mal in einem tiefen, üppigen Scharlachrot auf. Er sah sie aus seinen dunklen Augen an und lächelte aufmunternd. Eleanor zitterte immer noch, sie senkte den Blick und starrte auf seine glänzenden Lederstiefel hinab, die im Vergleich zu ihren kleinen Füßen, die in Pantoffeln steckten, riesig wirkten.

Die zeremoniellen Worte spülten über ihren gebeugten Kopf hinweg, und innerhalb von Minuten war alles vorbei. Ein schwerer goldener Ring, besetzt mit Smaragden und Rubinen, wurde an ihren Finger gesteckt, und gemeinsam betraten sie zum Hochzeitsgottesdienst die Kirche. Greville bot ihr seinen Arm an, und auch wenn sie das am liebsten ignoriert hätte, stützte sich Eleanor darauf, bis sie auf ihre zitternden Knie sinken konnte. Sie durfte sich jetzt nicht mehr in die erste Bankreihe setzen, da der Platz ihrer Familie nun von ihrem Cousin eingenommen wurde; stattdessen knieten sie und Greville vor dem Altar.

Ausnahmsweise bot ihr die vertraute Messe heute keinen Trost, und sie befolgte die Rituale wie durch einen Nebel hindurch. Das war es nun. Jetzt war sie mit einem Mann verheiratet, einem Fremden, und morgen würde sie das einzige Zuhause, das sie je gekannt hatte, verlassen. Und heute war ihre Hochzeitsnacht. Ihr Inneres zog sich schmerzhaft zusammen.

Plötzlich war der Gottesdienst vorbei und sie waren wieder draußen, gefolgt vom Rest der Partie, die ausgelassener Stimmung war, als sie an diesem kühlen Nachmittag ins Herrenhaus zurückkehrten, während bereits die Abenddämmerung herankroch. Von drinnen wurde Platte für Platte mit Braten, Gemüse und Süßigkeiten zu den Gästen herausgebracht. Die Luft war erfüllt von Stimmengewirr, und Bier und Wein flossen in Strömen. Eleanor wäre überrascht gewesen über die Großzügigkeit ihres Cousins, ein solches Fest auszurichten, hätte ihr die Köchin nicht bereits erzählt, dass Greville für alles bezahlt hatte. Sie spielte mit einer Scheibe des feinsten Weizenbrotes herum, das die Köchin backen konnte, und zerrupfte es zu Krümeln. Ihre Hand fühlte sich durch das Gewicht des goldenen Bandes, das jetzt auf ihrem Ringfinger prangte, seltsam und unbehaglich an. Greville hörte nicht auf, dünne Scheiben Fleisch auf ihren Teller zu legen, doch sie ließ sie heimlich zu Boden gleiten, unter den Tisch zu den Hunden, die kurzen Prozess damit machten.

Schließlich wurde ein großer Marzipankuchen gebracht, der mit gefärbtem Zuckerwerk verziert war, bei dessen Herstellung Eleanor mitgeholfen hatte, und die Festlichkeiten gingen in trunkenes, ausgelassenes Feiern über. Jemand spielte Laute, und je mehr Wein getrunken wurde, desto mehr schwoll der Lärm an. Schließlich kam der Moment, vor dem sie sich gefürchtet hatte, als die Zecher darauf bestanden, Braut und Bräutigam zu ihrem Ehebett zu bringen. Gutmütig erhob sich Greville und streckte Eleanor seine Hand hin, wobei er sie fast von ihrem Stuhl gehoben hätte. Als könnte er ihren massiven Widerwillen spüren, drückte er sanft ihre Finger, um sie zu beruhigen.

Er führte sie nach oben, und die übrigen Gäste folgten ihnen, schubsten sie vorwärts und gaben lautstark derbe Ratschläge, über die, wie sie bemerkte, ihr Mann die Stirn runzelte, anstatt mit einzustimmen. Noch immer laut singend torkelten die Gäste ins Schlafzimmer, doch zu ihrer Überraschung hob Greville die Hände, um sie zum Schweigen zu bringen – Eleanor erkannte, dass seine Größe und seine breiten Schultern eindeutig Vorteile hatten. Dann verkündete er, dass sie alle unten weiterfeiern konnten, da er im Schlafgemach keines weiteren Beistands bedurfte.

Die Reaktion fiel nicht gerade höflich aus, als er die enttäuschten Gäste hinausgeleitete und in manchen Fällen auch grob nachhalf, bis endlich nur noch sie beide übrig waren. Er warf ein Holzscheit in das bereits prasselnde Feuer, sodass Funken den Kamin hinaufstoben, die Flammen aufloderten und eine Seite seines Gesichts erhellten. Einen kurzen Moment lang sah er aus wie Beelzebub selbst, und Eleanor musste der Versuchung widerstehen, sich zu bekreuzigen.

Er ging im Zimmer umher und zündete die Kerzen in ihren Wandleuchtern an, während Eleanor reglos dastand und jede Bewegung beobachtete wie ein Hase, der gerade von einem Fuchs entdeckt worden war. Joan war mit den anderen gegangen, und Eleanor fragte sich, wie sie sich allein ausziehen sollte.

Schweigend begann sie, ihre Ärmel aufzuschnüren. Mehr, als dass sie es sah, spürte sie, wie Greville hinter sie trat. Sie verharrte in der Bewegung, hielt den Atem an und schreckte zurück, als er seine Finger in ihre Haare schlängelte und behutsam die Nadeln herauszog, die den ganzen Tag lang die Zöpfe an ihrem Kopf gehalten hatten. Die inzwischen verwelkten, schlaffen Blumen fielen zu Boden. Er zog zweimal geschickt an den Bändern auf ihrem Rücken und ihr Kleid war so locker, dass sie es abstreifen konnte. Greville legte es über die offene Truhe, die immer noch darauf wartete, dass die letzten Dinge eingepackt wurden. Eleanor legte ihr Unterkleid ab und stand in ihrem Unterhemd aus Leinen da. Trotz des prasselnden Feuers fror sie und beobachtete jede seiner Bewegungen.

Ihr frischgebackener Ehemann zog seine Stiefel und seine Strümpfe aus, seine schlanken Beine wirkten im Feuerschein lang und blass. Nachlässig warf er sein Wams auf ihr Kleid, und binnen Sekunden stand auch er nur im Hemd da, das zum Glück bis zu den Knien reichte. Eleanor wandte für alle Fälle den Blick ab. Er schlug die Bettdecke zurück und lächelte sie aufmunternd an, bevor er ihr bedeutete, sich ins Bett zu legen. Sie huschte hinüber, schlüpfte zwischen die kühlen Leintücher und zog sie sich bis zum Hals. Dann lag sie mit geschlossenen Augen da und wartete darauf, dass sich die Matratze senkte, wenn er neben ihr ins Bett kletterte. Nichts geschah. Stattdessen spürte sie, wie sich das Gewicht der Decken auf ihren Füßen verlagerte, und als sie die Augen einen kleinen Spalt öffnete, sah sie, wie Greville mit ihrer Tagesdecke kämpfte, als er sie vom Bett zog. Was machte er da?

Durch halb geschlossene Augen beobachtete sie, wie er weiterhin mit ihr rang, bis sie auf dem Boden lag.

»Ich weiß, dass du mich beobachtest«, sagte er, und widerwillig schlug sie die Augen ganz auf.

»Was machst du da?«, fragte sie schließlich, als er sich in die Decke wickelte, nicht bevor sie jedoch seine muskulösen Schenkel bemerkt hatte. Rasch wandte sie den Blick ab. Er setzte sich in den Sessel neben dem Feuer, sein Gesicht wurde von den Flammen erhellt. Seine dunklen Augen waren auf sie gerichtet.

»Schlaf jetzt«, sagte er zu ihr. »Wir haben in den nächsten Tagen eine sehr lange Reise vor uns. Ich will auf dem Heimweg so wenige Pausen wie möglich einlegen.« Und damit blies er die letzte Kerze aus, sodass nur noch der schwache Schein der Glut im Kamin übrig war.

Eleanor wälzte sich auf den Rücken und blickte zum Betthimmel hinauf. Sie wusste, was von ihr in der Hochzeitsnacht erwartet wurde, und das bestand eindeutig nicht darin, dass sie allein in ihrem Bett lag. Sie räusperte sich.

»Warum schläfst du im Sessel?«

»Das habe ich dir doch schon gesagt. Wir haben morgen einen langen Tag und wir brechen in der Morgendämmerung auf. Hast du all deine Habseligkeiten gepackt?«

»Ja«, bestätigte sie, »abgesehen von der Decke, in die du dich gewickelt hast. Meine Mutter hat sie vor meiner Geburt für mich bestickt, und ich will sie nicht Lady Margaret überlassen. Offenbar möchte sie dieses Zimmer für sich haben, wenn ich weg bin.« Er hatte jedoch noch immer nicht ihre Frage beantwortet. »Aber solltest du nicht mit mir im Bett schlafen, jetzt wo wir verheiratet sind?«

Sie hörte ein Glucksen. »Es ist schon spät, und wir hatten beide einen langen Tag. Wir haben den Rest unseres Lebens vor uns. Eine Nacht ...«, er verstummte für einen Moment ... »wie viele Nächte auch immer, machen keinen großen Unterschied. Tu jetzt, was ich dir gesagt habe. Schlaf.«

Erstaunt drehte sich Eleanor auf die Seite, zog ihre Knie an die Brust und schlang die Arme um sie. So blieb sie mit weit offenen Augen im Dunkeln liegen. Das hätte sie in ihrer Hochzeitsnacht nicht erwartet. Den ganzen Tag über hatte sie sich Sorgen um das gemacht, was im Schlafzimmer geschehen würde, und jetzt? Nichts. Ein Gefühl der Erleichterung, aber auch der Überraschung überkam sie. Aber sie rief sich ins Gedächtnis, dass das lediglich ein Aufschub war. Auf der anderen Seite des Zimmers hörte sie langsame, gleichmäßige Atemzüge. Es hatte nicht lange gedauert, bis er eingeschlafen war, und sie musste ebenfalls schlafen, aber die Feierlichkeiten des Tages – wenn man sie als solche bezeichnen konnte – gingen ihr immer und immer wieder durch den Kopf. Sie war überhaupt nicht müde, und morgen würde sie die Reise in ihr neues Leben in Norfolk antreten.

6

1538

Schließlich war Eleanor wohl doch eingeschlafen, denn unversehens kam sie zu sich, als Greville sie an der Schulter rüttelte, um sie aufzuwecken. Ein Holzscheit knackte im frisch geschürten Feuer, aber das Zimmer lag noch im Dunkeln. Greville war bereits angezogen, ihre Decke lag säuberlich gefaltet auf der noch verbliebenen Truhe.

»Wir müssen los«, sagte er zu ihr. »Ich rufe Joan. Willst du etwas essen, bevor wir aufbrechen?« Eleanor schüttelte den Kopf und sah ihm nach, als er den Raum verließ und die Tür hinter sich einen Spalt offen ließ. Draußen hörte sie flüsternde Stimmen, dann schlüpfte Joan herein und zündete die Kerzen an, bis das Zimmer in gedämpftes Licht getaucht war. Sie trug Reisekleidung, und Eleanor fragte sich, ob sie wohl darin geschlafen hatte, weil der frühe Aufbruch sie anscheinend überhaupt nicht aus dem Konzept brachte.

Schon bald hatte auch Eleanor ihre wärmsten und robustesten Kleider für die bevorstehende Reise an. Sie packten ihre letzten Habseligkeiten ein – ihre übrigen Kleider waren schon vorige Woche vorausgeschickt worden. Unten hielten die Bediensteten in ihren Tätigkeiten inne, um sich von den beiden Frauen zu verabschieden. Einige von ihnen kannten Eleanor schon ihr ganzes Leben lang, und es flossen reichlich Tränen. Sowohl um sie als auch um die stille, hingebungsvolle Joan. Von William und Margaret war keine Spur zu sehen, und Eleanors Augen füllten sich ebenfalls mit Tränen, als sie sich zum letzten Mal im großen Saal umblickte, der noch im Halbdunkel dalag. Sie bildete sich ein, der Geist ihres Vaters würde lächelnd in seinem Sessel sitzen und sie aufmunternd ansehen, als würde er ihr die Erlaubnis erteilen, ein weiteres Kapitel in ihrem Leben zu beginnen. Sie schlug eine neue Seite auf, wagte den Neuanfang.

»Leb wohl, Papa«, flüsterte sie, als sie hörte, wie sich hinter ihr schwere Stiefel näherten. Ihr Gemahl fasste sie an den Schultern und drehte sie um, nahm sie in seine starken Arme und hielt sie einen Augenblick fest. Ihr Gesicht wurde an die grobe Wolle seines Umhangs gepresst. Während die Pferde aufgezäumt wurden, war er ein und aus gegangen, deshalb hatte sich feiner Morgentau auf ihm niedergeschlagen – sein kurzes Haar lockte sich im Nacken ein wenig, seine Kleider und seine Haut fühlten sich feucht an. Eleanor löste sich von ihm.

»Hier, zieh dir deinen Umhang an«, sagte er; er hüllte Eleanor darin ein und schloss das Kleidungsstück vorne. »Wir brechen auf. Ein harter Tag liegt vor uns. Heute soll es nicht um Ende und Abschied gehen, sondern um einen Neubeginn. Komm jetzt.« Er nahm ihre kleine Hand in seine weit größere und führte sie nach draußen, wo zwei Pferde warteten, die ungeduldig mit den Hufen scharrten.

Sie hatte ihr eigenes Reittier erwartet und blickte sich suchend nach ihm um.

»Wo ist mein Pony?«, fragte sie. »Ich lasse es nicht hier.«

»Sei unbesorgt, es ist gestern bereits vorausgeschickt worden«, versicherte er ihr, »aber für die lange Reise brauchst du etwas Größeres, Zäheres, deshalb habe ich eines meiner Pferde aus Milfleet kommen lassen.« Das Tier, auf das er zeigte, sah edel aus, es hatte kraftvolle Züge und einen breiten, starken Rücken. Sein Gesicht war sanft, und als Eleanor über seine weichen Nüstern strich, schnaubte es leise, wobei es kleine weiße Wölkchen ausstieß. Es war mindestens doppelt so groß wie ihr Pony. Auf Grevilles Geheiß legte sie ihr Schienbein in seine Hände, dann hob er sie auf den breiten Rücken des Pferdes, als wäre sie leicht wie eine Feder. Von ihrem erhabenen Sitz aus wirkte der Boden nun sehr weit weg, und sie wünschte, sie würde hinten auf dem Wagen neben Joan hocken.

Langsam kroch die Sonne über den Horizont, das weiche Licht ihrer ersten Strahlen lockte. Hinter ihnen hoben sich das Herrenhaus und die Abtei als dunkle Silhouette vor dem hellen Himmel ab, und schweren Herzens trieb Eleanor ihr Pferd an. Greville war direkt hinter ihr, als sie aus dem Hof hinausritten, und sie zwang sich, nicht zurückzuschauen.

Die viertägige Reise nach Milfleet war so beschwerlich und grässlich, wie Eleanor erwartet hatte. Sie konnte Greville kaum vorwerfen, er hätte ihr etwas vorgemacht, denn er hatte sie angemessen gewarnt, dennoch wurde ihre Laune mit jeder Meile, die sie zurücklegten, verdrießlicher. Die Landschaft veränderte sich kaum, eine dunstige, morastige, flache Wildnis, so weit das Auge reichte, zog an ihnen vorbei und wurde nur gelegentlich durch einige grobe Langhäuser oder Hütten unterbrochen, die auf Anhöhen lagen. Anfangs gab Greville noch Kommentare dazu ab, doch als Eleanors Gesichtsausdruck immer finsterer wurde, gab er schließlich auf und ritt schweigend neben ihr her.

Als sie endlich ankamen, war es schon nach Mitternacht. Eleanors Pferd war schon zweimal im Dunkeln gestolpert, und einmal wäre sie fast von seinem Rücken gerutscht, als sie gegen den Schlaf ankämpfte. Ihre Laune hatte sich nicht gebessert. Der Vollmond hatte ihnen geholfen, den schmalen, staubigen Pfad zu finden, und jetzt schien er auf das burgartige Gebäude, hinter dem sich Teiche erstreckten, deren Wasser im Mondschein wie Glas schimmerte. Vor ihnen rasselten Ketten und Männer riefen Befehle, während sich die riesigen Holztore unter dem Torhaus öffneten, um die Reisegesellschaft in den Hof zu lassen. Er schien voller Menschen zu sein, die sie erwarteten.

Dankbar ließ sich Eleanor vom Pferd gleiten und hielt kurz inne, als sie Grevilles große Hände um ihre Taille spürte, die sie stützten. Nach so vielen Stunden im Sattel waren ihre Beine taub und steif, und ohne ihn wäre sie bestimmt ins Wanken geraten. Mit festem Blick sah sie in seine tiefbraunen Augen, die von dichten Wimpern umrahmt waren – eine Tatsache, die ihr bisher noch nicht aufgefallen war. Sie bemühte sich, die Angst zu verbergen, die durch ihre Adern pulsierte. Als er ihr seinen Arm anbot, nahm sie ihn wortlos, und er führte sie in das Gebäude.

Drinnen brannten Kerzen, jede Ecke und jeder Alkoven war hell erleuchtet; ungefähr ein Dutzend Hunde strich um die Beine der Leute dort herum. Sie schienen sich zu freuen, ihr Herrchen wiederzusehen, und drängten einander beiseite, um ihre Köpfe an Greville zu reiben, sodass er laut auflachte, als er sie wegführte.

Der große Saal war anders als alles, was Eleanor je gesehen oder sich vorgestellt hatte, der riesige Raum stellte den Saal von Ixworth bei Weitem in den Schatten. Kunstvolle Dekorationen und geschnitzte Balken schmückten die Decke – nicht die grob gehauenen, die sie kannte –, und selbst die Wandleuchter waren verziert. Die Wände waren mit dicken, hochflorigen Wandteppichen behängt, die Jagdszenen und römische Gottheiten im Kampf zeigten. An einem Ende des Raumes stand eine lange Tafel ohne Tischdecke, an der schimmernde Zinnkerzenleuchter aufgereiht waren. Alles schien riesig im Vergleich zu dem, was Eleanor gewohnt war, und sie fühlte sich winzig und unbedeutend. Sie fragte sich, wie sie je in dieser Kathedrale von einem Saal leben sollte; es war absolut überwältigend. Allmählich wurde ihr klar, dass ihre Vorstellungen von Grevilles Zuhause, seinem Reichtum und seinem Einfluss sowie Norfolk im Allgemeinen womöglich nicht richtig waren. Trotz Grevilles feiner Kleidung und der edlen Pferde hatte sie sich eingeredet, dass sein Zuhause düster und streng wäre, mit wenig luxuriösem Brimborium, ein Echo der Landschaft, in der er lebte.

Jemand bot ihr einen Becher Bier an, den sie rasch hinunterstürzte, weil sie gar nicht gemerkt hatte, wie durstig sie geworden war. Joan tauchte an ihrer Seite auf und half ihr, ihren Reiseumhang auszuziehen. Ohne ihn fühlte sie sich schutzlos und spürte, wie sie trotz des riesigen Feuers schauderte, das in dem breiten Kamin prasselte, der fast die halbe Wand einnahm. Sie schlang die Arme um sich.

»Ist dir kalt?«, fragte Greville und schob sie in Richtung Feuer.

»Stell dich hierhin, wo es wärmer ist. Hast du Hunger?«

Sie schüttelte den Kopf.

»Dann zeige ich dir jetzt dein Schlafgemach. Wenn du nicht mehr so müde bist, kannst du alle kennenlernen.« Er legte den Arm um sie, um sie durch die Menschenmenge zu führen – jeder, der auf dem Anwesen wohnte, schien trotz der späten Stunde gekommen zu sein, um die neue Hausherrin kennenzulernen. Eleanor stieg eine Treppe aus dunklem, poliertem Holz hinauf, deren Endknöpfe und Geländer zu Eichenblättern und Herbstfrüchten geschnitzt waren. Alles glänzte wie Rosskastanien frisch aus der Schale. Sie sah, dass Joan ihnen folgte, zusammen mit einem riesigen haarigen Hund, der sie trotz ihrer hektischen Versuche, ihn zu verscheuchen, zu mögen schien. Greville gluckste nur, es schien ihn nicht zu stören, dass das Tier mit nach oben kam.

Er öffnete eine Tür und geleitete beide in ein Schlafzimmer, das viel größer war als das, das Eleanor in Ixworth bewohnt hatte. Hier prasselte ebenfalls ein Feuer, und Greville zündete rasch die Kerzen an. Eine Wand war mit dicken Teppichen bedeckt, die übrigen drei mit einer Täfelung aus schlichten geschnitzten Reliefen, die im Feuerschein schimmerten. Er zog einen schweren Vorhang in der Ecke beiseite und deutete auf ein großes Vorzimmer, das ein Bett enthielt, das in die Wand eingelassen war.

»Das hier ist Joans Bett.« Dann zeigte er auf die gegenüberliegende Ecke. »Und durch diese Tür gelangt man in mein Schlafzimmer.«

Eleanor konnte nicht erkennen, wo die Täfelung endete

und die Tür begann, doch die Überraschung, dass er ein separates Schlafgemach hatte, war ihr ins Gesicht geschrieben. Sie hatte erwartet, dass er trotz der langen Reise heute Nacht das Bett mit ihr teilen wollte. Wie sich herausstellte, hatte sie sich getäuscht.

»Bevor ich wieder gehe, habe ich noch ein Hochzeitsgeschenk für dich.« Er ging durch die Trenntür in sein Zimmer und kam Sekunden später mit etwas Kleinem zurück, das er Eleanor in die Hände legte. Es war glatt und roch nach gegerbter Haut. Der strenge Geruch erinnerte sie daran, wie sie bei den Schreibern der Abtei saß, wenn diese in Stunden mühevoller Arbeit Texte abschrieben und mit herrlich gefärbten Tinten und Blattgold illuminierten. Sie hatte oft neben ihnen gesessen und mit weggeworfenen Federn und Fetzen von Pergament oder Vellum, die nicht mehr gebraucht wurden, geübt. Sie würde niemals deren ruhige Hand oder deren Blick für Details haben, aber sie konnte ganz passable, wenn auch eher naive Illustrationen anfertigen. Es war eine angenehme Beschäftigung an langen Wintertagen, wenn das schlechte Wetter sie wochenlang zwang, drinnen zu bleiben. Und sie hatte sich bei ihren Plaudereien mit den Mönchen jede Menge Wissen angeeignet und von ihren Erfahrungen in Bezug auf Destillation und Krankenpflege profitiert. Bei all der Übung, die sie hatte, war ihre Handschrift klein und ordentlich. Eine Fähigkeit, die zweifellos von Nutzen wäre, wenn sie Greville half.

Sie drehte den Gegenstand um und untersuchte ihn sorgfältig. Es handelte sich um ein kleines, schweres Buch, das kaum größer als ihre Hand war. Der Einband aus Leder war mit kunstvollen Mustern und Verwirbelungen versehen, die wie frischer Farn aussahen, der sich um eine Truhe wand, und mit strahlenden Farben verziert. Sie schlug es langsam auf und schaute sich die lateinischen Worte darin an.

»Ist das ein Gebetbuch?«, fragte sie erfreut. »Es ist wunderschön, vielen Dank.«

»Ja«, sagte er und nickte. »Es ist ein Stundenbuch. Sieh her, da sind die Stationen des Kreuzwegs.« Er zeigte ihr die reich illustrierten Bilder von Jesu Leidensweg und die entsprechenden Gebete. »Und hier ...« er blätterte ein paar Seiten um »... sind der Heiligenkalender und die Feiertage. Es hat meiner Mutter gehört, mein Vater hat es ihr zur Hochzeit geschenkt. Überall im Buch gibt es leere Seiten. Er hat sie einfügen lassen, damit sie hineinschreiben konnte, was sie wollte – ihre Gedanken oder Gebete. Doch sie hat sie nicht benutzt, deshalb wartet das Buch noch immer auf jemanden, der es seiner Bestimmung zuführt. Ich hoffe, du wirst den Wunsch meines Vaters erfüllen.«

Eleanor lächelte. Sie war sich sicher, dass das kein Problem sein würde.

»Ist das dein Wappen?«, fragte sie und berührte das erhabene Bild vorne auf dem Buch.

»Ja«, bestätigte er, »und jetzt ist es auch deines. Mein Großvater hat es zusammen mit diesem Herrensitz erhalten, als Dank für seine Treue gegenüber Edward dem Vierten. Sieh her, da sind Rohrkolben, die das Moor symbolisieren, in dem wir leben, und hier ist auch ein Reiher abgebildet. Und das hier ist unser Familienmotto.« Er ergriff Eleanors Hand und strich mit ihren Fingern über die lateinische Inschrift am unteren Rand. *»Dum spiro spero«*, las sie. »Solange ich atme, hoffe ich.«

»Richtig«, stimmte er zu. »Bei jedem von uns gibt es Zeiten im Leben, in denen alles trostlos oder zerrüttet scheint«, sagte er zu ihr, »aber wir dürfen nie die Hoffnung verlieren, dass alles wieder besser wird.« Er sah ihr tief in die Augen, als würde er ihre Seele suchen und lesen, was dort geschrieben stand. Vielleicht verstand er mehr von ihrem Kummer, wie verloren sie sich fühlte, wie traurig sie war, als sie ihm zugetraut hätte. Eleanor schüttelte sich ein wenig und riss ihren Blick los.

»Hab Dank dafür, ich werde es immer in Ehren halten«, sagte sie zu ihm.

»Falls du dich wunderst: Janes Mutter hatte ihr eigenes Gebetbuch, deshalb habe ich dieses zufälligerweise noch. Ich denke, du wirst besseren Gebrauch davon machen.« Sein Bart, der trotz der mehrtägigen Reise immer ordentlich war, kitzelte und fühlte sich auf ihrer kalten Haut warm an, als Greville sich vorbeugte, um sie auf die Wange zu küssen. Dann war er weg.

An den Wänden des Zimmers stapelten sich die verschiedenen Truhen, die die beiden Frauen in den letzten zehn Tagen gepackt hatten, doch Eleanor war zu müde, um ein Nachtgewand zu suchen, in dem sie schlafen konnte. Sobald Joan ihr beim Entkleiden geholfen hatte, kroch sie im Unterhemd unter die Decke des neuen Bettes, während Joan die Vorhänge um sie zuzog. Sie hörte nicht mehr, wie ihre Gefährtin dankbar auf ihre eigene Matratze sank, denn sie fiel in den tiefen, traumlosen Schlaf der Erschöpfung.

7

2019

Ambers Handy kündigte den Eingang einer Textnachricht an, und als sie auf das Display hinuntersah, seufzte sie; frustriert drückte sie mehrmals auf den Einschaltknopf, bis sich das Display endlich verdunkelte. Was mit dem gelegentlichen Erkundigen nach ihrem Wohlbefinden begonnen hatte, fühlte sich inzwischen leicht erdrückend und unangenehm an. Sie wusste, dass Jonathan sich Sorgen machte, und sie musste wirklich mit ihm reden, um ihn zu beruhigen. Allein schon, weil er sonst auf dem Festnetztelefon anrufen würde, um mit Grandad zu sprechen – und der arme alte Mann brauchte zehn Minuten, bis er sich auch nur aus seinem Sessel gehievt und zum Telefon gewankt war.

Er würde sie nicht in Ruhe lassen. Sie hatte ihm wieder und wieder erklärt, dass sie ihn nicht verlassen hatte oder aus ihrer Ehe ausgestiegen war, aber momentan hielt sie es einfach nicht bei ihm zu Hause im Pfarrhaus aus. Alles dort erinnerte sie nur an das, was nicht mehr da war. Er hatte das Kinderzimmer ausgeräumt und alles auf dem Dachboden verstaut, weil er dachte, das würde helfen, doch tatsächlich hatte es alles nur noch schlimmer gemacht. Als hätte es Saffron nie gegeben. Aber sie war ein realer Mensch, ihre Tochter. Eine überraschende Schwangerschaft nach einer Antibiotikabehandlung, die dazu geführt hatte, dass ihre Pille nicht wirkte. Zuerst war Amber entsetzt gewesen, als die beiden blauen Streifen auf dem Schwangerschaftstest erschienen waren. Jonathan war wie immer weit pragmatischer gewesen, und innerhalb von Tagen hatte sich seine Haltung von verständnisvoll in hellauf begeistert verwandelt. Amber hatte mehrere Monate gebraucht, bis sie akzeptiert hatte, was da gerade geschah, bis sie sich allmählich auf den Familienzuwachs freute und Jonathans wachsende Euphorie teilte. Nun quälten sie Schuldgefühle wegen ihres anfänglichen Mangels an Begeisterung.

Vom Fenster des inzwischen leeren Kinderzimmers konnte man zum Friedhof hinüberblicken, wo ihr Baby lag. Jonathan fand es tröstlich, dass Saffron so nah war; jeden Morgen besuchte er das Grab, bevor er die Kirche aufschloss. Sie hatte ihn vom Fenster aus gesehen, seine Lippen bewegten sich, wenn er mit seiner Tochter sprach. Vielleicht betete er auch. Sie konnte ihn nicht fragen, weil sie nicht zugeben wollte, dass sie ihn beobachtet hatte. Am Anfang war sie wie im Nebel im Pfarrhaus herumgedriftet, unfähig, sich auf irgendetwas zu konzentrieren. Sie hatte Bücher in die Hand genommen und sie dann ungelesen wieder zurückgelegt. Hatte literweise Tee gekocht, den sie nicht trank. Bis sie nach ein paar Monaten wusste, dass sie einen Ort finden musste, an dem sie wieder atmen konnte. Einen vertrauten Ort, an dem sie sich häuslich niederlassen konnte.

Die Fahrt zu ihrem Großvater dauerte nur anderthalb Stunden, und anfangs hatte sie sich einverstanden erklärt, die Wochenenden zu Hause zu verbringen, doch das war schon bald im Sande verlaufen. Jonathan arbeitete sonntags und bereitete sich an den Tagen davor auf die Gottesdienste vor – es war dann doch eine ziemlich lange Fahrt, nur um einen Sonntagsbraten zuzubereiten und ein wenig Zeit miteinander zu verbringen.

Und jetzt, wo er nicht mehr in der Lage war, ihren körperlichen und mentalen Verfall zu beobachten, war er dazu übergegangen, ihr mehrmals pro Woche zu schreiben. Sie hatte ihn davon überzeugt, dass es besser war, wenn sie zu einer passenden Zeit ihn anriefe, damit ihr Großvater nicht gestört wurde, aber nun hatte er angefangen, sie mit Textnachrichten zu bombardieren. Dabei wollte sie doch nur ein wenig Ruhe, um durchzuatmen und um ihre Tochter zu trauern, so, wie sie sich dazu in der Lage fühlte.

Grandad unternahm seinen Morgenspaziergang, der allerdings, wie Amber herausgefunden hatte, lediglich darin bestand, dass er von der Hintertür zu seinem Gewächshaus ging. Bei jedem Wetter setzte er sich dort auf seinen Gartenhocker und blickte auf seinen ausgedehnten Gemüsegarten hinaus, der nun vollkommen von Unkraut überwuchert war. Früher hatte er die lästigen, widerspenstigen Pflanzen erfolgreich in ihre Schranken gewiesen. Jetzt versuchten sie überall in den straff organisierten Beeten zu wachsen, in denen er im Laufe der Jahre so viel Gemüse angebaut hatte, dass man die ganze britische Armee damit hätte durchfüttern können. An den blassen Backsteinmauern, die den Garten umgaben, wuchsen an Spalierbäumen noch immer eimerweise Feigen; die meisten davon fielen herunter – ein Festmahl für die Insekten – und verwandelten sich später durch den Herbstregen in klebrigen, sirupartigen Kompost.

Doch ihr Großvater war zu dieser körperlichen Arbeit nicht mehr fähig. Amber wusste, dass er seine durch den Schlaganfall verursachte Schwäche hasste, und sie bezweifelte, dass er je wirklich akzeptieren würde, wie die Dinge nun standen. Er plante immer noch alles Mögliche, was er tun wollte, sobald es ihm wieder gut ging, und sie brachte es nicht übers Herz, ihm zu sagen, dass dieser Tag womöglich nie kommen würde.

Da sie ausnutzen wollte, dass sie das Haus für sich allein hatte, und sich darüber klar war, dass sie Jonathans Nachricht beantworten sollte, schaltete Amber ihr Handy wieder ein und machte sich auf die Suche nach einer Stelle, an der sie vernünftig Empfang hatte. Vorne im Haus klappte das eindeutig besser, wenn auch immer noch nicht so richtig toll. Sie hatte ihrem Großvater einmal vorgeschlagen, dass sie auf den Turm klettern könnte, um einen guten Empfang zu finden, doch er hatte so heftig darauf reagiert, dass sie sehr erschrocken war. Und jetzt war der Turm einsturzgefährdet, das Gerüst aufgebaut und die Tür zur Treppe abgeschlossen – so wie immer. Nichts würde ihren Großvater umstimmen. Er räumte ein, dass die Treppe schon seit er denken konnte gesperrt war und keiner wusste, wo sich der Schlüssel befand, doch sie war sich sicher, dass er ihr etwas verheimlichte.

In der Bibliothek war der Empfang am besten. Normalerweise hielt sie sich nicht lange dort auf, weil die uralte Bleiverglasung Dutzende winziger Ritzen hatte, durch die es zog. Kleine, eiskalte Messerstiche. Das war das Problem mit einem denkmalgeschützten Gebäude wie Saffron Hall: Nichts durfte modernisiert werden, das hieß, keine Chance auf eine vernünftige, wirkungsvolle Doppelverglasung, was zur Folge hatte, dass die Bewohner mit der Kälte leben mussten. Kein Wunder, dass ihr Großvater im Winter meist auch tagsüber im Dunkeln saß, weil er die dicken alten Vorhänge vorgezogen hatte, um die Wärme im Haus zu halten.

Endlich zeigte ihr Handy schwachen Empfang und fing an zu vibrieren. Sie schaute auf das Display und entdeckte, dass sie nicht nur eine, sondern gleich vier Nachrichten und einen verpassten Anruf von Jonathan hatte.

»Himmeldonnerwetter«, murmelte sie, während sie durch die Nachrichten scrollte. Am Anfang waren sie noch höflich, er erkundigte sich nach ihrer Gesundheit und fragte, ob sie sich mal unterhalten könnten, aber die vierte Nachricht klang sehr schroff: RUF MICH AN, AMBER, RUF MICH VERDAMMT NOCHMAL EINFACH AN. Jonathan lehnte es zwar ab, den Namen des Herrn zu missbrauchen, aber ansonsten nahm er es mit dem Fluchen nicht so genau, wenn er der Meinung war, dass die Situation dies erforderte. Sie drückte im Anrufprotokoll auf seinen Namen – tatsächlich war er der einzige dort – und hielt sich das Handy ans Ohr; sie lauschte den Geräuschen, während die Verbindung hergestellt wurde, und stellte sich vor, wie er in seinem Arbeitszimmer saß, das Handy an sich riss und es in der Eile, dranzugehen, beinahe fallen ließ. Jonathan hatte ein Diplom in Sachen Ungeschicktheit.

»Hi, Amber?« Er klang atemlos.

»Ja, ich bin es. Passt es dir gerade?« Sie nahm einen Füller vom Sideboard und machte den Deckel auf und zu, auf und zu.

»Ja, natürlich. Ich war nur gerade draußen und habe die letzten Dahlien für die Frauen geschnitten, die diese Woche Blumendienst haben. Sie sind ein wenig windzerzaust, aber es geht. Die Blumen, meine ich, nicht die Ehrenamtlichen. Tut mir leid, ich schweife ab. Wie geht es dir?« Er verstummte, und sie fühlte sich bemüßigt, das Schweigen zu füllen, das sich – wie sie nur allzu gut wusste – ausdehnen würde, bis sie etwas sagte. Sie konnte sich bildlich vorstellen, wie sein Blick jetzt umherhuschte, als würde er dadurch die richtigen Worte finden.

Sie hatten eine so großartige Partnerschaft geführt, seit dem Tag, an dem sie sich kennengelernt hatten. Damals hatte sie vor ihrer Studentenbude in Cambridge ihr Fahrrad aufgeschlossen, und er war dagestanden und hatte gerade seines aufgeschlossen. Er hatte sofort einen wohlwollenden Kommentar über ihre strahlend safrangelben Doc Martens abgegeben, auch wenn sie ihm erst viel später den Zusammenhang zwischen der leuchtenden Farbe ihres Schuhwerks und dem Namen ihres Familiensitzes erklärte. Ihr Großvater hatte ihr die Schuhe zu ihrem achtzehnten Geburtstag geschenkt, und sie liebte sie. Schnell wurde ihr ganz warm ums Herz, wenn sie Jonathans tiefer, melodischer Stimme lauschte, und sie lud ihn zu einem Konzert ein, das Freunde von ihr am selben Abend in der College-Bar geben würden. Seitdem hatte es keinen Moment gegeben, in dem sie sich nichts zu sagen hatten. Bis jetzt.

»Ach, na ja, du weißt schon, dasselbe wie immer. Ich arbeite immer noch hart an Grandads Büchern.« Und sie erzählte von den neuesten Schäden am Turm. »Es blieb kaum Zeit für anderes. Wenn die Sonne scheint, gehe ich spazieren, aber das kommt nicht besonders oft vor.«

»Ja, hier ist das Wetter ähnlich.« Eigentlich könnten sie beide ein Diplom in Small Talk machen.

»Wie geht es dir? Gibt es etwas Neues in Little Walpole?«

»Nun, es gibt etwas, was ich dir sagen möchte, deshalb wollte ich mit dir sprechen statt dieser fürchterlichen Schreiberei. Es geht um etwas, das ausgesprochen werden muss.«

Einen Augenblick lang pochte Ambers Herz wie wild in ihrer Brust, und trotz der Zugluft vom Fenster überlief ein heißes Prickeln ihr Gesicht. Jonathan hatte ihr selten etwas Wichtiges zu sagen. Hatte er die Nase voll davon, darauf zu warten, bis sie wieder ihr altes Selbst gefunden hatte, bis sie wieder zu der Amber wurde, die sie früher gewesen war? Wollte er ihren Rückzug beenden oder gar ihre Ehe? Ursprünglich war es ihr Vorschlag gewesen, sich eine Auszeit zu nehmen und vorübergehend zu ihrem Großvater zu ziehen, um den Kopf frei zu bekommen. Er war nicht gerade begeistert gewesen von dieser Idee, doch als Grandad vorschlug, sie könnte seinen Bücherbestand katalogisieren, war Jonathan ins Wanken geraten und hatte schließlich eingesehen, dass das vielleicht helfen würde.

Sie merkte, dass ihr seine ersten paar Worte entgangen waren, als sie versuchte, sich wieder in das Gespräch einzuklinken.

»... deshalb dachte ich, du hast nichts dagegen, wenn wir die Sache vorantreiben und ihn aufstellen lassen. Gestern Nachmittag kam Tony, und ich half ihm dabei. Es fühlte sich wichtig für mich an, dabei zu helfen. Für Saffron. Und er sieht genau richtig aus. Ich glaube, es wird dir gefallen. Das Zitat von Yeats, das du ausgesucht hast, ist absolut perfekt.«

Amber zuckte zusammen, als ihr bewusst wurde, dass er vom Grabstein für Saffrons Grab sprach. Es kam ihr vor, als hätten sie ihn schon vor so langer Zeit ausgesucht, dass sie ganz vergessen hatte, dass er noch aufgestellt werden musste. Ihre Augen brannten, als die vertrauten Tränen in ihr aufstiegen und über das Gesicht rollten. Die Aussicht vom Fenster auf die ausgedehnten flachen Felder unter dem traurig bedeckten Himmel verschwamm zu einem geradezu impressionistischen Gemälde aus Grau- und Sepiatönen.

»Mir war gar nicht klar, dass er schon fertig ist«, gestand sie laut schniefend, »oder dass sich das Grab bereits gesetzt hat.«

»Kommst du nach Hause und schaust es dir an? Ich glaube, das würde helfen. Mir hat es zumindest geholfen. Es ist dauerhafter und ein echtes Symbol dafür, dass sie hier war. Die Welt erfährt dadurch, dass wir eine Tochter hatten ... beziehungsweise haben.«

»Ja, natürlich, das wäre sehr schön«, erwiderte Amber

Sie konnte das Lächeln auf Jonathans Gesicht praktisch hören, als hätte er eine andere Antwort erwartet. Er schlug einen Tag in der kommenden Woche vor, an dem er freihatte und sie auch gemeinsam zu Mittag essen konnten. Amber zuckte zusammen. Sie glaubte nicht, dass sie die stundenlangen leeren Plaudereien ertrug, die er erwarten würde. Sie war nicht mehr dieselbe; sie hatte sich für immer verändert. Wenn Jonathan das doch nur merken würde. Ihr Großvater war an ein ruhiges Leben gewöhnt und gab sich selten sinnlosem Geplänkel hin, daher war seit ihrer Ankunft hier ihre Fähigkeit, lange, geistlose Gespräche zu führen, auf nahezu null geschrumpft. Widerstrebend willigte sie ein, ihn am späten Vormittag des vorgeschlagenen Tages im Pfarrhaus zu treffen. Dann legte sie auf.

Saffrons Grabstein. Alles fühlte sich so endgültig an, und als würden alle, einschließlich Jonathan, einfach so weitermachen. Sie konnte das nicht. Sie schlug in ihrer ganz eigenen Hölle wie wild um sich. Eine Zwischenstation zwischen ihrem Leben und keinem Leben, nur die Dunkelheit, von der sie täglich umfangen wurde. Sie hatten noch immer keine offizielle Erklärung dafür, weshalb das Herz ihrer geliebten Tochter aufgehört hatte zu schlagen. Zunächst war alles gut gewesen, sie war eine Woche über der Zeit, aber das Baby strampelte, es ging ihm gut. Am nächsten Tag: nichts. Es dauerte mehrere Stunden, bis sie merkte, dass sie keine Bewegungen mehr spürte. Wenn sie es doch nur früher gemerkt hätte und ins Krankenhaus gegangen wäre, dann hätte man vielleicht noch etwas machen können. Ihre Schuld, das alles war ihre Schuld.

Die Stille, die sie umgab, als der Arzt vom Ultraschallgerät aufblickte und sagte, dass kein Herzschlag wahrnehmbar sei. Dass ihr Baby tot war. Eine grauenhafte Stille saugte die Luft aus dem Raum und ließ sie in einem Vakuum zurück, als sie begriffen, was man ihnen gerade mitgeteilt hatte. Dann hörte sie ein Rauschen in ihren Ohren, ein brüllendes Geräusch, das – wie sie merkte – aus ihrem Mund kam, aber sie wusste nicht, wie sie es abstellen sollte. Und dieser Laut mochte inzwischen zwar innerlich sein, aber sie konnte ihn immer noch nicht zum Verstummen bringen.

Amber ließ sich an den Fensterrahmen sinken und schloss die Augen. Es war ihre Schuld, dass sie jetzt nicht mit ihrer wundervollen Tochter im Mutterschaftsurlaub war, sondern in einer einjährigen Auszeit, in einem Sonderurlaub aus dringenden familiären Gründen, in dem sie zu lernen versuchte, wie sie dieses neue Leben führen sollte. Ein Leben, in dem ein riesiges Loch klaffte, weil sie nicht darauf bestanden hatte, dass die Ärzte die Geburt einleiteten, sobald der Geburtstermin kam und ging. Als Saffron noch am Leben gewesen war. Weil sie den Versicherungen der Ärzte geglaubt hatte, dass alles bis zu zehn Tagen Verspätung noch vollkommen sicher war – um sieben Tage später herauszufinden, dass dies nicht der Fall war.

Sie strich sich durch ihre kurzen Haare, griff mit beiden Fäusten hinein und zog sie straff, spürte aber keinerlei Schmerz. Sie war empfindungslos, wie erfroren; sie sah keinen Weg, sich je wieder normal zu fühlen. Sie rieb sich mit den Handballen heftig die Augen, wischte sich salzige Flüssigkeit vom Gesicht und schauderte. Der Raum fühlte sich noch kälter an als zuvor. Als sie sich zur Tür wandte, hielt sie inne. Die Atmosphäre hatte sich verändert, und sie hatte ganz kurz das Gefühl, nicht allein im Zimmer zu sein, obwohl eindeutig niemand sonst da war. So ähnlich, wie wenn manchmal ihre Arme schmerzten, weil sie sich sicher war, Saffrons Gewicht darin zu spüren, doch das war ja gar nicht möglich. Sie waren leer.

Es fühlte sich so real an, dass jemand ganz kurz bei ihr im Raum gewesen war. Und sie nahm einen Hauch eines seltsamen Geruchs war. Honig und etwas Metallisches. Verlor sie allmählich den Verstand? Nach der Sache mit Saffron hatte sie sich in Therapie begeben, und man hatte ihr gesagt, dass alles möglich war, wenn man trauerte. Es war nur ihr verwirrtes Gehirn, das ihr einen Streich spielte, oder?

8

2019

»Wann willst du losfahren?«, fragte Ambers Großvater.

»Ich denke, gegen zehn. Der Verkehr wird langsam vorangehen, wenn sich das Wetter nicht ändert.«

»Mach dir heute Abend keine Gedanken ums Essen, wenn du zu Hause bei Jonathan bleiben willst. Für mich ist noch jede Menge im Gefrierfach.« Vorsichtig fischte er mit dem Messer einen Klecks Marmelade aus dem Glas, und beide beobachteten, wie er ihn zittrig zu seinem Toast führte.

»Nein, ich komme auf jeden Fall zurück. Ich habe nur zugestimmt, dort zu Mittag zu essen, weil ich mich dann nachmittags wieder auf den Weg machen kann. Jonathan weiß, dass ich nicht gern im Dunkeln fahre. Ich arbeite jetzt noch eine Stunde, bevor ich gehe, dann habe ich nicht den ganzen Tag verschwendet.«

Ihr Großvater zog die Augenbrauen hoch. »Ich bin mir sicher, dass ›verschwendet‹ hier nicht das richtige Wort ist.«

»Na ja, nein, nicht wenn es darum geht, Saffron zu besuchen. Aber bei allem anderen weiß ich nicht so recht.«

Amber blickte auf ihre Tasse Tee hinunter, der langsam kalt wurde. Sie hatte die ganze Nacht über versucht, ihre finsteren Gedanken zu verscheuchen. Der Tag heute war unvermeidlich. Irgendwann musste sie sich Saffrons Grabstein anschauen. Es tat ja jetzt schon so sehr weh, dass sie sich dadurch kaum schlechter fühlen konnte. Und dann auch noch ein erzwungenes Mittagessen mit Jonathan. Obwohl sie ihn vermisste und liebte, wollte sie ihn nicht sehen und schon gar nicht über alles reden – zweifellos wurde von ihr erwartet, dass sie über ihren psychischen Zustand sprach. Oder schwierige Fragen beantwortete, zum Beispiel wie lange sie noch bei ihrem Großvater bleiben würde oder wie weit sie mit der Archivierung der Bücher gekommen war. Selbst in ihrer tiefen Verzweiflung war ihr bewusst, dass es Jonathan gegenüber unfair war, ihn auszuschließen, wo er sie doch brauchte, aber sie fand keinen Weg, ihn an sich heranzulassen.

Als sie aufstand, zog sie sich automatisch die Hose hoch. Obwohl das schwarze Kleidungsstück dehnbar war, da es einen hohen Anteil Elasthan enthielt, war es an der Taille zu weit, und der dunkelgraue Pulli, den sie anhatte, entblößte tiefe Mulden unter ihren Schlüsselbeinen, weil er ihr fast von den Schultern rutschte. Sie hatte mehr Gewicht verloren, als ihr bewusst gewesen war.

Im Arbeitszimmer war es eiskalt, doch sie ließ die Heizung ausgeschaltet, weil sie ohnehin nur ein Weilchen arbeiten wollte. Sie fuhr ihren Laptop hoch und begutachtete dabei die Bücher, die noch auf dem Schreibtisch auf die Katalogisierung warteten, darunter mehrere Erstausgaben, die wirklich in die Bibliothek sollten, auch wenn es ihnen glücklicherweise nicht viel ausgemacht hatte, dass sie in Umzugskartons und Schachteln zwischengelagert worden waren. Allerdings war Amber nicht bei der Sache, denn sie konnte kaum erwarten, ein ganz bestimmtes Buch genauer zu untersuchen. Ein Buch, das sie reizte und an das sie in den langen schlaflosen Stunden heute Nacht gedacht hatte. Vorsichtig nahm sie es aus dem Safe. Ihre ersten Recherchen hatten bestätigt, dass es sich um ein Stundenbuch handelte, ein persönliches mittelalterliches Gebetbuch, das einer Lady von hohem Rang gehört hatte. Amber legte es auf ihre mit Samt bezogene Buchwippe, die sie mitgebracht hatte, als sie hier eingezogen war. Sie hatte nicht damit gerechnet, etwas zu finden, das von so großem Interesse war, dass es ihrer Expertise bedurfte.

Nachdem sie ihre strahlend weißen Handschuhe angezogen hatte, schlug sie wieder das Tuch auf, allerdings sah sie sich das, was sie anfangs nur für einen Fetzen gehalten hatte, dieses Mal genauer an. Obgleich Textilien nicht ihr Fachgebiet waren, hatte sie den starken Verdacht, dass es sich um einen Leinenstoff handelte, und er sah ziemlich fein aus, hochwertig, keine grobe Arbeit. Er wies zarte Stiche auf, vermutlich Schwarzstickerei, einfache geometrische Muster aus schwarzer Seide, mit denen im Mittelalter die Säume von Hemden und Kitteln verziert wurden. In einem Zeitalter, in dem Stoffe teuer waren, hätte man Teile eines Kleidungsstücks, das als solches nicht mehr zu gebrauchen war, immer noch als Einwickeltuch verwendet.

Sie betrachtete den dicken tiefbraunen Ledereinband, der mit einem eingravierten Wappen fein verziert, inzwischen jedoch an einigen Stellen blank und abgenutzt war.

Ursprünglich schien er bunt gewesen zu sein, aber die Farben waren ebenfalls verblichen, nur schwache Spuren von Gelb und Rot waren noch sichtbar. Amber strich mit der Hand darüber, tastete ihn vorsichtig mit den Fingerspitzen ab, als würde sie eine komplizierte Braille-Schrift entziffern, aber es war fast unmöglich, mit Sicherheit zu sagen, wie er ursprünglich ausgesehen hatte. Vorsichtig schlug sie die erste Seite auf, und ihr Blick fiel auf die Schrift, die sie am Vortag schon angesehen hatte. Wieder überlief sie ein quälender Schauder, und sie schüttelte sich. Sie vermied es, die Inschrift für Mary zu lesen, aber sie öffnete auf ihrem Laptop ein neues Dokument und fing an, sich Notizen zu machen. Wenn sie das Buch am Ende ihren Kolleginnen und Kollegen im Fitzwilliam-Museum übergeben würde, wollte sie ihnen gern einen ausführlichen Forschungsbericht dazu liefern.

Liste von Geburts- und Sterbedaten, notierte sie rasch, *aber neben einem Eintrag – Thomas Lutton – steht kein richtiges Geburtsdatum, nur ein Monat und ein Jahr.*

Gegenüber der Namensliste befanden sich Kritzeleien auf Lateinisch. Es war nahezu unmöglich, sie zu entziffern. Sie hatte in Projekten, an denen sie bei der Arbeit teilgenommen hatte, einiges aufgeschnappt, doch sie erkannte nur die bekannteren und häufiger verwendeten Wörter und Wendungen. Sie nahm ihr Vergrößerungsglas aus der Schreibtischschublade, um herauszufinden, ob sie mehr entziffern konnte, wenn sie die Wörter vergrößerte. Sie runzelte die Stirn, als sie einen Blick darauf warf. Was bedeutete das?

Ein rascher Blick auf die untere Ecke des Bildschirms ließ sie hochschrecken – sie musste los, sonst würde sie zu spät kommen. Ihre Nachforschungen mussten warten, und nachdem sie das Buch wieder sorgfältig in das Tuch eingewickelt hatte, legte sie es zurück in den Safe in der Ecke. Sie konnte es kaum erwarten, weiterzuforschen. Nachdem sie sich Woche um Woche durch die Sammlung ihres Großvaters gepflügt hatte, war sie nun womöglich auf etwas ganz Besonderes gestoßen.

Amber stellte ihr Auto in Swaffham ab. Von der anstrengenden Fahrt im Regen brannten ihre Augen, und ihre Stimmung, die sich nach der Arbeit am Stundenbuch ein klein wenig aufgehellt hatte, war jetzt so trüb wie das Wetter draußen.

Aber sie würde das schon schaffen. Jonathan treffen, Small Talk machen, die Themen meiden, die er eindeutig mit ihr besprechen wollte, aber nie den Mut aufgebracht hatte, sich die Finger daran zu verbrennen. Saffrons Grab besuchen und den neuen Grabstein sehen, ein sichtbares, dauerhaftes Symbol dafür, dass sie zu den grundlegendsten Dingen nicht in der Lage war, nämlich das Kind, das sie in sich getragen hatte, zu beschützen. Eigentlich wollte sie am liebsten umdrehen, zu ihrem Großvater zurückkehren und sich verstecken. Aber sie konnte nicht ewig davonlaufen. Und hoffentlich würde es ihr ein wenig Erlösung verschaffen, ein paar Blumen auf Saffrons Grab zu legen.

Nachdem sie ausgestiegen war, lief sie über die High Street, wich dabei den Pfützen aus und betrat den Blumenladen. Es gab nur einen einzigen Blumenladen am Ort, lieber wäre sie woandershin gegangen. Hierher hatte Jonathan sie gebracht, um Blumen für die Beerdigung auszusuchen.

Allein den Laden wieder zu betreten, der überwältigende Duft nach Blumen und Grünzeug, nach überbordendem Leben, machte sie fix und fertig.

Glücklicherweise war die junge Frau hinter dem Ladentisch eine andere, deshalb würde sie sich nicht an Amber erinnern und sie in ein unangenehmes Gespräch verstricken. Stattdessen tauschten sie Höflichkeiten über das schlechte Wetter aus, und dann konnte Amber einen Strauß Schleierkraut kaufen und wieder gehen. Vorsichtig legte sie die Blumen mit den kleinen, zerbrechlichen weißen Blütenblättern auf den Beifahrersitz. Es waren die Blumen, die sie bei der Beerdigung für den winzigen weißen Weidenholzsarg gewählt hatten, und Amber konnte sich nicht vorstellen, etwas anderes zu kaufen.

Schließlich hielt sie in der Parkbucht neben der Kirche an. Sie zitterte, als sie die feuchten Handflächen an ihrer Hose abwischte. Sie hätte auch zu Hause in der Einfahrt parken können – das Pfarrhaus befand sich direkt neben der Kirche. Durch die Bäume konnte sie seine mattgelben, mit Efeu bewachsenen Backsteine erkennen. Doch sie wollte Jonathan erst mal nicht auf ihre Ankunft aufmerksam machen.

Früher, in diesem anderen Leben vor Saffron, hatte sie es geliebt, in diesem Haus zu leben. Es war ihrer beider Zuflucht vor der Welt gewesen. Dort hatten sie mit Freunden zu Abend gegessen und fröhlich bis in die Nacht hinein zusammengesessen. Ihre Studienkollegen von Cambridge hatten gut zu Jonathans Kirchenleuten gepasst; es kamen alte Schulfreunde und Paare aus dem Dorf, die kleine Kinder hatten oder ein Baby erwarteten.

Endlich hörte es auf zu regnen, und der Himmel klarte allmählich auf; als sie langsam auf die Kirche zuging, fielen ihr nur noch die Tropfen von den Bäumen auf Kopf und Schultern. Vielleicht hätte sie Jonathan mitnehmen sollen, doch sie wollte Ruhe und Frieden, um mit ihren Gedanken allein zu sein.

Sie ging den Pfad entlang auf die Rückseite und dann über den Rasen, der frisch gemäht, aber vom Regen aufgeweicht war. Grashalme blieben an ihren Schuhen kleben. Die Kindergräber befanden sich in der hinteren Ecke, ein wenig abseits von den übrigen. Eine kleine Ansammlung aus Kummer. Manche der Gräber waren mit Plastikwindmühlen, durchnässten Teddybären und Tonhäschen geschmückt. Jeder ging auf seine Weise mit seinem Verlust um.

Saffrons blasser cremeweißer Grabstein schimmerte im schwachen Sonnenlicht, das durch die Wolken drang, den goldenen Schriftzug zierten glitzernde Regentropfen. Amber kniete sich neben ihn und strich mit den Fingern über die eingravierten Worte.

Saffron Morton, geboren und sanft entschlafen am
18. Februar 2019

Dass es nun endgültig, für immer war, fühlte sich genauso an, wie sie es sich vorgestellt hatte. Es tat auch genauso weh. Vorsichtig legte sie ihre Blumen auf den kleinen Grashügel vor dem Grabstein.

»Es tut mir leid«, flüsterte sie. »Es tut mir leid, dass du nicht hier bei uns bist, wie es geplant war. Ich vermisse dich jeden Tag, und ich weiß, dass es deinem Daddy genauso ergeht.« Mit ihrer Tochter zu sprechen war leichter, als sie gedacht hatte, und sie begann zu verstehen, dass Jonathan es tröstlich finden konnte, jeden Tag das Grab zu besuchen und mit Saffron zu reden. Sie rappelte sich auf und ging auf demselben Weg zum Auto zurück, auf dem sie hergekommen war. Sie wusste, was sie jetzt zu tun hatte, was sie zu tun *versprochen* hatte, doch sie schaffte es nicht. Es war zu schwer. Ein anderes Mal – sie würde Jonathan ein anderes Mal treffen. Ganz sicher verstand er, warum sie das jetzt nicht konnte.

Jonathan stand am Fenster des leeren Kinderzimmers und beobachtete, wie sie am Grab kniete, bevor sie sich langsam wieder erhob und mit gesenktem Kopf wegging. Minuten später hörte er, wie sie den Motor ihres Autos anließ und davonfuhr. Er rieb sich mit den Handballen die Augen, damit ihm die heißen Tränen nicht übers Gesicht liefen.

9

2019

Amber war überrascht, als sie am nächsten Tag nichts von Jonathan hörte. Keine verpassten Anrufe oder Sprachnachrichten, keine SMS. Nichts. Hatte sie die Daten verwechselt? Hatte Jonathan gestern nicht auf sie gewartet, als sie zurück an ihren Zufluchtsort bei Grandad in Saffron Hall gerast war, als säße ihr der Leibhaftige im Nacken? Sie konnte von Glück sagen, wenn sie keinen Strafzettel wegen Geschwindigkeitsübertretung bekam.

Sie schaute noch einmal auf den Kalender. Sie war definitiv am richtigen Tag dort gewesen, warum hatte er dann nicht angerufen, um herauszufinden, warum sie nicht zum Mittagessen gekommen war? Nach den zahlreichen Textnachrichten, die er bisher immer geschickt hatte, erschien ihr das seltsam. Und vielleicht, so gestand sie sich ein, war sie auch ein kleines bisschen enttäuscht, dass er überhaupt nicht nachfragte. Auch wenn sie selbst wusste, wie widersprüchlich das war.

Glücklicherweise hatte ihr Großvater sie nicht ausgefragt,

als sie zurückkam, sein vorsichtiges »Du bist früher zurück, als ich erwartet hätte« beantwortete sie mit einem kurz angebundenen »Ja, bin ich«, und das war dann auch das Ende ihres Gesprächs.

Amber beschloss, alle Gedanken an Jonathan beiseitezuschieben, zumindest für ein paar Stunden. Wenn sie bis zur Mittagszeit nichts von ihm hörte, würde sie ihm eine Entschuldigung und eine Erklärung schicken. Zuerst einmal wollte sie jedoch mit einer weiter reichenden Erforschung des alten Gebetbuchs beginnen, ohne dabei unterbrochen zu werden. Ihr Herz schlug jedes Mal höher, wenn sie daran dachte, doch am gestrigen Tag hatte sie nach der ganzen Aufregung und der Fahrt nach Hause nicht die nötige Ruhe gefunden, um die Untersuchung fortzuführen. Der kostbare Gegenstand bedurfte eines klaren Kopfes. Sie zog ihre weißen Handschuhe an.

Bevor sie die Gelegenheit bekam, sich an die lateinischen Worte zu machen, wurde sie von einem lauten Klopfen an der Haustür gestört, gefolgt von der Türglocke.

Sie fluchte vor sich hin, weil sie genau wusste, dass ihr Großvater draußen im Gewächshaus war, also zog sie ihre Handschuhe aus und durchschritt den Eingangsbereich, um die Tür zu öffnen.

»Oh, ich hätte erwartet, dass du anrufst und nicht gleich den ganzen Weg hierherfährst.« Sie war so schockiert, Jonathan auf der Türschwelle vorzufinden, dass sie mit diesem nicht gerade freundlichen Willkommensgruß herausplatzte.

»Wenn der Prophet nicht zum Berg kommt.« Er legte den Kopf schief und lächelte sie entschuldigend an, seine Lachfältchen kräuselten sich dabei auf die Art und Weise, die immer Schmetterlinge in ihrem Bauch hatte aufflatterten lassen. Als sie die Tür weiter öffnete, damit er hereinkommen konnte, schämte sie sich plötzlich wegen ihres Benehmens am Vortag.

»Komm rein. Kaffee?«, fragte sie. »Ich fürchte, es gibt nur Instant-Kaffee.«

»Ich werde darüber hinwegkommen, danke.« Sein Bedürfnis, zu jeder Tages- und Nachtzeit starken, frisch gebrühten schwarzen Kaffee zu trinken, bot eine nie versiegende Quelle für Insider-Witze zwischen ihnen. »Mir war gar nicht klar gewesen, dass der Schaden am Turm so schlimm ist. Als ich vom Dorf hierhergefahren bin, habe ich das Gerüst gesehen.«

Während sie in die Küche gingen, erzählte sie von den Problemen, die Kenny und Pete festgestellt hatten. Sie füllte den Wasserkocher und holte Tassen, Kaffee und für sich selbst einen Teebeutel aus dem Schrank.

»Ich muss mich noch bei dir entschuldigen«, sagte sie und zwang sich, ihn anzusehen. »Ich wollte dich anrufen, wenn du zu Hause und nicht beschäftigt bist. Es tut mir leid wegen gestern. Das alles hat mich so überwältigt, und ich wusste nicht, was ich dir sagen sollte. Das weiß ich immer noch nicht. Ich war an Saffrons Grab. Der Grabstein sieht … gut aus. Na ja, nicht gut. Wie kann irgendetwas daran, dass sie dort ist und nicht bei uns, gut sein? Aber du weißt schon, er sieht aus, wie ich es mir vorgestellt hatte. Und das Yeats-Zitat gefällt mir immer noch. Ich bin froh, dass wir es genommen haben.« Sie lächelte ihn sanft an, ihre Züge wurden weich.

»Ich habe dich gesehen.«

»Was? Du hast mich gesehen? Wo?« Sie war verwirrt.

»Bei Saffron. Ich habe dich vom Fenster im hinteren Schlafzimmer aus gesehen.« Ihr fiel sofort auf, dass er es nicht mehr als Kinderzimmer bezeichnete. »Ich habe nicht spioniert, aber ich habe zufällig gerade hinausgeschaut, und da warst du dann. Dann bist du weggegangen und kamst nicht zu unserer Haustür, deshalb dachte ich mir, dass du es dir anders überlegt hast.«

Sie reichte ihm seinen Kaffee, presste den Teebeutel in ihrer Tasse aus und warf ihn in die Biotonne. Kein Wunder, dass das Unkraut so wucherte im Garten, wenn man sich mal den Komposthaufen anschaute, den ihr Großvater da errichtete.

»Ich habe es mir nicht anders überlegt«, widersprach sie, sofort in der Defensive. Bestimmt hatte er ihre Gereiztheit satt, sie selbst erschöpfte sie jedenfalls. Sie zog sie herunter, an einen Ort, an dem sie nicht sein wollte. »Bei dir klingt das, als wäre ich total launisch. Aber ich habe es einfach nicht geschafft. Ich war durcheinander und wollte nicht reden.«

»Über Saffron oder über uns?« Seine Schultern wirkten steif, als er scharf ausatmete.

»Ich weiß es nicht.« Sie zuckte mit den Achseln. »Vielleicht beides.«

»Wir müssen irgendwann reden, Amber«, sagte er eindringlich und umklammerte seine Kaffeetasse so heftig, dass seine Fingerknöchel weiß wurden. »Wir können uns nicht ewig so treiben lassen.«

»Ich weiß, ich weiß, aber nicht jetzt, bitte – das ist nicht der richtige Zeitpunkt. Noch nicht. Haben wir einen Brief bekommen mit einem Termin für die Beratung? Sie hatten doch damals gesagt, wir würden eine bekommen?« Sie wechselte abrupt das Thema, goss sich Milch in den Tee und setzte sich ihm gegenüber.

»Nein, aber ich rufe dort an und frage mal nach.« Er nahm einen Schluck Kaffee und starrte aus dem Fenster. »Hast du Becky gesehen, seit du hier bist?« Becky war ihre beste Freundin und Arbeitskollegin. Sie hatten beide innerhalb weniger Monate eine Stelle an der Uni angetreten, Becky als Dozentin für mittelalterliche Kunstgeschichte und Amber als Archivarin in derselben Abteilung, sodass sie oft zusammen an Projekten arbeiteten. Schon ganz am Anfang ihrer Freundschaft hatten sie festgestellt, dass Becky im selben Dorf wohnte wie Ambers Großvater, und das war nur einer von vielen Zufällen.

»Nein, noch nicht«, gestand sie. »Sie hat mich angerufen, als ich hier angekommen bin, und ich habe gesagt, dass ich mich bei ihr melden würde, hab ich aber noch nicht. Ich drücke mich noch davor. Je weniger ich mit Menschen spreche, desto weniger sehe ich mich dazu in der Lage.«

»Hör mal, ich weiß, dass es schwer ist, auf jemanden zuzugehen und mit ihm zu reden, aber es hilft vielleicht. Sie ist deine Freundin, und sie will dir helfen, und wenn du schon nicht mit mir reden kannst, dann vielleicht mit ihr! Geh und rede mit ihr, und wenn auch nur, um eine Schulter zu haben, an der du dich ausheulen kannst.«

»Heulen ist aber nicht die Lösung, oder?« Sie schlug hart mit der flachen Hand auf den Tisch. »Ich verbringe die Hälfte meiner Zeit mit Heulen, aber das bringt uns unser Baby nicht zurück, genauso wenig wie mit jemandem zu reden. Wie kann ich so tun, als wäre ich die alte, glückliche, lächelnde Amber, wenn diese Person verschwunden ist und ich nie wieder sein kann wie sie?«

»Ich weiß es nicht, Amber, ich habe auf all das keine Antworten. Aber ich weiß, dass ich dich zu Hause vermisse. Es fühlt sich so leer an, als wärst du für immer fort. Ich will, dass wir irgendwie mit unserem Leben weitermachen. Wie lange dauert das Archivieren der Bücher hier noch?« Er sah sie mit hochgezogenen Augenbrauen an. Dieses Mal war Amber an der Reihe zuzugeben, dass sie keine Antworten hatte.

»Es ist immer noch über die Hälfte zu katalogisieren«, erklärte sie. Fast hätte sie ihm von dem kostbaren Stundenbuch erzählt, doch sie beherrschte sich gerade noch. Sie wollte es noch ein kleines bisschen für sich behalten, zumindest bis sie ihm die Geheimnisse, die es barg, entlockt hatte. »Ich kann noch nicht nach Hause kommen. Ich kann es dort nicht aushalten, überall Erinnerungen. Hier bin ich ruhiger, fühle mich sicherer. Saffron Hall hat sich für mich schon immer besonders angefühlt, das weißt du. Wir haben beide beschlossen, unsere Tochter nach diesem Ort zu benennen, weil ich eine so enge Verbindung dazu habe. Und im Moment fühlt es sich so an, als würde er mich vor der Welt beschützen.«

»Ich weiß, was du für Saffron Hall empfindest, aber beschützt es dich auch vor mir? Du hast kein Monopol darauf, traurig zu sein.«

»Natürlich nicht vor dir.« Schon während sie es sagte, wusste sie nicht, ob das die Wahrheit war, aber sie hasste es, ihn so zu sehen, wie er so gebeugt am Tisch saß – ein gebrochener Mann. »Aber du hast deine Kirche und deine

Berufung, einen Grund weiterzumachen. Ich habe das im Moment nicht. Ich habe gar nichts.«

»Du hast doch mich! Auf ewig hierzubleiben und dich in deinem Elend zu suhlen ist auch keine Lösung, Amber. Du hast in unser beider Leben auf ›Pause‹ gedrückt, aber irgendwie müssen wir versuchen, eine Lösung zu finden.« Jonathan legte die Hände auf den Tisch, die Handflächen nach oben.

»Ich ›suhle‹ mich nicht« – sie deutete mit den Fingern Anführungszeichen an – »ich brauche nur eine kleine Pause vom Leben. Manchmal frage ich mich, ob du mich überhaupt kennst. Oder je gekannt hast.« Kaum hatte sie das ausgesprochen, bereute sie es bereits und war zutiefst bestürzt, als Jonathan, ihr Fels in der Brandung, ein Ausbund an Stärke, ihr beipflichtete.

»Das frage ich mich auch, Amber, das frage ich mich auch.« Er stand auf, zog sich seine Jacke wieder an und ließ seinen Kaffee auf dem Tisch stehen. »Wir kommen hier nicht weiter. Vielleicht hattest du recht, als du gestern nicht zum Mittagessen geblieben bist. Es tut mir leid, ich hätte nicht herkommen sollen.« Er durchwühlte seine Taschen, die immer gefüllt waren mit allem möglichen Zeug, und fand den Autoschlüssel. Dann kam er um den Tisch herum und gab ihr einen flüchtigen Kuss auf die Wange; seine trockenen, kühlen Lippen waren da und dann waren sie weg – so schnell, dass sie sie kaum spürte. Sie schickte sich an, ihn zu umarmen, doch er war schon fort. Die Haustür öffnete sich, und es herrschte einen Moment Stille, als hätte er kurz innegehalten; dann schlug sie zu, und sie hörte, wie er den Motor seines Wagens anließ. Es war wieder still im Haus, als würde es – genau wie sie selbst – erschrocken den Atem anhalten.

Amber schüttete ihren Tee in die Spüle und setzte sofort Wasser für einen neuen auf. Jetzt wünschte sie sich, sie hätte sich am Vortag mit ihm zum Mittagessen getroffen. In der Öffentlichkeit wären sie vorsichtiger miteinander umgegangen, hätten einander nicht solche Dinge an den Kopf geworfen, wie sie es eben gerade getan hatten. Sie fühlte sich weiter von ihm entfernt denn je. Sie liebte ihn zwar noch – das tat sie wirklich –, aber sie hatte so hohe Barrikaden um sich errichtet und wusste nicht, wie sie es ihm zeigen sollte. Sie hatte keine Kraft mehr, es auch nur zu versuchen.

Sie ließ den Tee neben dem Wasserkocher stehen und ging ins Arbeitszimmer zurück; im Geiste machte sie sich eine Notiz, dass sie Becky anrufen und fragen wollte, ob sie sich auf einen Kaffee treffen konnten. Dann hätte sie wenigstens eines der Dinge erledigt, um die Jonathan sie gebeten hatte, auch wenn es nur etwas Kleines war.

* * *

Das Stundenbuch lag noch immer auf der Buchwippe, wo sie es vorhin zurückgelassen hatte. Sie setzte sich wieder davor, nahm ihre Handschuhe in die Hand, zog sie aber nicht an. Sie lehnte sich zurück und schaute aus dem Fenster, doch in der weiten weißen Wolkendecke, dem herrlichen Licht Norfolks, das die Künstler so schätzten, fand sie keinerlei Antworten.

Schließlich schüttelte sie sich ein wenig und wandte sich wieder dem Buch zu. Lösungen fand sie dort vermutlich keine, aber vielleicht bot es ein wenig Ablenkung. Hoffentlich. Sie schlug es auf, um die lateinische Inschrift vorne noch einmal zu lesen, die sie inzwischen vollständig abgeschrieben hatte; sie konnte nicht aufhören, darüber nachzudenken.

infans filia sub pedibus nostris requiescit
nunc mihi tempus fugit
oro vos et spero in vobis
pro illa
ut ea in pace requiescat

Was bedeutete das? Sie öffnete die Übersetzungs-App, die sie für gewöhnlich benutzte. Sie kannte zwar ein paar Vokabeln, aber nicht genug, als dass sie einen Sinn ergeben würden. Die Übersetzung war nicht ganz eindeutig, und am Ende hatte Amber eine Textpassage vor sich, derer sie sich nicht sicher war. Die Härchen an ihren Armen stellten sich auf, als sie die Worte las, und unwillkürlich schauderte sie.

Unsere kleine Tochter liegt unter unseren Füßen
meine Zeit wird knapp
Ich flehe dich an und vertraue auf dich
um ihretwillen
damit sie Frieden findet

Worum bat Eleanor da? Das Buch war uralt, und doch hatte Amber das unheimliche Gefühl, dass es sich um eine persönliche Botschaft an sie handelte, die sie durch die Jahrhunderte hindurch erreichte. Wenn sie doch nur wüsste, was

Eleanor wollte. Sie wurde nicht schlau daraus, und doch war da eine Verbindung. Ein Zupfen an den Fäden der Zeit, das ihre Aufmerksamkeit erregen wollte.

Sie wandte den Blick von der Textpassage ab und blätterte vorsichtig um. Begeistert schnappte sie nach Luft, als sie die schimmernden Miniaturen sah, ihre Brillanz und ihre Farben – leuchtendes Rot und lebhafte Blautöne, unterbrochen von glänzendem Gold. Es schien, als wäre das Buch nicht aufgeschlagen worden, seit die Malereien angefertigt worden waren. Abgebildet waren Heilige, da war sie sich sicher, auch wenn sie keine Ahnung hatte, wer sie waren. Becky wüsste das sicher. Sie blätterte weiter, ganz erpicht darauf zu entdecken, welche Geheimnisse sich noch zwischen den Buchdeckeln verbargen. Obwohl auf Lateinisch verfasst, erkannte sie die ersten Worte des Invitatoriums von anderen Gebetbüchern, die sie studiert hatte. Es folgte Psalm vierundneunzig, der mit noch feineren Buchmalereien verziert war, die nicht nur das Initial, sondern fast die halbe Seite schmückten. Der Schreiber hatte mit einer unglaublichen Hingabe gearbeitet – das Ergebnis war ausgezeichnet und zudem extrem gut erhalten.

Die beiden folgenden Seiten waren weniger dekorativ und umfassten einen Kalender mit kirchlichen Feiertagen, wie zu erwarten war, doch Amber riss die Augen auf und schlug sich die Hand vor den Mund, als sie eine weitere Seite umblätterte und statt weiterer Gebete eine Art Tagebucheintrag in einer anderen Schrift entdeckte. Jemand hatte sich am Rand der Seite vorsichtig an Buchmalereien in Blau- und Gelbtönen versucht, die allerdings nicht ganz so exquisit waren wie die auf der vorherigen Seite.

In derselben unverwechselbaren Handschrift verfasst wie die Einträge auf dem Frontispiz des Buches, fand Amber sie nicht so schwer zu entziffern wie das Lateinische, mit dem sie auf der ersten Seite gekämpft hatte, hier fiel es ihr um einiges leichter, die einzelnen Buchstaben zu erkennen. Wer immer dies geschrieben hatte, musste sehr gebildet gewesen sein – die Schrift war präzise ausgeführt. Schließlich konnte sie den Text in seiner Gänze erfassen und las ihn laut, während sie ihn in die Datei auf ihrem Laptop tippte.

»Eleanor Lutton, geboren am 29. November im Jahre des Herrn 1520. Verheiratet an diesem 21. März 1538 mit Sir Greville Lutton. In der Hoffnung, dass mich mein Gemahl lieben und gütig zu mir sein wird.«

Dieses Gebetbuch musste auch Eleanors Tagebuch gewesen sein. Die Namen vorne sowie die Daten stimmten überein. Vorsichtig blätterte sie zurück, um es zu überprüfen, während sie im Kopf nachrechnete. Im Jahr 1538 war Eleanor siebzehn, also bereits über dem heiratsfähigen Alter. Greville war beinahe dreißig, also ein ganzes Stück älter. Und Janes Geburtsjahr war 1534 – hatte Eleanor also bereits ein Kind? Eine siebzehnjährige Witwe, die mit vierzehn ein Kind zur Welt gebracht hatte – nicht undenkbar im sechzehnten Jahrhundert. Doch im Eintrag hieß es Jane Lutton, deshalb war es wahrscheinlicher, dass Greville verwitwet war und das kleine Mädchen von ihm stammte.

Warum hoffte sie, dass er gütig zu ihr wäre? Da war etwas in der Art und Weise, wie sie es geschrieben hatte. Als sei sie ängstlich und besorgt, ein wenig unsicher. Amber schauderte. Ihr war bekannt, dass damals in der Tudor-Zeit eine gebildete Frau wie Eleanor, die sowohl auf Englisch als auch auf Lateinisch schreiben konnte, aus familiären oder politischen Gründen heiratete. Oder um des Geldes willen. Jedenfalls nicht aus Liebe.

Sie musste beim Arbeiten wohl vor sich hin gebrabbelt haben, denn ihr Großvater erschien im Türrahmen und holte sie abrupt in die Gegenwart zurück. Sie fuhr zusammen.

»Ich dachte, ich hätte dich sprechen gehört«, sagte er. »Und fragte mich, ob du Besuch hast.«

»Ich habe gearbeitet. Warte mal, bis ich es dir zeige – es wird dir gefallen. Und ja, ich hatte vorhin Besuch. Jonathan war hier.«

Ihr Großvater zog die Augenbrauen hoch. »Und?«

»Nichts und. Wir haben gestritten, und er ist abgerauscht. Ich habe echt ein schlechtes Gewissen. Wir sind uns im Moment aber auch in überhaupt nichts einig. Er hat vorgeschlagen, dass ich Becky besuchen gehe, vielleicht hilft das ja.«

»Du solltest wirklich mal bei ihr vorbeischauen. Sie ist deine beste Freundin und wohnt nicht mal zwei Kilometer von hier entfernt. Dich die ganze Zeit hier mit mir und meinen Büchern einzuschließen, tut dir nicht gut. Du musst mal wieder rausgehen und andere Menschen sehen. Dich mit ihnen unterhalten, dir die Dinge von der Seele reden. Oder du lädst sie noch mal zum Essen zu uns ein?« Er spielte auf Beckys Besuch zum Abendessen und die Führung durch Saffron Hall an, damals, kurz nachdem sie festgestellt hatten, dass Becky im selben Dorf lebte wie Ambers Großvater.

»Mal sehen. Ich habe nur eingewilligt, um Jonathan eine Freude zu machen. Wie dem auch sei, komm und setz dich auf meinen Stuhl, dann zeige ich dir, was in dem Päckchen war, das Pete oben im Turm gefunden hat. Das ist echt aufregend.«

Sie sprang auf, hielt den Stuhl mit beiden Händen fest und stemmte die Hüfte dagegen, während er sich vorsichtig setzte. Er legte die Hände auf den Tisch und schaute sich das Buch in der Buchwippe an.

»Ein echtes, perfekt erhaltenes Stundenbuch. Kein Voynich-Manuskript – ich glaube, es ist neuer –, aber es ist von Hand geschrieben, nicht gedruckt. Und das Beste daran ist, dass es auch als Tagebuch verwendet wurde. Auf dem Frontispiz stehen einige Geburtsdaten, aber hier, vier Seiten weiter hinten, steht, dass Eleanor, die Besitzerin des Buches, einen gewissen Greville Lutton geheiratet hat. Ist das nicht erstaunlich? Wie kommt es nach oben in den Turm? Glaubst du, es hat die ganze Zeit dort gelegen? Weißt du etwas über die Luttons? Es war doch bestimmt irgendwann schon mal jemand dort oben, der es vor uns hätte finden müssen.«

Ihr Großvater schüttelte langsam den Kopf. »Ich hatte ganz vergessen, dass Pete dieses Päckchen gefunden hat. Was für eine Überraschung. Ich habe dir doch schon erzählt, dass der Turm in unserer Familie schon immer mit Argwohn betrachtet wurde. Ich hielt das immer für Quatsch. Mein Vater hat mir oft gesagt, dass niemand auf diesen Turm steigen sollte, weil es dort spukt und ein Fluch auf ihm liegt. Nicht dass mich diese Warnung aufgehalten hätte.« Er gluckste. »Als ich ein Teenager war, hab ich einiges unternommen, den Schlüssel zu finden. Ein paar Freunde kamen nach der Schule, um hier zu übernachten, und wir stellten das ganze Haus auf den Kopf, um eine Möglichkeit zu finden, dort hinaufzukommen. Es war wohl eher so etwas wie eine Mutprobe, doch als mein Vater dahinterkam, war er vollkommen außer sich. Ich hatte ihn noch nie zuvor so zornig gesehen. Seitdem habe ich nie wieder den Wunsch verspürt, auf den Turm zu steigen – er hat mir eine Heidenangst eingejagt. Anscheinend stimmten die Geschichten, allerdings bezweifle ich, dass das Buch mit einem Fluch belegt ist.«

»Natürlich ist es das nicht. Und eigentlich sollte es in einem Museum sein. Wir können es dem Fitzwilliam schenken, wenn wir so weit sind, ich würde aber gern zuerst ein paar Forschungen anstellen, wäre das in Ordnung? Ich frage mich, was für eine Verbindung zu unserer Familie besteht – wenn es überhaupt eine Verbindung gibt. Ich weiß, dass Saffron Hall schon sehr lange unserer Familie gehört, aber ich hätte nicht gedacht, dass das bis in die Zeit zurückreicht, in der dieses Buch entstanden ist.«

»Aber natürlich, ich freue mich, wenn du das erforschst. Ich habe dich nicht so lebhaft gesehen, seit …« er verstummte »… seit du hergekommen bist. Aber sorg dafür, dass es im Safe aufbewahrt wird.«

»Selbstverständlich«, sagte Amber, dann half sie ihm hoch und bot ihm an, Suppe fürs Mittagessen aufzuwärmen. Nachdem sie das Buch wieder sorgfältig in seine leinene Hülle gewickelt hatte, schloss sie es weg.

10

1538

Joan war oben und packte die Truhen aus, während sich Eleanor im großen Saal auf einen geschnitzten Stuhl am Feuer sinken ließ. Im kalten Licht des Tages sah sie, dass der Saal eindeutig viel weitläufiger war als der in Ixworth. Doch auch wenn Greville sehr warmherzig von seinem Zuhause gesprochen hatte, fühlte es sich eher wie eine Festung an als ein kultiviertes Heim. Außerdem war es schmutzig. Sie schüttelte ihren Rocksaum ein wenig, um den Staub loszuwerden, der daran haften geblieben war. Während Grevilles Aufenthalt in Ixworth war sein Butler Hugh für alles verantwortlich gewesen, und zweifellos waren die Ansprüche in dieser Zeit gesunken. Milfleet brauchte Veränderungen, allerdings war sie sich nicht sicher, wie erfolgreich sie bei deren Durchsetzung sein würde.

Sie war immer der Augapfel ihres Vaters gewesen und hatte ihre ganz eigenen Vorstellungen von ihrer Zukunft gehabt. Ihr Vater war von Adel gewesen, und man war davon ausgegangen, dass sie eine gute Partie machen würde.

Er selbst hatte sich geweigert, erneut zu heiraten und Söhne hervorzubringen, die Ixworth erben würden, deshalb war sie alles, was er hatte. Er hatte es abgelehnt, sie in ein feines Haus zu schicken, damit ihre Erziehung vollendet würde, und sie damit möglicherweise bei der rechten Art von Gentleman bekannt zu machen, weil er sie zu sehr vermisst hätte. Doch sie hatte immer damit gerechnet, am Ende die Herrin eines großen Anwesens zu werden, vielleicht sogar mit ihrem Gemahl an den Hof zu gehen. Sie wollte jemand von Bedeutung sein und mit Respekt behandelt werden. Stattdessen war sie jetzt ohne Disput oder Zustimmung mit einem Mann verheiratet worden, der nichts als ein Händler und – wie es schien – ein unbedeutender Höfling war.

Greville hatte ihr erzählt, dass er ein schönes Stadthaus in London, ein Lagerhaus in den dortigen Queenhithe-Docks sowie ein weiteres Lagerhaus in Lynn besaß, nur drei Meilen von Milfleet entfernt. Er hatte erklärt, dass er mit Seide und Gewürzen handelte, die er von Kaufleuten bezog, die über Norddeutschland herkamen; als könnte sie das begeistern. Nichts davon beeindruckte sie. Man hatte sie an ihn verkauft wie einen Gegenstand oder eine Dienerin.

Ihr Vater hatte eine Mitgift für sie beiseitegelegt. Das wusste sie genau, denn er hatte ihr die Truhe gezeigt, in der sie aufbewahrt wurde. Doch dieses Gold würde nun zweifelsohne Williams Reichtum mehren, das war spätestens in dem Moment klar, als er lauthals verkündete, ihr Vater habe ihr keine Mitgift hinterlassen. Diese doppelzüngige Kröte! Wenigstens musste sie ihn und seine heuchlerische Frau nie wiedersehen, doch das bedeutete auch, dass sie niemals nach

Ixworth zurückkehren würde. Bei dem Gedanken daran brannten Tränen in ihren Augen.

Dies war nun ihr Leben. Es gab kein Entrinnen. Sie fühlte sich elend. Alles, was sie gelernt hatte, die Ausbildung, die sie bei den Mönchen genossen hatte ... wofür all diese Mühe? Ihr Vater hatte sie für das Leben, das sie jetzt führen würde, schlecht ausgerüstet – ein Leben, in dem sie für immer unzufrieden wäre mit dem, was sie hatte, und in dem sie das, was sie gelernt hatte, womöglich nie würde einsetzen können.

Übellaunig trat sie gegen den alten, vertrockneten Bodenbelag. Der öden Landschaft da draußen musste man doch wohl genug Binsen und Heu abringen können, es gab also keine Entschuldigung für den dürftigen Zustand, den sie um sich herum sehen konnte.

Während sie noch darüber nachdachte, was draußen wohl wuchs und wie sie den Kräutergarten gestalten würde, fiel ihr die Truhe mit Krokusknollen wieder ein, die der Prior ihr geschenkt hatte. Das war die einzige Mitgift, die sie besaß, und als sie sie Greville gezeigt hatte, hatte der belustigt die Augenbrauen nach oben gezogen und ihr mitgeteilt, dass sie für den Anbau so viel Ackerland bekommen würde, wie sie wünschte. Sie hatte den Mönchen in Ixworth unzählige Stunden geholfen, wenn es an der Zeit war, die kleinen Safranblüten zu pflücken und die kostbaren Fäden zu ernten. Danach wurden sie getrocknet und sorgfältig verpackt und gelagert. Ihr gefiel die Aussicht, im neuen Zuhause ihre eigene kleine Safranproduktion zu beginnen.

Jetzt, wo ein Plan Gestalt annahm, fasste sie ein wenig Mut. Als erste Amtshandlung würde sie darum bitten – nein, sie würde es verlangen! –, dass der Fußboden überall im Haus mit frischer Streu bedeckt würde, auch wenn man wahrscheinlich von ihr erwartete, dass sie beim Wegfegen der alten half. Das war in Ordnung, sagte sie sich, sie war kein jämmerlicher Schwächling und konnte bei harter Arbeit helfen. Dann müsste sie in die riesige, öde Wildnis hinausgehen, die die Burg umgab, und allmählich entscheiden, was sie anbauen wollte.

Bevor sie Ixworth verlassen hatte, hatte der Prior ihr geholfen, aufzuschreiben, wie sein eigener Garten gestaltet war, und was immer ihr hier dazu fehlte, würde sie vor Ort suchen. Greville hatte ihr erzählt, dass es am anderen Ende des Dorfes ein Kloster gab; dorthin würde sie schon sehr bald gehen und den dazugehörigen Garten besichtigen. Wenn sie dort etwas in den Klingelbeutel warf, durfte sie bestimmt einige neue Pflanzen mitnehmen, mit denen sie die wild wachsenden ergänzen konnte. Hoffentlich waren die hiesigen Mönche so freundlich und gütig wie die, die sie verlassen hatte. Als sie an Bruder Dominics lächelnde Augen dachte, hellte sich ihre Stimmung weiter auf. Sie wusste noch nicht, wie, aber irgendwie musste sie versuchen, diesem neuen Leben zum Erfolg zu verhelfen. Oder es zumindest erträglich zu gestalten.

Zuerst musste sie alles besichtigen. Allerdings stand ihr frischgebackener Gemahl nicht als Führer zur Verfügung. Greville war offenbar schon bei Tagesanbruch nach Lynn geritten, wo er seinen Lageristen besuchen und eine frisch aus Antwerpen eingetroffene Schiffsladung in Augenschein nehmen wollte. Niemand konnte einschätzen, wann er zurückkäme. Auf der Suche nach Hugh, dem Butler, dem sie erst ein einziges Mal und auch nur flüchtig begegnet war, wagte sie sich in die Küche. Der Koch ignorierte sie mehr oder weniger und informierte sie lediglich darüber, dass Hugh irgendwo draußen war. Dabei blickte er kaum von dem Teig auf, den er gerade knetete. Das übrige Küchenpersonal senkte den Kopf und mied ihren Blick. Nicht gerade der Empfang, den sie sich erhofft hatte.

Gerade als sie beschlossen hatte, allein auf Entdeckungstour zu gehen, hörte sie irgendwo eine Tür schlagen und ein groß gewachsener Mann mittleren Alters mit schütterem grauem Haar und braun gebrannter Haut betrat den Saal. Er hinkte, als wären seine Beine unterschiedlich lang.

»Mistress, Sir Greville bat mich darum, Euch in Eurem neuen Heim herumzuführen, da dringende Geschäfte ihn fortriefen. Ich bin Hugh, der Butler Eures Gemahls.«

»Sehr erfreut, dich kennenzulernen, Hugh«, erwiderte Eleanor kühl. »Ich warte schon seit einer Stunde darauf, dass jemand kommt und mir alles zeigt.« Sie beobachtete, wie er die Schultern ein wenig hob und dann senkte, während er langsam ausatmete.

»Der Bulle war entwischt, er hat den Zaun niedergetrampelt. Alle wurden gebraucht, um ihn wieder einzufangen.« Er sprach durch zusammengepresste Zähne und wandte sich dann zum Gehen, ohne sich für sein Zuspätkommen zu entschuldigen. Offenbar war der Bulle wichtiger als sie. Eleanor kochte vor Wut und hob bereits den Fuß, um aufzustampfen, doch dann senkte sie ihn wieder.

»Die Streu«, sagte sie, »ich nehme an, wir haben frische in der Scheune?«

»Ja, Mistress.«

»Und Lavendel? Mädesüß?«

»Davon gehe ich aus, Mylady.« Hugh klang verwirrt.

»Gut. Gib bitte Anweisung, sie im unteren Stock zu ersetzen. Und sorge dafür, dass der Boden gut gefegt wird, bevor die neue ausgestreut wird. Bis zum Abendessen soll es erledigt sein.« Sie musste den Kopf in den Nacken legen, weil er viel größer war als sie, und sie sah ihm so lange in die Augen, bis er den Blick senkte. Doch sie hatte den Funken der Rebellion darin bereits gesehen.

»Ja, Mistress, wenn Ihr jetzt mit nach oben kommen wollt, dann zeige ich Euch die Gemächer dort.« Inzwischen fühlte sich Eleanor weniger zittrig als zuvor und wischte an ihm vorbei die Treppe hinauf.

Die Zimmer oben waren schön und eindeutig besser eingerichtet als in Ixworth, wenngleich Eleanor sich das nicht eingestehen wollte. Es hatte keinen Sinn ergeben, die Schlafzimmer mit feinem Mobiliar auszustatten, da nur ihr Vater, sie und ein halbes Dutzend Bedienstete dort wohnten. Joan hatte seit ihrer Ankunft, als sie beide noch kleine Mädchen waren, auf einer Pritsche in Eleanors Zimmer geschlafen, und bevor Eleanor heiratete, war es ihnen nicht in den Sinn gekommen, dieses Arrangement zu ändern. Sie freute sich, als sie sah, dass das Zimmer neben ihrem eigenen für Joan vorbereitet war. Ihre Freundin war sicher begeistert, endlich ein Zimmer für sich zu haben.

Als sie das Schmuckstück von Bett sah, das ihrem Gatten gehörte, sog sie scharf die Luft ein. Es war das größte Bett, das sie je gesehen hatte. Die Vorhänge, die es umgaben, waren schwer und herrlich bestickt. Goldfäden glänzten darin. Die Matratze war so hoch, dass sie sich fragte, wie er dort hinaufkam. Sie betrat das Zimmer, um über die Täfelung zu streichen und sich das Bett anzuschauen, in dem sie schon bald liegen würde. Sie musste zugeben, dass ihr das Zimmer eine andere Seite des Mannes zeigte, der nun ihr Gatte war. Sie hatte nicht damit gerechnet, dass er einen solchen Luxus genießen würde, und merkte, wie wenig sie über diesen Mann wusste.

Ein riesiger Kamin dominierte die Wand gegenüber dem Bett, und die anderen Wände waren überwiegend mit dunklen Teppichen bedeckt, die denen in ihrem Zimmer ähnelten. Als sie sich anschickte, das Zimmer wieder zu verlassen, lungerte Hugh im Türrahmen herum, als würde es ihm missfallen, dass sie hier drin war. Sie strich mit dem Finger über einen der gedrehten Bettpfosten, und als sie ihn wieder wegnahm, war er dick mit Staub bedeckt. Ohne ein Wort zu sagen, hielt sie ihn Hugh hin, als sie das Zimmer verließ. Dabei entging ihr sein finsterer Blick nicht. Ihr war klar, dass sie ihn sich zum Feind machte, doch er schien ihr ohnehin nicht freundlich gesinnt, das hatte sie sofort gemerkt, also hatte sie nichts zu verlieren.

Am anderen Ende des dunklen Flurs, an dem die Schlafzimmer lagen, befand sich ein Zimmer, bei dessen Betreten Eleanor vor Begeisterung nach Luft schnappte. Ein Privatgemach mit großen Fenstern aus winzigen, bleigefassten Scheiben ging in der Ecke des Hauses auf den Gemüsegarten hinaus. Oben am Fenster fiel das Licht in Myriaden von Farben, die sich wie bunte Edelsteine auf dem Fußboden abzeichneten, durch kleine Buntglasscheiben ein. Vor einem kleinen Kamin waren drei Sessel gruppiert, und am anderen Ende des Zimmers stand ein niedriger Tisch. Je ein Sessel für sie, Greville und Jane, dachte sie. Wie lange würde es wohl dauern, bis ihre Familie wuchs und weitere Sessel hinzugefügt wurden?

»Lady Elizabeth, Master Grevilles erste Gemahlin, liebte dieses Zimmer ganz besonders«, sagte Hugh, wie um sie zu warnen, irgendetwas Schlechtes darüber zu sagen. Aber an dem Zimmer gab es nichts, was man hätte schlechtmachen können. Sie hatte noch nie ein so schönes gesehen.

»Das überrascht mich nicht; es ist wunderschön. So hell – das Sonnenlicht, das durch das Fenster fällt, lässt es funkeln. Ich werde es genießen, Zeit hier zu verbringen«, sagte sie. Selbst ihre Höflichkeiten und Komplimente änderten nichts an dem verächtlichen Ausdruck, der auf seinem Gesicht eingemeißelt schien.

Das Stockwerk darüber war dunkel, doch an einem Ende befand sich der Kinderflügel, der einladend wirkte und sauberer war als der Rest des Hauses. Ein Feuer knisterte im Kamin, und an beiden Enden des großen Raumes stand ein schmales Bett. Allerdings war keine der Bewohnerinnen des Zimmers da.

»Weißt du, wo meine Stieftochter ist?«, fragte Eleanor.

»Wahrscheinlich im Obstgarten – dort sind sie und ihr Dienstmädchen Nell bei gutem Wetter meist zu finden. Oder sie sind reiten gegangen. Master Greville hat neulich ein Pony für Jane gekauft, und manchmal übt sie damit auf einer der Wiesen.«

Eleanor nickte. Sie konnte es kaum erwarten, das kleine Mädchen kennenzulernen, dem man bestimmt mitgeteilt hatte, dass es eine neue Mama bekomme. Allerdings war anscheinend noch niemand imstande gewesen, sie herzubringen und vorzustellen. Ebenso wie Hugh verströmte auch der Rest der Bediensteten Feindseligkeit. Das kümmerte sie wenig, sie würde ihnen durch ihre Taten schon zeigen, wer sie war und dass sie sich von niemandem einschüchtern ließ.

»Nun möchte ich mich bitte gern unten umsehen.« Ohne eine Antwort abzuwarten, fegte sie aus dem Zimmer und ging die Treppe hinunter in den großen Saal zurück, wobei sie sich noch immer weniger selbstsicher fühlte, als sie sich gab. Hugh zeigte ihr kurz den Korridor hinter der Treppe, wo sich mehrere Abstellkammern, eine Tür nach draußen und ein paar Schlafzimmer befanden.

»Mein Zimmer, Mistress«, sagte er und blieb in der Tür stehen, als wollte er sie nicht hineinlassen. Sie streckte den Kopf um den Türrahmen und sah, wie kahl und zweckmäßig das Zimmer war, weil es ohne die Vorhänge und Wandteppiche von oben auskommen musste. Es war nicht im Entferntesten einladend. Wie passend.

Die Küche hatte sie ja schon gesehen, aber auch dieses Mal wurde sie vom Koch ignoriert, als sie sie durchquerte. Hinter der Kochküche befanden sich Vorratskammern, ein Kühlraum und ein Destillierraum. Eleanor betrat den Destillierraum, wo sie die vielen Heilmittel, deren Rezepte sie kannte, zubereiten und die Kräuter und Gewürze, die für ihre Arbeit unerlässlich waren, aufbewahren konnte. Dies war ihr Reich, und sie drehte sich einmal um die eigene Achse, um den ganzen Raum in sich aufzunehmen. Eine Atmosphäre der Verlassenheit und des Kummers lag über ihm. Einige staubige Flaschen standen auf dem Regal, Stößel und Mörser waren auf dem Tisch abgestellt, darin noch ein paar vertrocknete Samen. Als wäre derjenige, der früher hier schaltete und waltete, nur kurz hinausgegangen und dann doch nie wieder zurückgekehrt. Sie wusste, dass ihre Vorgängerin, Lady Elizabeth, nach der Geburt ihres Kindes innerhalb von Stunden gestorben war. Hatte sie hier gearbeitet, als die Wehen einsetzten, und war dann in ihr Gemach gegangen, um nie wieder zurückzukommen? Eleanor schauderte.

Hinter dem Destillierraum waren die Käserei, die Molkerei, das Backhaus und die Bierschänke, dahinter folgte ein Ausgang zum Hof. In krassem Gegensatz zum Inneren des Hauses war es draußen makellos. Der Hof war sauber gefegt, ein paar Hühner pickten hoffnungsfroh nach Körnern. Von einer Seite war er vom Haus, von zwei anderen von Scheunen begrenzt. Die vierte Seite war offen und fiel zu einer grasbewachsenen Böschung ab.

»Obstgarten, Gemüsegarten, Nutztiere.« Hugh machte eine umfassende Handbewegung in Richtung Böschung. »Die Ställe sind hier rechts, vom Haus aus gleich um die Ecke.«

»Formaler Garten?«, fragte Eleanor.

Er stieß ein hämisches Lachen aus. »Seit Langem verwildert. Man hat kaum etwas darin gemacht, seit die frühere Herrin von uns gegangen ist.«

»Heilkräutergarten?«, versuchte sie es erneut.

»Er war Teil des Gemüsegartens, aber da gibt es außer den Kräutern, die der Koch verwendet, nichts mehr«, kam als Antwort. Sie folgte ihm zurück durch die Küche in den großen Saal, dann gingen sie durch einen niedrigen, breiten Durchgang in einen anderen Teil des Hauses. Hier war es kühler, und unwillkürlich fröstelte Eleanor.

»Sir Grevilles Schreibstube«, sagte Hugh und öffnete eine Tür unmittelbar zu ihrer Linken. Ein riesiger, solider Schreibtisch nahm den Großteil des Raumes ein, dahinter an der Wand stand eine lange Tischplatte auf Böcken, auf der sich ordentliche Papierstapel türmten. Ähnliche Stapel lagen auf Grevilles Schreibtisch, daneben ein Tintenfass, mehrere Federn und eine Stange dunkelrotes Siegelwachs. Einige dünne Fidibusse aus Holz lagen auch dabei, um Feuer oder Kerzen anzuzünden, daneben sein schweres goldenes Siegel.

»Wir sind hier in der Basis des Turms«, erklärte Hugh, während er sie aus der Schreibstube hinaus in einen kleinen Vorraum führte. Von dort ging eine kleine Tür auf einen schmalen Pfad hinaus, der von Gras und Büschen überwuchert und von dunklen Eiben beschirmt war. »Hier geht es zur Kapelle.«

»Der Weg wird wohl nicht oft benutzt.« Eleanor runzelte die Stirn. »Die Hausgemeinschaft betet doch wohl täglich?«

»Es gibt noch eine Tür, Mistress, vom Garten her. Aus dem Dorf kommt täglich ein Pfarrer zur Morgenandacht, aber die Messe wird nur sonntags gefeiert. Zur Messe geht natürlich der ganze Haushalt.« Eleanor schreckte bei diesen wenig frommen Gepflogenheiten zurück. Sie hatte schon befürchtet, dass ihr frischgebackener Gatte nicht so religiös war, wie er sein sollte.

»Ich will, dass dieser Pfad freigemacht wird«, befahl sie, »und ich erwarte, dass jeden Tag die Messe gelesen wird. Bitte zeig mir den anderen Eingang.«

Eleanor folgte ihm über den Pfad in die Kapelle, wo sie in fassungsloses Schweigen verfiel. Als sie tief einatmete, merkte sie, wie die Eiseskälte in ihr schwand. Die Atmosphäre hier drinnen war warm. In der Luft lag ein Hauch von Staub und Weihrauch, Sonnenlicht fiel durch das Buntglas ein und warf einen Bogen aus Farbsprengseln auf den gefliesten Boden. Doch all dies verblasste bis zur Unsichtbarkeit verglichen mit dem Altar, auf dem ein herrliches Triptychon stand, dessen Abbild der Jungfrau Maria mit Kind flankiert wurde von den Heiligen drei Königen, deren vergoldete Geschenke leuchteten; die Farbreflexe der Fenster tanzten darüber und erweckten die gemalten Figuren geradezu zum Leben.

»Wie schön«, flüsterte Eleanor, während sie den kurzen Mittelgang entlangging, um vor dem Altar niederzuknien und andächtig den Kopf zu senken. »Ist das schon lange in der Familie?«, fragte sie Hugh, der immer noch in der Tür stand.

»Ich weiß es nicht, Mistress. Ich schlage vor, Ihr fragt Sir Greville.« Er zuckte mit den Schultern, sein Desinteresse war förmlich greifbar. Nach einem letzten Blick auf das Triptychon verließ Eleanor die Kapelle und ging wieder auf das Herrenhaus zu. Sie überließ es Hugh, die Tür der Kapelle zu schließen. An der Hintertür des Herrenhauses wartete sie auf ihn.

»Und der Turm?« Sie deutete auf die grobe, niedrige Holztür in dem kleinen Vorraum. »Geht es hier hinauf?«

»Ich glaube schon, Mistress, aber nur Sir Greville hat den Schlüssel für da oben, deshalb müsst Ihr ihn fragen, wenn Ihr ihn Euch ansehen wollt.«

»Danke, Hugh. Ich gehe jetzt noch allein durch die Gärten.«

Er neigte den Kopf, seine Schultern zuckten, als hätte er sich verbeugen wollen und im letzten Moment seine Meinung geändert. Eleanor nickte ihm zu, bevor sie in Richtung der Gärten lief, die er ihr gewiesen hatte. Sie hielt ihren Rücken kerzengerade, die Hände an der Taille verschränkt, damit er nicht sehen konnte, dass sie zu Fäusten geballt waren. Sie hoffte, dass ihr Gesicht nicht so rot war, wie sie befürchtete, brannte es doch vor unterdrückter Wut. Dieser Mann war unerträglich. Seine Hochachtung für Grevilles erste Frau war unübersehbar, und seine Abneigung ihr gegenüber ebenfalls. Sie mochte zwar beträchtlich jünger sein als ihr Gemahl, doch ihre Position war ein fait accompli, und zwar nicht nur für sie, sondern für den gesamten Haushalt. Er mochte sie vielleicht nicht, aber damit würden sie beide leben müssen.

Sie fand den Obst- und den Gemüsegarten und schüttelte frustriert den Kopf über den Zustand der Beete. Einige waren umgegraben worden und für den Anbau von Gemüse vorbereitet, aber von einem Heilkräutergarten gab es keine Spur. Das war enttäuschend; aber dann würde sie eben von Grund auf neu anfangen und ihren eigenen anlegen. Außerdem musste sie ein Feld finden, auf dem sie ihren kostbaren Safran anbauen konnte. Sie stellte sich vor, was für ein Kampf das werden würde, wenn sie Hugh deswegen ansprach. Am besten fragte sie Greville direkt. Als sie durch die wuchernden Pflanzen stapfte, streiften ihre Röcke Blätter, die vertraute stechende Gerüche freisetzten. Tränen traten ihr in die Augen, weil sie sie an zu Hause erinnerten, doch sie wischte sie trotzig fort. Es sollte nicht allzu schwierig sein, dachte sie, sich mit den Mitteln auszustatten, die ihr in Ixworth zur Verfügung gestanden hatten und die sie brauchte, um Medikamente und Arzneitränke herzustellen.

Rufe und Gelächter wehten vom Obstgarten zu ihr herüber, sie folgte dem Lärm und ging durch die Pforte am Ende des Küchengartens. Am anderen Ende des Obstgartens jagte eine junge Frau ein kleines Kind lachend um einen Apfelbaum, bis es sich erschöpft und kichernd ins Gras fallen ließ. Eine kleine Herde aus einem halben Dutzend Schafen drängte sich an der Gartenmauer zusammen und starrte Eleanor aus glasigen Augen an, als sie vorüberging.

»Hallo.« Sie lächelte die Frau und das Kind an. »Ich habe euch spielen hören. Ich bin Eleanor.«

Sofort sprang die Frau auf und machte einen Knicks, ihre Haube hatte sich am Hinterkopf verdreht, sodass jede Menge Haarsträhnen heraushingen.

»Tut mir leid, Mistress«, sprudelte es aus ihr heraus. »Das wusste ich nicht. Ich dachte, Ihr wärt … es tut mir leid.« Wieder machte sie einen Knicks. Vermutlich hatte sie gedacht, Eleanor sei eines der Mädchen der neuen Mistress, weil sie jünger war, als alle erwartet hatten.

»Und ihr seid?«, fragte sie.

»Ich bin Nell, Mistress. Das Kindermädchen. Das ist Jane, die Tochter des Masters.« Sie deutete auf das kleine Mädchen, das jetzt still war, aber im Gras sitzen blieb.

Eleanor kniete sich neben sie und nahm ihre kleine Hand. »Hallo, Jane.« Sie lächelte aufmunternd. »Ich bin deine neue Stiefmama. Ich freue mich sehr, hier in deinem Zuhause zu sein.« Das entsprach nicht der Wahrheit, doch das brauchte Jane nicht zu wissen. Sie blickte zu Nell auf und bedeutete ihr, sich wieder zu ihnen zu setzen.

Das Kind war eine perfekte Miniaturausgabe seines Vaters. Die gleichen dunklen, wachsamen Augen und das fast schwarze Haar, doch während Grevilles Gesicht offen und lachend war, war Janes ernst und unsicher. Das konnte Eleanor ihr wohl kaum übel nehmen, immerhin setzte man ihr eine junge Frau vor die Nase und sagte ihr, dies sei ihre neue Mama. Was dies anging, musste auch sie selbst sich erst noch daran gewöhnen. Noch vor fünf Wochen hatte sie nie von Greville gehört, und jetzt war sie eine verheiratete Frau mit einer Tochter und einem Zuhause, über das sie – ihrem Gefühl nach – überhaupt nicht bestimmen konnte. Durfte sie einfach beginnen, daran etwas zu ändern? Denn ändern musste sie etwas.

11

2019

Am folgenden Tag nahm Amber ihren ganzen Mut zusammen und schickte Becky eine SMS, in der sie sich für ihre Funkstille entschuldigte und vorschlug, sich auf einen Kaffee zu treffen. Sie hatte die ganze Nacht darüber nachgedacht, wer Eleanor Lutton wohl gewesen war und wie sie etwas über sie herausfinden könnte. Vielleicht barg ja die Dorfkirche Hinweise – Gräber oder ein Denkmal. Als Becky beinahe sofort auf ihre Nachricht antwortete, erklärte Amber, dass sie einige historische Nachforschungen in der Kirche anstellen wollte, und sie verabredeten sich dort für den Nachmittag. Zufälligerweise hatte im Dorf eine neue Teestube eröffnet, deshalb wollten sie dann von der Kirche aus gemeinsam dorthin gehen und etwas Warmes trinken.

Sobald ihr Großvater und sie mit dem Mittagessen fertig waren, machte sich Amber auf den Weg. Sie hatte damit gerechnet, dass Jonathan ihr schreiben, sich für seinen Ausbruch am Vortag entschuldigen oder ihr zumindest mitteilen würde, dass er gut angekommen war. Aber er meldete sich nicht, und sie konnte den Anflug von Enttäuschung, der sie überkam, nicht leugnen. Gleichzeitig war sie so aufgeregt wie schon lange nicht mehr. Die Hände in den Jackentaschen lief sie eilig den steinigen Weg entlang, der vom Herrenhaus ins Dorf führte, und kickte den Kies dabei vor sich her.

Ein kalter, schneidender Wind wehte von der Küste her, die nur wenige Kilometer entfernt war, und Amber zog den Kragen zu ihrem Gesicht hoch, weil ihr die Augen tränten. Selbst wenn sie nicht weinte, produzierte sie Tränen, als wäre dies ein Systemmodus ihres Körpers.

Das Dorf war wie ausgestorben. Es gab keine Schule mehr am Ort, die Eltern waren bereits auf der Fahrt nach King's Lynn, um ihre Kinder abzuholen, und der Tag war viel zu trübe, als dass irgendwelche Rentner spazieren gingen. Auf dem Parkplatz neben dem verfallenen Kloster stand nur ein Auto.

Der Hauptteil des Klosters, das Kirchenschiff, ebenso wie der Chor, in dem der Altar stand, waren nicht wie die anderen Gebäude entweiht worden und bildeten jetzt die Dorfkirche. Amber ging hinein, um dem eisigen Wind zu entkommen. Ihr Großvater hatte ihr früher von der Kirche und ihrer Geschichte erzählt, doch da war sie noch ein Teenager gewesen und hatte sich absolut nicht dafür interessiert. Nun konnte Amber nachvollziehen, weshalb er so begeistert von der herrlichen alten Architektur war, die sie umgab. Dies war das Kirchenschiff des ursprünglichen Klosters, und als sie den Kopf in den Nacken legte, konnte sie die gestuften normannischen Bögen sehen, die hier nach oben strebten, als wollten sie nach dem Himmel greifen – so hoch war die Decke.

Vor ihr erhob sich ein einst reich verzierter Lettner, eine hölzerne Barriere, die die Gemeinde von den Geistlichen trennte; leider waren hier die ursprünglichen dekorativen Heiligen mit protestantischen Texten übermalt worden. Dies und noch viel mehr hatte wohl Heinrich VIII. zu verantworten.

Beim Umhergehen suchte sie die Gedenktafeln an der Wand und die Steinplatten zu ihren Füßen ab, auf der Suche nach Hinweisen auf die Luttons. Doch da war nichts. Jede Menge Greens – der Nachname ihres Großvaters, der Mädchenname ihrer Mutter. Sie wusste, dass ihre Familie schon seit langer Zeit in Saffron Hall wohnte, daher war es wenig überraschend, dass ihre Ahnen hier von ihren trauernden Angehörigen geehrt wurden. Doch das interessierte sie jetzt nicht; sie wollte Beweise für eine Verbindung zwischen der Kirche und Eleanor Lutton finden – wer immer sie gewesen war. Die Frau, der einst das kostbare mittelalterliche Buch gehört hatte.

Sie setzte sich hinten in eine Bankreihe, beugte sich vor und schloss die Augen, wartete, hoffte. Auf Trost, ein Zeichen, irgendetwas, sie wusste nicht, was. Doch nichts passierte. Wenn Gott wollte, dass sie verstand, weshalb ihre Tochter gestorben war – wie Jonathan zu glauben schien –, dann teilte er es ihr heute nicht mit. Alles, was sie hörte, war der Wind, der unter der Tür hinter ihr hindurchpfiff, und das wütende Krächzen einer Elster irgendwo auf dem Friedhof.

Sie richtete sich wieder auf und fragte sich, wo Becky blieb und ob sie wohl draußen auf sie wartete, als plötzlich die Tür geöffnet wurde und ein eisiger Windstoß Becky hereinwehte, die sofort die Tür hinter sich zuschlug.

»Mannomann, ist das windig da draußen!« Sie strich sich die zerzausten Haare aus den Augen und schloss Amber in eine so feste Umarmung, dass dieser die Luft wegblieb. Das war, so wurde Amber klar, als ihr Gesicht in die grobe Wolle der Jacke ihrer Freundin gepresst wurde, genau das, was sie brauchte. Umarmungen waren bei Großvater zu Hause Mangelware. Er war kein besonders körperbetonter Mensch, und Ambers Mutter hatte nicht gerade zu Umarmungen und Liebkosungen ermutigt, als Amber noch ein Kind war. Bevor sie Jonathan kennengelernt hatte, war sie an diesen Mangel an menschlicher Wärme gewöhnt gewesen, doch jetzt merkte sie, wie sehr sie das vermisste. »Du siehst viel zu dünn aus«, tadelte ihre Freundin, als sie Amber endlich losließ, eine Armlänge von sich weghielt und sie prüfend ansah.

»Ich war zu beschäftigt, um zu essen.« Selbst in Ambers Ohren klang diese Rechtfertigung genau wie das, was es war: eine faule Ausrede.

»Dann müssen wir das auf der Stelle beheben. Lass uns in Dolly's Tea Shop gehen und Kuchen essen.« Becky hakte sich bei Amber unter, als müsste sie ihre Freundin dorthinschleifen.

»Gute Idee«, pflichtete Amber bei, »aber vorher stelle ich noch ein paar Nachforschungen an und muss mich kurz auf dem Friedhof umschauen. Ich erkläre es dir später bei Tee und Kuchen, aber kannst du mir bitte zuerst helfen?«

»Das klingt geheimnisvoll.« Becky lachte. »Und nichts lieben wir Historikerinnen mehr als ein Geheimnis. Wonach suchen wir genau?«

»Gräber oder Grüfte der Familie Lutton.« Amber hielt die Tür auf, und beide schnappten nach Luft, als der kalte

Wind um die Ecke des Vorraums pfiff und ihnen ins Gesicht pustete. Becky folgte ihr durch die Klosterruinen, die die Kirche umgaben, bis sie den Friedhof erreichten. Zu ihrer Linken standen Reihen moderner, glänzender Granitgrabsteine, und Amber wandte den Blick ab, aus Angst, sie könnte den Grabstein eines Babys entdecken. Sie gingen zum älteren Bereich des Friedhofs, der nun mit Gestrüpp und groben Gräsern bedeckt war, die stellenweise so hoch standen wie die Grabsteine. Amber zog das Gestrüpp beiseite und suchte die noch lesbaren Inschriften nach den Namen ab, über die sie so gern mehr wissen wollte.

»Die meisten davon sind so verwittert, dass man sie nicht mehr lesen kann«, bemerkte Becky unnötigerweise; Amber seufzte und nickte zustimmend.

»Da hast du recht, und diejenigen, die ich suche, sind vielleicht ohnehin nicht hier begraben. Bestimmt hätten sie in der Kirche eine Familiengruft, aber ich habe dort schon nachgeschaut, bevor du gekommen bist.«

»Nun, ich erfriere gleich, können wir das vorerst bleiben lassen und wieder herkommen, wenn es wärmer ist? Ich höre laut und vernehmlich den Lockruf einer Tasse Tee aus dem Dolly's.« Becky ging bereits zurück zur Pforte und sprach über ihre Schulter hinweg, sodass Amber keine Wahl hatte, als ihr zu folgen.

Als sie sich in der Teestube bei Tee und Kuchen aufwärmten, fragte Becky: »Also, wie geht es dir wirklich? Es war ein wenig unhöflich von mir, in der Kirche einfach so herauszuplatzen, aber ich war so erschrocken. Ich habe dich seit zwei Monaten nicht mehr gesehen, und du siehst wirklich hager aus.« Sie legte ihre Hand auf Ambers und drückte sie, was diese beinahe aus der Fassung brachte.

»Es wird nicht einfacher«, gestand Amber und holte bebend Luft. »Hier herauszukommen, Grandads Bücher zu katalogisieren und meine Ruhe zu haben, sollte eigentlich helfen, aber bisher hat sich nichts geändert. Jeder Tag ist immer noch ein Kampf. Es tut einfach die ganze Zeit weh. Jonathan ist gestern hergekommen, um mich zu sehen, aber das lief nicht besonders gut.«

»Wie geht es ihm?«, fragte Becky. Sie war schon immer eng mit ihnen beiden befreundet gewesen, und Amber wusste, dass sie nicht nur sie, sondern auch ihren Mann sehr mochte. Und darüber war sie froh.

»Ich weiß nicht so recht. Es fühlt sich an, als würde er einfach so darüber hinwegkommen, aber du kennst ja Jonathan: Er spricht nie über seine Gefühle.« Schon als sie es aussprach, wusste Amber, dass das nicht stimmte. Er kam genauso wenig darüber hinweg wie sie; sie waren beide auf einsamen Inseln gestrandet, die langsam auseinanderdrifteten.

»Das heißt nicht, dass er nicht auch todunglücklich ist; jeder trauert anders. Gib ihm Zeit, so wie er dir Zeit gibt. Und wenn du reden willst, bin ich immer für dich da.«

Amber nickte. Sie wusste, dass sie sich auf ihre Freundin verlassen konnte. Sie begegneten sich nicht nur fast jeden Tag bei der Arbeit, Becky kam auch oft zum Abendessen zu ihnen ins Pfarrhaus und genoss Jonathans Gesellschaft so sehr wie Ambers.

Abrupt wechselte sie das Thema und sprach von etwas, bei dem sie sich wohler fühlte und von dem sie sicher war, dass es ihre Freundin faszinieren würde: Sie berichtete ihr von dem alten Gebetbuch, das im Turm gefunden worden war.

»Das ist ja unglaublich«, hauchte Becky. »Mir ist das Gerüst um den Turm aufgefallen – man kann es im ganzen Dorf sehen –, und ich wollte schon fragen, was ihr da machen lasst. Aber du sagst, die Bauarbeiter hätten es gerade erst da oben gefunden?«

»Hmm-mmh. Grandad geht davon aus, dass seit Hunderten von Jahren niemand mehr da oben gewesen ist. Als ich noch ein Kind war und wir ihn besuchten, habe ich oft gefragt, ob ich hinaufsteigen darf, aber er hat immer nur Nein gesagt – und das so vehement, dass Widerspruch zwecklos war. Einmal hat er gesagt, der Schlüssel sei verloren gegangen, und ich wusste ja, dass die Tür unten im Turm abgeschlossen war, sonst hätte ich gar nicht gefragt, sondern wäre einfach hinaufgestiegen. Doch als ich ihm von dem Buch erzählte, sagte er, sein Vater habe immer behauptet, der Turm sei verflucht oder es würde darin spuken oder so, und deswegen dürfe nie wieder jemand hinaufsteigen. Deshalb blieb er verschlossen.«

»Das ist unglaublich. Und auch ein wenig gruselig. Warum ist er denn eingerüstet?«

»Bei diesem Unwetter neulich hat der Blitz eingeschlagen. Als sie den Turm von außen untersucht haben, stellten sie anscheinend fest, dass mehr kaputt gegangen ist als gedacht. Der Turm bröckelt schon seit Jahren vor sich hin und hat jetzt einen großen Riss, sodass sie den oberen Teil praktisch auseinandernehmen müssen. Einer der Bauarbeiter musste ein Fenster komplett entfernen und hat das Buch gefunden, das einfach so auf der Fensterbank lag, eingeschlagen in altes Leinen.«

»Wann kann ich kommen und es mir anschauen?«, fragte Becky.

»Ich hab mich schon gefragt, wie lange es dauern würde, bis du dich selbst einlädst.« Amber lachte. »Komm doch einfach morgen nach der Arbeit, und ich koche uns etwas Schönes! Ich weiß, dass Grandad sich auch freuen würde, dich zu sehen.«

»Ausgezeichnet, ich freue mich, vielen Dank.« Sie verabredeten sich für den folgenden Abend und umarmten sich zum Abschied. Amber fühlte sich wesentlich leichter als noch auf dem Herweg. Vielleicht hatten Jonathan und ihr Großvater doch recht gehabt.

Als sie in Saffron Hall angelangt war, blieb sie einen Moment lang in der Auffahrt stehen und bewunderte das Gebäude, das sie seit so vielen Jahren als selbstverständlich erachtete. In ihrer Kindheit war es einfach Grandads Zuhause gewesen, ein kalter, zugiger Ort, den sie ein paarmal im Jahr mit ihren Eltern besuchte. Das Haus war dunkel und verstörend gewesen und im Winter sehr kalt. Im Sommer gefiel es ihr besser, wenn sie draußen auf Entdeckungstour gehen konnte. Für ihre Mutter waren diese Besuche immer nur eine lästige Pflicht gewesen. Amber vermutete, dass sie immer noch grollte, weil sie nicht mit ihrem Vater auf dem Familiensitz aufgewachsen war, sondern ihre Kindheit in einer Doppelhaushälfte mit drei Schlafzimmern in Cheam verbracht hatte, bei ihren Großeltern mütterlicherseits, die ewig um ihre Tochter getrauert hatten.

Jetzt, wo Amber das Gebäude mit den Augen einer Erwachsenen sah, wusste sie zu schätzen, wie herrlich es war. Der Turm zog immer ihre Aufmerksamkeit auf sich, ein majestätischer Blickfang in der Landschaft. Es fühlte sich an, als wäre er Teil ihres Erbes, ein Stück ihrer Seele. Natürlich wusste sie, dass Saffron Hall eines Tages ihr Vermächtnis sein würde, der Familiensitz, und das war der Grund, weshalb Ambers Tochter den Namen des kostbaren Gewürzes erhalten hatte, ein Zeichen des Respekts für ihren lieben Großvater und sein Zuhause. Auch wenn noch niemand den Ursprung dieses Namens erforscht hatte. Früher einmal musste das Gebäude viel größer gewesen sein, eine befestigte Burg, und alles, was jetzt noch übrig war, war der große Saal und eine Handvoll kleinerer Räume. Der Saal war vor etwa zweihundert Jahren in eine Küche und einen Empfangssalon unterteilt worden und sah heute vermutlich ganz anders aus als ursprünglich, weil die meisten architektonischen Eigenheiten entfernt worden waren. Die Schlafzimmer oben waren im Lauf der Jahrhunderte weitgehend von Renovierungen verschont geblieben und hatten die riesigen Kamine und die geschnitzten Täfelungen behalten, die jetzt stumpf waren vom Alter.

Der Turm war der einzige Bereich, der tatsächlich original und unberührt war; nun ragte er verloren aus der Landschaft, eingehüllt in einen Metallkäfig, der doppelt so hoch war wie das Gebäude selbst. Der Turm hatte schon immer aus einem Raum unten bestanden, in dem irgendwann die Bibliothek eingerichtet worden war. Dahinter gab es einen kleinen Vorraum mit einer verschlossenen Tür, hinter der die Treppe lag, die nach oben führte. Dort war auch der

Umriss eines zugemauerten Durchgangs zu sehen. Amber hatte ihn sich schon angeschaut, konnte sich jedoch nicht vorstellen, wohin er führte. Wenn ihre Vorfahren die Veränderungen doch nur ein bisschen besser protokolliert hätten …

* * *

Wie versprochen kam Becky am darauffolgenden Abend zu Besuch. Nach hastig improvisierten Spaghetti bolognese zogen sie sich ins Arbeitszimmer zurück. Sobald sie sich Baumwollhandschuhe angezogen hatten, holte Amber ehrfürchtig das Buch aus dem Safe, wickelte es aus und legte es auf die samtene Buchwippe.

»Was für ein Fund«, hauchte Becky und fuhr mit den Fingerspitzen über den verzierten Einband. »Und es war in dieses Tuch eingeschlagen, als es gefunden wurde? Wo *genau* haben es die Bauarbeiter gefunden?«

»Es lag einfach auf der Fensterbank im Turm, als hätte es jemand dort abgelegt und vergessen. Offenbar ist dort oben nichts anderes. Mein Großvater kann so unordentlich sein, deshalb überrascht es mich eigentlich nicht, wenn irgendeiner seiner Vorfahren es womöglich einfach dort liegen ließ, anstatt es wegzuräumen. Und was für ein glücklicher Zufall das für uns ist, denn ansonsten wäre es bestimmt irgendwann in den letzten fünfhundert Jahren weggeworfen oder verkauft worden.«

»Und was ist mit diesem Tuch? Es scheint aus derselben Zeit zu stammen.« Becky zupfte vorsichtig daran, um das Gewebe zu untersuchen.

»Ich bin mir nicht sicher, könnte aber sein.« Amber breitete es auf dem Schreibtisch aus. »Siehst du diese Stickerei? Sie ist ziemlich schlicht. Ich weiß nicht viel über Textilgeschichte, aber ich glaube, es könnte aus der Tudor-Zeit stammen.«

»Es hat auch schlimme Flecke. Ich will ja nicht morbid klingen, aber dieser dunkle Fleck da sieht aus wie Blut.«

»Igitt.« Amber schauderte. »Das ist mir noch gar nicht in den Sinn gekommen, aber du könntest recht haben. Das wäre dann wohl ein Fall für das forensische Labor der Uni. Du hast da mehr Einfluss als ich. Könntest du dich bitte dorthin wenden?«

Becky nickte, während sie den Einband des Buches mit Ambers Okular, das sie sich vor das Auge geklemmt hatte, eingehend betrachtete. »Diese Lederarbeiten hier sind vom Feinsten, haben aber unter dem Zahn der Zeit gelitten. Hast du sie schon entziffert?«

»Nein, ich habe es nicht geschafft. Es ist tatsächlich ziemlich abgenutzt.«

»Was bedeutet diese Schrift darunter? Ein Familienmotto?«

»Ich weiß nicht, ich kann es nicht lesen. Wie ist dein Latein?«

»Nicht perfekt, aber vermutlich besser als deins. Versuchen wir es mal. Hast du einen Stift? Dieses erste Wort sieht wie *Dem* aus. Oder *Dum?*«

Amber blinzelte und legte den Kopf schief, während sie mit den Fingern über das Wort strich. »Du hast recht, ich glaube, es heißt ›*Dum*‹. Schauen wir uns mal das zweite Wort an.« Vor Aufregung beschleunigte sich ihr Herzschlag.

»Ich glaube, der erste Buchstabe ist ein altes S. Eigentlich der gleiche Buchstabe wie im nächsten Wort; er sieht identisch aus. Das ist seltsam.« Langsam entzifferten sie die nächsten paar Buchstaben.

»S-P-I oder vielleicht E-R-U«, las Amber. »Es ergibt keinen Sinn.«

»Oh, Moment mal. Doch, natürlich! ›*Dum Spiro Spero*‹.« Becky sog scharf die Luft ein. »Ich bin so dumm – warum habe ich das nicht gleich kapiert? Es ist ein altes lateinisches Sprichwort. ›Solange ich atme, hoffe ich.‹ Das muss das Familienmotto des ursprünglichen Besitzers dieses Buches sein. Wie toll!« Becky klang genauso aufgeregt wie Amber sich fühlte.

»Vielen, vielen Dank.« Amber umarmte ihre Freundin, die vor Begeisterung beinahe auf und ab hüpfte. »Ohne deine Hilfe hätte ich das nie herausbekommen.«

»Nichts zu danken. Ich hatte seit Ewigkeiten nicht mehr so viel Spaß. Ich weiß – bei der Arbeit schauen wir uns täglich solche Dinge an, aber in der sterilen Umgebung der Universität, und es geht um Gegenstände, zu denen keinerlei persönlicher Bezug besteht. Dies könnte ein Teil deiner Familiengeschichte sein. Ich bin richtig neidisch!«

Amber lachte. »Du warst umwerfend. Und das Innere des Buches habe ich dir ja noch gar nicht gezeigt. Vorne steht eine Liste mit Geburtsdaten. Bei einem davon, Thomas, ist allerdings kein richtiges Datum aufgeführt, sondern nur Monat und Jahr, ich glaube, das ist kein Geburtsdatum. Ich frage mich, ob er aufgenommen wurde, vielleicht eine Waise von entfernten Verwandten? Oder er wurde einfach von einem anderen Familienmitglied hergeschickt? Ich werde weiterlesen müssen, um zu sehen, ob es irgendwo eine Erklärung gibt. Bei den anderen Kindern stehen richtige Geburtsdaten.«

»Oh, ich würde es mir gern genau anschauen, aber jetzt muss ich gehen. Ich bin schon viel zu lange geblieben. Meine Mutter hat mich zur Yogastunde im Gemeindesaal verdonnert, da muss ich hingehen. Kann ich dich zum Mitkommen überreden? Dann kommst du eine Weile aus dem Haus.«

Amber schüttelte den Kopf. Sie hatte weit wichtigere Dinge zu tun.

»Lass mich einen raschen Blick hineinwerfen und versprich mir, dass ich ein anderes Mal wiederkommen und es mir richtig anschauen darf«, bat Becky. »Ich bringe dann auch Kuchen und Wein mit.«

»Natürlich, du kannst jederzeit herkommen.« Vorsichtig schlug sie das Buch vorne auf der Seite mit den strahlenden Heiligenminiaturen auf. »Sind sie nicht herrlich?« Amber schloss das Buch wieder. Sie hatte ein schlechtes Gewissen, weil sie Becky die Passage vorne absichtlich nicht gezeigt hatte, aber momentan war das noch ihr Geheimnis. Irgendwie war sie der Überzeugung, dass Eleanors Botschaft für sie gedacht war. Für sie allein.

Als sie sich an der Tür verabschiedeten, hielt Becky einen Augenblick inne.

»Wenn du schon nicht mit zum Yoga kommen willst – was ich dir nicht übel nehme –, kann ich dich wahrscheinlich auch nicht dazu überreden, am Donnerstag mit mir zum Pub-Quiz zu kommen, oder? Es ist in Ordnung, wenn du das lieber nicht willst. Ich finde immer ein Team, dem ich mich anschließen kann. Die Erlöse gehen an einen guten

Zweck vor Ort, und ich helfe wirklich gern, aber es wäre zur Abwechslung mal schön, mit einem eigenen Team anzutreten. Vielleicht würde dein Großvater auch mitkommen?«

Amber suchte nach einem Grund, nicht hingehen zu müssen. Sie fühlte sich nicht bereit dazu, sich unter Leute zu mischen, die sie nicht kannte, aber zusammen mit Becky wäre es einfacher.

»Komm schon, es wird dir Spaß machen.« Es war, als würde ihre Freundin ihre Gedanken lesen, offenbar tanzten ihre Gefühle nur so über ihr Gesicht.

»Wahrscheinlich nicht«, erwiderte sie lächelnd, »aber okay, sag mir, um welche Uhrzeit, und ich werde da sein. Und ich frage Grandad, ob er auch mitkommt. Vielleicht kann ich ihn damit locken, dass ich ihn zuerst zum Essen einlade.«

Nach Beckys Bemerkungen über den mutmaßlichen Blutfleck auf dem Tuch steckte Amber es in eine versiegelte Tüte und legte es zurück in den Safe, bis sie einige Tests dafür organisieren konnte. Dann schlug sie das Buch wieder auf und blätterte zu der Seite, auf der sie von Eleanors Ankunft in Milfleet gelesen hatte. Dort entdeckte sie eine sorgfältig notierte Kräuterliste. Es war, als würde sie in eine andere Zeit schauen, in das Leben einer anderen Frau. Eigentlich hätte sich das zudringlich anfühlen sollen, stattdessen kam es ihr jedoch so vor, als würde sie mit Absicht dorthin gezogen, als wollte Eleanor, dass sie in eine Geschichte verwickelt wurde, die sich vor fünfhundert Jahren abgespielt hatte. »*Dum Spiro Spero.* Solange ich atme, hoffe ich.« Was genau hatten diese Worte für Eleanor im Jahr 1538 bedeutet? Sie starrte auf das Buch. War es so einfach zu hoffen? Und würde sie je wieder so empfinden? Sie lehnte sich zurück und starrte auf die aufgeschlagene Seite vor ihr, doch in Gedanken war sie woanders, grübelte über die Ereignisse und Gespräche der vergangenen Tage nach.

In der Ferne hörte Amber das leise Läuten der alten Kirchenglocken im Dorf, ein zeitloses Geräusch, das über das flache Land hallte, das Eleanors Zuhause gewesen war.

Ihr Großvater freute sich riesig, sie zum Pub-Quiz zu begleiten, vor allem als sie ihn mit richtigem Ale und einem Abendessen mit echten Pommes lockte – nicht diesen Dingern, die nach Pappe schmeckten und auf einem Blech im Ofen aufgebacken wurden. Sie fuhren hinunter ins Dorf, und Amber fand noch eine freie Lücke auf dem Parkplatz des Pubs.

Drinnen war es bereits ziemlich voll. Offenbar handelte es sich um ein beliebtes Dorfereignis. Viele Leute grüßten ihren Großvater oder riefen Hallo, während Amber ihn zum letzten freien Tisch steuerte. Dann ging sie zur Bar, um Getränke und Fish and Chips für sie beide zu bestellen.

Sie waren fast fertig mit dem Essen, als Becky an ihren Tisch trat, in der Hand einige Papierbögen. Im Pub war es inzwischen noch voller geworden.

»Ich habe uns als Team angemeldet«, sagte sie. »Ich musste mir einen Namen ausdenken, aber mein Kopf war plötzlich total leer. Deshalb sind wir jetzt die ›Saffron Hall's Heroes‹. Tut mir leid.«

Grandad reckte die Daumen in die Höhe, doch Amber schnitt eine Grimasse. »Wir haben nichts Heldenhaftes an uns«, erwiderte sie, »aber ich glaube kaum, dass sich dadurch unsere Punktzahl ändert.«

»Habe ich das gerade richtig gehört, ihr sucht einen Helden?« Die Stimme ließ sie herumwirbeln. Hinter ihr standen ihre Handwerker – Pete und sein Vater Kenny.

»Wenn du damit das Quiz meinst, dann ja, wir brauchen jede Hilfe, die wir kriegen können.« Sie lachte und rückte ein wenig beiseite, damit sich die beiden Männer mit an den Tisch setzen konnten. »Ich hoffe bloß, ihr seid gut in Sportfragen!«

Am Ende war Amber froh, dass sie mit Becky hergekommen war. Sie schafften es zwar nicht auf einen der ersten drei Plätze, blamierten sich aber auch nicht, und sie war von sich selbst überrascht, weil sie den ganzen Abend so viel lachte. Schließlich fing ihr Großvater an zu gähnen, und ein Blick auf die Uhr verriet ihr, dass es fast zehn Uhr war.

»Ich mache mich jetzt auf den Heimweg«, verkündete Kenny. »Ich nehme deinen Großvater mit, das liegt auf dem Weg. Ihr jungen Leute könnt noch auf einen letzten Drink bleiben. Bis später, Pete.«

Amber bedankte sich bei ihm und half ihrem Großvater in den Mantel. Dann ging sie an die Bar und bestellte noch eine Runde Getränke. Da sie mit dem Auto gekommen war, hatte sie den ganzen Abend Orangensaft getrunken, aber Becky und Pete waren beide zu Fuß da, weil Pete bei seinen Eltern übernachtete, deshalb teilten sie sich eine Flasche Wein. Amber lehnte an der Bar und beobachtete, wie sie gemeinsam plauderten und lachten. Verschwunden war der schüchterne Handwerker, der schweigend in der Küche stand, während sie heiße Getränke und Kekspackungen auf sein Tablett lud. Er war wie ausgewechselt. Und Becky wirkte zehn Jahre jünger, als sie den Kopf zurückwarf und schallend über etwas lachte, was Pete gesagt hatte. Amber beobachtete, wie sein Blick auf Beckys Gesicht verweilte, und sie war sich sicher, dass er ihre lebhafte Freundin attraktiv fand.

Schließlich war es an der Zeit zu gehen, und Amber verabschiedete sich von den beiden, bevor sie zu ihrem Wagen hinüberging, der nun als einziger auf dem Parkplatz stand. Es war dunkel, und sie fröstelte. Wenn sie mit Jonathan ausging, holte er das Auto und fuhr direkt vor die Pub- oder Theatertür, damit sie im Warmen bleiben und nicht über von Schlaglöchern übersäte Parkplätze stolpern musste. Sie vermisste seine stille, leicht ritterliche Art. Er hätte das Pub-Quiz geliebt. Oft gingen sie zum Quiz in ihren Lieblings-Pub, und sofort verwandelte sich Jonathan in einen Kandidaten bei *Mastermind*, weil er so viel Kampfgeist in sich hatte. Bei dem Gedanken, dass er jetzt allein im Pfarrhaus vor dem Fernseher saß, vor sich ein Fertiggericht für eine Person, anstatt mit ihr und ihren Freunden hier im Pub zu sein, stiegen ihr Tränen in die Augen. Dieses Mal lag es nicht an der kalten Nachtluft, das war ihr klar.

Als sie auf die Hauptstraße des Dorfes einbog, fingen ihre Scheinwerfer Pete und Becky ein, die vor ihr nebeneinanderher gingen. Sie hielten sich nicht an der Hand oder gingen besonders dicht nebeneinander, doch sie konnte sehen, dass sich ihre Arme beinahe streiften, und sie lächelte vor sich hin, als sie in den Weg einbog, der nach Hause führte. Wann würde sie Jonathan wieder so nah sein? Wann würden sie sich wieder locker an den Händen fassen und damit der Welt demonstrieren, dass sie heil waren, eine Einheit?

12

1538

An ihrem ersten Tag in Milfleet sah Eleanor ihren Gatten erst zum Abendbrot wieder. Der ganze Haushalt saß auf langen Bänken am Esstisch, der sich über die gesamte Breite des großen Saals erstreckte. Ans Kopfende des Tisches war ein großer geschnitzter Stuhl gerückt worden und ein kleinerer, weniger kunstvoller Stuhl daneben. Sie ließ ihn jedoch links liegen und setzte sich stattdessen ans Ende der Bank neben Nell und Jane. Joan bedeutete sie, ihr gegenüber Platz zu nehmen, was dazu führte, dass Hugh von dort, wo er sonst saß, einen Platz weiterrücken musste. Er öffnete den Mund, als wollte er protestieren, schloss ihn dann aber wieder und funkelte sie stattdessen wütend von seinem neuen Platz aus an. Eleanor ignorierte ihn geflissentlich und wandte ihre Aufmerksamkeit Jane zu, die sich ihr allmählich ein wenig öffnete – wie eine fest verschlossene Blütenknospe, die sich im warmen Sonnenschein langsam entfaltet.

Eleanor stand auf, um das *Benedictio Mensae* zu sprechen, und alle erhoben sich. Nach dem Gebet nahmen alle wieder

Platz und fingen an zu essen. Eleanor bemerkte Greville zunächst gar nicht, als dieser hereinkam, ihre Tischgenossinnen und -genossen jedoch schon. Das Geplauder und der Lärm flauten ein wenig ab, und die Leute setzten sich aufrechter hin, als er durch den Saal schritt und zu dem größeren Stuhl am Kopfende der Tafel ging. Fragend zog er die Augenbrauen nach oben, als er Eleanor neben Jane auf der Bank entdeckte. Er zog den kleineren Stuhl neben seinem eigenen hervor, streckte ihr die Hand hin und zog sie von ihrem Platz dorthin, bevor er sich neben sie setzte, sodass sie beide am Kopfende saßen. Unter den Gartenarbeitern am anderen Ende des Tisches brach Jubel aus, als sie dort Platz nahm. Sie lächelte Greville dankbar an, doch dieser hatte sich bereits abgewandt und sprach über Joan hinweg, die schweigend dasaß und ihr Essen musterte, mit Hugh.

Als Jane ihren Vater entdeckte, sprang sie sofort auf und rannte zu ihm. Er hob sie auf seinen Schoß und kitzelte sie, sodass sie sich begeistert kreischend wand und die Arme um ihn schlang. Eleanor lächelte, während sie die beiden beobachtete. Diese andere Seite bemerkte sie zum ersten Mal an ihm. Verschwunden war der forsche, ernste Gentleman, der Geschäftsmann, der keine Zeit für seine Familie und seine neue Gemahlin hatte. Das hier war ein Mann, der eindeutig vernarrt war in seine kleine Tochter, sie abgöttisch liebte. Eleanors Gedanken wanderten zu ihrem eigenen Vater, und unwillkürlich zog sie Vergleiche – die durchaus wohlwollend ausfielen.

Schließlich gaben sie Ruhe, und Jane saß auf Grevilles Knie, während er Fleisch von der Keule schnitt, die vor ihm lag, und sie damit fütterte. Hin und wieder legte er zarte

Häppchen auf Eleanors Teller. Als das Geplauder am Tisch wieder Fahrt aufnahm, beugte er sich zu Eleanor vor, und sie nahm seinen warmen, muffigen und dennoch nicht unangenehmen Geruch wahr.

»Wie war dein erster Tag in Milfleet? Hast du ihn genossen?«

»Ja, vielen Dank. Hugh hat mir Haus und Garten gezeigt. Besonders beeindruckt hat mich die Kapelle, auch wenn sie mal gründlich geputzt werden sollte. Das Altarbild ist wundervoll. So etwas habe ich noch nie gesehen. Weißt du, woher es stammt?«

»Es kam mit einer Sendung aus Amsterdam, und ich habe es Elizabeth geschenkt. Freut mich, dass es dir gefällt.« Sie nickte, und er lächelte.

»Ich befürchte, dass der Haushalt nicht oft genug betet.« Sie blickte ihn aus den Augenwinkeln an, gespannt auf seine Reaktion. Gerade erst angekommen, äußerte sie schon Kritik an der Art, wie er sein Haus führte, und besonders an seinem Butler. Doch das schien Greville gar nichts auszumachen.

»Dann musst du die Dinge so arrangieren, wie du es wünschst«, erwiderte er. »Sag Hugh, welche Gottesdienste abgehalten werden sollen und dass die Dienstboten und die Familie anwesend sein müssen.« Sie war sich nicht sicher, ob das so einfach würde, wie er annahm, doch da er bei großzügiger Laune zu sein schien, fuhr sie mit ihren Wünschen fort.

»Hast du etwas dagegen, wenn ich einen neuen Heilkräutergarten in einem Teil des Küchengartens anlege?«

»Natürlich nicht. Du bist jetzt die Hausherrin und kannst hier auf dem Gelände, im Haus und in der Kapelle tun, was immer du wünschst. Wende dich mit allem, was du willst, einfach an Hugh. Außerhalb musst du Simon fragen, meinen Gutsverwalter. Ich werde ihn dir morgen vorstellen.« Bestimmt wäre der Butler ihr gegenüber nicht so großzügig und entgegenkommend, wie ihr Gatte vermutete.

»Und darf ich bitte auch auf den Turm?«, fragte sie, während sie an dem Käse knabberte, den er ihr neben ihr Fleisch gelegt hatte. Sie war sich nicht sicher, ob er einwilligen würde.

Er zögerte. »Ja, allerdings muss ich dich selbst hinaufbegleiten. Nur ich habe einen Schlüssel, aber ich werde dir zeigen, wo ich ihn aufbewahre.«

Als das Mahl beendet war, redete Hugh mit leiser Stimme auf Greville ein und deutete zum Tisch, doch Greville zuckte nur mit den Schultern und wandte sich ab, was ihr einen weiteren finsteren Blick des Butlers einbrachte.

Greville zog ihre Hand in seine Armbeuge und führte sie am Ende des Saales durch die Tür in sein Schreibzimmer, das sich unten im Turm befand.

Sofort sah sie, dass die Möbel ein wenig verrückt worden waren, seit sie zuletzt hier gewesen war, und ein kleiner Schreibtisch war neben seinen sehr viel größeren gequetscht worden.

»Ich habe dieses Pult für dich herbringen lassen. Es stand im Zimmer meiner verstorbenen Frau, aber sie benutzte es selten. Falls du Briefe schreiben oder an den Haushaltsbüchern arbeiten willst.«

»Ich danke dir«, rief sie begeistert, »es ist wunderschön.«

»Ich werde dir alles hier erklären …« – er deutete auf die Tischplatte auf Böcken, die mit Dokumenten beladen war –

»aber erst zu gegebener Zeit. Du kannst nicht alles, was du wissen musst, auf einmal lernen. Und jetzt zeige ich dir erst einmal das Turmzimmer.«

Er ging in die Hocke, kroch unter seinen Schreibtisch und nahm einen Schlüssel von einem kleinen Regal, das an der Wand darunter versteckt war. Dann ging er mit ihr zurück in den Vorraum und schloss die Tür auf, die sie zuvor gesehen hatte.

»Die Treppe ist steil«, warnte er sie. Sie raffte ihre Röcke, um nicht zu stolpern, während sie ihm folgte. Die Treppe war in der Tat steil. Gelegentlich ließ eine Schießscharte gerade genug Licht ein, um die Stufen zu erkennen. Als sie oben vor einer weiteren verschlossenen Tür ankamen, die in das Turmzimmer führte, japste sie nach Luft. So dunkel, wie es im Treppenaufgang gewesen war, so hell war das Zimmer, das sie nun betraten. An zwei Wänden flutete Licht durch die Fenster herein, die aus winzigen Bleiglasscheiben bestanden. Staunend verzog Eleanor das Gesicht, als sie eintrat, dann drehte sie sich in der Mitte des Raums langsam um ihre eigene Achse. Es gab auch einen Kamin, der sich offenbar direkt über dem im Schreibzimmer unten befand.

»Wofür wird dieses Zimmer genutzt?«, fragte sie schließlich. »Ich verstehe nicht, weshalb es immer abgeschlossen ist.«

»Heutzutage gibt es weniger Gründe, es abzuschließen«, stimmte er zu, »aber früher war es hin und wieder ein hilfreiches Versteck. Und man kann von hier aus Pferde sehen, die noch meilenweit entfernt sind, deshalb ist es ein guter Ausguck. Das ist immer nützlich. Wenn du durch dieses

Fenster schaust« – er legte ihr seine Hände auf die Schulter und führte sie hinüber – »kannst du das Meer sehen. Nun, da du meine Frau bist« – seine Stimme wurde ernst – »möchte ich dir etwas zeigen. Ein Geheimnis. Kein lebender Mensch kennt es, außer mir. Und jetzt dir. Und so soll es auch bleiben.«

Eleanor drehte sich um, seine Hände hatten immer noch fest auf ihren Schultern gelegen, deshalb stand sie ihm nun sehr nah gegenüber. Ihr Gesicht berührte beinahe den dicken dunklen Wollstoff seines Wamses. Sie spürte die Wärme, die er verströmte, und sah zu ihm auf. Seine Augen wirkten beinahe schwarz unter seinen ebenso dunklen, geraden Brauen, und er starrte sie an, als würde er abwägen, ob er sein Geheimnis nun preisgeben sollte oder nicht. Ihr Herz hämmerte ihr in der Brust, als sie ihm plötzlich so nah war, und sie fragte sich, ob er es durch ihre Kleider hindurch ebenfalls spürte.

»My Lord?« Ihre Stimme brach ein wenig, und ihre Hände fühlten sich klamm an. Er ließ ihre Schultern los, griff stattdessen nach ihren Fingerspitzen und führte sie in eine Ecke beim Kamin.

»Du musst mir versprechen, dass du niemals jemandem von dem, was ich dir gleich zeigen werde, erzählst.« Sie fürchtete sich vor dem ernsten Klang seiner Stimme und nickte stumm. »Manchmal muss ein Hausherr Dinge verstecken. Geld, Schmuck, Dinge, die gestohlen werden könnten. Dinge, von denen wir nicht wollen, dass andere davon wissen. Selbst diejenigen nicht, die behaupten, Freunde zu sein. Verstehst du?« Wieder nickte sie, auch wenn sie in Wahrheit nicht wusste, worauf er hinauswollte. »Falls du je etwas sicher verwahren musst, wenn ich nicht da bin, dann verstecke es hier.«

Er ließ ihre Hand los und wischte die alten, muffigen Binsen auf dem Boden beiseite, bis er eine einzelne Bodenplatte freigelegt hatte. Er kniete sich daneben und ließ seine Finger in eine versteckte Kerbe gleiten, die sie nicht bemerkt hatte, und hob die Platte vollständig aus der Aussparung, in der sie gelegen hatte. Darunter kam ein dunkles Loch zum Vorschein. Eleanor blieb vor Erstaunen der Mund offen, doch als ein ekeliger, modriger Geruch ihr aus der Öffnung entgegenschlug, klappte sie ihn schnell wieder zu, schlug die Hand davor und verzog angewidert das Gesicht.

»Es riecht schrecklich, ich weiß. Die Luft ist abgestanden da unten. Die Steinplatte, die ich hier verwendet habe, ist viel dünner als die normalen, deshalb ist sie ziemlich leicht. Ich glaube, wenn es notwendig wäre, könntest du sie ohne Probleme hochheben. Mein Vater und mein Großvater hatten Anlass dazu, Reichtümer vor denen, die sie rauben könnten, zu verstecken. Wenn du also je in derselben Lage bist, weißt du, wo der Schlüssel aufbewahrt wird. Niemand darf davon wissen. Nicht einmal Joan oder Hugh. Verstanden?«

»Ja, ich verspreche es.« Sie trat ein wenig näher, um hineinzuschauen. »Wie groß ist es?«

»Es ist ziemlich tief. Wenn du etwas darin verstecken willst, binde es an ein Seil. Hier oben ist ein Haken, an dem du das Seil festknoten kannst, dann kannst du es einfach herausziehen.« Er legte die Platte wieder zurück, und gemeinsam breiteten sie die Binsen darauf aus. Eleanor bezweifelte, dass sie je ihre wenigen Schmuckstücke oder ihr Geld hier würde verstecken müssen, doch sie spürte, dass sie eine Art Vertrauensvorschuss erhalten hatte, weil Greville sie eingeweiht hatte. Sie würde ihn nicht enttäuschen.

»Hattest du schon mal Grund, hier etwas zu verstecken?«, fragte sie, weil sie wissen wollte, ob ihr Gatte Geheimnisse verbarg.

»Nein, mein ganzes Leben noch nicht. Aber wir können nie wissen, was die Zukunft bringt. Deshalb müssen wir immer vorbereitet sein.«

Nachdem sie die gefährliche Treppe wieder hinter ihm hinabgestiegen war, entschuldigte sie sich im Schreibzimmer für einen Moment. Sie setzte sich an ihr neues Pult, holte ihre Feder heraus und schlug das Gebetbuch auf einer leeren Seite auf.

Gestern Abend sind wir in Milfleet angekommen. Viele Tage sind wir geritten – ich konnte sie nicht mehr zählen, aber vielleicht waren es vier oder fünf, und ich war erschöpft. Ich habe viele Stunden geschlafen. Heute hat mich Hugh, der Butler meines Gatten, in meinem neuen Zuhause herumgeführt. Es ist größer als Ixworth, erfüllt mich aber nicht mit Freude. Es gibt viel zu entdecken. Es umfasst eine Kapelle beim Haupthaus und viele Morgen Land, genug, um den Safran anzupflanzen, den ich bekommen habe. Ich fühle mich hier nicht zu Hause, aber ich hoffe, ich kann es zu einem Zuhause machen. Es birgt Geheimnisse, die ich nicht preisgeben darf, weil ich es meinem Gatten versprochen habe. Ich wurde Jane vorgestellt, der ich nun eine neue Mutter sein werde. Sie ist still und schüchtern, aber ich hoffe, dass wir bald Freundinnen werden.

Sie klappte das Buch wieder zu, strich mit den Fingern über die glatten Linien auf dem Einband, über das Motto, auf das ihr Mann so stolz war. *Dum Spiro Spero.* Sie wusste nicht, was ihr neues Leben bringen und ob eine Zeit kommen würde, in der sie sich an dieses Motto klammern würde, das nun auch das ihre war.

13

1538

Zwei Tage später kündigte Greville an, dass er schon bald wieder nach London müsse. »Doch bevor ich abreise, laden wir unsere Nachbarn zum Abendessen ein, sie möchten uns zu unserer Vermählung gratulieren. Die Derehams wohnen ganz in der Nähe von uns, in Crimplesham. Die Familie ist schon seit vielen Jahren gut mit der meinen befreundet. Ihr Sohn Francis lebt gerade bei entfernten Verwandten – den Howards in Lambeth. Er und sein Bruder Thomas besuchen die Klosterschule in Beeston Regis. Sie sind jünger als ich, eher in deinem Alter, nehme ich an. Ich glaube, Francis reist in Kürze nach Irland, und ich bin gespannt, was für Neuigkeiten er von dort sendet.«

Eleanor war begeistert von dem Gedanken, Gäste in ihrem neuen Heim zu empfangen. Ihr bisheriges Leben war so ruhig gewesen, und sie hatte schon befürchtet, dass es jetzt, wo sie verheiratet war, genauso weitergehen würde – gestrandet im Nirgendwo und von aller Welt abgeschnitten, wenn das Wetter schlecht war.

»Wir müssen unsere Kleider durchsehen«, sagte sie zu Joan, »und schauen, ob wir sie ein wenig herausputzen können. Ich habe einige Bänder in meinem Nähkästchen.« Ihre Freundin war genauso begeistert wie sie, und sie verbrachten einen glücklichen Nachmittag, den entspanntesten, den die beiden seit ihrer Ankunft in Milfleet erlebt hatten. Sie nähten silberne Fäden und Perlen auf ihre besten Hauben und Ärmel.

Der Tag der Einladung kam, und Eleanor war erfreut, dass gemäß ihren Anweisungen an Hugh die Streu im großen Saal erneuert und mit Lavendel angereichert worden war. Der Koch hatte gebratenen Schwan, Gans und Hase vorgeschlagen, und Eleanor überließ ihm die kulinarischen Entscheidungen gern.

Aufruhr im Hof und das Bellen der Hunde kündigten die Ankunft von jemandem an, und Eleanor eilte, gefolgt von Joan, in den Saal, um die Gäste zu begrüßen. Isabel Dereham schloss sie sofort ins Herz, und schon bald saßen die drei Ladys plaudernd am Feuer, während Greville mit John in seinem Schreibzimmer verschwand, erpicht darauf, Francis' Geschicke zu diskutieren.

Nach einem ausgiebigen Mahl, das von gedünsteten Pflaumen, Käse und Gebäck abgerundet wurde, nahmen Eleanor und Joan Isabel mit nach draußen, um die warme Frühlingsluft zu genießen. Der formale Garten war noch immer überwuchert und unordentlich, und Eleanor ermahnte sich, die Gärtner zu veranlassen, Ordnung hineinzubringen. Irgendwann hatte Joan einmal zu ihr gesagt, sie dürfe sich nicht schwach zeigen. Die Dienstboten würden sie nur respektieren, wenn sie sich gemäß ihrer neuen Position verhielt. Allmählich wurde ihr klar, dass Joan recht hatte.

Binnen vierundzwanzig Stunden nach Eleanors erster Erfahrung als Gastgeberin in Milfleet war Greville an den königlichen Hof aufgebrochen. Das Letzte, was sie von ihm sah, war eine Staubwolke, die in der Ferne verschwand. Eleanor wusste nicht, ob sie erfreut oder enttäuscht war. Oder wütend. Er hatte noch immer keine Anstalten gemacht, das Bett mit ihr zu teilen, und schließlich hatte sie das Thema angesprochen. Wenn er sie körperlich abstoßend fand, warum hatte er sie dann geheiratet? Er hatte ihr mitgeteilt, dass er sich Söhne wünschte, also würde er irgendwann mit ihr schlafen müssen. Selbst sie wusste das. Schließlich hatte sie es nicht länger ausgehalten und ihn gefragt. Doch er tat ihre Zweifel einfach ab.

»Du bist jung, und das ist ein seltsames neues Zuhause. Ich will, dass wir warten, bis die Zeit gekommen ist. Bis du dich richtig eingelebt hast. Wenn du entspannter bist und dich an die Routine und die Leute in Milfleet gewöhnt hast, wirst du bereit sein«, sagte er.

»Es wird mein erstes Mal sein«, rief sie ihm ins Gedächtnis, »und ich bin nervös. Du schiebst das Unvermeidliche hinaus, und das trägt nicht gerade dazu bei, dass ich mich entspanne.«

»Genau deshalb warten wir.« Er schlang die Arme um ihre schmalen Schultern und zog sie an sich, sodass sie spürte, wie sein Herz an ihrem schlug. »Ich will, dass dir dein erstes Mal aus den richtigen Gründen im Gedächtnis bleibt. Es sollte etwas ganz Besonderes sein. Nicht weil es die Hochzeitsnacht ist und unter uns Dutzende lärmende Gäste zotige Ermutigungen brüllen. Nicht, weil es deine Pflicht ist und du es nur hinter dich bringen willst. Wenn die

Zeit gekommen ist, werden wir miteinander schlafen, weil wir es beide wollen. Bis dahin kann ich mich gedulden.« Sie lehnte sich einen Augenblick an ihn und genoss die Wärme und Sicherheit seiner Nähe.

»Und wann wirst du mich zu dir an den Hof holen?«, fragte sie, ihre Stimme von seinem Wams gedämpft. »Ich soll doch bestimmt nicht den Rest meines Lebens in dieser Einöde verbringen?« Isabel Derehams Beschreibung des Londoner Lebens hatte ihre Sehnsucht, das Treiben des Hofes zu erleben, weiter angefacht.

»Dafür haben wir noch alle Zeit der Welt – mach dir keine Sorgen«, versicherte er ihr.

Doch jetzt war er nach London zurückgekehrt, weil er sich nicht nur seinen Geschäften widmen musste, sondern weil ihr künftiger Wohlstand auch von seiner Stellung bei Hofe abhing. Er hatte ihr bereits erklärt, dass seine Rolle als Kaufmann nur Mittel zum Zweck war, um Geld zu machen und – noch wichtiger – nützliche Kontakte zu knüpfen, die sein Ansehen im inneren Kreis um den König stärkten. Deshalb musste er sich bei Hofe blicken lassen. Er versprach, so bald wie möglich zurückzukehren, und nachdem er ihr Simon, seinen Gutsverwalter, vorgestellt hatte, erinnerte er sie noch mal daran, dass sie in Bezug auf Land, das sie zum Anbau ihrer Pflanzen brauchte, freie Hand hatte.

Eleanor fühlte sich allein und überfordert, deshalb verlor sie keine Zeit, Simon zu suchen, sobald Greville abgereist war, und Land zum Anbau ihres Safrans zu verlangen. Außerdem teilte sie ihm mit, dass sie einen Bereich des Küchengartens übernahm, um einen richtigen Heilkräutergarten anzulegen.

»Wir können Arzneien und Heilmittel von den Mönchen bekommen«, protestierte er. »Sie haben ein Spital für das Dorf, nicht nur für sich selbst. Ihr braucht euch nicht die Mühe zu machen, Kräuter anzupflanzen, um sie selbst herzustellen.«

»Gut, dann haben sie wohl genug Kräuter, dass ich welche bei ihnen kaufen kann«, erwiderte sie. »Ich habe vor, im Destillierraum meine eigenen Tränke und Arzneien herzustellen, wie ich es für meinen Vater getan habe. Ich wurde von den Mönchen der Abtei in Ixworth unterwiesen und bin sehr geschickt darin. Bitte sorge dafür, dass einer der Gärtner die Parzellen umgräbt, über die wir gesprochen haben, und der Streifen Wiese am Haus muss bis Ende Juni gepflügt werden. Er muss mindestens dreimal gepflügt und mit einer beträchtlichen Menge Mist angereichert werden. Dass ist besonders wichtig, sonst wächst der Safran nicht. Außerdem brauche ich Hilfe beim Pflanzen meiner Krokusse.«

»Das wird davon abhängen, wer zur Verfügung steht. Im Moment gibt es viel zu tun in der Landwirtschaft.«

Eleanor runzelte die Stirn. »Nicht so viel wie im Herbst, wenn wir jede Blume von Hand ernten müssen«, warnte sie ihn. Abrupt drehte sie sich um und ging gemessenen Schrittes auf das Haus zu, was jedoch seine Wirkung ein wenig verfehlte, weil die Holzpantinen, die sie zum Schutz ihrer Schuhe trug, auf dem matschigen Untergrund rutschten und sie beinahe hingefallen wäre. Sobald sie wieder sicher auf den Füßen war, marschierte sie erhobenen Hauptes davon. Sie würde es von Anfang an so machen, wie sie es haben wollte, und auf keinen Fall zulassen, dass die Dienstboten dachten, sie könnten sie einschüchtern, nur weil sie jung und nicht Lady Elizabeth war. Ihr war nicht entgangen, dass der Respekt, den sie ihr zollten, wenn Greville zu Hause war, schwand, kaum dass er weg war. Und sie war entschlossen, dies zu korrigieren.

Zwei Tage später waren die Bereiche, die sie im Garten markiert hatte, umgegraben und gerecht worden. Acht Beete aus dunkler, schimmernder Erde waren angelegt worden, perfekte Rechtecke, gesäumt von niedrigen Zäunen aus Weidenruten, die darauf warteten, bepflanzt zu werden. Sie rochen üppig und fruchtbar. Eleanor hatte bereits Lavendel und Fieberkraut, Rosmarin und Pfefferminze gefunden, die im Garten wild wuchsen, und sie nahm den Spaten und setzte sie in die neuen Beete um. Es war ein Anfang, doch sie brauchte viel mehr. Den ganzen Abend verbrachte sie damit, sorgfältig eine Liste in ihr Stundenbuch zu notieren, damit sie nichts vergaß.

Am nächsten Morgen befestigte sie das Buch zusammen mit ihrem Beutel voller Münzen an ihrer Taille und ging zusammen mit Joan als Anstandsdame zur Abtei, die am anderen Ende des Dorfes lag.

Prior Matthew hieß sie herzlich willkommen und lud sie zu Wein und Kuchen in seine private Stube ein. Eleanor spürte, wie sich ihr ganzer Körper entspannte, als sie in die vertrauten Klänge und Gerüche eintauchte, die sie hier umgaben. Sie hatte gar nicht gemerkt, wie angespannt sie gewesen war. Von unten hörte man leise die beruhigenden, an- und abschwellenden Gregorianischen Gesänge, die Stimmen der Mönche erhoben sich wie Schwalben im Sommer hoch hinauf und schossen dann wieder nach unten, sodass der Boden unter Eleanors Füßen vibrierte. Durch das geschmeidige Leder ihrer Stiefel hindurch konnte sie es spüren. Sie ertappte sich dabei, wie sie über die sehr reale Möglichkeit nachdachte, dass die noch verbliebenen englischen Klöster aufgelöst wurden. Das lächelnde Gesicht ihres Freundes, Bruder Dominic, tauchte vor ihrem geistigen Auge auf, und sie fragte sich, wie es den Mönchen wohl ging.

»Ich bin erfreut, dass Eure Einrichtung nicht vom Generalvikar geschlossen wurde«, sagte Eleanor ruhig. Sie spürte, wie Joan neben ihr erstarrte, und war überrascht von ihrer eigenen Courage. Jede Erwähnung der Handlungen des Königs konnte als Verrat gewertet werden, wenn jemand ihre Worte falsch verstehen wollte, doch ihre Sorge galt vor allem ihren alten Freunden in Ixworth.

Der Prior neigte den Kopf. »Auch wir sind erleichtert«, stimmte er zu, »und dafür danken wir Gott.« Automatisch bekreuzigten sich alle drei.

Das Schweigen hing schwer in der Luft, während sie über die schrecklichen Maßnahmen nachdachten, die womöglich auf das Kloster zukämen. Um das Thema zu wechseln, erklärte sie Prior Matthew kurz, weshalb sie hergekommen war.

»Die Dorfbewohner kommen normalerweise ins Spital zu Bruder Rufus, wenn sie krank sind«, sagte er zu ihr, »aber ich sehe ein, weshalb es einfacher für Euch ist, Eure eigenen Arzneien für Eure Leute in Milfleet herzustellen. Seid Ihr sehr erfahren im Destillierraum?«

»Ja. Bevor ich vermählt wurde, führte ich ein ruhiges Leben mit meinem Vater und verbrachte viele Stunden in der nahen Abtei. Die Mönche dort lehrten mich Lesen und

Schreiben auf Latein und Englisch sowie ein wenig Französisch. Und auch, wie man viele Behandlungen und Kuren durchführt.« Sie spürte, wie ihr Gesicht aufleuchtete, als sie sich daran erinnerte. Der Prior nahm die beiden Frauen mit hinaus in den Garten und ließ sie bei Bruder Rufus, der sie nur allzu gern über das Gelände führte, und während Eleanor ihre Liste vorlas, stach er Ableger von vielen Pflanzen aus der Erde aus und legte sie in die Tragekörbe, die Joan bei sich hatte.

»Pflanzt Ihr Safran an?«, erkundigte sich Eleanor.

»Wir haben einen kleinen Bestand.« Der Mönch zeigte auf die hintere Ecke der Wiese neben dem Garten, in dem sie standen. »Wenn das Wetter mitspielt, ernten wir ihn für gewöhnlich im September. Er ist eine hilfreiche Ergänzung in unserem Medizinschrank und wird auch als Gewürz für einige Speisen verwendet, vor allem im Winter, wenn die Vorräte zur Neige gehen und unsere Mahlzeiten fade und unappetitlich sind.«

Eleanor dachte an den Wein und den Kuchen, den sie gerade gegessen hatte. Sie würde um ihren Beutel mit Geldstücken wetten, dass der Prior selbst im tiefsten Winter keine faden, unappetitlichen Speisen zu sich nehmen musste.

»Ich fürchte, wir haben keine Knollen übrig«, fügte er hinzu.

»Ich habe selbst welche«, vertraute sie ihm an. »Ich habe mir nur Sorgen gemacht, ob sie hier draußen bei den grimmen Ostwinden wohl wachsen. Ixworth ist weiter im Landesinneren, dort ist es wärmer. Es liegt in der Nähe von Walden, wo sehr viele Pflanzen angebaut werden.«

»Von Walden habe ich gehört«, erwiderte er, »aber wir

hatten hier nie Probleme mit dem Klima. In Walsingham Abbey bauen sie eine erstaunliche Menge Safran an, fast so viel wie in Walden, glaube ich. Obwohl es hier im Sommer nicht so viel regnet, scheint er unter diesen Bedingungen aber zum Glück zu gedeihen.«

Eleanor zählte ein paar Münzen ab und reichte sie Bruder Rufus. Sie mochten zwar Nachbarn sein, doch er verlangte einen hohen Preis für die Pflanzen. Zweifellos wandert das Geld in die Kasse, aus der das Zuckerzeug für den Prior bezahlt wird, dachte sie. Sie freute sich jedoch über das, was sie hatte erwerben können, und – was noch wichtiger war – über die Bestätigung, dass ihre Krokusse hier günstige Anbaubedingungen vorfanden. Sie wusste, dass sie genug Knollen hatte, um dreimal so viele Pflanzen zu erhalten, wie im Bestand der Mönche waren. Und in ein paar Jahren wären die Knollen so groß, dass man sie teilen konnte, wodurch sich die Erträge sofort verdoppeln würden. Ja, der Tag hatte sich gelohnt, und zwar nicht nur wegen der neuen Pflanzen, die sie nach Hause trugen.

Eleanor machte sich schon bald daran, wieder einen funktionstüchtigen Destillierraum herzurichten. Sollten die Dienstboten überrascht gewesen sein, dass die neue Herrin sich nicht davor scheute, sich die Finger schmutzig zu machen, ließen sie es sich nicht anmerken. Sie holte ihre Schürze heraus und machte sich daran, den Raum zu putzen, bevor sie ihn wieder mit den Gerätschaften ausstattete, die sie brauchte. Hugh sandte auf ihr Geheiß zwei Dienstboten nach Lynn, um die wenigen Dinge zu besorgen, die sie in der Küche oder den Lagerräumen nicht fand. Und sie schrieb an Greville in London, damit er für ihre Destillerie die feinsten französischen oder venezianischen Glasgegenstände suchte. Jeden Tag ging sie in ihren Kräutergarten, um sich zu vergewissern, dass die neuen Pflanzen gediehen.

Aus Frühling wurde Sommer, und Greville war immer noch nicht zurückgekehrt. Eleanor ertappte sich dabei, dass sie ihn immer weniger vermisste, weil ihr Leben in eine neue, wohlgeordnete Routine übergegangen war. Jeden Morgen gingen sie und Joan zur Kapelle hinüber, wo der Gemeindepfarrer die Frühmette und auf Eleanors Wunsch oft auch die Messe las. Einige der Dienstboten kamen ebenfalls, doch sie machte Hugh gegenüber deutlich, dass sie sonntags alle erwartete, und sie freute sich darüber, dass jede Woche alle Bankreihen besetzt waren.

Jane erhielt morgens Unterricht, doch wenn das Wetter gut war, spielte Eleanor nach dem Abendessen mit dem kleinen Mädchen im Garten und gewährte Nell dadurch eine kostbare Stunde für sich, für die sie sich dankbar zeigte. Bei schlechtem Wetter spielten sie in ihrem Privatgemach. Joan bemühte sich nicht, zu verbergen, wie sehr ihr dieses Eindringen missfiel. Sie bevorzugte Stille und Einsamkeit, an die sie sich in Ixworth gewöhnt hatte, um in Ruhe zu sticken. Doch Eleanor musste sich bemühen, ihre neue Tochter kennenzulernen. Bei all den Schwierigkeiten, sich an das Leben in ihrem neuen Zuhause zu gewöhnen, hatte sie sich nur auf ihre eigenen Gefühle des Unbehagens konzentriert und dabei ganz vergessen, wie das kleine Mädchen damit zurechtkam, eine neue Mutter zu haben. Wie es aussah, hielten sich die Auftritte ihres Vaters im Alltag von Milfleet in Grenzen, doch wenigstens sie, Eleanor, konnte dem Kind ein richtiges Elternteil sein.

Manchmal folgte sie nach dem Abendbrot Nell und Jane hinauf in die Kinderstube, wo Jane mit einer Sammlung recht grob geschnitzter, aber offenbar heiß geliebter Tiere spielte, die Greville für sie aus London mitgebracht hatte. Sie waren ganz glatt poliert von vielen Stunden des Spielens, die Farben mittlerweile verschwunden. Eleanor kniete auf dem Boden und beteiligte sich freudig an einem komplizierten Spiel, in dem die Tiere nach London reisten, um den König zu besuchen. Immer wenn die Stadt erwähnt wurde, fragte sich Eleanor, wann für sie die Zeit für einen Besuch bei Hofe wäre, wo sie vielleicht den König selbst sehen würde. Sie hatte Mühe, ihr Verlangen danach zu unterdrücken.

Eleanor erhielt zwei Briefe von Greville. Im ersten berichtete er von dem Damast und der Seide, die er gekauft hatte, und versprach ihr, etwas davon mitzubringen, damit sie sich ein Kleid nähen konnte. Und von den Abendessen in der Mercers Company, und dass er eingeladen worden war, der Merchant Adventurers' Company beizutreten. Darüber freute er sich sehr, denn es wurde als große Ehre erachtet und würde seinen Geschäften nützen. In seinem zweiten Brief erklärte er, dass er in London aufgehalten wurde, aber hoffte, zur Erntezeit nach Hause zu kommen. Er fügte hinzu, dass es Gerüchte am Hof gab, nach denen der König noch mehr Klöster schließen wollte, was auch solche betraf, die derzeit noch aktiv waren, und Eleanor gefror das Blut in den Adern. Das hieße, dass auch ihre neuen Freunde in der Abtei am anderen Ende des Dorfes betroffen sein könnten. Neue Freunde, aber auch alte.

Pflichtbewusst hatte sie geantwortet, ohne darauf einzugehen, was er ihr über die Pläne des Königs verraten hatte.

Allmählich dämmerte ihr, dass ihr Gatte nicht so gläubig war wie sie selbst und religiöse Unruhen nicht so fürchtete wie sie. Sie schrieb ihm stattdessen, wie sie ihre Zeit verbrachte, auch wenn sie den Verdacht hatte, dass ihn ihr banales Leben irgendwo in Norfolk kaum interessieren würde. Außerdem wollte sie ihn fragen, ob sie den Raum oben im Turm benutzen durfte, um ihren Safran zu trocknen, wenn es an der Zeit wäre. Sie befürchtete, dass er Nein sagen würde, deshalb wartete sie so lange mit ihrer Bitte, bis es zu spät für ihn war, es abzulehnen. Tatsache war, dass sie einen trockenen, warmen Ort brauchte, wo sie ein Feuer entzünden konnte. Einen Raum ohne Zugluft. Und einen, den nicht jeder betrat oder in dem irgendwelche Tiere herumliefen. Die Safranfäden waren dünn und wogen so gut wie nichts. Sie durften nicht aufgewühlt werden, sonst wäre die ganze Ernte verloren.

Als der Juli anbrach, waren die Streifen entlang der Wiese wie versprochen fertig gepflügt. Eleanor hatte Simon mitgeteilt, dass sie sechs Mann brauchte, um die Knollen zu pflanzen, und trotz seiner Proteste erwarteten sie ihre Arbeiter dort. Männer waren allerdings keine dabei – es waren sechs willige Kinder, die die Knollen nach ihrer Anleitung vorsichtig in die Erde drückten. Sie waren überglücklich über das süße Marzipan und die Grütze, die sie ihnen als Bezahlung aushändigte. Dann übernahm sie es selbst, auf dem Pfad zwischen den Reihen auf und ab zu gehen und die Knollen anzugießen.

* * *

Der Sommer war heiß, Tag für Tag weiter, tiefblauer Himmel, der bis zum Abend unter der unbarmherzig sengenden Sonne mit der schimmernden Horizontlinie verschmolz. Vom Turm aus konnte Eleanor, wie Greville versprochen hatte, das Meer sehen, einen dünnen schiefergrauen Streifen zwischen Himmel und Dünen.

Sie hatte angeordnet, dass der Safran und die Kräuter abends so spät wie möglich gegossen wurden, damit das Wasser nicht verdunstete, noch bevor es in den staubigen Boden sickerte. Mittags war es bereits zu heiß, um draußen zu arbeiten, und sie verkürzte die Spielzeit mit Jane, damit sie sich kurz auf ihr Bett legen und abkühlen konnte. Das Leinen klebte an ihrer verschwitzten Haut. Draußen vor dem Fenster war alles still, nur das Summen träger Fliegen war zu hören, selbst die Vögel verstummten in der drückenden, ermüdenden Hitze. Sie wäre gern am Meer gewesen, wo es bestimmt herrlich kühl war, aber sie wusste, dass Reiten bei dieser Hitze schrecklich mühsam war. Und nur um sich das Wasser um die Füße schwappen zu lassen – das wäre die Anstrengung nicht wert.

Dann erreichten sie in der stillen Schwüle eines Nachmittags schlimme Nachrichten aus dem Dorf. Eine Krankheit hatte sich durch das Spital des Klosters verbreitet, und drei Dorfbewohner, ein Hausierer und vier der älteren Mönche waren bereits gestorben. Sie alle waren innerhalb eines Tages zu Tode gekommen, und man ging davon aus, dass der Hausierer die Krankheit eingeschleppt hatte. Sofort verbot Eleanor allen, das Haus zu verlassen, doch ihre Vorsichtsmaßnahmen kamen zu spät. Eines der Milchmädchen, Ruth, hatte an dem Abend, bevor die Menschen erkrankten, ihren

Verlobten im Dorf besucht. Sie wusste, dass sie deshalb Ärger bekommen würde, und hatte darum das heimliche Treffen verschwiegen – und dann brach sie im Hof zusammen.

Sofort befahl Eleanor, ein Strohlager in einem leeren Nebengebäude zu errichten, das vorübergehend als Krankenstation dienen sollte. Ihr war klar, dass es jetzt oberstes Gebot war, das Mädchen in Quarantäne zu stecken, und verbot selbst seiner Mutter, es zu besuchen. Diese hatte noch fünf jüngere Kinder zu Hause, die ihrer Betreuung bedurften. Eleanor bereitete einen Tee aus Gartenraute, Ringelblume, Fieberkraut und verbranntem Sauerampfer zu und brachte ihn zusammen mit mehreren Bechern Dünnbier zu dem Mädchen. Dann zwang sie es dazu, alles zu trinken. Sie war froh, dass sie sich in den Stunden, die sie im Destillierraum in Ixworth verbracht und von klein auf Seite an Seite mit den Mönchen gelernt hatte, ein breites Wissen über Arzneimittel angeeignet hatte. Es war richtig gewesen, darauf zu bestehen, einen eigenen Kräutergarten hier in Milfleet anzulegen; Bruder Rufus war ihr jetzt keine Hilfe. Zu jedem Besuch bei Ruth zog sie sich eine frische Schürze an, die ausgekocht wurde, sobald sie sie hinterher wieder auszog. Sie hatte keine Ahnung, ob das Mädchen gerettet werden konnte, und machte sich Sorgen, dass sich noch andere anstecken könnten.

Nach drei Tagen zwischen Leben und Tod wendete sich das Blatt, und Ruth ging es wieder besser. Eleanor bestand darauf, dass sie noch eine Weile in ihrem improvisierten Krankenzimmer blieb, und schickte ihr kräftigende Brühe, später Pasteten und Pudding. Nach weiteren zwei Wochen freute sie sich darüber, dass es Ruth gut genug ging, um nach

Hause zurückzukehren, und ordnete an, das Strohlager zu verbrennen. Sie ließ die Tür des Nebengebäudes offen und befahl Hugh, dafür zu sorgen, dass die Wände und der Boden mit heißem Wasser, in dem Rosmarin und Ringelblume gezogen hatten, abgewaschen wurden. Sie rechnete schon mit einem ungehobelten Kommentar von ihm, doch zu ihrer Überraschung willigte er ein zu arrangieren, was sie verlangte.

»Wir dachten alle, sie würde sterben«, sagte er. »Was Ihr getan habt – dass Ihr sie geheilt habt –, ist wirklich erstaunlich. Diese Krankheit tötet immer. Ihr könntet diesen Mönchen noch das eine oder andere beibringen.«

Eleanor lachte und errötete vor Verlegenheit und Dankbarkeit. »Alles, was ich über Medizin weiß, habe ich von Mönchen gelernt. Das mit Ruth war pures Glück. Sie ist kräftig und gesund, deshalb hatte die Krankheit sie nicht so sehr im Griff wie es bei schwächeren oder älteren Menschen der Fall gewesen wäre. Aber wir müssen immer auf der Hut sein. Bei dieser starken Hitze, die wohl nicht so schnell nachlassen wird, kann die Krankheit jederzeit wieder auftreten.«

Als sie in den Destillierraum zurückkehrte, konnte sich Eleanor ein kleines, zufriedenes Lächeln nicht verkneifen. Das war erst der Anfang, aber hatte die eisige Mauer, mit der Hugh sich umgab, nicht einen winzigen Riss bekommen?

14

1538

Die Ernte begann, doch immer noch keine Anzeichen für Grevilles Rückkehr. Auch kein Brief. Die Tage waren weiterhin warm, und die goldenen Felder von Heuballen gepunktet. Die Scheunen füllten sich mit den guten Gaben, und schließlich entfalteten sich die blasslila Krokusblüten und zeigten den Reichtum, den ihr Inneres barg. Die Mönche hatten Eleanor den genauen Zeitpunkt mitgeteilt, an dem sie die Blüten ernten sollte, und da es inzwischen Ende September und der Großteil der Ernte – abgesehen vom Obst – sicher eingebracht war, konnte sie genügend Arbeiter für die Knochenarbeit des Blütensammelns für sich einsetzen.

Am Ende des ersten Tages schmerzten ihr Rücken und ihre Beine vom dauernden Bücken nach den Blüten, gefolgt von der mühsamen Aufgabe, die Fäden zu entfernen, und Eleanor suchte sich ein stilles Plätzchen, um sich einige Minuten hinzusetzen. Sie ging ins Schreibzimmer, das sie immer unverschlossen ließ. Ein scharrendes Geräusch in der Ecke des Zimmers verriet ihr, dass sie nicht das einzige

Wesen im Raum war und dass sie beim Eintreten offenbar aufgeschreckt hatte, was da kreuchte und fleuchte. Sie hegte einen Verdacht und machte sich eine Notiz, dass sie nach einer Rattenfalle fragen musste.

Da bemerkte sie auf der Schreibtischecke einen Brief, der an sie adressiert war. Sie war seit Tagesanbruch auf dem Feld gewesen und hatte Hugh nicht gesehen, deshalb hatte er ihn zweifellos dorthin gelegt, wo sie ihn ganz bestimmt finden würde. Nachdem sie das Siegel gebrochen hatte, erkannte sie sofort Bruder Dominics Handschrift, und bei der Aussicht auf Nachrichten von ihren Freunden breitete sich ein strahlendes Lächeln auf ihrem Gesicht aus. Der Brief war im August datiert und begann mit einem Bericht über die anderen Mönche und darüber, wie gut ihr Safran wuchs; Eleanor nickte zustimmend vor sich hin, ihre eigene reiche Ernte verdankte sie dem Vertrauen, das der Prior in sie gesetzt hatte. Während sie weiterlas, musste sie sich jedoch auf einen Stuhl sinken lassen, fassungslos über die Worte, die da standen. Wie es schien, würden die Abgesandten des Generalvikars dem Kloster von Ixworth einen Besuch abstatten. Eleanor wusste, dass sie die kleineren Abteien bereits geschlossen hatten, doch zu erfahren, dass dies womöglich auch ihren Freunden blühte – Menschen, die sie fast ihr Leben lang gekannt hatte –, schmerzte sie zutiefst. Cromwells Mannen würden alles mitnehmen, was verkäuflich war, und die Mönche hinauswerfen. Sie konnte nur hoffen, dass man ihnen Renten und eine Unterkunft gewährte, aber eine Garantie gab es dafür nicht.

Sie setzte sich an ihr Pult und schlug das Stundenbuch auf, das vor ihr lag. Die Vertrautheit der säuberlichen Buchstaben des unbekannten Mönchs, der sie so sorgfältig geschrieben hatte, ließ ihr kurz Tränen in die Augen steigen, genauso vertraut waren ihr einst in ihrer Kindheit ihre Freunde, die Mönche von Ixworth, gewesen. Die erste Seite mit Miniaturen der Heiligen Andreas und Philippus war herrlich, sie bestanden aus Rot- und Blautönen und hatten kunstvolle Goldverzierungen. Dann folgte ein Kalender mit den kirchlichen Festen, die sie so gut kannte. Die leeren Seiten, die in jeden Abschnitt eingenäht waren – zwanzig an der Zahl –, waren ein Anreiz, den Eleanor nicht ignorieren konnte. Sie blätterte zurück zum Deckblatt, tauchte ihre Feder in das Tintenfass und schrieb sorgfältig:

Unsere erste Safranernte hat begonnen. Inzwischen fühle ich mich wohl in meinem neuen Zuhause und freue mich, dass meine Krokusse den Reichtum hervorbringen, den sie verheißen haben. Doch Neuigkeiten aus Ixworth von Bruder Dominic erfüllen mein Herz mit Furcht um die Geschicke meiner Freunde.

Als sie fertig war, streute sie etwas von dem feinen Sand aus dem silbernen Gefäß auf die nasse Tinte und wartete, bis sie getrocknet war. Dann ließ sie den Sand zu Boden rieseln. Als sie, angezogen von den herrlichen Farben, zu der illuminierten Seite zurückkehrte, strich sie mit den Fingerspitzen darüber, während eine Idee zur Verschönerung ihres Gebetbuchs in ihren Gedanken Gestalt annahm. Die Mönche von Ixworth hatten ihr gezeigt, wie man farbige Tinte herstellte, auch wenn ihr Vater immer fertige Tinte gekauft hatte, genau wie ihr Gemahl. Wenn sie Greville fragen würde, ob er ihr bei seiner Rückkehr aus London Gummiarabikum mitbrächte, und sie hier in der Gegend Gallapfel fände, könnte sie ihre eigenen Tinten herstellen, um die Einträge in ihrem Gebetbuch zu verschönern.

Später suchte sie Joan und zeigte ihr den Brief, den sie erhalten hatte.

»Ich mache mir solche Sorgen um unsere Freunde«, gestand sie. »Was kann ich tun, um ihnen zu helfen?«

»Nichts, fürchte ich.« Joan legte die Arme um Eleanor und hielt sie fest. »Wir sind jetzt zu weit weg. Und selbst wenn wir das nicht wären, kann ich mir nicht vorstellen, wie wir ihnen helfen könnten. Sich gegen den Generalvikar und seine Männer zu stellen wäre gleichbedeutend mit Verrat und könnte sehr böse enden. Es ist die Anordnung des Königs, und wir sind alle machtlos.« Ihre Worte sollten Eleanor trösten, doch sie steigerten deren Sorge bloß, und sie fühlte sich hilflos.

Die Ernte dauerte lang, ging nur schleppend voran und war sehr anstrengend. Weit erschöpfender, als Eleanor es damals empfunden hatte, als sie mit den Mönchen im Klostergarten von Ixworth die Blüten gesammelt hatte. Jeden Morgen bei Sonnenaufgang mussten die Pflücker auf dem Feld sein und die Blüten sammeln, die sich bei den ersten Sonnenstrahlen des Tages öffneten. Wenn die Sonne dann hoch am Himmel stand und der Tag am heißesten war, saßen Eleanor und Joan im Turmzimmer an einer aufgebockten Tischplatte, entnahmen den Blüten vorsichtig die winzigen goldenen Staubfäden und legten diese auf spezielles Trockenpapier, wie man es Eleanor gelehrt hatte. Das Turmzimmer war nicht nur der einzige Ort in Milfleet, wo die Fäden nicht durch Zugluft durcheinandergerieten, auch Leute, die die Bedeutung des Safrans nicht zu schätzen wussten – und dazu zählte sie fast alle –, würden hier nicht aus Versehen ihre harte Arbeit zunichtemachen. Und dank des großen Fensters wärmte sich das Zimmer tagsüber durch die inzwischen weicheren, herbstlichen Sonnenstrahlen auf.

Akribisch behielt sie ihren Schatz im Auge, schaffte die in den Fallen gefangenen Ratten weg, und sorgte dafür, dass nichts ihre Ernte im letzten Moment ruinieren konnte.

Ihr Herz pochte dumpf und melancholisch, als sie sich an längst vergangene Herbsttage erinnerte und an den scharfen, pfeffrigen Duft des Safrans, der im Kloster getrocknet wurde. In diesem Moment vermisste sie ihr verlorenes Zuhause mehr als in allen anderen, seit sie in Milfleet angekommen war.

Sie sprach mit dem Koch und teilte ihm mit, dass sie anlässlich der ersten Safranernte ein Fest organisieren wollte. Er war von ihrer Anordnung wenig angetan, vor allem weil der Advent vor der Tür stand und die Fastenzeit, die erforderlich war. Doch Eleanor ließ sich nicht davon abbringen und befahl, dass einige Tiere geschlachtet wurden.

Mit einer winzigen Menge ihrer kostbaren Ernte buk sie kleine, würzige Kuchen aus Honig und Nüssen, die leuchtend gelb aus dem Ofen kamen und sofort äußerst beliebt waren. Selbst Eleanor musste zugeben, dass der Geschmack mit nichts zu vergleichen war, was sie je gekostet hatte, und im Stillen dankte sie dem Prior für sein wunderbares Hochzeitsgeschenk.

Das Fest war in vollem Gange. Der ganze Haushalt und das Gartenpersonal, inklusive der Familien, saßen im großen Saal auf Bänken. Ihre Bäuche waren voll mit köstlichen Speisen und ihre Krüge gefüllt mit Wein oder Bier. Eleanor saß in der Mitte einer Bank, neben ihr auf der einen Seite Joan und auf der anderen Jane. Sie taten sich an den Schüsseln mit glasierten Nüssen und kandierten Früchten gütlich, die der Koch auf den Tisch gestellt hatte. Irgendjemand stimmte raue Volkslieder an. Die meisten von ihnen stammten aus dieser Gegend, und Eleanor kannte sie nicht, doch sie klatschte im Takt und lächelte Nell an, die zusammen mit Roger, einem ihrer fleißigsten Erntehelfer, aufgestanden war, um zu tanzen. Freiten sie umeinander? Eleanor merkte, dass sie seit ihrer Ankunft in Milfleet so sehr mit ihrem eigenen Leben beschäftigt gewesen war, dass sie ihre Aufgabe, die Bediensteten zu beaufsichtigen, vernachlässigt hatte.

Jane saß inzwischen auf ihrem Schoß und klatschte mit ihren klebrigen, pummeligen Händchen den Takt mit. Die Hunde hatten sich unter den Tischen den Bauch vollgeschlagen und dösten vor dem Kamin, als Eleanor durch den Lärm hindurch plötzlich bemerkte, wie sie mit zitternden Schnauzen aufsprangen und die Köpfe schräg legten. Sie rannten zur Tür, die auf den Hof hinausführte, bellten und schnüffelten, die Köpfe an den schweren Teppich gepresst, der vor die Tür gehängt worden war. Eleanor blickte zu Hugh hinüber, der sich erhob. Aber er war nicht schnell genug, denn schon wurde der Vorhang zurückgeschoben, und Greville trat ein. Er trug einen dicken grauen Reiseumhang, dessen Pelzkragen er zum Schutz gegen die kalte Nachtluft hochgeschlagen hatte. Seine Kappe hatte er tief ins Gesicht gezogen. Sofort strichen die Hunde um seine Beine, außer sich vor Freude, ihr Herrchen zu sehen, während sich Greville fassungslos unter den inzwischen schweigenden Zechern umsah und sich dann mit fragendem Blick seiner Frau zuwandte.

»Benimmt sich mein Haushalt so in meiner Abwesenheit?«, fragte er mit dröhnender Stimme, während er weiter in den Raum trat, den Blick fest auf Eleanor gerichtet. »Sag an, was feiern wir hier?«

»Wir feiern meine gute Safranernte«, erwiderte sie. Er hinderte sie am Weitersprechen, indem er sie fest auf die Lippen küsste. Seine Haut fühlte sich kalt auf ihrer warmen an. Dann nahm er Jane und wirbelte sie hoch in die Luft, sodass sie vor Begeisterung kreischte. »Wenn das so ist und wir etwas zu feiern haben, müssen wir mit dem Fest fortfahren.« Er schenkte sich einen Becher Bier ein und trank ihn in einem Zug aus, bevor er sich rittlings neben Eleanor auf die Bank setzte und dabei Jane auf dem Knie balancierte. Um sie herum hob wieder der Lärm an, wenn auch ein wenig gedämpfter als zuvor.

»Nun, Frau, was genau hat es mit dieser Safranernte auf sich? Ich habe soeben ein Fass Safran aus Venedig mit gutem Gewinn verkauft.«

»Morgen früh kann ich es dir zeigen«, sagte sie zu ihm. »Doch probiere zuerst …« Sie griff über den Tisch, nahm eines der wenigen noch verbliebenen Gebäckstücke und reichte es ihm. Er sah sie fragend an, dann riss er ein Stück davon ab und aß es langsam, wobei er den Blick nicht von ihr abwandte. Der Rest des Gebäcks verschwand daraufhin mit zwei riesigen Bissen. Er spülte das Ganze mit einem Schluck aus seinem Becher hinunter.

»Das war köstlich«, sagte er. »Noch nie habe ich einen so feinen Kuchen gegessen, nicht einmal bei Hofe. Ich freue mich darauf, mehr über deinen Safran zu erfahren.« Er nickte langsam, als würde ihm gerade etwas aufgehen. Ein Lächeln schlich sich auf sein Gesicht.

»Alles, was ich weiß, habe ich von den Mönchen in Ixworth gelernt.« Sie hielt einen Moment inne und beschloss dann, das Thema anzusprechen, das sie beunruhigte, solange ihr Gatte so aufgeräumt schien. »Und kürzlich habe ich erfahren, dass das Kloster von den königlichen Vollstreckern geschlossen werden könnte. Wie kann das richtig sein? Sie können nirgendwohin. Sie haben ihr Leben Gott und dem Dienst am Nächsten geweiht.«

»So will es der König, und keiner von uns sollte seine Entscheidungen anzweifeln«, erwiderte Greville scharf und ließ damit keine Zweifel, wem seine Treue galt.

»Dem Dienst am Nächsten«, wiederholte sie. »Sie helfen Menschen wie mir«, fügte sie leise hinzu. »Und indem sie mir die Krokusknollen geschenkt haben, die nun in deiner Erde liegen und uns den erlesensten Safran beschert haben, helfen sie auch Menschen wie dir.« Eleanor könnte auch niemals dulden, dass ihre Religion zerrissen wurde, ganz egal, wie ihr Gatte darüber dachte, doch sie wusste, wann sie ihre Gedanken für sich behalten musste.

Eine rotwangige, leicht verschwitzte Nell erschien, bereit, Jane ins Bett zu bringen. Greville drückte seiner Tochter einen Kuss auf den Scheitel, dann wollte er sie von seinem Knie heben und Nell reichen. Jane jedoch hatte andere Pläne und krabbelte zu Eleanor hinüber, schlang ihr die Arme um den Hals und küsste sie mit einem lauten schmatzenden Geräusch auf die Wange. Lachend erwiderte Eleanor ihren Kuss und reichte sie dann an die wartende Nell weiter.

Greville nahm ihre Hände in seine. »Wie es scheint, hast du dich gut in Milfleet eingelebt«, sagte er lächelnd. »Ich habe noch nie gesehen, dass Jane so an jemandem gehangen hat. Du hast sie aus ihrem Schneckenhaus herausgelockt. Sie war immer so ein stilles Kind.«

Verlegen blickte sie auf ihren Schoß hinunter. Seine Hände waren noch immer kalt von seinem langen Ritt, und ihr wurde plötzlich bewusst, dass er mit seinen Daumen die Innenseite ihrer Handgelenke rieb.

»Sie ist ein liebes Mädchen«, erwiderte sie. »Es war nicht schwer für mich, sie ins Herz zu schließen. Ich hoffe nur, es macht dir nichts aus, dass wir dieses Fest veranstaltet haben. Ich hatte es den Feld- und Gartenarbeitern versprochen, weil sie bei der Safranernte so unermüdlich gearbeitet haben. Aber sag mir, was dich heimgeführt hat. Wir haben dich nicht erwartet.«

»Die Dienstboten amüsieren sich offenbar«, erwiderte er, aber er lachte dabei, und Eleanor merkte sofort, dass er eigentlich nichts gegen das Fest einzuwenden hatte. »Ich sah eine Gelegenheit, London zu verlassen, und habe sie ergriffen«, erklärte er. »Der König ist nach Richmond abgereist, und ich vermute, dass es niemand merken wird, wenn ich eine Weile nicht da bin. Im Januar muss ich zurück nach London, und bis dahin könnten die Straßen tückisch sein. Die Rückreise könnte mehrere Wochen dauern. Aber« – er sah sich im Saal um – »ich glaube kaum, dass es jemandem auffallen würde, wenn ich jetzt mit meiner Frau das Fest verlasse.« Er ergriff Eleanors Hand und führte sie hinauf in sein Schlafzimmer. Ihr Herz hämmerte im Rhythmus ihrer Schritte auf der Treppe.

Sie war seit dem ersten Tag, als Hugh sie im Haus herumgeführt hatte, nicht mehr in seinem Gemach gewesen. Nun prasselte dort ein Feuer im Kamin, und Kerzen waren angezündet, sodass ihr das Zimmer lebendiger und einladender vorkam. Doch das konnte keine ihrer Ängste beschwichtigen, die sich in ihrer Brust zu einem harten Knoten zusammenballten. Sie wusste, was passieren würde, dass die Zeit gekommen war.

Greville stellte sich hinter sie und schnürte langsam ihr Kleid auf. Seine Bewegungen waren nicht gedankenlos und flüchtig wie damals, in ihrer Hochzeitsnacht. Damals hatte er ihr nur geholfen, weil sonst niemand im Raum war, der es hätte tun können; doch jetzt, während sie so mit dem Rücken zu ihm stand, strich er immer, wenn er an den Schnüren zog, mit dem Handrücken aufreizend über ihre Rückenwirbel. Sie spürte die Hitze seines Körpers dicht an ihrem, als sie schließlich aus ihren Kleidern steigen konnte und nur noch ihr Unterkleid trug. Mit bebenden Händen löste sie ihre schlichte Haube und ihre Haarnadeln, und ihr Haar fiel in schweren Wellen beinahe bis zu ihrer Taille hinab.

Sie hörte, wie Greville sich auszog, wagte jedoch nicht, sich umzudrehen. Auch wenn sie mit der männlichen Anatomie ein wenig vertraut war, wusste sie doch nicht so recht, ob sie sie tatsächlich sehen wollte. Er blies eine Kerze nach der anderen aus, bis nur noch die flackernden Flammen des Feuers vor ihr Licht spendeten. Da sich das Bett hinter ihr befand, wusste sie, dass sie sich irgendwann zu ihm würde umdrehen müssen. Als sie sich jedoch bewegte, spürte sie, dass er neben ihr stand, und dann hob er sie mit seinen starken, nackten Armen hoch, als würde sie überhaupt nichts wiegen, und trug sie zum Bett. Seine Brust war nackt, und kurz spürte sie seine rauen Brusthaare an ihrer Wange und roch säuerlichen Schweißgeruch. Dann legte er sie auf die

Matratze und kletterte neben sie. Behutsam zog er ihr das Unterkleid aus und ließ es hinter sich auf den Boden fallen. Sie erschauerte, allerdings nicht vor Kälte.

Er ließ die schweren Bettvorhänge offen, sodass der Feuerschein auf den Kurven ihres Körpers spielte, und während er sich auf dem Ellbogen aufstützte, murmelte er: »Ich habe so lange auf diese Nacht gewartet. Meinst du, wir sind jetzt beide bereit?«

Eleanor nickte stumm, das Herz pochte ihr in der Brust.

Er strich ihr über das Haar und fügte hinzu: »Hab keine Angst, Eleanor, ich werde dir nicht wehtun.«

15

2019

Amber schlief schlecht. Ihre Träume enthielten Fetzen ihres Streits mit Jonathan, der ihr immer wieder durch den Kopf spukte, bis sie ihn zwar aus jedem Blickwinkel beleuchtet, aber immer noch nicht die Antworten gefunden hatte, die sie suchte. Vor lauter Müdigkeit dröhnte ihr der Kopf, und sie hatte Ohrgeräusche, deshalb gab sie es schließlich auf, wieder einschlafen zu wollen, und stand um fünf Uhr auf, um das kostbare Stundenbuch weiter zu untersuchen.

Immer noch im Schlafanzug nahm Amber unten im Arbeitszimmer das Buch aus dem Safe und legte es auf die Buchwippe. Sie musste in der Universität anrufen und fragen, ob sie das Tuch, worin das Buch eingewickelt war, forensisch untersuchen konnten. Sie schauderte ein wenig, als ihr wieder einfiel, dass Becky vermutet hatte, es könne sich bei den Flecken um uraltes Blut handeln. Sie befürchtete, dass ihre Freundin recht hatte.

Sie blätterte die Seiten um und staunte wieder einmal über die exquisiten Buchmalereien. Sie hatte vor zu übersetzen, was dort geschrieben stand, doch wahrscheinlich handelte es sich um Psalmen und möglicherweise Auszüge aus den Evangelien. Was sie jedoch wirklich neugierig machte, waren Eleanors Einträge. Sie wollte herausfinden, ob es weitere Erklärungen in Bezug auf Mary gab. Sie konnte nicht aufhören, über den Absatz vorne im Buch nachzudenken und darüber nachzugrübeln, was er bedeuten könnte.

Endlich fand sie eine weitere Seite mit der Handschrift, die sie inzwischen kannte, dieses Mal wieder auf Englisch. Sie war mit Blumenbordüren verziert, und es wurde Eleanors Ankunft in ihrem neuen ehelichen Zuhause geschildert, wie Amber annahm. Ihr Herz blutete, weil die junge Frau ihren Worten nach verloren und einsam schien.

Gestern Abend sind wir in Milfleet angekommen. Viele Tage sind wir geritten – ich konnte sie nicht mehr zählen, aber vielleicht waren es vier oder fünf, und ich war erschöpft. Ich habe viele Stunden geschlafen. Heute hat mich Hugh, der Butler meines Gatten, in meinem neuen Zuhause herumgeführt. Es ist größer als Ixworth, erfüllt mich aber nicht mit Freude. Es gibt viel zu entdecken. Es umfasst eine Kapelle beim Haupthaus und viele Morgen Land, genug, um den Safran anzupflanzen, den ich bekommen habe. Ich fühle mich hier nicht zu Hause, aber ich hoffe, ich kann es zu einem Zuhause machen. Es birgt Geheimnisse, die ich nicht preisgeben darf, weil ich es meinem Gatten versprochen habe. Ich wurde Jane vorgestellt, der ich nun eine neue Mutter sein werde. Sie ist still und schüchtern, aber ich hoffe, dass wir bald Freundinnen werden.

Amber schlug die Hand vor den Mund und las das Geschriebene noch einmal. Sie beugte sich vor, weil sie sich sicher war, etwas gesehen zu haben, das gar nicht da sein konnte. Doch nein, da war es. Safran. Eleanor schrieb über Safran. Das Wort auf der Seite stach ihr nun regelrecht in die Augen. Langsam las sie den Abschnitt noch einmal, ihr Mund formte lautlos die Worte. Sie saß in Saffron Hall – wo war die Verbindung zwischen ihrer Familie und Eleanors Milfleet?

Amber hatte vermutet, dass Eleanor irgendwo in der Nähe gelebt hatte, hatte sich jedoch absichtlich nicht gestattet, überhaupt in Betracht zu ziehen, dass sie genau im selben Haus gewohnt hatte. Die Überlieferungen innerhalb ihrer Familie, die Geschichten, die ihr Großvater ihr erzählt hatte, berichteten von den blassen Krokussen, die einst hier gewachsen waren. Die das tiefgoldene Gewürz hervorbrachten, nach dem sie ihre Tochter benannt hatte. Ein kleines Mädchen mit flaumigem hellrotem Haar, das dem ihren ähnelte, aber noch nicht mit dem glänzenden hellen Kupferton, den ihres angenommen hatte, als sie größer wurde.

Sie blätterte weiter in dem Buch. Weil es so alt war, musste sie extrem vorsichtig sein, doch sie wollte unbedingt noch mehr Einträge in Eleanors Handschrift finden, und schon bald wurde sie belohnt.

Ich habe Greville gezeigt, wo wir den Safran trockneten und vorbereiteten. Der Turm, der seine eigenen Geheimnisse birgt, wird auch dieses bergen. Dem kostbaren Gewürz darf nichts passieren.

Das war ein Zeichen. Ein weiterer Beweis, falls es noch eines bedurft hätte. Sie hatte ihren kostbaren Safran im Turm getrocknet. Handelte es sich um den Turm – Grandads Turm –, der momentan von einem Gerüst umgeben war? Die

Verbindung. Ambers Baby – Eleanors Gewürz – Eleanors Baby. Ein hauchdünner Faden, ein Band zwischen den dreien. Sie holte tief Luft, in der Hoffnung, einen Hauch von diesem Duft zu erahnen, der, wie sie sich inzwischen sicher war, andeutete, dass Eleanor bei ihr war, doch da war nichts.

Sie lehnte sich zurück und spürte, wie ihr das Herz vor Aufregung laut pochte. Was ist mit diesem Milfleet? Wo hatte es gestanden? Entsprach es tatsächlich Saffron Hall? War das nicht viel zu viel, als dass es sich einfach nur um einen Zufall handeln konnte? Die Beschreibung des Turms und der Anbau des Gewürzes, nach dem das Herrenhaus und so viel mehr benannt war. Sie blätterte zu der Seite vorne im Buch zurück, zu der Fürbitte für Eleanors kleine Tochter, die Amber so gern verstehen würde. Und was war mit den anderen drei Kindern, die ganz vorne im Buch aufgeführt waren? Waren sie am Leben geblieben und hatten auf Eleanors Safranfeldern gespielt?

Sie hörte, wie ihr Großvater die Treppe heruntergestapft kam, und wartete auf die Pause, die er unten immer einlegte, um Atem zu schöpfen. Dann rief sie ihn zu sich ins Arbeitszimmer, um ihm zu zeigen, was sie entdeckt hatte.

»Hast du irgendeine Idee, wo Milfleet war oder ist?«, fragte sie, nachdem sie ihm erklärt hatte, was sie soeben herausgefunden hatte.

Ihr Großvater schüttelte langsam den Kopf. »Ich habe davon gehört«, räumte er ein, »aber du kannst ruhig die Familienurkunden und Papiere durchsehen, wenn du willst. Vielleicht wird es dort irgendwo erwähnt. Sie sind in diesem Holzkästchen unten im Safe. Sieh nach, ob du dort irgendwelche Hinweise findest. Nun …« Er hatte eindeutig keine Lust, über sein Zuhause zu diskutieren, und wollte Frühstück. »Wie wäre es mit Tee und Toast?« Er schlurfte hinaus und ließ Amber nachdenklich zurück. Alles, was sie in diesem kleinen Buch fand, warf mehr Fragen auf, als Antworten zu geben. Konnte das möglich sein? Hatte sie entdeckt, woher der Name ihres Familiensitzes ursprünglich stammte? Der Name, den sie für ihre Tochter ausgewählt hatte? Der Hinweis auf Safran hatte ihr Interesse noch weiter angestachelt. Sie musste aufpassen, dass sich ihre Recherche nicht zu einer Besessenheit auswuchs.

Eine Google-Suche ergab nichts. Keine Erwähnung von Greville, Eleanor oder einem der Kinder. Aber das war keine Überraschung, wenn sie zum niederen Adel im ländlichen Norfolk gehörten. Wenn sie in Norwich oder einer der florierenden Hafenstädte des Mittelalters gelebt hätten, hätte man eventuell Berichte finden können. Sie forschte nach der Geschichte der Milfleet-Gegend von King's Lynn, doch alles, was sie herausfand, war, dass dies ursprünglich der Name eines Grenzflusses gewesen war. Keine Hinweise auf irgendwelche Burgen oder Tudor-Herrenhäuser. Eleanors kurzer Beschreibung nach war ihr neues Zuhause ziemlich groß. Wohin auch immer sie sich wandte – der Verdacht, dass Saffron Hall ursprünglich Milfleet geheißen hatte, verdichtete sich.

Wenn sie sich aus der Ferne in die akademische Suchmaschine einloggen könnte, die sie auf der Arbeit benutzte, könnte sie vielleicht mehr Informationen finden. Wehmütig dachte sie daran, wie bei einem richtigen Mysterium wie diesem die ganze Abteilung mithelfen würde, und sie merkte erschrocken, wie sehr sie alle vermisste. Rasch schickte sie eine E-Mail an Beckys Uni-Account, um nach dem Login zu fragen. Und wo sie schon einmal dabei war, checkte sie auch noch ihre anderen E-Mails – und fand etwas in ihrem Posteingang, das sie nicht erwartet hatte. Eine E-Mail von Jonathan. Da sie es nicht geschafft hatte, auf seine Textnachrichten zu antworten, hatte er offenbar beschlossen, eine E-Mail zu schreiben. Die Betreffzeile war leer, und sie öffnete die Mail überrascht. Ihre Augen wurden groß und ihr Gesicht blass, als sie den Inhalt las.

Amber,
es tut mir leid, dass wir uns gestritten haben, als ich dich besuchte. Das wollte ich nicht, und deshalb bin ich nicht gekommen. Als du beschlossen hast, eine Auszeit von der Arbeit zu nehmen, glaubte ich, wir würden kostbaren Raum gewinnen, um zusammen zu sein und um Saffron zu trauern. Und zu versuchen, darüber hinwegzukommen. Doch das ist nicht der Fall. Es fühlt sich an, als würden wir immer weiter auseinanderdriften und als würde ich dich überhaupt nicht mehr kennen.
Ich wollte nie, dass es so weit kommt, aber keiner von uns ist glücklich. Vielleicht wären wir besser dran, wenn wir uns auf Dauer trennten.
Ich liebe dich, aber ich glaube nicht, dass ich sein kann, was immer du gerade brauchst.
In Liebe,
für immer dein Jonathan XXX

Amber lehnte sich zurück, durch die Bewegung geriet der Stuhl ins Kippeln. Ihr Brustkorb zog sich vor lauter Schmerz und Verzweiflung zusammen. Am liebsten hätte sie sofort auf Antworten geklickt und ihn mit Vorwürfen überschüttet, doch dieses eine Mal setzte sie sich auf ihre Hände und beherrschte sich. Wollte er sich scheiden lassen? Es klang ganz danach, auch wenn er es nicht aussprach.

Sie war schließlich nicht richtig ausgezogen. Sie hatten vereinbart, dass sie bei ihrem Großvater wohnen und ihm mit seinen Büchern helfen würde, während sie sich von dem Trauma erholte. Wenn er nicht glücklich darüber war, dass sie vorübergehend woanders wohnte, dann hätte er ja lautstärker dagegen protestieren können, als sie dieses Arrangement vorgeschlagen hatte. Dann war er völlig defensiv in Saffron Hall aufgetaucht, und plötzlich war alles ihre Schuld? Er schien ihre Ehe aufgegeben zu haben, aber das war nicht das, was sie wollte. Zumindest glaubte sie das nicht.

Rasch schrieb sie eine weitere E-Mail an Becky, in der sie sie fragte, ob sie heute Abend Zeit für ein Gespräch hätte. Sie konnte es nicht mehr länger hinauszögern; sie musste sich über den Zustand ihrer Ehe aussprechen. Oder eher ihren Nicht-Zustand, was der Wahrheit näher kam. Außerdem wollte sie loswerden, was sie in Eleanors Buch gefunden hatte, und fragen, was Becky davon hielt. Becky erwiderte, dass Amber gerne zu ihr zum Abendessen kommen könne, wenn sie mit ihren fragwürdigen Kochkünsten vorliebnehme. Ihre Eltern seien nach Australien verschwunden, um ihre Schwester zu besuchen, deshalb hätten sie das Haus ganz für sich allein. Amber beantwortete die E-Mail mit einem Daumen-hoch-Emoji und fügte »Ich bringe Wein mit!«

hinzu. Dann wandte sie ihre Aufmerksamkeit dem neuen Stapel Kisten zu, die Pete auf ihre Bitte hin am Vortag vom Dachboden heruntergeschleppt hatte. Sie musste schließlich ausnutzen, wenn jemand mit Muskeln da war.

Amber war sich bewusst, dass sie ihren Großvater heute Abend im Stich lassen würde, deshalb machte sie zum Nachmittagstee eine Pause von ihren Archivierungsarbeiten. Während die beiden bei Tee und Käse-Scones in der Küche saßen, wurden sie von Kennys inzwischen vertrautem Klopfen an der Hintertür unterbrochen.

»Dieser Kerl kann den Wasserkocher auch noch oben im Turm hören«, knurrte Amber; dann rief sie ihn herein und holte eine weitere Tasse aus dem Schrank. Ein Blick in sein Gesicht verriet ihr jedoch, dass er nicht nur in die Küche gekommen war, um ein heißes Getränk zu schnorren. »Na, du siehst ja nicht gerade fröhlich aus«, sagte sie zu ihm, während sie ihm einen dunklen, durchgezogenen Tee reichte, genau wie er ihn mochte. Mit einem langen, lauten Schlürfen trank er einen Schluck und fuhr sich durch die Locken, sodass winzige Sand- und Mörtelpartikel nur so auf den Tisch herabregneten.

»Ich wollte Sie nur über die neuesten Entwicklungen informieren«, sagte er zu ihnen, »und fürchte, ich habe schlechte Neuigkeiten. Der Riss ist offenbar sehr viel länger, als wir zuerst glaubten. Wahrscheinlich müssen wir die ganze Ecke des Turms abreißen. Das heißt, dass wir das andere Fenster, zwei Wände und womöglich auch noch den Kamin entfernen müssen. Die Leute vom Denkmalschutz müssen alles vorab genehmigen und wollen natürlich alles beaufsichtigen.«

»Und wie teuer wird das werden?«, fragte Amber.

Kenny zuckte mit den Achseln. »Je länger das Gerüst steht, desto mehr müssen wir dafür bezahlen, es wird pro Woche berechnet. Und solange wir hier auf der Baustelle sind, müssen wir auch bezahlt werden, fürchte ich.«

»Na schön.« Grandad klang resigniert. »Es hat keinen Sinn, sich über das Geld Gedanken zu machen – die Reparaturen müssen durchgeführt werden. Ich bin nur der Hüter von Saffron Hall, bis das Gebäude letztendlich an Amber übergeht. Wenn ihr den ganzen Turm auseinandernehmen müsst, um ihn wieder herzurichten, dann ist es eben so.«

»Ich weiß noch nicht, ob es der ganze Turm sein wird, aber ja, dazu könnte es kommen. Danke für Ihr Verständnis.« Kenny trank seine Tasse geräuschvoll aus. »Ich werde Ihnen dann mitteilen, was die Fritzen vom Denkmalschutz dazu sagen.« Damit überließ er Amber und ihren Großvater wieder ihrem Tee, doch nun brüteten sie jeder für sich über dem Gedanken, dass ihr geliebter Turm – der nicht nur für Saffron Hall, sondern auch für das Dorf stand – so gefährdet war, dass er womöglich für immer vom Horizont verschwinden könnte.

Es war noch hell, als Amber sich auf den Weg zu Becky machte, doch ihr Großvater bestand darauf, dass sie sich eine seiner zahlreichen Taschenlampen in die Jackentasche steckte. Die spärlichen Straßenlaternen des Dorfes reichten nicht den Weg hinauf, der zum Herrenhaus führte, und sie stimmte mit ihm überein, dass er nicht für eine Rettungsmission taugte, falls sie im Dunkeln stolperte und sich den Knöchel verletzte.

»Du brauchst nicht aufzubleiben«, sagte sie beim Abschied zu ihm. Er runzelte die Stirn, als er den Flaschenhals sah, der aus ihrer Tasche ragte, sagte aber nichts. Sie war erleichtert, dass er sich eines Kommentars enthielt – sie hatte die Flasche aus der Vorratskammer gemopst und hoffte, dass es kein teurer alter Wein war. Doch heute Abend brauchte sie wirklich ein Glas – mehrere Gläser –, um sich zu entspannen. Jonathans E-Mail ging ihr nicht aus dem Kopf, sie hatte sie noch ein paarmal gelesen und zwischen den Zeilen nach versteckten Andeutungen gesucht.

»Hier riecht es gut«, sagte Amber, als sie ihrer Freundin durch das kastenförmige moderne Haus in eine große, lichtdurchflutete Küche folgte, die im hinteren Bereich lag, und ihr die Flasche Wein reichte. Becky griff in eine Schublade, zog einen Korkenzieher heraus und machte kurzen Prozess mit dem Verschluss.

»Fasaneneintopf. Ich habe eine Menge Fleisch im Gefrierschrank gefunden. Ich hoffe bloß, dass Mum es nicht für eine besondere Gelegenheit aufbewahrt hat. Dad ist mit einem Wildhüter in der Nähe von Holt befreundet, deshalb kommt er oft mit einem Bündel Vögel aus dem Pub zurück. Ich habe das Gericht letzte Woche für Pete gekocht, und er fand es lecker.«

Amber zog die Augenbrauen hoch, als Petes Name fiel, sagte aber nichts. Nachdem Becky für jede von ihnen eine dampfende Schale mit Eintopf auf den Tisch gestellt und Amber ihr Besteck gereicht hatte, ließ sie sich auf den Stuhl gegenüber gleiten.

»Aber es ist sehr nett von dir, dass du für mich gekocht hast.«

»Blödsinn.« Becky winkte ab. »Das ist das Mindeste, was ich tun kann – ich war unzählige Male zum Abendessen bei dir und Jonathan. Meine Mission ist es jetzt, dich aufzupäppeln.«

Bei der Erwähnung ihres Mannes fiel Amber wieder ein, weshalb sie um diese Verabredung gebeten hatte, und sie berichtete von der E-Mail, die sie erhalten hatte.

»Er hat nicht direkt gesagt, dass er sich scheiden lassen will, aber das ist mein Eindruck ...« Sie verstummte.

»Das will er bestimmt nicht. Für mich klingt es eher, als wäre er frustriert, und vergiss nicht, dass auch er trauert. Und die brutale Erinnerung daran – ihr Grab – befindet sich dort, wo er jeden Tag arbeitet. Es würde mich nicht überraschen, wenn er, nach dem, was passiert ist, auch seinen Glauben infrage stellt. Kein Wunder, er schlägt um sich. Er versucht, eine Art Kommunikation zwischen euch herzustellen, damit ihr nach vorne schauen könnt. Ob zusammen oder getrennt, weiß er wahrscheinlich selbst nicht so recht, doch inzwischen ist ihm klar geworden, dass Stillstand nicht mehr funktioniert. Zumindest nicht für ihn. Hattest du nicht erwähnt, dass ihr euch bald mit dem Geburtshilfeberater trefft?«

»Ja.« Amber nickte. »Ich muss mich darum kümmern. Jonathan sagte, er würde das tun, aber ich nehme an, er hat es vergessen. Das Krankenhaus sollte uns Pathologieberichte zeigen können, damit wir erfahren, weshalb Saffron starb, und was man nächstes Mal anders machen kann. Ha!« Sie stieß ein hohles Lachen aus. »Als würde es je ein nächstes Mal geben.«

Becky legte ihre Hand auf Ambers. »Es ist noch früh, denk daran«, rief sie ihr ins Gedächtnis. »Es ist noch früh. *Dum Spiro Spero.* Solange ich atme, hoffe ich.« Sie lächelte aufmunternd. »Also, atme jetzt erst mal – das ist alles, was du zu tun brauchst. Warum besorgst du nicht den Termin und lässt es Jonathan wissen? Das hält die Kanäle zwischen euch beiden offen.« Und dann leitete Becky energisch zu einem Thema über, von dem sie wusste, dass Amber lieber darüber redete: »Nun, hast du irgendwelche Fortschritte mit diesem Buch gemacht?«

»Ja, es ist mir gelungen, die lateinische Passage auf der ersten Seite zu übersetzen, aber sie ist sehr eigenartig. Wahrscheinlich ist es besser, du überprüfst mal, ob ich das richtig verstanden habe. Ich habe es abgeschrieben, um es dir zu zeigen.« Sie kramte in ihrer Tasche und zog ein Notizbuch heraus, in dem sie die Übersetzung der kryptischen Passage notiert hatte; sie schlug es auf und schob es über den Tisch. Beckys Lippen bewegten sich, als sie den Absatz durchlas.

»Du hast recht, es ist ein wenig seltsam. Sagen Sie mir, Watson, was schlussfolgern Sie daraus?«

»Es wurde von Eleanor geschrieben, denn die Schrift ist die gleiche wie auf den anderen Seiten. Aber im Vergleich dazu ist es ziemlich schlampig geschrieben. Es gibt Tintenkleckse und manche Worte stehen zweimal da, weil die erste Version so kritzelig ist, dass man sie nicht lesen kann. Mit Feder und Tinte muss man langsam schreiben, damit es ordentlich aussieht. Ich verstehe das nicht. Hier scheint zu stehen, dass ihre Tochter gestorben ist, aber ehrlich gesagt bin ich so überspannt, dass ich das zurzeit aus allem herauslesen kann.«

Becky lächelte sanft. »Nein, ich glaube, du hast recht. Aber warum hat sie keinen Frieden? Wissen wir aus anderen Einträgen irgendetwas über das Baby?«

»Ich habe nur die ersten paar Seiten gelesen.« Amber

erzählte von Marys Eintrag auf der ersten Seite. »Ich weiß nicht, ob es sich bei der kleinen Tochter, die da erwähnt wird, um Mary handelt. Oder warum unter dem Eintrag steht, dass es ihre Schuld ist. Ihre schwere Schuld sogar.« Unwillkürlich verspürte Amber eine Woge brennenden Mitgefühls, wann immer sie an diese Worte dachte.

»Du musst den Rest lesen, dann kannst du es vielleicht herausfinden. Und du musst auch nach der Familie forschen, um herauszufinden, ob sie direkte Vorfahren von dir waren.« Becky trug ihre Schalen zum Schongarer und füllte sie erneut. Amber hatte gar nicht gemerkt, dass sie schon aufgegessen hatte.

»Ich weiß, dass es neben Mary auch noch Jane, Henry und Thomas gibt. Ich muss weiterlesen, um zu sehen, ob sie noch einmal erwähnt werden.« Amber erklärte, dass sie deshalb um Zugang zu noch weiteren, informativeren akademischen Suchmaschinen über die Universität gebeten hatte. »Und dann habe ich noch herausgefunden, dass Eleanor Safran in Milfleet anbaute. Ein Zufall, oder was?«

»Mehr als nur Zufall, würde ich sagen, wenn man bedenkt, wie das Haus deines Großvaters heißt. Es muss eine Verbindung zwischen Milfleet und Saffron Hall geben. Glaubst du, dass es sich um ein und denselben Ort handelt?«

»Keine Ahnung, aber das liegt doch nahe, oder? Wir kannten es immer nur unter dem Namen Saffron Hall, aber Grandad hat mir gesagt, wo all die alten Urkunden aufbewahrt werden, deshalb muss ich mir die auch mal anschauen«, erwiderte Amber.

Als sie schließlich fertig waren mit dem Essen und die Weinflasche geleert hatten, fühlte sich Amber zum ersten

Mal seit langer Zeit wirklich satt. Sie dankte ihrer Freundin noch einmal für ihren Rat und das Abendessen. Doch Becky winkte ab, sie war einfach nur froh, dass sie wenigstens ein bisschen hatte helfen können.

»Ich habe dir auch die Login-Daten weitergeleitet, um die du mich gebeten hast«, fügte sie hinzu.

Als Amber sich auf den Heimweg machte, war sie froh, dass ihr Großvater so umsichtig gewesen war, ihr eine Taschenlampe mitzugeben. Die Schlaglöcher auf dem Weg waren im Dunkeln gefährlich. Aufgescheucht von ihren Schritten raschelten Vögel und andere kleine Tiere in den Hecken rechts und links des Lichtkegels der Taschenlampe; Amber blieb einen Moment stehen, um den stillen, glatten Flug einer bleichen Schleiereule zu beobachten, die auf der Suche nach Beute tief über den Feldern ihre Kreise zog.

Vor ihr erhob sich dunkel und dräuend Saffron Hall. Ihr Großvater hatte das Licht vor der Eingangstür brennen lassen, doch der Rest des Gebäudes lag im Halbdunkel, kleine, schmale Fenster starrten ausdruckslos auf sie herunter – schwarze Löcher vor dem dunklen Nachthimmel. Ihr Blick wurde vom Turm angezogen, der nun vollkommen eingerüstet und kaum noch sichtbar war. Er sah so solide aus, ein Symbol für ihr Familienerbe, und doch war es laut Kenny ganz anders.

Ein kalter Wind kam auf – scheinbar aus dem Nichts in dieser so stillen Nacht. Die Blätter an den Bäumen raschelten. Über ihr pfiff es durch die Löcher im Mauerwerk des Turms, wodurch ein klagender Laut entstand, als würde jemand weinen, heulen. Ein Geräusch, das sie an dieses Krankenhauszimmer damals erinnerte. Ein urtümlicher Laut – entsetzt und gequält. Sie schauderte und versuchte, ihre hyperaktive Fantasie zu zügeln. Doch noch immer starrte der Turm dunkel, und zum ersten Mal in ihrem Leben bedrohlich, auf sie herab. Sie zog den Kopf ein und rannte ins Haus. Sie musste sich unbedingt die alten Dokumente des Anwesens ansehen.

Mit einer frisch gebrühten Tasse Tee und inzwischen wieder hellwach vor Neugier, beschloss Amber, die Schachtel mit Papieren durchzusehen, die ihr Großvater erwähnt hatte, und zu sehen, was dort zu finden war. Sie öffnete den Safe, nahm die Dokumente heraus, von denen einige uralt zu sein schienen. Es war wunderbar, einen Familiensitz zu haben, der über so viele Generationen weitervererbt worden war, doch kein Mensch wusste offenbar, wie alles begonnen hatte. Und es war ärgerlich, dass niemand in der Familie je das Bedürfnis gehabt hatte, einen Stammbaum zu zeichnen; das hätte ihr jetzt eine ganze Menge Recherche erspart.

Genau wie sie selbst war ihre Mutter Einzelkind gewesen. Von Kindesbeinen an hatte sie Amber vermittelt, dass sie kein Interesse daran hatte, jemals hier zu leben, und dass der Landsitz Amber gehören würde, wenn ihr Großvater stürbe. Jonathan hat Saffron Hall scherzhaft als Alterssitz bezeichnet, weil seine Arbeit mit sich brachte, dass sie sich nicht dauerhaft niederlassen konnten, solange er als Pfarrer tätig war. Sie hatte immer geglaubt, dass dann noch genug Zeit wäre, das Anwesen zu erforschen, doch Saffron Hall schien anderer Ansicht zu sein.

Leider waren die Dokumente und Urkunden nicht chronologisch geordnet, und Amber verbrachte die nächsten Stunden damit, dicke Aktenpakete durchzusehen, die überhaupt nicht relevant für sie waren. Warum bewahrten die

Menschen so viel Zeug auf? Rechnungen von Verkäufen und Kassenbelege von allem Möglichen sowie Unterlagen von mehreren Landverkäufen, die zweifellos der lähmenden Erbschaftssteuer vergangener Jahre geschuldet waren. Nun umfasste das Anwesen kaum noch dreißig Morgen Land, alles davon war an einheimische Bauern verpachtet. Es gab noch eine beträchtliche Rasenfläche, einen Gemüsegarten sowie mehrere überwucherte Parzellen, die brach lagen. Und ein kleines Stück Wald. Doch den Urkunden, die sie vor sich ausgebreitet hatte, konnte Amber entnehmen, dass irgendwann im neunzehnten Jahrhundert ein riesiges Gelände von Hunderten von Morgen verkauft worden war. Außerdem schienen weitere hundert Morgen in den 1950er-Jahren von ihrem Großvater verkauft worden zu sein.

Das war doch wohl eine ungewöhnlich große Menge an Land für ein Haus, das selbst nicht besonders groß war, oder? Während sie durch die Papiere blätterte, auf der Suche nach etwas, das Licht ins Dunkel ihrer Vermutungen bringen konnte, fragte sie sich allmählich, ob Saffron Hall noch mehr Geheimnisse barg. In einem Stapel Papier, der von einem ausgefransten roten gerichtlichen Band zusammengehalten wurde, das mit Resten aus rotem Siegelwachs zusammengeklebt war, wurde sie schließlich fündig.

Eine Zeichnung von Saffron Hall. Sie wusste es. Das Herrenhaus war sofort am Turm zu erkennen und an der einen Seite, die noch genauso aussah wie vor ein paar Stunden, als sie davorgestanden und an ihr hinaufgeschaut hatte. Der Rest des Gebäudes, das sie nun bewohnten, war jedoch nur noch etwa ein Viertel so groß wie auf der Abbildung. Es sah aus wie eine mittelalterliche Burg aus Stein, die nicht nur aus dem großen Saal bestand, in dem sie jetzt lebten, sondern auch noch aus einem großen Zimmer daneben, zwei Stuben und zahlreichen anderen Räumen. Neben dem Grundriss des Haupthauses war noch ein kleineres Gebäude zu sehen, das als »Kapelle« bezeichnet war. Amber sog scharf die Luft ein. Unten auf der Seite stand in verblasster, aber noch gut lesbarer Zierschrift die Jahreszahl 1541, und darunter war der Name Milfleet durchgestrichen und durch ein aufwendig verziertes Saffron Hall ersetzt worden.

Langsam atmete Amber aus, das Herz klopfte ihr bis zum Hals. Sie hatte recht gehabt: Saffron Hall war ursprünglich Milfleet gewesen. Eleanors Zuhause. Das Stundenbuch war immer in seinem Heim gewesen. Hatte ein Geheimnis bewahrt und auf die richtige Person gewartet, die es fand und Eleanors Bitte nachkam.

Amber hatte das Buch inzwischen in säurefreies Papier gewickelt und auf die Dokumentenschachtel im Safe gelegt. Sie konnte sich nicht zurückhalten, es wieder herauszuholen – sie fühlte sich wie magisch zu ihm hingezogen. Sie legte es auf die Buchwippe und schlug die erste Seite auf, um die Passage noch einmal zu lesen, als würde diese ihre Geheimnisse preisgeben, wenn Amber sie nur lange genug anstarrte. Doch das geschah natürlich nicht.

»Was flehst du mich an zu tun?«, flüsterte Amber.

Unsere kleine Tochter liegt zu unseren Füßen
meine Zeit wird knapp
Ich flehe dich an und vertraue auf dich
um ihretwillen
damit sie Frieden findet

»Ich kann dir nicht helfen, Eleanor, weil ich nicht verstehe, worum du mich bittest.«

Während sie in der dichten, samtigen Dunkelheit saß, spürte sie, wie sich ihr die Nackenhaare aufstellten. Das gleiche seltsame Gefühl, das sie zuvor in der Bibliothek beschlichen hatte. Die Luft fühlte sich still und weich an, als würde sie warten. Lauschen und sie beobachten. Versuchen, zu ihr zu sprechen, wenn sie doch nur verstehen würde. Wieder der schwache Duft von Honig, doch dieses Mal mischte sich der scharfe, stechende Geruch von Pfeffer darunter. Amber saß reglos da und drehte nur den Kopf zur Seite.

»Eleanor?« Ihre Stimme klang ein wenig brüchig. »Bist du das?« Sie hielt einige Sekunden lang den Atem an. »Bitte, sag mir, was du willst.« Sie wusste, dass Eleanor versuchte, sie zu erreichen; das spürte sie. Eine verlorene Seele, die darum flehte, verstanden zu werden. Genau wie Jonathan. Ambers Blick huschte in die dunkelste Ecke des Raumes, wo sich die Schatten brütend und schweigend verdichteten. Ihre Augen füllten sich mit Tränen, die in einer Explosion aus Trauer, Kummer und der plötzlichen Erkenntnis, was sie ihrem Mann alles zugemutet hatte, aus ihr herausbrachen. Er war der Mensch, den sie über alles liebte, und sie hatte ihn von sich gestoßen, weil sie mit ihren eigenen Gefühlen nicht zurechtkam. Warum hatte sie das getan? Er trauerte ohnehin schon, und sie hatte nicht zugehört.

Stattdessen hatte sie ihre Aufmerksamkeit auf jemand anderes gerichtet und ihre Hilfe angeboten – einem Menschen, der nicht für sie da war, jemandem aus der Vergangenheit. Nicht jemandem, der sie umarmen und trösten konnte wie ihr Mann. Wie war es möglich, dass sie Eleanors Schmerz und Verzweiflung nachempfinden, aber die ihres Mannes nicht sehen konnte? Sie war blind gewesen. Irgendwie musste sie den Riss wieder kitten, bevor es zu spät war. Sie als Paar wieder heil machen, wenn sie das konnte.

16

2019

Es dauerte nicht lange, bis die Leute vom Denkmalschutz auftauchten. Als ihr Auto in die Einfahrt einbog, kochte Amber gerade die erste Runde Tee des Tages für ihre Bauarbeiter. Sie war ein wenig enttäuscht, als sie sah, dass es der ältere der beiden Männer war, die sie letztes Mal besucht hatten, und bei ihm war ein nicht weniger griesgrämig aussehender Kollege.

»Na großartig, die Chuckle Brothers«, murmelte sie, während sie beobachtete, wie sie ihre Schutzhelme von der Fensterbank nahmen und hinter Kenny das Gerüst erklommen. Sie hörte, dass Pete bereits oben arbeitete, das stete Meißeln hallte durch das ganze Haus. Inzwischen gehörte es zu den Hintergrundgeräuschen, die Amber kaum noch wahrnahm.

Sie blieben länger dort oben, als sie erwartet hätte, danach kamen sie an die Hintertür und fragten, ob sie hereinkommen und mit ihrem Großvater sprechen konnten.

»Er ist noch im Bett«, sagte Amber zu ihnen. Sie hatte gehört, dass er oben herumrumorte, und hoffte, dass er außer Sicht blieb, bis die Besucher wieder weg waren. Deren selbstzufriedene, herablassende Art war extrem nervig. Kaum hatten sie die Küche betreten, ließen sie ihre Blicke umherschweifen, um alles ganz genau zu begutachten. Wenn sie jedoch gehofft hatten, irgendwelche historischen oder gar mittelalterlichen Details zu entdecken, hatten sie Pech. Der Raum war in den 1970er-Jahren komplett entkernt und umgebaut worden, Einrichtung, Kacheln, Armaturen – alles stammte aus dieser Zeit. Es war, wie sie ihrem Großvater schon bei mehreren Gelegenheiten gesagt hatte, der hässlichste Raum im ganzen Haus.

»Wir können warten, wenn Sie ihn aufwecken wollen.« Unaufgefordert setzten sich beide an den Tisch.

»Nein, das will ich nicht, vielen Dank«, fuhr Amber sie an. »Was immer Sie zu sagen haben, können Sie auch mir mitteilen. Was ist los da oben?«

Der Denkmalschützer, der schon beim letzten Besuch dabei gewesen waren, wiederholte mürrisch mehr oder weniger die schlechten Neuigkeiten, über die Kenny sie bereits informiert hatte. Auch wenn dieser es geschafft hatte, in Bezug auf die Situation irgendwie positiver zu klingen. Amber hatte keine Ahnung, weshalb er es genoss, sein Urteil zu verkünden, würde sich davon aber nicht beeinflussen lassen.

»Okay, nun ja, die Arbeit muss offenbar erledigt werden«, sagte Amber so gleichgültig wie möglich. Sie blickte hinüber zu Kenny, der ebenfalls hereingekommen war und an der Tür lehnte, den Schutzhelm immer noch auf dem Kopf. »Bestimmt können Sie mich über alles auf dem Laufenden halten, nicht wahr?«, fragte sie ihn. Kenny nickte und lächelte, und es kam ihr so vor, als wäre er ebenso unbeeindruckt von den beiden wie sie. Sie geleitete alle hinaus, während es vom Turm her noch immer unermüdlich hämmerte und schabte, was offenbar auch noch eine ganze Weile so bleiben würde. Sie musste ihrem Großvater das Urteil der Denkmalfritzen überbringen.

Als er endlich herunterkam, setzte ihn Amber knapp ins Bild, tat aber den Ernst der Lage rasch ab, einerseits um ihn nicht zu beunruhigen, andererseits weil sie darauf brannte, ihm von ihrer Entdeckung vom vergangenen Abend zu erzählen.

»Ich habe alle alten Hausdokumente durchgesehen – ich hatte ja keine Ahnung, dass es so viele sind«, rief sie.

»Ich habe sie über die Jahre zusammengetragen, als ich noch welche versteckt in der Bibliothek und an verschiedenen Stellen im Haus gefunden habe. Ein paar von den Landverkaufsurkunden habe ich sogar in einer alten Keksdose in der Vorratskammer gefunden! Kannst du das glauben? Also, was hast du entdeckt?« Er sah sie erwartungsvoll an.

»Dieses Haus war eindeutig früher Milfleet, Eleanors Zuhause. Ich habe ein Dokument gefunden, das ganz klar belegt, dass es 1541 umbenannt wurde. Ich habe Zeichnungen gefunden, die wie die Pläne für einen zusätzlichen Gebäudeteil aussahen, und sie waren auf 1541 datiert. Damals war es ein viel größeres, befestigtes Herrenhaus, eher eine Burg. Wir bewohnen nur eine Ecke des Originalgebäudes. Ich werde die Gärten draußen erforschen, um zu sehen, ob ich Überreste finden kann. Willst du mitkommen und mir helfen? Wie es scheint, gab es früher auch eine Kapelle, wusstest du das?«

»Nein, das wusste ich nicht. Gibt es einen Hinweis, wo sie stand? Ich habe nie irgendwelche Anzeichen dafür gefunden, aber ich habe auch nur Rasen gemäht und mich nicht mit dem Wald und den überwucherten Teilen des Gartens befasst.«

»Nun, ich gehe mal raus und suche ein wenig. Ich berichte dann später. Eleanor hatte einen Heilkräutergarten, aber der wird wohl längst verschwunden sein.«

»Außer er war dort, wo jetzt mein Gemüsebeet ist. Wir wissen, dass es der Küchengarten war, als unsere viktorianischen Vorfahren diese Backsteinmauer hochgezogen haben. Wer weiß, ob es nicht ursprünglich ein Heilkräutergarten war?«

Ambers Aufregung wuchs. Sie zog sich ihre Gummistiefel an, schnappte sich ihr Handy, um Fotos zu machen, und marschierte hinaus zu den Gemüsepflanzen und dem Unkraut. Morgentau blieb an ihren Beinen kleben, als sie durch hohes Gras strich und gebückt den Grund untersuchte. Und wenn sie sich umgedreht hätte, hätte sie ihren Großvater gesehen, der sie mit einem zufriedenen Lächeln auf dem Gesicht beobachtete.

Der Gemüsegarten war jedoch eine Enttäuschung. Nachdem er jahrhundertelang umgegraben und immer wieder neu bepflanzt worden war, fanden sich keine Hinweise darauf, dass Eleanor hier ihre kostbaren Kräuter angebaut hatte. Amber bemühte sich, nicht allzu enttäuscht zu sein. Sie wusste, dass es im Grunde eine vergebliche Suche war, doch sie wollte unbedingt eine Spur, ein Zeichen finden, dass Eleanor einst hier gearbeitet hatte. Und ganz besonders erpicht war sie dabei auf Überreste von Safran, auch wenn sie durch eine schnelle Recherche herausgefunden hatte, dass die Knollen nur etwa zwölf Jahre überdauerten, daher bestand wohl keine Chance, noch etwas zu finden.

Sie dachte daran, dass Eleanor durch dieselben dunklen Flure des Hauses gegangen war und auf dieselbe, sich je nach Jahreszeit verändernde Landschaft hinausgeblickt hatte, die im sechzehnten Jahrhundert wahrscheinlich ziemlich ähnlich ausgesehen hatte. Dieselbe öde Ebene mit üppigem, fruchtbarem Boden, in dem sie ihren kostbaren Safran angebaut hatte.

Plötzlich stieß sie auf Mauerwerksreste unter einem riesigen Brombeergestrüpp, nicht weit vom Turm entfernt. Sie waren nicht nur von den Brombeeren ziemlich überwuchert – Eichen- und Ahornschösslinge, wilder Knoblauch und Winden eroberten sich das Land nach und nach zurück. Selbst ihr Sweatshirt verhinderte nicht, dass sie sich zahlreiche Kratzer und Stiche zuzog, als sie versuchte, sich die Steine genauer anzuschauen. Die Vegetation hatte viele Jahre Zeit gehabt, das zerfallene Gebäude für sich zu vereinnahmen, und Amber war klar, dass sie eine Gartenschere und Lederhandschuhe brauchen würde, bevor sie hier weiterforschte.

Da inzwischen gelegentlich ein Gärtner aus dem Dorf bei ihrem Großvater arbeitete, um den Rasen zu mähen, Unkraut zu jäten und die Blumenbeete zu pflegen, fand Amber in seinem Schuppen leider nicht die Art von Werkzeug, die für ihre Zwecke robust genug gewesen wäre. Nachdem sie sich die Erde von den Armen gewaschen und antiseptische Salbe auf ihre Kratzer und auf die Stellen geschmiert hatte, mit denen sie Brennnesseln zu nahe gekommen war, ging sie ins Arbeitszimmer, um die Fotos an Becky zu schicken und sie nach Gartengerät zu fragen. Wo sie schon mal dabei war, checkte sie noch ihre E-Mails, und während sie noch tippte, erreichte sie eine SMS von Jonathan. Seit seiner E-Mail – und ihrer schmerzlichen Erkenntnis vom Vorabend – hatte sie nichts mehr von ihm gehört. Sie hatte ein schlechtes Gewissen, weil sie ihm noch nicht geantwortet hatte. Ihr Herz klopfte ihr bis zum Hals, als sie seinen Namen aufploppen sah. Sie fürchtete sich davor, zu erfahren, was er als Nächstes sagen wollte, doch es führte kein Weg daran vorbei. Sie klickte auf die Nachricht.

Mr. MacKenzie, der Berater. Termin nächsten Mittwoch um halb drei. Geht das bei dir?

Sie sog tief und bebend die Luft in ihre Lungen. Sie musste dorthin gehen; es war ein Abschluss. Oder auch nicht. Eine endgültige Erklärung dessen, was passiert war, falls ein Grund gefunden worden war. Oder aber ein Fragezeichen, das für den Rest ihres Lebens über ihnen schweben würde. Wie auch immer – Saffron zuliebe musste sie hingehen. Und sie und ihr Mann mussten sich aussprechen, damit sie beide weitermachen konnten. Das hatte sie jetzt auch verstanden.

Ja, danke, das passt. Wir sehen uns.

Sie zögerte einen Augenblick, dann fügte sie ein Küsschen-Emoji hinzu, bevor sie die Nachricht abschickte. Wie könnte sie das wichtigste Gespräch ihres Lebens mit ihm beginnen? Sie wusste es nicht, aber es musste sein. Sie nahm ihr Handy wieder zur Hand und tippte: *Wollen wir uns vorher im Café treffen? Ein Uhr?* Dann schickte sie die Nachricht rasch ab, bevor sie es sich anders überlegen konnte. Sie musste ihm klarmachen, dass sie mit ihm zusammen sein, mit ihm verheiratet sein wollte, auch wenn sie nicht bereit war, nach Hause zu kommen, so nahe zu Saffron. Noch nicht. Außerdem hatte sie hier noch etwas zu erledigen. Die Katalogisierung von Grandads Büchern war in der vergangenen Woche irgendwie ins Hintertreffen geraten, denn sie wurde immer neugieriger, was Eleanor ihr mitteilen wollte.

Wegen ihres schlechten Gewissens, mit ihrer eigentlichen Arbeit so wenig vorangekommen zu sein, verbrachte Amber den Rest des Vormittags mit den Büchern, sie schleppte Kisten durch das Haus und erfreute sich an der Tatsache, dass ihre körperliche Aktivität sie von dem Termin in nur sechs Tagen ablenkte.

Um die Mittagszeit schrieb ihr Becky per SMS, dass ihr Vater eine große Auswahl an Gartengeräten habe, die sich Amber gerne ausleihen könne. Außerdem verabredeten sie, dass Amber später, wenn Becky Feierabend hatte, auf ihrem Rückweg vom Supermarkt vorbeikommen würde.

Widerstrebend erlaubte ihr Großvater Amber, unterwegs drei Kartons Bücher zum Recycling-Center zu bringen. Er schlug vor, sie im Secondhandshop abzugeben, doch Amber weigerte sich. »Niemand, aber auch gar niemand«, sagte sie, »will alte, zerrissene Ausgaben von Londoner Stadtplänen. Sie taugen nur noch zur Wiederverwertung in Form von – keine Ahnung – Toilettenpapier oder so. Ich bringe diese Kiste mit Kinderbüchern in den Secondhandshop, bevor ich einkaufen gehe. Ich habe sie ganz genau durchgesehen, es ist nichts von Wert dabei.«

Als sie später am Nachmittag bei Becky ankam, das Auto nun voller Tüten mit Lebensmitteln, ließ sich Amber erschöpft in einen Sessel sinken. Bei Kaffee und Kuchen erzählte sie von ihrer Entdeckung auf dem Gelände und ihrer neu gewonnenen Erkenntnis, dass Saffron Hall früher Eleanors Zuhause gewesen war.

»Das ist ja wunderbar.« Erfreulicherweise war Becky ebenso aufgeregt wie sie. »Konntest du noch etwas über die mysteriöse lateinische Passage mit dem Baby herauskriegen?«

»Nein, noch nicht. Sie ergibt noch immer keinen Sinn. Ich hoffe, die Mauerreste, die ich gefunden habe, gehören wirklich zu der alten Kapelle, und vielleicht finde ich dort etwas – irgendeinen Hinweis. Huch, was mir gerade einfällt«, sie hielt inne, »ob es da drin wohl alte Gräber gibt?«

»Eher nicht.« Becky schüttelte den Kopf. »Normalerweise werden Leichen exhumiert und in modernere Friedhöfe umgebettet, wenn eine Kirche oder Kapelle entweiht wird. Aber ich glaube mich zu erinnern, dass kleine Hauskapellen vor allem für Gottesdienste und Gebete genutzt wurden, die Toten wurden in den Familiengrüften der Gemeindekirche beigesetzt.«

»Nun, wir wissen bereits, dass die Luttons keine Familiengruft hatten.« Amber konnte ihre Enttäuschung nicht verhehlen.

»Nein. Wenn es nirgendwo dokumentiert ist, weiß ich nicht, ob du je herausfinden wirst, wo sie begraben sind. Anscheinend nicht hier vor Ort.«

Amber schaute auf die Uhr. »Mist, schon so spät! Ich muss nach Hause – ich habe immer noch die Einkäufe im Kofferraum. Kannst du mir bitte mit den Gartengeräten helfen? Wir sehen uns morgen und forschen weiter.«

Sie vereinbarten eine Zeit für den folgenden Tag, und Amber fuhr nach Hause. Sie freute sich auf ein langes heißes Bad und anschließend auf ein paar weitere Seiten aus Eleanors Buch. Sie hatte heute viel zu tun gehabt, aber der ganze Tag war mit Aktivitäten gefüllt gewesen, die sie großteils von ihren trüben Gedanken abgelenkt hatten. Von dem bevorstehenden Termin in der kommenden Woche, zu dem sie nicht gehen mochte, und dem Gespräch, das sie mit ihrem Mann führen musste, von dem sie nicht wusste, wie sie es anfangen sollte.

17

2019

Während Amber in der Badewanne einweichte, verflog die Hochstimmung des Tages, und anstatt den Rest des Abends damit zu verbringen, Eleanors Buch weiterzulesen, rollte sie sich unter ihrer Decke zusammen, die Arme um die Knie geschlungen; sie war niedergeschlagen und missmutig, eingehüllt in finstere Nacht.

Nach Mitternacht nickte sie endlich ein, doch an der Schwelle zum Tiefschlaf hatte sie plötzlich das Gefühl, in ein dunkles Loch zu fallen; sie wusste nicht so recht, ob sie noch wach war oder schon schlief und einfach träumte. Sie lief. Nein, halb ging sie, halb rannte sie, stolperte durch einen dunklen Korridor. Jemand war bei ihr, hielt ihre Hand, zog sie mit sich, zwang sie zur Eile. Die Hand, die die ihre umfasste, war zierlich und kalt, die spitzen Steine eines Ringes piksten in ihre Handfläche, und sie spürte, wie schwere Röcke ihre Beine streiften; an der Leichtigkeit ihrer eigenen Bewegungen erkannte sie, dass nicht sie selbst diese Röcke trug.

Und es war noch jemand bei ihnen. Alle paar Schritte strauchelte sie und stolperte über ein Kind, das in dem voluminösen Stoff, der um sie herumwirbelte, gefangen schien. Während sie so dahineilte und sich bemühte, Schritt zu halten, hörte sie eine Frauenstimme, die ihr etwas zuflüsterte, die Worte verfingen sich in der tiefen Dunkelheit.

»Komm, komm schnell. Du musst mir helfen. Hilf mir jetzt, bitte. Noch ist Zeit, sonst ist es zu spät.«

»Eleanor, bist du das?« Amber sprach die Worte aus, konnte sie aber nicht hören. Es war, als würde ihre Stimme nicht über die Jahrhunderte hinweggetragen, als würde ein dickes Polster aus Zeit ihre Worte daran hindern, dorthin zu gelangen. »Was soll ich tun? Bitte, sag es mir«, flehte sie in die Stille; die schweren Schatten verdichteten sich um sie herum. Endlich rannten sie nicht mehr, und sie spürte eine sanfte Brise auf ihrem Gesicht, die ihre Ringellocken hob. »Sag es mir«, wiederholte sie. Als sie den Blick senkte, sah sie in das blasse Gesicht eines kleinen Kindes, das von einer einzelnen Kerze beleuchtet wurde. Dunkle, ruhelose Augen in einem kleinen, heimatlos wirkenden Antlitz, die schweigend zu ihr aufblickten. Wer immer jedoch ihre Hand hielt, stand außerhalb des Lichtscheins der Kerze, unsichtbar in den Schatten.

»Bitte, hilf mir jetzt.« Wieder hörte Amber die Worte, doch sie wusste, dass die Stimme, die sie da hörte, nicht dem stillen Kind gehörte. Und dann waren sie weg.

Keuchend setzte sich Amber auf, schaltete das Licht ein und sah sich hektisch im Zimmer um. Alles war ruhig. Sie war allein, aber irgendetwas hatte sie aufgeweckt. Wieder dieses Gefühl, dass jemand an ihrem Bett stand und den

Atem anhielt. Sie konnte nichts sehen oder hören, wusste aber, dass jemand anwesend war.

»Ich weiß, dass du da bist«, flüsterte sie. »Wer bist du? Bist du es, Eleanor?« Noch immer war kein Laut zu hören, doch die sehnsuchtsvolle Verzweiflung, die ihren Traum beherrscht hatte, schien den ganzen Raum zu erfüllen. Genauso plötzlich, wie sie sie gespürt hatte, war die Präsenz wieder verschwunden. Ein vorübergehendes Abkühlen der Luft und der inzwischen vertraute scharfe, metallische Geruch, der ihr in der Nase kitzelte: nach Honig, Stahl und frisch gemähtem Gras.

Sie streckte ihre Finger. Sie waren kalt und verkrampft, als hätte jemand anderes sie zu fest gedrückt. Ein sanfter Wind bauschte die Vorhänge vor dem offenen Fenster, und Amber starrte mit offenen Augen in die Dunkelheit. Sie hatte keine Angst, vielmehr war sie fasziniert. Jemand oder etwas war hier im Haus, aber völlig frei von Heimtücke; es war eher so, dass derjenige ihre Aufmerksamkeit erregen wollte. Wie ein Kleinkind, das einen ständig an den Kleidern zupft, ohne etwas zu sagen, das will, dass man es bemerkt, ohne mitzuteilen, was es möchte. Dieser Gedanke berührte sie tief. Nur, was sollte sie tun? Sie wusste es einfach nicht, es war frustrierend.

Becky stand um zehn am nächsten Vormittag vor der Tür. Amber fühlte sich völlig benommen. Sie hatte bis spät in die Nacht wach gelegen und war immer noch verstimmt. Sie ging mit Becky über den Rasen zu dem Gebüsch, das die Mauerreste überwucherte, und erzählte ihr von dem seltsamen Gefühl, nicht allein zu sein, das sie manchmal beschlich, und von ihrem Traum von vergangener Nacht.

»Ich habe nie etwas gesehen, kein einziges Mal«, versicherte Amber. »Irgendwie weiß ich aber, dass da jemand ist, der meine Hilfe braucht und mir nichts Böses will. Glaubst du, ich verliere den Verstand?«

»Natürlich nicht. Unser Gehirn geht seltsame Wege, vor allem wenn wir trauern. Es gibt Menschen, die berichten, ihre verstorbenen Lieben in dieser Zeit gesehen zu haben.«

»Aber ich bin mir fast sicher, dass es nicht Saffron ist. Ich weiß nicht, es ist, als würde mir derjenige mitteilen wollen, dass er da ist, weil er will, dass ich ihm helfe, und hinterher riecht es immer so seltsam, was aber auch nicht unangenehm ist.«

»Geister, die riechen – das ist mir neu«, scherzte Becky. »Dann glaubst du also, es könnte Eleanor sein? Du bist von ihrer Geschichte und deinen Nachforschungen ziemlich vereinnahmt.«

»Das war auch mein erster Gedanke. Ihre Nachricht vorne im Buch, in der sie darum bittet, dafür zu sorgen, dass ihre Tochter Frieden findet. Was immer das heißt – ich bin mir sicher, sie ist darauf angewiesen, dass ich dahinterkomme. Ich stehe also überhaupt nicht unter Druck.« Sie lachte.

Die beiden Frauen fingen an, die Brombeeren und Holundersträucher abzuhacken, die die beinahe völlig verborgenen verfallenen Mauern umgaben. Sie hatten Vorkehrungen getroffen, damit sie sich nicht verletzten, und trugen dicke Gartenhandschuhe und langärmelige Jacken. Schon nach einer halben Stunde gerieten sie ins Schwitzen. Amber machte eine Pause, um ihre Jacke auszuziehen, und trat einen Schritt zurück, um sich anzusehen, was sie freigelegt hatten. Der Turm warf seinen kalten Schatten auf sie. Das fühlte sich unheilvoll an und ließ sie frösteln, obwohl sie schweißgebadet war. Zu ihren Füßen konnte sie bereits die Umrisse dreier niedriger Mauern erkennen. Mehrere Steinbrocken lagen auf dem Boden dazwischen und auf der Außenseite. Eine Mauer fehlte vollständig. Sie ertappte sich dabei, dass sie sich wünschte, auch Jonathan wäre hier; er liebte es, draußen im Garten zu sein.

»Nun, das war eindeutig irgendeine Art von Gebäude, aber es ist nicht mehr viel davon übrig. Ich frage mich, was mit dem Rest passiert ist«, sagte Amber, während sie sich umsah und versuchte zu erahnen, wie das Gebäude wohl ausgesehen haben mochte.

»Als es verfallen war, haben sich die Dorfbewohner wahrscheinlich die Steine genommen, um sie anderswo für Reparaturarbeiten einzusetzen. Das passierte früher dauernd. Von den Originalmauern des Klosters neben der Kirche ist fast nichts mehr erhalten, weil die Steine in den Bauernhöfen und Cottages verbaut sind.« Becky scharrte mit den Füßen über den Boden des alten Gemäuers und schob den Schutt beiseite. »Hier sind einige Fliesen auf dem Boden, aber ich würde sagen, sie sind aus späterer Zeit.«

Amber ging zu ihr. »Ich hatte auf eine Krypta oder so gehofft. Vielleicht kann ich ein paar Archäologiestudenten dazu bringen, mit dem Bodenradar herzukommen. Sie könnten mir sagen, ob es unter dem Boden Hohlräume gibt. Das würde mich nur ein paar Kisten Bier kosten. Ich wünschte, wir wüssten, ob Eleanors Familie seinerzeit im Dorf begraben wurde. Und wenn sie nicht dort ist, ist sie doch bestimmt hier?«

»Ich bin genauso ratlos wie du«, musste Becky einräumen.

»Probt ihr beiden für eine Gartenverschönerungsshow?« Petes tiefe Stimme erscholl vom Gerüst herunter, gefolgt von Kennys bellendem Lachen, das über das ganze Anwesen hallte.

Grinsend strich sich Amber die Haare aus ihrem verschwitzten Gesicht, dann rief sie zurück: »Anstatt witzige Bemerkungen zu machen, ihr Schlauberger, könntet ihr lieber herunterkommen und uns helfen.«

Zu ihrem Erstaunen tauchte zehn Minuten später Pete neben dem stetig wachsenden Haufen Grünzeug auf, das sie aus dem Boden gezogen hatten. Sie sah, wie Becky ihn flüchtig anlächelte und ihr Gesicht noch roter wurde, als es vom Graben ohnehin schon war. Dann bückte sie sich rasch und zerrte an einer Brombeerranke.

»Warum all die Gartenarbeit?«, fragte Pete.

»Da sind ein paar Ruinen eines alten Gebäudes«, erklärte Amber, ließ ihre Suche nach Mary und das Stundenbuch aber unerwähnt. »Wir legen sie frei, um sie uns genauer ansehen zu können. Wenn du willst, kannst du uns gerne helfen.«

»Wir sind eigentlich unterwegs zum Baumarkt, um noch mehr Kalkmörtel zu kaufen, deshalb kann ich nicht lang bleiben. Aber gib mir mal diese Gartenschere, mit der du da wie mit einer tödlichen Waffe herumfuchtelst, dann schneide ich ein paar von diesen Brombeeren ab.«

In den fünfzehn Minuten, die es dauerte, bis Kenny unten am Gerüst auftauchte, hatte Pete eine große Fläche in einer Ecke der mutmaßlichen Kapelle freigeschnitten. Amber hatte weiterhin Winden ausgerissen, doch aus den Augenwinkeln hatte sie gesehen, dass Becky aufgehört hatte zu arbeiten und Pete beobachtete, wie er die Vegetation absäbelte. Ihr entging auch nicht, dass er Becky zuzwinkerte, als er sich aufrichtete und ihr die Schere zurückgab. Ihre Freundin wurde erneut rot und lächelte ihn an.

Eine Stunde später war der Boden komplett freigelegt, bot aber keinen Anlass zu Optimismus.

»Ich bin mir ziemlich sicher, dass es keine Krypta gibt«, sagte Becky. »Sonst gäbe es im Boden eine Tür zu einer Treppe, die dorthin führte. Oder zumindest eine Kellertreppe außen am Gebäude, und auch davon fehlt jede Spur.«

»Keller«, wiederholte Amber. »Warum habe ich daran nicht gedacht? Im Haus gibt es einen, aber ich war noch nie dort. Und ich habe keine Ahnung, wann mein Großvater zum letzten Mal hinuntergegangen ist.« Sie hielt einen Moment inne und fröstelte, als sie über diese Möglichkeit nachdachte.

»Jetzt komm ich nicht mehr mit«, sagte Becky.

»Der Anfang von Eleanors Textpassage im Stundenbuch lautet: ›*Unsere kleine Tochter liegt zu unseren Füßen.*‹ Vielleicht war das Baby im Keller? Ich dachte, es wäre eine Grabinschrift des Kindes – deshalb habe ich nach dem Grab gesucht.«

»Das wäre ein wenig grausam.« Becky wurde blass. »Warum sollte sie das tun?«

»Ich weiß nicht, aber es fühlt sich immer mehr so an, als würde mich Eleanor besuchen, weil ich ihr irgendwie helfen soll, und ich versuche dahinterzukommen, was sie will.« Amber dachte an das Kind in ihrem Traum. »Ich glaube, es hat etwas mit der kleinen Mary zu tun.« Die beiden Frauen blickten sich an, beide waren tief in ihre eigenen Gedanken versunken und versuchten zu begreifen, worin genau sie da verwickelt waren.

»Aber warum riecht es dann komisch?«, fragte Becky.

»Nach fünfhundert Jahren riecht man eben komisch. Komm, lass uns Grandad suchen und nach dem Keller fragen. Und etwas Kaltes trinken.«

Ihr Großvater war eingedöst, und Amber widerstrebte es, ihn aufzuwecken. Deshalb nahmen sie ihre Saftgläser mit ins Arbeitszimmer, und Amber blätterte durch ihr Notizbuch, bis sie die lateinische Passage fand.

»Siehst du? Ihre kleine Tochter liegt unter ihren Füßen, deshalb muss sie irgendwo auf dem Gelände begraben sein.«

»Ich bezweifle, dass es im Keller ist. Zu dieser Zeit hätte man sichergestellt, dass es geweihter Boden ist. Auch wenn wir kein Grab gefunden haben, muss sie das Kind auf dem Friedhof oder irgendwo in einer Familiengruft beigesetzt haben.« Becky nahm Amber die Übersetzung aus der Hand und studierte sie, als könnte sie ihr plötzlich einen Hinweis geben.

»Aber warum dann dieses ›Ich flehe dich an‹? Es ist, als würde sie verzweifelt darum bitten, dass wir etwas für sie tun. Ich muss wissen, was das ist.« Amber fuhr sich mit der Hand durch die Haare.

»Hast du den Rest des Buches gelesen, um zu sehen, ob es weitere Hinweise gibt?«, fragte Becky.

»Noch nicht. Ich habe mir immer nur ein paar Seiten auf einmal genehmigt, aber du könntest recht haben. Vielleicht sind anderswo noch Hinweise. Ich schreibe es ab, damit ich dem Museum eine Forschungsarbeit vorlegen kann, wenn ich es spende, deshalb wird es eine Weile dauern, bis ich durch bin.«

Das Geräusch von klappernden Schranktüren sagte ihnen, dass Ambers Großvater aufgewacht war und sich einen Tee kochte. Die beiden gingen in die Küche und fragten ihn nach dem Keller.

»Ich war seit Jahren nicht mehr dort unten. Er ist leer, es gibt dort keine Bücherkisten, falls du dich das fragst.«

»Es geht nicht um Bücher, nein«, erwiderte Amber, die ihm nicht verraten wollte, was sich dort verbergen könnte.

Er kramte in einer Schublade und zog schließlich mit einem triumphierenden »Ha!« einen riesigen rostigen Schlüssel heraus.

»Du wirst eine Taschenlampe brauchen«, sagte er und warf den Schlüssel auf den Tisch. Amber zog ihr Handy hinten aus ihrer Jeans und schaltete die Taschenlampenfunktion ein.

»Kommst du mit?«, fragte sie Becky. In Wahrheit hatte sie ein wenig Angst vor dem, was sie in der kalten, feuchten Dunkelheit unter Saffron Hall finden könnte, deshalb wollte sie unbedingt jemanden bei sich haben.

»Auf jeden Fall.« Becky stand auf. »Geh du voraus.«

Die Kellertür lag hinter der Küche in einem Gang, der zu einigen leeren Lagerräumen führte. Amber drehte den Schlüssel und zog fest an der Tür, die in ihrem Rahmen feststeckte. Nachdem sie mehrmals heftig daran gerissen hatte, sprang sie auf und hätte sie fast umgestoßen. Sie richtete den Strahl der Taschenlampe auf die Treppe, die sich in Dunkelheit verlor. An den Wänden hingen massenhaft Spinnweben, die im plötzlichen Luftzug anfingen zu tanzen.

»Igitt. An Spinnen hatte ich gar nicht gedacht.« Amber schauderte.

»Angsthase. Soll ich vorgehen?«, fragte Becky. »Ein paar Spinnen machen mir nichts aus. Gib mir das Handy.« Sie drängte sich vorbei und machte sich an den Abstieg. Amber war ihr dicht auf den Fersen und bemühte sich, die Wände nicht zu streifen.

»Vorsicht auf der Treppe«, ermahnte sie Becky. »Ich weiß nicht, wie sicher sie ist.«

»Keine Sorge, ich lasse es langsam angehen. Außerdem sollte sie okay sein – immerhin ist sie aus Stein.«

Als sie unten angelangt waren, sah sich Amber enttäuscht um. Sie hatte Gänge erwartet, Kellerräume und vielleicht sogar einen Tunnel, von dem man nicht wusste, wohin er führte. Etwas, das geradewegs von Enid Blyton oder aus einer Gruselgeschichte stammen könnte. Stattdessen fanden sie nur drei lange, niedrige Räume mit Backsteingewölbe. Alle waren leer. Amber ging auf und ab und untersuchte Böden und Wände, hielt nach Stellen Ausschau, an denen jemand ein Baby begraben haben könnte. Doch da war nichts.

Enttäuscht kehrten sie in die Küche zurück. Amber schaltete den Wasserkocher ein und ließ sich auf einen Stuhl fallen.

»Das war das. Jetzt fällt mir nichts mehr ein. Ich weiß nicht, was die Textpassage bedeutet. Ich habe keine Ahnung, was sie uns sagen will.«

»Keine Sorge.« Becky tätschelte ihre Hand. »Manchmal dauert es seine Zeit, bis man das ganze Bild erkennen kann. Wir werden das Rätsel schon noch lösen. Versuch es mal aus einem anderen Blickwinkel zu betrachten. Lies weiter in dem Buch – vielleicht stößt du auf weitere Hinweise.«

Amber nickte. Sie wusste nicht, was Eleanor von ihr erwartete, doch sie würde nicht ruhen, bis sie es herausgefunden hatte.

18

1538–39

Eleanor war ganz erpicht darauf, Greville zu zeigen, wie sie den Turm als Trockenraum für ihre Safranfäden benutzte.

»Ich halte die Tür die ganze Zeit verschlossen. Außer mir kommt niemand hier herauf«, versprach sie, während er ihr die Treppe hinauffolgte. Sie verspürte Gewissensbisse wegen dieser Lüge, als Joan vor ihrem geistigen Auge aufblitzte, die an ihrer Seite arbeitete. Doch ihrer Freundin konnte man trauen, und beim Trocknungsprozess war ihre Hilfe unverzichtbar. »Ich habe zu Hugh gesagt, dass die geringste Zugluft den ganzen Prozess ruinieren kann, deshalb stellt er nicht infrage, weshalb ich sonst niemanden hineinlasse. Um das Feuer kümmere ich mich selbst, um sicherzustellen, dass die richtige Temperatur herrscht. Ich glaube, ich habe alles richtig gemacht. Der Safran sieht aus, wie er aussehen soll, und schmeckt, wie er schmecken soll. Da diese Knollen das erste Jahr wachsen, ist dies die feinste Qualität von *saffron du hort*. Normalerweise wird er nur für medizinische Zwecke verwandt.«

Sie nahm ein paar Fäden in die Hand, um sie ihm zu zeigen. Sie standen mitten im Raum, von allen Seiten umgeben von Tischplatten auf Böcken, auf denen die winzigen Fäden des tiefroten Gewürzes ausgebreitet waren. Der Raum war erfüllt von dem vollmundigen, beinahe berauschenden Aroma schwerer Süße, mit einem scharfen metallischen Unterton und irgendwo auch dem Glanz warmen Ingwers. Greville sah sich erstaunt um.

»Ich hatte keine Ahnung, dass du so viel angepflanzt hast«, gestand er kurz darauf. »Ich dachte, du hättest nur ein wenig im Kräutergarten angepflanzt, zusammen mit deinen Heilkräutern.«

»Ich hatte dich gefragt, ob ich einen Streifen der Wiese haben kann«, erinnerte sie ihn scharf. Am liebsten hätte sie mit dem Fuß aufgestampft und konnte den Frust in ihrer Stimme nur mit Mühe unterdrücken. »Ich habe eine große Menge Krokusknollen mitgebracht. Dieser Safran ist viel Geld wert für dich. Für uns.«

»Ich importiere manchmal Safran«, erwiderte Greville langsam. »Ich weiß nicht, ob deiner damit vergleichbar ist, er sieht von der Farbe her dunkler aus. Aber der Kuchen, den ich gegessen habe, war köstlich und hatte eine Würze, die ich noch nie zuvor geschmeckt habe. Ich nehme ihn mit und sehe, was die Gewürzhändler davon halten. Mehr kann ich nicht tun, oder?« Er drückte ihr einen Kuss auf den Scheitel, gab ihr einen Klaps auf den Hintern, dann verschwand er und nahm beim Hinuntergehen jeweils zwei Stufen auf einmal. Eleanor rechnete damit, ein Krachen zu hören, wenn er eine Stufe verfehlte und hinunterfiel. Sie war ein wenig enttäuscht, dass es nicht dazu kam.

Wie konnte er es nur wagen zu denken, ihr Safran sei minderwertiger als der, den er vom Osmanischen Reich gekauft hatte? Sie hatte die Qualität der Fäden gesehen, die der Koch verwendet hatte; sie hatte etwas davon mit in ihren Destillierraum genommen. Der Safran schmeckte fad, hatte kaum einen Hauch des heißen, scharfen, holzigen Aromas, den ihrer hatte. Der Safran des Klosters von Ixworth war von hoher Qualität gewesen, und ihrer war das ebenso. Er wird schon sehen, was die Londoner Händler davon halten, dachte sie und legte ein weiteres Holzscheit ins Feuer. Dann nahm sie einen Safranfaden vorsichtig zwischen Daumen und Zeigefinger und hielt ihn sich unter die Nase. Der vertraute, einzigartige Duft war nahezu überwältigend. Zärtlich strich sie damit über die weiche, empfindliche Haut ihrer Oberlippe. Er war trocken, er war bereit. Morgen würde sie die Beutel, die Greville mitnehmen würde, fertig machen und eine kleine Menge für sich selbst zur Seite legen und sorgfältig einlagern. Alles, was geschah, notierte sie in ihr Stundenbuch.

Ich habe Greville gezeigt, wo wir den Safran trocknen und vorbereiten. Der Turm, der seine eigenen Geheimnisse in seinem Herzen verschließt, wird auch dieses bewahren. Unserem kostbaren Gewürz darf nichts geschehen.

Ihre hektische Alltagsroutine änderte sich kaum, auch wenn Greville den ganzen Tag im Haus ein und aus ging. Sie brauchte noch immer Kräuter für ihre Arzneien und war oft schon in der Morgendämmerung mit Joan draußen, trotz der jahreszeitlich bedingten Kühle und gelegentlichen sogar schon frischen weißen Frösten, die sich wie eisige Finger über die Pflanzen legten, die die beiden im Unterholz suchten. Glitzernde Spinnweben hingen in den Hecken, Tröpfchen schimmerten darin und schwankten prekär, als Eleanor vorbeistreifte. Sie zog ihren mit Pelz gefütterten Mantel eng um sich. Sie spürte das Salz des Meeres in ihren Haaren, es kratzte auf ihrer Haut, und sie konnte es in den scharfen Windböen schmecken, die von der Küste herüberwehten und ihr die Augen tränen ließen. Der Wind fühlte sich tückisch und hart auf ihrer Wange an, aber er brachte die Hanse an ihre Küste, eine Gruppe Geschäftsleute und Händler aus dem Baltikum und Deutschland. Leute, mit denen Greville gern Geschäfte machen wollte. Eleanor fragte sich, ob auch die Hanse tückisch und hart war. Greville nahm gern ihr Geld, äußerte sich jedoch nie schmeichelhaft über ihr Wesen.

Die Nächte mit ihm waren inzwischen ganz anders. Sie konnte kaum noch nachvollziehen, weshalb sie so nervös gewesen war, bei Greville zu liegen. Jetzt konnte sie es kaum erwarten, sich aus dem Haushalt zurückzuziehen und sich mit ihm hinter den Vorhängen des Himmelbetts zu verstecken.

»Verstehst du jetzt, weshalb ich darauf bestanden habe zu warten?«, fragte er eines Nachts, als sie sich aneinandergeschmiegt hatten, während ihre Haut in der Nachtluft abkühlte. Eleanor war schläfrig nach ihrem Liebesspiel und lächelte.

»Ich kann nur daran denken, dass mir diese Freude länger als nötig vorenthalten wurde, Mann«, murmelte sie, »aber ich bin gewillt, dir zu vergeben.«

Ein knurrendes Lachen drang tief aus Grevilles Brust, und im nächsten Moment hatte er ihren Körper unter sich geschoben und war auf sie gerollt.

Schon bald war Advent und brachte jeden Tag die Stunden des Fastens und der Gottesdienste mit sich. Eleanor wies Hugh an, dass sich der ganze Haushalt morgens in der Kapelle zu versammeln hatte, und auch wenn sein Blick zu Greville hinüberhuschte, in der Hoffnung, dieser würde ihrem Befehl widersprechen, kam es nicht dazu, denn ihr Gatte nickte zustimmend. Sie hegte den Verdacht, dass es die erste Weihnacht war, an der in Milfleet die religiösen Traditionen strikt eingehalten wurden.

Alle im Haus, einschließlich Eleanor, freuten sich auf die Festtage. Der Koch bereitete für die zwölf Weihnachtstage viele besondere Speisen zu und hatte eine große Menge Fleisch bestellt, das nun in der Vorratskammer hing; das Blut tropfte dunkel auf die Sägespäne darunter. Jeden Tag kam Eleanor auf dem Weg in den Destillierraum daran vorbei, und allmählich drehte sich ihr beim metallischen Geruch des Fleisches der Magen; sie hielt den Atem an und flitzte daran vorbei, um nach draußen an die frische Luft zu kommen.

Die Tage verstrichen, und die Übelkeit, die durch das Fleisch verursacht wurde, nahm zu, bis ihr bewusst wurde, dass ihr beinahe ständig übel war. Rasch zählte sie an den Fingern ab und bestätigte dadurch, was sie bereits geahnt hatte – ihre Regel war zweimal ausgeblieben. Sie rannte hinauf in ihr Gemach, wo sie Joan vorfand, die gerade einen Riss in einem von Janes Kleidern kunstvoll flickte.

»Willst du mir Gesellschaft leisten?«, fragte sie lächelnd, als Eleanor hereinkam. »Das Licht wird nur noch etwa eine Stunde gut sein.«

Sie setzte sich neben Joan und ergriff ihre Hand.

»Ich glaube, ich trage ein Kind unter dem Herzen«, flüsterte sie, als könnte sie es kaum glauben und schon gar nicht laut aussprechen. Ihre Freundin war weit begeisterter als sie selbst.

»Das ist wundervoll«, rief sie; sie ließ ihr Nähzeug in ihren Schoß sinken und klatschte in die Hände. »Ein neues Baby im Haus, wie aufregend! Bist du dir sicher?«

Eleanor nickte langsam. »Ich glaube schon. Ich habe die Monate gezählt. Und mir ist jeden Tag übel. Am Anfang war das nur morgens so, doch jetzt dauert es den ganzen Tag an.«

»Das war zu erwarten«, erwiderte Joan. »Hast du es schon dem Herrn erzählt? Er wird natürlich auf einen Sohn hoffen.«

»Noch nicht, ich sage es ihm später.«

»Du scheinst nicht so glücklich über diese Neuigkeiten zu sein, wie ich erwartet hätte.« Joan runzelte die Stirn und studierte das Gesicht ihrer Freundin.

»Da gibt es auch nichts zum Glücklichsein«, platzte Eleanor heraus. »Dauernd sterben Frauen beim Gebären. So wie meine Mutter. Wie Janes Mutter. Aber natürlich wird Greville begeistert sein von den Neuigkeiten. Weshalb hat er mich sonst geheiratet? Eine, die ihm den Haushalt führt und ihm Söhne produziert, während er weg ist und das Londoner Leben genießt und am Hof aus und ein geht. Als wäre ich eine Zuchtstute oder eine von seinen Kühen draußen auf der Weide. Das ist alles, wofür ich gut bin.« Es scherte sie nicht, dass sie hart klang, sie hatte Angst, und bevor Joan protestieren konnte, sprang Eleanor auf und rannte durch die Flure zu ihrem Schlafzimmer. Sie schlug die Tür hinter sich zu, lehnte sich von innen dagegen und brach in Tränen aus. Erst als sie die Worte laut ausgesprochen hatte, war ihr klar geworden, welche Gefahren vor ihr lagen. Und diese Entwicklung machte sie noch mehr zu einem Hab und Gut. Grevilles Kind auszutragen brandmarkte sie als seinen Besitz. Doch das war sie, ob es ihr nun gefiel oder nicht.

In den folgenden beiden Tagen bekam sie keine Gelegenheit, ihm die Neuigkeiten über ihren Zustand mitzuteilen, denn er war gar nicht zu Hause, hatte eine Botschaft aus Lynn geschickt, in der es hieß, dass er beim Löschen einer Schiffsladung half, die gerade angekommen war. Er wusste nicht so genau, wie lange das dauern würde, aber er versicherte ihr, dass er am ersten Weihnachtsfeiertag auf jeden Fall wieder da sei.

Eleanor war die Vorfreude auf die Festtage vergangen, jeden Tag hatte sie mit ihrer Übelkeit zu kämpfen. Joan kochte Pfefferminztee für sie, dem sie etwas gemahlenen Ingwer aus der Küche zufügte. Er linderte die Übelkeit kaum. Eleanor versuchte es damit, ein wenig von ihrem Safran hinzuzufügen, was ein bisschen mehr half.

Greville kam spät am ersten Weihnachtstag. Das Haus war zu diesem Zeitpunkt bereits in Hochstimmung, alles freute sich auf die Festlichkeiten. Joan, Nell und Jane hatten den großen Saal mit Stechpalme, Efeu und Eibe sowie riesigen Mistelbüscheln prächtig geschmückt. Der Yulklotz war Stunden vorher unter großem Hallo hereingeschleppt und bereits geschmückt worden, auf dass er an den folgenden zwölf Festtagen verbrannt werden konnte. Dieses eine Mal war Eleanor nicht enttäuscht über die spärliche Adventsverpflegung gewesen; der Mangel an Fleisch, Fisch und

Milchprodukten stellte keine Härte dar, bei üppigen Speisen zog sich ihr Magen ohnehin unangenehm zusammen.

Greville fand sie allein in ihrem Gemach vor, sie beobachtete gerade einen Reiher, der vollkommen reglos am Rande des Baches stand, der sie mit Wasser versorgte. Der Mill Fleet. Der Vogel konnte stundenlang auf einem seiner spindeldürren Beine stehen, sein Dasein einzig beschränkt auf Beobachten und Abwarten. Und oft erreichte er nicht das, worauf er so geduldig wartete. Sie wusste, wie sich das anfühlte. Sie wandte das Gesicht ihrem Gatten zu, lächelte ihn einladend an. Er roch nach Feuchtigkeit und Winter, als er sie an sich zog, sie in die dicke Wolle seines Mantels drückte und ihr ins Ohr flüsterte.

»Es ist Weihnachten, Kleines«, sagte er. »Freust du dich? Ich habe dich und deine Wärme nachts neben mir im Bett vermisst.« Sein heißer Atem kitzelte sie am Ohr, und sie kicherte. Sie wollte böse auf ihn sein, aber das war schwierig.

»Ich habe Neuigkeiten.« Sie drehte ihren Kopf zur Seite, damit sie sprechen konnte, ohne von seiner Kleidung gedämpft zu werden. Er lockerte seinen Arm ein wenig, legte die Hand um ihr Kinn und drehte ihr Gesicht zu seinem. In seinem Blick lag Sorge.

»Ist alles in Ordnung? Hugh hat keine Probleme erwähnt, als ich ihn unten getroffen habe.«

»Alles in Ordnung. Nichts, was Hugh betrifft. Ich glaube, ich trage ein Kind in mir. Unser Baby. Ich glaube, es wird irgendwann im Mai zur Welt kommen.«

Greville jubelte so laut, dass es bestimmt nicht nur der ganze Haushalt, sondern vermutlich auch das ganze Dorf hörte. Der Reiher erhob sich auf anmutigen Schwingen in die Lüfte und verschwand in der herannahenden trüben Dämmerung. Vorsichtig geleitete Greville sie zurück zu dem Sessel, auf dem sie gesessen hatte, und ließ sich zu ihren Füßen nieder.

»Das ist die beste aller Neuigkeiten. Geht es dir gut?«

»Es ging mir schon besser«, gestand sie, »aber die Übelkeit ist nicht mehr so schlimm wie zu Anfang, und ich esse nur kleine Mengen und meide fettes Fleisch.«

»Was immer du möchtest, frag den Koch danach. Pudding, Eiercreme, was auch immer. Gibt es irgendwelche Kräuter, die helfen? Sobald Weihnachten vorbei ist, muss ich zurück nach London, dann kann ich dir alles schicken, was du brauchst. Für mein Kind nur das Allerbeste. Ich hoffe, es wird ein Sohn.« Sein Gesicht war ein wenig gerötet, und er konnte das strahlende Grinsen nicht unterdrücken, das sich immer weiter auf seinem Gesicht ausbreitete, seine Augen leuchteten.

»Du gehst nach Weihnachten gleich wieder weg?«, hakte Eleanor nach und versteifte sich damit sofort auf die Nachricht, die sie nicht hören wollte.

»Ich muss zurück und mich um die Geschäfte kümmern. Und ich muss mich oft bei Hofe zeigen, um wahrgenommen zu werden. Ich bin schon viel zu lange geblieben und verpasse Weihnachten dort ja auch.«

»Wann kommst du wieder nach Hause? Rechtzeitig zur Geburt?« Sie griff nach seiner Hand und umfasste sie mit der ihren.

»Ich weiß es nicht – hoffentlich, aber ich kann es nicht versprechen. Ich nehme deinen Safran mit und schaue, ob er auf Interesse stößt.«

Eleanors Herz sank. Ein Mann hatte bei einer Geburt nichts verloren, deshalb spielte es keine Rolle, ob er im Haus war oder nicht, doch sie würde sich sicherer fühlen, wenn sie wüsste, dass er in der Nähe war und keinen Sieben-Tages-Ritt entfernt. Sie vermutete, dass er sie mit seinem Angebot, den Händlern ihren Safran zu zeigen, beruhigen wollte, doch jetzt hatte sie viel größere Sorgen im Kopf.

Die Weihnachtsfeierlichkeiten vergingen wie im Fluge. Eleanor genoss sie, so gut sie konnte, auch wenn bleierne Müdigkeit sie jeden Abend, lange bevor das Gelage unten beendet war, zu Bett zwang. Obwohl sie Greville versicherte, dass er das Vergnügen und die Spiele ihretwegen nicht zu verlassen brauchte, folgte er ihr dennoch zu Bett, wo sie eingehüllt in die Wärme seiner starken, sicheren Arme, den Rücken an die feste Hitze seines Körpers gedrückt, tief und fest schlief.

Am Tag nach dem Dreikönigsfest kehrte schließlich alles wieder zum Alltag zurück, und Greville konnte seine Reise nach London nicht länger aufschieben. Sein Knecht Ralph war bereits fünf Tage zuvor mit einer Wagenladung Gepäck und Gütern aus dem Lagerhaus in King's Lynn aufgebrochen. Wenn Greville schnell ritt, würde er nur einen oder zwei Tage nach ihm in seinem Londoner Haus ankommen. Im Geiste war er bereits abwesend, mit den Gedanken bei dem, was er tun musste, sobald er dort anlangte. Seine Familie schien nahezu vergessen; Eleanor merkte, wie er sich von Stunde zu Stunde innerlich immer mehr entfernte, auch wenn er körperlich noch bei ihnen war.

Am Morgen seiner Abreise herrschte Aufregung im großen Saal, als alles vorbereitet wurde. Einer seiner Londoner

Lehrlinge, John, der mit Ralph hergeritten war, sollte mit Greville zurückreiten. Die beiden Männer standen plaudernd in der Ecke und schienen das hektische Treiben um sie herum überhaupt nicht zu bemerken. Nell hatte eine Schwäche für John, worüber sie ihren vorherigen Geliebten beinahe vergessen hatte; ihre Augen waren fast so gerötet wie Janes, die über die Abreise ihres Papas laut weinte.

Eleanor hatte es schließlich satt und fuhr Nell an, sie solle mit Jane ins Kinderzimmer zurückkehren. Sie selbst war ebenfalls durcheinander, ließ sich jedoch Greville gegenüber nicht anmerken, wie enttäuscht sie war, dass er sie verließ. Da brauchte sie nicht noch mehr heulende Menschen um sich, die alles nur noch schlimmer machten.

Sie zog sich an ihr Pult im Schreibzimmer zurück und tat, als würde sie an ihrer Buchführung arbeiten, als wäre dies ein Tag wie jeder andere. Endlich, als sie schon dachte, er würde abreisen, ohne ihr Lebewohl zu sagen, erschien Greville im Türrahmen.

»Nun, meine kleine Frau« – seine tiefe Stimme ließ ihre Hand auf dem Abakus innehalten – »ich muss jetzt fort. Wir wollen noch ein gutes Stück Wegs zurücklegen, bevor es dunkel wird.« Sie legte ihre Feder weg und ging zu ihm, atmete seinen warmen Duft nach Schweiß und Torffeuer ein. Er hatte sich am Kamin aufgewärmt. Ob er sie nun wohl zum letzten Mal in seine schützenden, sicheren Arme schloss? Sie sprach diese Worte nicht aus, die ihr ungebeten durch den Kopf schossen. Sie durfte nicht an das Schlimmste denken. Instinktiv wanderte ihre Hand zu ihrem Bauch, und sie versuchte, die Angst vor dem, was ihr bevorstand, zu verdrängen.

»Ich habe deinen Safran dabei.« Er klopfte auf den Beutel, den er bei sich trug. »Und – wie ich hoffe – deine Liebe.« Er legte die Hand auf sein Herz, danach auf ihres. »Bleib gesund und arbeite nicht so viel«, fuhr er fort, während er seine Hand zärtlich auf die inzwischen sichtbare Wölbung ihres Bauches legte. Sie hatte Joan bereits darum bitten müssen, ihr Kleid nicht so fest zu schnüren, und heute würde sie damit beginnen, die Nähte ihrer Kleider auszulassen.

»Das verspreche ich«, sagte sie, »doch ich bitte dich um eins: Wenn du bei Hofe entbehrt werden kannst, wirst du dann zur Geburt des Kindes nach Hause kommen?«

»Ich werde es versuchen«, war alles, was er ihr sagen konnte. Er beugte sich vor, und seine warmen Lippen berührten kurz die ihren. Dann war er fort, und sie hörte nur noch, wie er barsch nach John rief. Von draußen vernahm sie laute Stimmen und das Klappern von Hufen, und dann waren sie weg, die Geräusche der Pferde verloren sich in der Ferne, während sich die Menschen im Haus wieder ihrer Arbeit zuwandten, als wäre dies ein ganz normaler Tag und nicht als wäre ein Teil von ihnen fortgerissen worden – wie es Eleanor vorkam.

Wann hatte sie begonnen, so für ihren Gatten zu empfinden? Er war ein Fremder gewesen, der sie aus allem, was ihr vertraut gewesen war, herausgerissen und sie in ein unbekanntes Zuhause gebracht hatte. Doch nun spürte sie, wie diese eisige Wut, die sie in ihrem Inneren verschlossen hatte, taute und eine neue Wärme und Zuneigung dort spross. Winzige Knospen der Liebe, die sich wie Krokusblüten entfalteten und sie erfüllten.

19

1539

Das Leben fügte sich schon bald wieder in die Normalität und Routine, die herrschte, wenn Greville weg war. Eleanor hatte den starken Verdacht, dass das Leben hier weit laxer gewesen war, bevor sie in Milfleet angekommen war, doch nun hatte die Dienerschaft keine andere Wahl, als das ganze Jahr über gewissenhaft ihre Pflichten zu erfüllen. Eleanor wurde zwar jeden Tag dicker und runder, doch sie ließ, was das Haus anging, nicht nach in ihrer strengen Haltung.

Der tiefe Schnee schmolz endlich und gab winzige blassgrüne Triebe frei, die sich ihren Weg durch die durchnässte Erde bahnten. Frische, strahlend grüne Knospen und weiche rosa Blüten erschienen an den Bäumen, die wärmeres Wetter und längere Tage verhießen. Die Stimmung aller hob sich angesichts dieser Frühlingsboten, auch wenn im Moment noch Fastenzeit war und die Mahlzeiten entsprechend fade und karg. Eleanor bestand darauf, beim Nachtmahl aus ihrem Stundenbuch zu lesen, bevor alle zu essen begannen.

Im März kamen zwei Briefe an. Der erste war von Isabel Dereham, die ihr betriebsames, schillerndes Leben in London beschrieb, wo sie sich gegenwärtig aufhielt. Der zweite stammte von Greville. Eleanor war überrascht vom neuesten Klatsch aus Whitehall – Thomas Cromwell versuchte derzeit zu arrangieren, dass der König erneut heiratete. Greville beschrieb, wie der höfische Porträtist, Holbein, in verschiedene Teile Europas entsandt wurde, um einige Bildnisse anzufertigen, die dem König gezeigt werden sollten. Wie es schien, war ein einziger Erbe nicht genug für König Heinrich, weshalb er wohl darüber nachdachte, die Kinderstube weiter zu füllen.

Eleanors Gesicht leuchtete jedoch vor Begeisterung auf, als sie las, wie gut ihr Safran aufgenommen worden war und dass Greville ihre Ernte für unglaubliche zwanzig Sovereigns an den Küchenchef des Königs verkauft hatte. Sie musste die Stelle zweimal laut lesen, um sich zu vergewissern, dass sie sich nicht verlesen hatte. Diese Menge an Gold war ein kleines Vermögen. Der Beamte hatte gesagt, der Safran sei von der feinsten Qualität, die er je gekostet habe. Eleanor jubelte vor Freude. Als er zu Hause gewesen war, hatte sich Greville gegenüber ihrem Safran geringschätzig gezeigt und sogar seine Qualität infrage gestellt. Doch jetzt hatte er ihm großen Gewinn eingebracht. Mit vor Stolz geschwellter Brust nahm sie ihr Stundenbuch und begann, unter ihrem letzten Eintrag zu schreiben.

Heute kam ein Brief von meinem Gatten. Der Safran, den ich letztes Jahr anbaute, ist für die fürstliche Summe von zwanzig Sovereigns an die königliche Küche verkauft worden. Meine Mitgift des alten Abts wird noch mehr Reichtum hervorbringen, denn in dieser kommenden Saison wird die Ernte größer werden, und im darauffolgenden Jahr noch größer. Ich fülle unsere Truhen mit Gold, und das erfreut mein Herz mächtig.

Sie wählte eine zweite Schreibfeder und verzierte den Rand des Papiers sorgfältig mit tief rotgoldener Tinte, die sie mit ein wenig Safran aus dem Destillierraum selbst angefertigt hatte. Beim Arbeiten lächelte sie beseelt vor sich hin.

Der kühle Frühling wurde mit dem Herannahen des Sommers wärmer. Eleanor war inzwischen sehr dick, sie fühlte sich schwer, aufgequollen und unbehaglich, wenn das Kind in ihr seine Glieder streckte und ihren Bauch in groteske Formen drückte. Sie wusste, dass es nicht mehr lang dauern würde, bis sie sich auf ihr Gemach und die stickige heiße Atmosphäre darin beschränken musste, um dort auszuharren, bis das Baby kam. Bis dahin versuchte sie, nicht an das Unvermeidliche zu denken. Sie half Joan dabei, winzige Kleidungsstücke zu nähen und die Wickeltücher und Windeln auszubessern, die seit Janes Geburt aufbewahrt worden waren. Es ergab keinen Sinn, neue Sachen zu nähen, wenn die alten wiederverwendet werden konnten.

Abends arbeitete sie sich durch die Krokusknollen, die sie voriges Jahr wieder ausgegraben hatte, und teilte sie vorsichtig, wie sie es bei den Mönchen gesehen hatte. Sie warnte Simon vor, dass er für den diesjährigen Anbau die doppelte Fläche an Wiese würde pflügen müssen. Er sah sie überrascht an, nickte dann aber wortlos. Eleanor war entschlossen, draußen auf den Feldern zu sein und zu helfen, wenn es an der Zeit war, die zusätzlichen Knollen zu pflanzen. Zuvor musste sie jedoch die Geburt über sich ergehen lassen, die jeden Tag näher rückte wie ein schreckliches Gewitter, das mit knisternden Blitzen am Horizont heraufzog. Sie konnte nicht davonlaufen oder dagegen ankämpfen – sie konnte nur ertragen, was es mit sich brachte, wenn es schließlich über sie hereinbrach. Und beten, dass sie noch am Leben war, wenn es vorbeigezogen war.

Schließlich konnte sie ihren Rückzug nicht mehr länger hinauszögern. Die Hebamme aus dem Dorf, Mrs. Copdyke, wurde benachrichtigt. Eleanor hatte sie kennengelernt, als Simons Frau Alys mit ihrem jüngsten Kind niedergekommen war, und sie schien einigermaßen sympathisch zu sein. Sie war gewiss tüchtig und in der Gegend sehr angesehen, und wenn man den Gerüchten glauben durfte, hatte sie jedem Einzelnen, der auf der Burg und im Dorf arbeitete und lebte, auf die Welt geholfen. Wenn man den Legenden Glauben schenkt, muss sie wohl mindestens hundert Jahre alt sein, dachte Eleanor ironisch. Alys hatte sechs kräftige Kinder, fünf Jungen und ein winziges Töchterchen, deshalb standen die Fähigkeiten der Hebamme außer Frage. Greville wäre sicherlich verzückt über eine ähnliche Anzahl von Kindern, doch Eleanor hoffte, sie würde nicht so viele Geburten wie Alys über sich ergehen lassen müssen.

Sobald der Raum für ihre Niederkunft vorbereitet worden war, blieb nichts weiter, als in der stickigen Hitze zu warten, in der dicken, bewegungslosen Luft, die nach Schweiß stank, sodass man kaum atmen konnte, weil das Feuer Tag und Nacht brannte, wie die Tradition es diktierte. Zusammen mit dem inzwischen beträchtlichen Gewicht, das gegen ihre Lungen drückte, bedeutete dies, dass sie die meiste Zeit im Bett war, wo sie sich ein wenig zurücklehnte, um Platz zum Atmen zu haben. Joan hatte die Fenster mit Wandteppichen verhängt, damit der Raum im Dunkeln lag, abgesehen von ein paar Kerzen und dem ewig brennenden Feuer. Jegliche Vorschläge, sie könne sich die Zeit mit Sticken vertreiben oder in ihrem Gebetbuch lesen, stießen auf strikte Ablehnung.

Sie versuchte, nicht zu der Wiege in der Ecke des Zimmers zu schauen, eine ständige Erinnerung an die bevorstehenden Qualen. Inzwischen machte es ihr nichts mehr aus, ob das Gewitter über sie hereinbrach; jeder Tag des Wartens fühlte sich wie eine Ewigkeit an. Von Greville waren keine weiteren Briefe gekommen. Sie sorgte dafür, dass Joan Hugh jeden Morgen und jeden Abend danach fragte. Es war nur ein leeres Versprechen gewesen, als er sagte, er wolle sich bemühen, zur Geburt zu Hause zu sein.

Als Eleanor schließlich eines Morgens aufwachte – oder besser gesagt sich zum Aufwachen zwang nach einer weiteren Nacht voll unruhigem, ständig unterbrochenem Schlaf, weil ihr Leib inzwischen so dick war, dass sie keine bequeme Position mehr finden konnte –, spürte sie ein schmerzhaftes Ziehen unter ihrem Bauch. Kaum hatte sie es bemerkt, war es auch schon wieder weg.

Doch eine Viertelstunde später, als sie sich in dem lauwarmen Wasser wusch, das das Küchenmädchen ihr gebracht hatte, geschah es noch einmal. Dieses Mal war das Ziehen so stark, dass sie die Luft anhielt und das, was sie gerade tat, unterbrach. Sie hoffte, Joan würde es nicht bemerken, doch ihrer stets wachsamen Freundin entging nichts. Sie war wie ein Jagdfalke, der die Hecken nach Bewegungen aller Art absuchte.

»Hast du Schmerzen?«, fragte Joan scharf. »Ist es an der Zeit? Kommt das Kind?«

»Ich weiß es nicht, ich glaube …« Wieder hielt sie inne, als sich ihr Bauch zu einer harten Kugel anspannte. »Vielleicht. Ich bin von diesem Ziehen aufgewacht, und jetzt kommt es immer öfter und wird schmerzhafter.«

Joan lächelte zufrieden und klatschte in die Hände, sie sah nicht, dass Eleanor ihr im Halbdunkel einen finsteren Blick zuwarf. Sie hatte fürchterliche Angst vor den Qualen, die ihr bevorstanden, und Joan hüpfte geradezu im Zimmer herum vor lauter Aufregung. Die Tatsache, dass ihre Freundin vielleicht ebenso die Nase voll davon hatte, Tag und Nacht mit ihrem mürrischen Selbst eingesperrt zu sein, kam ihr nicht in den Sinn. Es wurde nach Mrs. Copdyke geschickt, als Eleanor anfing, im Zimmer auf und ab zu gehen und einen Pfad in die Binsen unter ihren Füßen zu furchen, so oft lief sie ein ums andere Mal durch sie hindurch. Joan hatte den Gebärstuhl in die Mitte des Zimmers, in die Nähe des prasselnden Feuers gerückt, doch Eleanor knurrte »noch nicht« und trat dagegen, als sie daran vorbeikam. Daraufhin wurde er wieder hastig in die Ecke verbannt.

Die Hebamme war gerade bei einer anderen Entbindung, deshalb dauerte es zwei Stunden, bis sie kam; bis dahin war Eleanors Fruchtblase geplatzt, das Fruchtwasser ergoss sich auf den Boden und Joans Kleid. Die Wehen kamen alle paar Minuten. Joan hatte angeordnet, dass der Boden geputzt und frische Streu gebracht wurde, doch Mrs. Copdyke sagte dem Dienstmädchen, dass das nicht notwendig sei. Sie wusste, dass die Geburt kurz bevorstand und noch weit

Schlimmeres auf dem Boden landen würde. Als der Gebärstuhl dieses Mal ans Feuer gezogen wurde, widersprach Eleanor nicht. Sie summte leise vor sich hin, als die Schmerzen schlimmer wurden, und ließ sich auf den Stuhl sinken, Joan stützte sie dabei von hinten. Eleanor brüllte, als die Wogen des Schmerzes über ihr zusammenschlugen und sie atemlos zurückließen.

Innerhalb von Minuten und nach zwei weiteren qualvollen Wehen sagte Mrs. Copdyke: »Hier kommt es!«, und mit einem letzten Pressen war Eleanors Kind da. Die Hebamme hielt es triumphierend in die Höhe, rosa, brüllend, schleimig von Blut und weißer Schmiere, wie es war. Dunkles Haar klebte an seinem Kopf.

»Ein Junge«, verkündete sie, »ein großer, prächtiger Junge.« Rasch band sie die Nabelschnur ab und schnitt sie durch, dann reichte sie Joan das Baby, damit sie sich auf die Nachgeburt konzentrieren konnte.

Ein Junge. Unwillkürlich lächelte Eleanor zufrieden, als sie zu Joan hinübersah, die ihn wickelte. Ihre Blicke trafen sich. Joan lächelte Eleanor an und nickte ihr anerkennend zu, weil sie die Aufgabe so gut gemeistert hatte. Der Junge hatte sich inzwischen beruhigt, und Joan hielt ihn Eleanor hin, damit sie ihn sehen konnte. Schwarzes Haar wuchs über großen dunklen Augen, die Grevilles so sehr ähnelten.

»Es lässt sich nicht abstreiten, wer sein Vater ist«, bemerkte die Hebamme. »Er sieht genau wie Miss Jane aus, als sie geboren wurde.« Eleanor wollte nicht an Grevilles erste Frau und deren Entbindung denken, solange sie noch solche Angst hatte. Oft schlichen sich in den Tagen nach der Geburt tödliche Infektionen und Komplikationen ein. Doch als sie ihren winzigen, perfekten neugeborenen Sohn ansah, flammte ihr Herz auf vor Liebe. Sie würde nicht sterben, denn er brauchte sie. Und plötzlich erkannte sie, dass auch sie ihn für den Rest ihres Lebens brauchen würde.

Als sie wieder in ihrem Bett lag, das Zimmer gereinigt und das Baby in die schwere Wiege aus dunklem Eichenholz gelegt worden war, die man vor ein paar Wochen aus einer der Abstellkammern heraufgebracht hatte, machte sich Mrs. Copdyke auf den Weg nach Hause. Joan zählte ihr die Schillinge hin, auf die man sich als Bezahlung geeinigt hatte.

»Wollt Ihr, dass ich eine Amme für Euch finde?«, fragte die Hebamme, während sie ihren Lohn dankbar einsteckte. Sie hatte doppelt so viel verlangt wie von den Dorfbewohnern, doch Eleanor hatte ohne zu zögern zugestimmt: Sie brauchte um jeden Preis die beste Hebamme. Mrs. Copdyke wusste, dass Hugh das Zuvielbezahlte zurückfordern und es zweifellos in die eigene Tasche stecken würde, wenn er hinter ihr falsches Spiel käme.

»Nein, vielen Dank.« Eleanor schüttelte den Kopf. »Das wird nicht nötig sein. Ich gebe ihm selbst die Brust.« Sie ließ ihr Baby nicht aus den Augen. Joan riss überrascht die Augen auf. Sie hätte höchstwahrscheinlich einer Amme zugestimmt, doch sie kannte die Sturheit ihrer Freundin und schwieg.

Sobald nur noch Joan und sie im Raum waren, fühlte sich Eleanor endlich in der Lage, sich zu entspannen. Joan erzählte ihr, dass bereits ein Brief nach London geschickt worden war und dass alle Mitglieder des Haushalts es kaum abwarten konnten, den Neuankömmling zu sehen. Eleanor, die sich noch immer vor Krankheiten fürchtete, erlaubte es nur Jane und Nell, ihn zu sehen.

»Wie soll er heißen?«, fragte Jane, während sie die winzige schlafende Gestalt unter dem Bettzeug betrachtete.

»Henry«, erwiderte Eleanor, »wie der König. Und mein Vater.« Sie zweifelte nicht daran, dass ihr Gatte es vorgezogen hätte, selbst über den Namen seines erstgeborenen Sohns zu entscheiden – wahrscheinlich hätte er ihn lieber nach sich selbst benannt –, aber er war nicht zu Hause, und das Kind würde innerhalb der nächsten ein, zwei Tage getauft werden. Daher konnte sie selbst entscheiden, und deshalb würde er Henry Greville Lutton heißen.

Endlich, drei Wochen nach Henrys Geburt, kam Greville nach Hause. Eleanor lag noch immer im Bett, doch es kam ein steter Besucherstrom in ihr Gemach. Sie hörte einen Tumult im großen Saal und wollte schon Joan darum bitten nachzusehen, als die Tür aufgerissen wurde und ihr Gatte hereinkam. Er brachte den willkommenen Duft nach frischer Luft, Pferden und warmen Wiesen mit sich, und noch nie war Eleanor so glücklich gewesen, ihn zu sehen. Sie hatte Henry gerade gestillt und sein Gesicht, das das zerknautschte Aussehen eines Neugeborenen allmählich verlor, war warm und gerötet. Seine langen dunklen Wimpern lagen auf seinen Wangen, wenn er schlief, der seidige schwarze Haarschopf stand widerborstig in alle Richtungen ab. Joan und Nell hatten beide schon versucht, sein Haar zu glätten, doch ohne jeden Erfolg.

Greville setzte sich auf die Bettkante und strich ihr mit dem Finger über die Wange.

»Mein tüchtiges Mädchen«, sagte er sanft, »du hast mir einen perfekten Sohn geschenkt.« Unwillkürlich musste Eleanor ein wenig über seine Selbstgefälligkeit lächeln. Er hatte recht. Zu gebären war eine schmerzvolle Erfahrung gewesen, und sie war unendlich stolz, einen so tadellosen, süßen kleinen Jungen hervorgebracht zu haben. Greville nahm ihn ihr aus den Armen und drückte ihn an seine väterliche Brust. Trotz der groben Wolle von Grevilles Reisekleidern rührte sich Henry nicht.

»Es tut mir leid, dass ich bei seiner Geburt nicht da war. Ich konnte nicht fort vom Hof. Ich bin so schnell wie möglich gekommen.«

»Es ist ein Jammer, aber jetzt ist es vollbracht. Ich hoffe, dir gefällt der Name, den ich ausgesucht habe?« Eleanor war immer noch verletzt, weil er nicht da gewesen war, als sie ihn gebraucht hatte, aber das würde sie nicht aussprechen. Nicht jetzt, wo es ohnehin zu spät war.

»Ich liebe seinen Namen. Er sieht aus wie ein Henry. Geht es dir gut?«

»Ja, danke. Es langweilt mich, hier in diesem Zimmer zu sitzen, aber ich kann erst in einer Woche den Muttersegen erhalten, deshalb bleiben wir eben hier. Gott sei Dank werde ich rechtzeitig zum Pflanzen der Krokusse in vier Wochen wieder auf den Füßen sein. Kannst du bitte für mich nachsehen, ob die Hälfte der Wiese am Haus gepflügt und bereit ist? Ich habe Joan darum gebeten, es zu überprüfen, aber ich glaube, dass sie alles sagen würde, um mich nicht zu beunruhigen. Ich muss schon bald zurück in meinen Destillierraum, bevor die Vorräte einiger grundlegender Heilmittel zur Neige gehen.« Sie hatte sich in Gedanken bereits den vielen anderen Dingen zugewandt, durch die sie gewährleistete, dass der Haushalt weiterhin tadellos lief. Einen Erben hervorzubringen war nur eine ihrer zahlreichen Aufgaben – so fühlte es sich zumindest an.

Greville gluckste, das tiefe Vibrieren seiner Brust weckte Henry, und er regte sich kurz. Er drehte den Kopf ein wenig, schlug seine Augen auf und blickte Greville an. Dann runzelte er die Stirn und schloss sie wieder. »Ich glaube, er ist nicht besonders beeindruckt von mir.« Greville lachte und legte seinen Sohn in die Wiege. »Ich werde nun gehen und deine Botengänge erledigen, meine süße Gattin. Mach dir keine Sorgen, sonst wird deine Milch sauer. Joan kann ein paar deiner Salben herstellen. Sie kann sie dir dann immer zur Überprüfung bringen, auch wenn ich weiß, dass sie nicht so tüchtig im Destillierraum ist wie du.« Um seine Augen bildeten sich Fältchen, als er sie ansah, und ihr tiefes, samtiges Braun brachte sie ebenfalls zum Lächeln. Wie es schien, schätzte ihr Gatte allmählich endlich das, was sie tat. »Und du wirst dich hinsetzen und den Gärtnern und Knechten beim Pflanzen der Knollen zusehen. Ich verbiete dir, ihnen zu helfen.«

Sie wartete, bis er das Zimmer verlassen hatte, dann blickte sie zu Joan hinüber und verdrehte die Augen, was ihre Freundin zum Lächeln brachte. Sie hatte schon geahnt, dass er sie so kurz nach der Geburt an jeglicher schwerer Arbeit hindern wollte, auch wenn sie rasch wieder zu Kräften kam. Aber selbst wenn sie nicht persönlich die Knollen in die Erde würde drücken können, wäre sie ganz sicher draußen auf dem Feld und würde zuschauen und kontrollieren. Wenn die Knollen nicht richtig gesetzt wurden, gäbe es im Herbst keinen Safran, deshalb musste sie sicherstellen, dass jeder Teil der Pflanzung korrekt ausgeführt wurde, die Knollen den richtigen Abstand zueinander hatten und alles richtig bedeckt wurde. Nichts durfte schiefgehen, damit die diesjährige Ernte erfolgreich wurde und noch mehr – viel mehr – einbrachte, als die letzte.

20

2019

Amber hatte Eleanors Bitte so oft gelesen, dass sie sie auswendig kannte. Doch nach wie vor ergab sie für sie keinen Sinn.

»Ich verstehe immer noch nicht, worum du mich bittest«, sagte sie zu dem leeren Arbeitszimmer, ihre Worte hallten von den Wänden wider. »Bitte, zeig mir, was du willst.« Doch die Luft bewegte sich nicht, kein beißender Geruch wies darauf hin, dass Eleanor da war. Ein wenig resigniert ging sie in die Küche, wo sie auf ihren Großvater traf.

»Grandad, hast du irgendwelche Hinweise entdeckt? Irgendetwas, was mir entgangen ist?«, fragte sie.

»Überhaupt nichts. Ich fürchte, es sind auch keine hilfreichen Familiengeschichten oder Überlieferungen aus dieser Zeit erhalten geblieben. Nichts. Tut mir leid, dass ich dir nicht helfen kann.«

»Schon gut. Aber ich muss ja irgendwann wieder von hier fort und habe das Gefühl, erst mit meinem Leben weitermachen zu können, wenn ich das hier geklärt habe.«

»Amber.« Seine Stimme klang unerwartet scharf. »Du bist wegen eines schrecklichen Kummers in deinem Leben hierhergekommen. *Das* ist es, was du klären musst, um darüber hinwegzukommen. Und es nicht bloß durch eine womöglich fünfhundert Jahre alte Tragödie austauschen, die jemand anderem gehört. Vielleicht musst du sie einfach auf sich beruhen lassen. Als ich dir vorschlug, herzukommen, um mir mit meinen Büchern zu helfen, wollte ich dir Raum zum Trauern geben, damit du hinterher dein Leben mit Jonathan weiterführen kannst. Das ist das Wichtigste, worauf du dich jetzt konzentrieren musst.« Er hielt einen Moment inne und holte tief Luft, bevor er etwas sanfter hinzufügte: »Hast du heute nicht einen Termin bei dem Berater?«

»Ja, habe ich. Und nein: Ich kann es nicht auf sich beruhen lassen. Eleanor will, dass ich etwas sehr Wichtiges für sie erledige, für Mary, ihr Baby. Ich muss nur herausfinden, was das ist.« Doch insgeheim gestand sie sich ein, dass ihr verwirrter Zustand und die unbeantworteten Fragen nur ein Teil des Problems waren. Genauso viele Fragen hatte sie nämlich zu ihrem eigenen Baby und zu ihrer Beziehung mit Jonathan. Sie musste zugeben, dass ihr Großvater recht hatte: Es waren die Menschen in der Gegenwart, auf die es ankam, und an sie musste sie denken und ihnen Priorität einräumen.

»Jedenfalls muss ich mich jetzt fertig machen. Jonathan und ich treffen uns früher, um zu reden, deshalb ziehe ich mich besser an, sonst komme ich noch zu spät.« Sie schüttete den Tee, den sie sich gekocht hatte, in den Ausguss, und spülte ihre Tasse aus.

Der Krankenhausparkplatz war wie üblich voll. Fluchend drehte Amber Runde um Runde, während sie darauf wartete, dass jemand wegfuhr. Sie war ohnehin schon angespannt wie eine Sprungfeder, hatte die Zähne zusammengebissen, und ein feiner Schweißfilm löste gerade ihr hastig aufgetragenes Make-up auf; das Letzte, was sie jetzt brauchen konnte, war die nervige Suche nach einem Parkplatz.

»Bingo«, murmelte sie, als ein altes Ehepaar angewackelt kam und schließlich in ein Auto direkt neben ihr stieg. Sie ließ den Wagen in die Parklücke gleiten. Nachdem sie kurz überprüft hatte, ob sich ihr Lippenstift noch auf den Lippen und nicht auf den Zähnen befand, schnappte sie sich ihre Tasche und eilte in das Café. Sie hatten noch etwas mehr als eine Stunde Zeit bis zu ihrem Termin, und ihre Knie fühlten sich jetzt schon zittrig an. Sie versuchte, schnell zu gehen, doch es kam ihr so anstrengend vor, als würde sie durch tiefen Schnee stapfen, ihr Atem ging schwer, ihr Herz hämmerte.

Jonathan saß bereits an einem Tisch, vor sich zwei Pappbecher Kaffee. Erschöpft ließ sie sich auf den Stuhl gegenüber fallen.

»Hi.« Sein Lächeln war zaghaft, doch wie er den Kopf zur Seite legte, sich Fältchen um seine Augen bildeten, die aufleuchteten, als er sie ansah – dies alles war so vertraut, dass es ihr im Herzen wehtat. Sein schlecht gebügelter Hemdkragen stand offen; er schluckte schwer, und sein Adamsapfel hüpfte auf und ab, als er sagte: »Ich habe dir einen Kaffee geholt. Ich hoffe, das ist okay.«

»Oh, perfekt, vielen Dank.« Sie nahm einen großen Schluck. »Ich bin stundenlang auf dem Parkplatz herumgekurvt.«

»Es ist ein Albtraum«, stimmte er zu. »Ich bin auch erst seit ein paar Minuten hier.« Er hielt inne, als würde er überlegen, was er als Nächstes sagen sollte, als hätte er zu große Angst, überhaupt etwas zu sagen. Wie aus einem Munde sagten dann beide: »Wie geht es dir?« und lachten.

»Ganz gut«, erwiderte sie. »Ich arbeite mich immer noch durch Berge von Büchern. Ich habe Becky getroffen, und du hattest recht: Ich hätte schon viel früher Kontakt zu ihr aufnehmen sollen. Sie war großartig. Und sie hilft mir bei einer Art Projekt, an dem ich gerade arbeite.«

»Projekt?« Jonathan zog die Augenbrauen nach oben. Amber erzählte ihm von dem Stundenbuch, das sie gefunden hatte, und von Eleanors verstörender Passage vorne im Buch.

»Und in manchen Momenten kann ich spüren, dass sie da ist, als würde sie mich dazu drängen, ihre Botschaft zu entschlüsseln. Becky und ich haben nachgeforscht, aber nichts gefunden. Allerdings hat die Suche Spaß gemacht. Grandad hat mir heute Morgen gesagt, ich solle es aufgeben, aber das kann ich nicht.«

»Das klingt spannend.« Er zögerte einen Augenblick, als wollte er seine Worte sorgfältig abwägen. »Aber lade dir nicht mehr auf, als du dir zumuten kannst. Denk immer daran, zuerst auf dich selbst zu achten, okay? Auch wenn du munterer wirkst, als ich dich seit Monaten erlebt habe«, räumte er ein. »Wahrscheinlich tut es dir gut, dich auf etwas zu konzentrieren.«

»Ich habe dadurch aber auch noch etwas anderes begriffen.« Bebend holte sie Luft. »Ich habe auf die Menschen, die mir nahestehen, nicht richtig gehört. Auf die, die mir eigentlich am meisten am Herzen liegen. Ich war so sehr in meiner Trauer gefangen, dass ich nur noch mich selbst sah. Stattdessen hätte ich mich auch mal darum kümmern sollen, wie es dir ging. Ich habe mich zurückgezogen, anstatt mich zu öffnen. Als ich versuchte, Eleanor zu erreichen, mit ihr zu kommunizieren, mich mit ihrer verlorenen Seele und ihrer alles verschlingenden Trauer identifizierte, da merkte ich plötzlich, dass ich für dich nicht dasselbe getan habe, obwohl du der Mensch bist, den ich auf der ganzen Welt am meisten liebe. Was du in deiner E-Mail geschrieben hast, war richtig, und es tut mir leid. So leid. Bitte glaube mir, ich habe Saffron nicht vergessen. Es vergeht kein Augenblick, in dem sie nicht in meinen Gedanken ist. Aber früher hat dies irgendwie meinen ganzen Kopf ausgefüllt, sodass kein Platz mehr für anderes war, und jetzt gibt es eine winzige Ecke, wo ich manchmal in der Lage bin, an anderes zu denken. An dich.«

Er lächelte sanft und nahm ihre zitternden Hände in seine. Dann schloss er einen Moment die Augen und atmete langsam aus.

»Das verstehe ich«, versicherte er ihr. »Ich kann warten. Ich werde warten, so lang auch immer es dauert.« Sie sah ihm in die Augen – in diese gütigen Augen, die niemals vorwurfsvoll, niemals tadelnd waren – und spürte, wie sich die ihren mit Tränen füllten. Sie kramte nach ihren Taschentüchern.

»Ich habe eine volle Packung mitgebracht.« Sie lachte schniefend und hielt sie hoch. »Aber ich hätte nicht gedacht, dass ich sie brauchen würde, noch bevor wir in Mr. MacKenzies Büro gehen.«

Da merkten sie, dass es Zeit war aufzubrechen. Sie nahmen ihre Getränke und gingen zusammen durch die Korridore zur Entbindungsstation. Ambers Herz hämmerte, als sie sich daran erinnerte, wie sie beim letzten Mal diese Strecke gegangen war. Damals hatten sie bereits gewusst, dass ihre kleine Tochter tot war. Der Scan vom Vortag hatte bestätigt, weshalb sie zuletzt keine Tritte mehr gespürt hatte, doch sie musste am folgenden Tag wiederkommen, damit die Geburt eingeleitet wurde. An jenem Morgen war der Weg zur Entbindungsstation lang gewesen, aber das war nichts im Vergleich zum folgenden Tag, als sie mit leerem Bauch und leeren Armen wieder hinausgegangen war.

Jonathan griff nach ihrer Hand und drückte sie, als wüsste er, woran sie gerade dachte. Wahrscheinlich dachte er das Gleiche. Schließlich hatte auch er seine Tochter verloren, und sie hätte nicht nur an ihre eigene, sondern auch an seine Trauer denken müssen. Sie drückte seine Hand fest und lächelte ihn unter Tränen an.

Unglücklicherweise befand sich das Büro des Beraters im ambulanten Bereich der Entbindungsstation, und sie mussten in einem großen Wartezimmer Platz nehmen, das sich allmählich mit Frauen für die Nachmittagssprechstunde füllte. Die meisten von ihnen waren hochschwanger, ihre Kleidung spannte sich stramm über ihren Bäuchen, und viele hatten auch noch lärmende Kleinkinder dabei, die herumrannten und in der Spielecke um kaputtes Plastikspielzeug stritten. Amber studierte angestrengt ihre Füße und wartete darauf, dass sie aufgerufen wurden. Sie wollte so schnell wie möglich hier raus. Nachdem sie eine gefühlte Ewigkeit gewartet hatten – am Ende sicherlich nicht mehr als zehn Minuten –, hörte sie eine Stimme, die sie hereinrief, und als sie sich umdrehte, freute sie sich, Lily zu sehen, die Hebamme, die man ihrer Entbindung zugewiesen hatte.

»Mit Ihnen hätte ich nicht gerechnet.« Amber lächelte. »Schön, ein bekanntes Gesicht zu sehen.«

»Natürlich bin ich hier – Kontinuität in der Pflege. Ich war bei Saffrons Geburt dabei, deshalb ist es wichtig, dass ich jetzt für Sie da bin.« Sie legte den Arm um Ambers Schulter und drückte sie tröstend, während sie die beiden in das helle Büro führte. Mr. MacKenzie war Mitte sechzig, er hatte schütteres weißes Haar, und Falten überzogen sein Gesicht. Er stand auf und schüttelte ihnen die Hände, während er sich vorstellte. Da Ambers Schwangerschaft bis zu den tragischen letzten Stunden unkompliziert verlaufen war, hatte es keinen Grund gegeben, den hervorragendsten Geburtshelfer der Station aufzusuchen. Selbst das Überbringen der schlimmen Nachricht, dass ihr Baby gestorben war, war an einen Assistenzarzt delegiert worden. Der Berater öffnete die Notizen vor sich und überflog sie, als würde er versuchen, sich zu erinnern, wer sie waren und worum es bei diesem Termin ging.

»Zuerst möchte ich Ihnen mein tief empfundenes Beileid aussprechen«, sagte er langsam und mit volltönender Stimme. »Ich weiß, dass dies eine Zusammenkunft ist, die sich kein Paar, keine Eltern wünschen. Und ich wünschte auch, ich müsste sie nicht durchführen. Außerdem wünschte ich, ich könnte Ihnen einen Grund nennen, irgendeinen Beweis, weshalb das Herz Ihrer Tochter aufgehört hat zu schlagen, aber leider können wir das nicht mit Sicherheit sagen. Die Untersuchung der Plazenta durch den Pathologen hat ergeben, dass sie sich zersetzt hat und zweifellos nicht richtig funktionierte. Der reduzierte Blutzufluss zu ihrem Baby hat mutmaßlich dazu beigetragen, dass das Herz dem nicht mehr gewachsen war. Dafür gibt es zwar keine hundertprozentige Sicherheit, aber ich würde sagen, dies war mit hoher Wahrscheinlichkeit der Grund.«

»Also …« Ambers Stimme zitterte, und sie räusperte sich, bevor sie fortfuhr. »Warum hat denn die Plazenta aufgehört, richtig zu funktionieren? Habe ich irgendetwas falsch gemacht?«

»Absolut nicht«, versicherte er ihr rasch. »Ich weiß, dass wir Mediziner immer so daherreden, aber eigentlich war es eben so eine Sache: Es war nicht vorhersehbar. Ihr Baby war zu klein für diese Schwangerschaftsphase, aber nicht so klein, dass die Alarmglocken geschrillt haben. Wie ich bereits sagte, werden wir es nie erfahren. Sollten Sie beschließen, erneut schwanger zu werden, versteht es sich von selbst, dass wir die Plazenta und die Nabelschnur während der Schwangerschaft regelmäßig per Ultraschall untersuchen werden, um sicherzustellen, dass alles so funktioniert, wie es soll. Wir würden das Kind nach achtunddreißig Wochen entbinden, bevor sich die maximale Leistung der Plazenta dem Ende zuneigt.«

Dann wollte er wissen, ob sie weitere Fragen hätten, doch es gab nichts mehr zu sagen. Niemand hatte etwas dafür gekonnt, doch Amber wollte jemandem die Schuld geben, deshalb beschuldigte sie sich selbst, auch wenn sie wusste, dass dies überhaupt keinen Sinn ergab. Nichts würde Saffron zurückbringen.

Ehe sie sich's versahen, waren sie wieder auf dem Parkplatz. Das Treffen hatte weniger als dreißig Minuten gedauert, und Amber konnte sich jetzt schon an kaum noch etwas erinnern. Schweigend gingen sie nebeneinanderher, bis sie Jonathans Wagen erreichten, beide tief in Gedanken versunken. Auf dem Beifahrersitz sah Amber leere Sandwichschachteln aus dem Supermarkt und Chipstüten, und sie wurde traurig. Früher hatte sie immer darauf bestanden, ihm frische Sandwiches und Obst mitzugeben, wenn er den ganzen Tag unterwegs war, und jetzt musste er Fabrikware kaufen, die er offenbar im Auto verzehrte. Wieder stiegen ihr Tränen in die Augen, gerade als sie dachte, es wären keine mehr übrig.

»Ich weiß nicht, was ich erwartet habe«, sagte er, als er das Auto aufschloss, »aber jetzt fühle ich mich ein wenig leer.«

»So geht es mir auch«, erwiderte sie und putzte sich die Nase. »Es fühlt sich so endgültig an. Das war's nun. Es gibt nichts mehr zu sagen. Es sollte sich wie ein Abschluss anfühlen, tut es aber nicht.«

»Ich glaube nicht, dass wir je einen Abschluss finden werden. Wir werden als die Menschen, zu denen wir geworden sind, leben müssen, als das Paar, das wir jetzt sind. Wenn uns das gelingt.«

»Das glaube ich auch. Ich weiß nicht, wohin die Reise von hier aus geht. Ich wollte einfach nur Antworten, einen Weg nach vorne gewiesen bekommen, aber das hat nicht funktioniert. Vielleicht wenn ich das, was uns der Arzt heute gesagt hat, verarbeitet habe, wenn das alles einen Sinn für mich ergibt?«

»Das ist in Ordnung – keine Eile. Aber versuch bitte einfach, mit mir in Kontakt zu bleiben, ja? Versuch, weiterhin zu reden, okay? Es war wirklich schön, dich heute zu sehen.«

Amber nickte und lächelte. »Ja, das fand ich auch«, sagte sie; dann schlang sie ihm die Arme um die Taille und legte ihren Kopf an seine Brust. »Das fand ich auch.«

Als sie zu ihrem Großvater zurückkam, war es bereits Abendessenszeit, weil ihre Fahrt über die Landstraßen von Traktoren und Schulbussen behindert worden war. Sie schickte eine kurze Nachricht an Jonathan, dass sie gut angekommen war, und machte sich dann auf die Suche nach etwas zu essen.

Nach einer Tasse Kaffee und einem getoasteten Sandwich fühlte sich Amber ein wenig entspannter. Sie beschloss, den Abend damit zu verbringen, im Stundenbuch weiterzulesen und nach irgendwelchen Hinweisen oder Bezügen zu suchen, die ein wenig Licht in Eleanors Bitte bringen konnten. Nachdem sie ein paar Seiten weitergeblättert hatte, fand sie noch einen Eintrag in Eleanors charakteristischer Handschrift.

Heute kam ein Brief von meinem Gatten. Der Safran, den ich letztes Jahr anbaute, ist für die fürstliche Summe von zwanzig Sovereigns an die königliche Küche verkauft worden. Meine Mitgift des alten Abts wird noch mehr Reichtum hervorbringen, denn in dieser kommenden Saison wird die Ernte größer werden, und im darauffolgenden Jahr noch größer. Ich fülle unsere Truhen mit Gold, und das erfreut mein Herz mächtig.

Nach dem, was Eleanor geschrieben hatte, hatte ihr Safran recht guten Profit abgeworfen. Sie schien sehr erfreut darüber, und Amber nahm sich vor, nach einer Umrechnungstabelle zu suchen, um zu sehen, wie viel zwanzig Sovereigns in der heutigen Zeit wert wären.

Die Worte auf der Seite waren so sorgsam geschrieben, der Stolz darin so offensichtlich, dass Amber die Freude, die Eleanor empfunden hatte, nachfühlen konnte. Sie war zu Recht stolz auf das, was sie geschafft hatte. Amber begriff allmählich, dass in dem Motto vorne auf dem Buch echte Bedeutung und Wahrheit lag: *Solange ich atme, hoffe ich.* Eleanor hatte nie die Hoffnung verloren. Sie glaubte immer – und da hatte sie keine andere Wahl –, dass sich die Dinge zum Guten wenden würden. Niemand konnte die Zukunft vorhersagen, deshalb war es an ihr, dafür zu sorgen, dass ihre eigene Zukunft positiv war.

Konnte Amber das auch? Endlich fühlte es sich so an, als würde sie atmen. Und jetzt glaubte sie sogar, dass sie mit der Zeit auch wieder hoffen konnte.

Am folgenden Tag erwachte sie in besserer Stimmung. Draußen bildete der blaue Himmel den Hintergrund für fantastische Schäfchenwolken, die sich wie ein unregelmäßiges weißes Fischgratmuster in die Ferne erstreckten. Amber setzte sich mit ihrem Morgentee auf die Treppenstufe vor der Hintertür und versuchte sich vorzustellen, wie es wäre, wenn das Haus vor Aktivität brodeln würde, so wie in Eleanors Tagen. Hühner würden im Hof nach Würmern und Käfern picken, und zweifellos würden zahlreiche Hunde zwischen den Füßen der Leute herumstreunen. Schade, dass sie keinen Grundriss des ursprünglichen Gebäudes hatte, um herauszufinden, in welchem Teil des großen Saals sie und ihr

Großvater nun lebten. Was für ein Jammer, dass das Haus nur noch so wenig Ähnlichkeit mit einem majestätischen Tudor-Schloss hatte.

Im Arbeitszimmer gab sie erst gar nicht vor, mit der Katalogisierung von Grandads Büchern weiterzumachen, sondern holte das Stundenbuch wieder aus dem Safe. Sie schlug es vorsichtig auf, las den Eintrag über den Safran noch einmal und verspürte denselben begeisterten Kick, dieselbe Verbundenheit. Dann blätterte sie um und las weiter.

Es folgten noch mehr Psalmen und Gebete, dann, als sie sich schon fragte, ob Eleanor überhaupt noch etwas geschrieben hatte, folgte ein weiterer Eintrag. Dieser war kurz.

Henry Greville Lutton. Geboren am 15. Mai 1539. Deo gratias.

Rasch schaute sie vorne im Buch auf der Liste der Geburten nach. Ja, da war Henry. Er war ihr Erstgeborener, und da kein Todesfall verzeichnet war, nahm sie an, dass alles gut gegangen war. Glückliche Eleanor. In einer Zeit, in der die Säuglingssterblichkeit so hoch gewesen war, hatte sie einen gesunden Sohn ausgetragen und geboren. Etwas, was ihr, Amber, nicht gelungen war, auch nicht mit all dem Wissen, der Ausrüstung und der Expertise, die die Medizin des einundzwanzigsten Jahrhunderts zu bieten hatte. Denn es war ihr eigener Körper, der sie im Stich gelassen hatte. Und der Saffron im Stich gelassen hatte.

Der Eintrag von Henrys Geburt war mit Blumen, Blättern und winzigen Vögeln auf das Feinste verziert. Amber lächelte. Die junge Mutter musste Muße gehabt haben, während sie in den Tagen nach der Geburt im Bett lag, und offenbar hatte sie Stunden mit der Anfertigung dieser kunstvollen

Verzierungen verbracht. Dies war kein hastig hingekritzelter Tagebucheintrag, dies war eine wichtige Mitteilung, und unwillkürlich freute sie sich über Eleanors unverhohlenen Stolz.

Auf der folgenden Seite war eine Liste mit Kleidung – Kleidchen, Leibchen und Schuhe – aufgeführt. Darunter stand: *Bestellt für Thomas, denn er hat nichts.* Amber fiel wieder ein, dass für Thomas kein Geburtstag eingetragen war wie für Henry und Mary, und jetzt bestellte Eleanor Kleidchen für ihn. Sie wusste, dass in der Tudor-Zeit ein Junge bis zum Alter von sieben Jahren genauso gekleidet war wie seine Schwestern, so hatte sie zumindest einen Hinweis, dass Thomas noch klein war. Amber hoffte, noch mehr über diesen schwer fassbaren Jungen und seine Bedeutung für Eleanor herauszufinden.

Zart strich sie mit den Fingern über die Verzierung um die stolze Verkündung von Henrys Geburt. »Gut gemacht, Eleanor«, sagte sie in das stille Zimmer hinein.

21

1539

Trotz Grevilles Protesten und Sorgen stand Eleanor acht Wochen nach Henrys Geburt draußen auf dem Feld und beaufsichtigte die Knechte, die den Boden mehrmals pflügten und für die Anpflanzung der neuen Knollen vorbereiteten. Morgens lag das Baby am Feldrand in einem Korb, wenn Eleanor arbeitete, nachmittags, wenn die Sonne am heißesten brannte, ließ sie es bei Nell und Jane im Haus. Mit hochgekrempelten Ärmeln half sie den Arbeitern, sie drückte die Knollen in die Erde, ging dann ein Stückchen weiter und wiederholte das Ganze. Ihr Körper, der während der Schwangerschaft voller geworden war, war immer noch üppig, kehrte jedoch rasch zu der schlanken Linie zurück, die sie vor Henry gehabt hatte. Greville mochte ein Mädchen geheiratet haben, doch sie wusste, dass sie zu einer Frau herangereift war, und hoffte, dass er immer noch der Auffassung war, eine gute Wahl getroffen zu haben.

Die Knollen waren kaum eine Woche in der Erde, da kam Greville zu ihr, um ihr mitzuteilen, dass er nach London zurückkehrte. Sie saß in ihrem Gemach, Henry auf ihrem Schoß, der Jane, die zu Eleanors Füßen spielte, mit seinem breiten, zufriedenen Lächeln anstrahlte. Jane liebte ihren kleinen Bruder, und auch er war völlig hingerissen von ihr. Seine Augen waren so dunkel geblieben, wie sie bei der Geburt gewesen waren; sein dichter schwarzer Haarschopf war zwar am Hinterkopf vom Liegen ausgedünnt, der Rest stand ihm jedoch nach wie vor widerspenstig um den Kopf. Er war die perfekte Miniatur seines Vaters, der genauso begeistert von ihm war wie die übrigen Haushaltsmitglieder und jetzt in Gelächter ausbrach, als Henry gluckste und mit seinen speckigen Ärmchen vor Jane herumfuchtelte.

»Er ist ein prächtiger Kerl«, sagte Greville stolz. »Der erste von vielen in unserer Kinderstube, wie ich hoffe.« Eleanor sah ihn mit zusammengezogenen Augenbrauen an und schürzte die Lippen.

»Noch nicht, bitte«, erwiderte sie. Nach dem Muttersegen in der Kirche war er wieder in ihr Bett zurückgekehrt, doch sie trank heimlich einen Kräutertee aus Raute, Pfefferminze und etwas von ihrem Safran und hoffte, dass er zusammen mit der Tatsache, dass sie Henry selbst stillte, ein weiteres Baby verhinderte. In Ixworth war einmal eine weise Frau in den Destillierraum gekommen, um Raute zu kaufen, und hatte Eleanor erklärt, dass sie sie für eine Frau aus dem Dorf brauchte, die kürzlich ihr zehntes Kind geboren hatte und unbedingt verhindern wollte, erneut schwanger zu werden. Sie hatte Eleanor an dem Kraut riechen lassen und ihr gesagt, dass sie sich seinen penetranten, bitteren Geruch und die wertvollen Eigenschaften, die das Kraut hatte, merken sollte. Eleanor war glücklich, dass sie sich noch daran erinnerte. Die Leitung des Haushalts brachte viel Arbeit mit sich, und in zwei Monaten, vielleicht sogar früher, stünde eine neue Safranernte an. Sie wollte sich nicht matt und krank fühlen, wenn sie draußen auf dem Feld gebraucht wurde und dauernd auf den Turm und wieder heruntersteigen musste.

»Ich habe Nachricht aus London erhalten: Ich muss zurückkehren, und zwar schon bald«, erklärte Greville.

»Ist es denn so dringend? Wir werden dich vermissen« – sie konnte die Enttäuschung in ihrer Stimme nicht verbergen – »vor allem bei der Ernte.«

»Ein neues Gesetz wird schon bald vom Parlament verabschiedet«, erklärte er. »Um zu klären, dass wir unseren katholischen Glauben noch immer ausüben dürfen, auch wenn nun der König das Oberhaupt der Kirche ist, und ich würde gut daran tun, dort zu sein. Auch wenn unser Nachbar aus Framlingham, der Duke of Norfolk, für dieses Gesetz stimmt, sind andere, wie mein Freund Cromwell, vehement dagegen. Für mich ist dies eine heikle Angelegenheit, deshalb versuche ich, mich aus Debatten herauszuhalten. Im Moment unterstütze ich keinen von ihnen, sondern versuche, in beiden Lagern den Fuß in der Tür zu behalten. Norfolk ist zwar unser Nachbar, aber Cromwell ist ein mächtiger Freund. Es gibt Leute, die wollen, dass ganz England protestantisch wird.« Er rollte die Schultern nach hinten, als wollte er sie lockern, dann atmete er tief aus.

»Warum sollten sie das wollen?«, fragte sie. »Die Veränderungen, die bereits vorgenommen wurden, sind einfach haarsträubend – wir können nicht noch mehr ertragen. Das alles klingt wie etwas, aus dem du dich lieber heraushalten solltest.« Eleanor kaute auf ihrer Unterlippe herum. »Pass bitte auf dich auf, Greville.«

»Natürlich passe ich auf, aber um bei Hofe in den Rängen nach oben zu steigen, muss ich Kontakt zu jenen bekommen, auf die der König hört – du weißt, dass es so ist.«

Eleanor konnte ihre Besorgnis nicht verbergen. Wie es schien, würde Greville fast alles tun, was seiner Position förderlich war. »Ich verstehe, dass du in der Tat an den Hof gehen musst, um herauszufinden, was hinter alldem steckt. Wann willst du aufbrechen?«

»Ich bleibe höchstens noch eine Woche, nehme ich an. Wenn das Wetter hält, sind wir schnell dort.«

»Und kommst du zur Ernte zurück?«

»Möglicherweise, aber ich kann es nicht mit Sicherheit sagen. Ralph sollte in wenigen Tagen aus London hier eintreffen, und ich muss mit Hugh sprechen, damit er meine Sachen packt.«

»Sie wurden kaum aus deinen Truhen geholt, seit du angekommen bist«, erwiderte Eleanor gereizt, doch sie redete ins Leere – er hatte ihr Gemach bereits verlassen. Und auch wenn er körperlich noch ein paar Tage da wäre, wusste sie, dass er in Gedanken schon fort war. Sie nahm Henry fest in den Arm und küsste seinen flaumigen Scheitel, während sich ihre Augen unwillkürlich mit Tränen füllten.

Später an diesem Tag bereitete Eleanor gerade einen Balsam zu, um die Bronchitis eines alten Bauern zu lindern, als sie den Jungen zum ersten Mal sah. Er saß im Schneidersitz am Feuer in ihrem Destillierraum und hielt mit einem Blasebalg die Flammen am Leben. Er sah ein wenig verwahrlost aus, doch seine riesigen tiefgrauen Augen und sein ehrfürchtiges Gesicht rührten Eleanor. Sie war sich sicher, ihn noch nie gesehen zu haben, und sie fragte sich, warum nicht, wo sie doch glaubte, alle Kinder des Haushalts zu kennen.

In den folgenden Tagen hielt sie nach ihm Ausschau, beobachtete ihn, wann immer sie ihn sah. Sie fragte herum, doch niemand schien so genau zu wissen, wessen Kind er war, und ihre Neugier wurde geweckt. Eleanor fragte sich besorgt, ob er wohl zu essen bekam; sie hatte den Verdacht, dass er zusammen mit den Hunden nach Essensabfällen wühlte. Er hatte kein überflüssiges Gramm auf den Knochen. Sie fing an, immer eine Kleinigkeit zu essen in ihrer Tasche zu haben – Obst oder eine Scheibe frisches Brot –, für den Fall, dass sie ihn traf.

Als sie Hugh nach ihm fragte, sagte er, dass er einer der Gartenburschen sei, doch keiner von den Knechten kannte ihn. Es war, als wäre er eines Tages einfach aufgetaucht, und er schlief unter einer ausgefransten Decke auf dem Küchenboden. Als sich die Gelegenheit ergab, fragte sie ihn, ob seine Eltern im Haus arbeiteten oder im Dorf lebten, doch er starrte sie nur mit seinen großen Augen an und antwortete nicht.

»Greville.« Sie musste die Stimme erheben. Alle waren beim Abendessen und der Saal von Lärm erfüllt. Er beugte sich vor, legte ihr die Hand auf den Rücken, damit er sie hören konnte, und sofort wurde sie seiner Körperwärme gewahr, sein moschusartiger Duft vermischte sich mit dem rauchigen Geruch des Holzfeuers. Sie verspürte Verlangen in ihrem Unterleib, zum ersten Mal seit Henrys Geburt, und riss sich zusammen. Da war noch ein anderes Kind, das ihrer Aufmerksamkeit bedurfte. »Es gibt da einen kleinen Jungen«, fuhr sie fort. »Er ist meist in der Küche oder im Destillierraum, wenn ich dort arbeite. Er ist so klein und schmächtig, dass er bestimmt unterernährt ist, und ich kann einfach nicht herausfinden, wer er ist. Er spricht nicht, und niemand scheint zu wissen, woher er kommt. Weißt du, wessen Kind er ist?«

Greville schnitt sich noch eine Scheibe Fleisch von der Servierplatte vor sich ab, faltete sie zusammen, sodass heißes Fett von seinen Fingern troff, und biss hinein. Er schaute die Mitglieder seines Haushalts an, die sich um den Tisch versammelt hatten, blickte forschend in ihre Gesichter.

»Ich weiß nicht, wen du meinst.« Er runzelte die Stirn. »Ist er jetzt da?«

»Nein.« Sie schüttelte ungeduldig den Kopf. »Er sitzt nie bei den Mahlzeiten. Deshalb weiß ich nicht, ob er überhaupt etwas zu essen bekommt – er ist so dünn. Ich habe ihm Brot und Käse und dicke Suppe gegeben, wann immer ich ihn gesehen habe, aber ich befürchte, dass er nicht anständig ernährt wird, weil sich niemand um ihn kümmert.«

»Wo findet man ihn normalerweise?«, fragte er, und sie erklärte ihm, dass sie ihn für gewöhnlich in der Küche oder am Feuer im Destillierraum fand, irgendwo, wo es warm war.

Greville wischte sich die Hand ab, ergriff dann die ihre und hieß sie mitzukommen. Sie folgte ihm in die Küche, wo ein paar wenige Bedienstete noch Essen zubereiteten. Kein Junge. Eleanor hatte ihn früher am Tag gesehen, als sie eine Tinktur für Nell zubereitete, die über Kopfschmerzen geklagt hatte. Brannte im Destillierraum ein Feuer? Sie schlich sich hinein, um den Jungen nicht zu erschrecken, falls er da war, und tatsächlich hatte er sich im Warmen am Herd zusammengerollt, neben Bos, einem von Grevilles geliebten Hirschhunden. Sowohl Junge als auch Hund schliefen tief und fest, doch als Bos sein Herrchen hörte, rappelte er sich verschlafen auf und streifte mit seinem federweichen Schwanz wedelnd das Gesicht des Jungen, sodass dieser ebenfalls erwachte.

Als er Eleanor und Greville erblickte, sprang er auf, seine Unterlippe bebte und seine Augenbrauen zogen sich ängstlich zusammen. Sein verfilztes Haar stand auf einer Seite ab, und seine Wange war dort, wo er sie gegen den schlafenden Hund gelehnt hatte, gerötet. Eleanor ging in die Hocke und nahm seine Hand, sie lächelte ihm aufmunternd zu, während sein Blick von Greville zu ihr huschte. Greville schob Bos sanft von sich weg und kniete nieder, sodass er auf Augenhöhe mit dem Kind war.

»Also, wer genau bist du?«, fragte er. Der Junge sah weiterhin Eleanor an, auch wenn sein Blick immer wieder zu Greville huschte, während er sich wegduckte, aus Angst, was als Nächstes käme.

»Wir tun dir nichts«, sagte Eleanor freundlich. »Wir wollen nur wissen, wer du bist und wo deine Eltern sind. Wie alt bist du?«

Noch immer keine Antwort.

»Warte mal, ich habe eine Idee.« Greville erhob sich und verließ den Raum. Kurz darauf kam er mit einem kleinen runden Teller wieder, den sonst Jane immer benutzte. Darauf waren einige Reste Hammelfleisch, ein Stück Brot und ein wenig Käse.

»Nicht mehr viel übrig«, sagte er reumütig und stellte den Teller vor den Jungen auf den Boden. »Bitte schön, kleiner Mann, hast du Hunger?« Noch immer rührte sich das Kind nicht, auch wenn seine Aufmerksamkeit auf das Essen zu seinen Füßen fixiert war. Greville schob Bos aus dem Weg, als der Hund interessiert in Richtung Teller schnüffelte. Eleanor hob den Teller auf und hielt ihn dem Jungen hin, und da griff er mit der Linken eine Handvoll Brot, und mit der Rechten nahm er das Fleisch und fing an, sich das Essen fieberhaft in den Mund zu stopfen.

»Langsam, langsam, sonst verschluckst du dich noch.« Greville lachte und nahm den Jungen auf den Arm. Dann ließ er sich auf dem Schemel nieder, auf dem sich Eleanor ausruhte, wenn sie arbeitete, und setzte sich das Kind auf das Knie. Eleanor sah, dass jeder Wirbel aus dem Rückgrat des Jungen herausragte und man seine Rippen durch das dünne Leibchen, das er trug, erkennen konnte. Hatte er nichts Wärmeres zum Anziehen? Sie musste wirklich herausfinden, wer für ihn verantwortlich war. Er schien zwar ganz erpicht auf das Essen zu sein, das Greville hielt, lehnte sich aber starr vor Angst so weit wie möglich von Greville weg.

Eleanor eilte zurück in den Saal, der sich allmählich leerte, weil das Abendbrot zu Ende ging, und fand Nell, die gerade eine müde Jane hinauf ins Bett brachte. Sie folgte den beiden und kramte in Janes abgelegter Kleidung herum, suchte ein paar Kittel und warme, dick gefütterte Kleider sowie ein paar gestrickte Strümpfe heraus.

Als sie wieder zurück war, hatte er zu Ende gegessen, saß aber immer noch völlig steif auf Grevilles Schoß.

»Ich habe wärmere Kleidung für ihn«, sagte Eleanor und hielt die Sachen hoch. »Janes Kleider, die ihr inzwischen zu klein geworden sind.« Sie merkte, dass der Junge ihr gegenüber zwar entspannter war als gegenüber ihrem Gatten, aber er hatte sich nicht einmal zu ihr umgewandt, als sie den Raum wieder betrat, sondern starrte weiter stur geradeaus. Als sie auf den Jungen zuging, bemerkte dieser die Bewegung aus den Augenwinkeln und lächelte sie zaghaft an. Sie hielt ihm die Kleider hin.

»Sollen wir dir etwas Wärmeres anziehen?«, schlug sie vor.

Immer noch rührte er sich nicht. Greville seufzte.

»Ich habe versucht, ihn zu fragen, wer er ist«, sagte er, »aber er antwortet nicht. Ich werde morgen jemanden ins Dorf schicken, der sich erkundigen soll.«

»Greville, kann es vielleicht sein, dass er uns nicht hören kann?«, fragte Eleanor. »Er hat nämlich nicht gemerkt, als ich wieder hereingekommen bin, erst als ich praktisch vor ihm stand und er mich sehen konnte.«

Greville nickte langsam. »Kann schon sein«, stimmte er zu. »Das würde auch erklären, weshalb er nicht spricht. Wenn er irgendwo verloren gegangen ist, könnte er es nicht mal jemandem mitteilen.«

Eleanors Augen füllten sich mit Tränen. »Aber seine Eltern hätten doch bestimmt nach ihm gesucht.« Sie schluckte schwer. »Oder nicht?«

»Ich weiß es nicht. Aber wir schauen mal, was wir morgen herausfinden. Wie lange ist er schon hier?«

»Ich weiß nicht, wann er hergekommen ist. Er hat auf einmal den Blasebalg hier drin betätigt. Ich glaube, der Koch hat ihn hier hereingeschubst, um ihn aus dem Weg zu haben. Seitdem ist er hier. Das Küchenpersonal habe ich natürlich schon gefragt, wer seine Eltern sind, aber niemand weiß etwas. Ich habe auch draußen herumgefragt, aber dort kennt ihn auch niemand. Er kann doch nicht einfach aus dem Nichts kommen. Es ist ein Rätsel.«

Greville stand auf und reichte ihr das Kind. Sie hatte ihn zum ersten Mal auf dem Arm und war erstaunt, wie leicht er war im Vergleich zu Jane. Als sie ihn neben sich auf den Boden stellte und ihm behutsam sein schmuddeliges, zerrissenes Leibchen auszog, kam darunter ein bleicher, magerer Körper zum Vorschein; die Rippen bohrten sich durch die Haut, die mit einer Vielzahl von Narben übersät war.

»Du armes Kind«, hauchte Eleanor, »wie bist du nur hierhergekommen?«

Er fing an zu zittern, deshalb zog sie ihm rasch mehrere Schichten von den Kleidern an, die sie heruntergebracht hatte, bis ihm nicht mehr kalt war und er zu zittern aufhörte.

Greville brachte eine dicke, schwere Decke. Er faltete sie neben dem Feuer zusammen und Eleanor steckte den Jungen hinein, sodass nur noch sein sandfarbener Haarschopf oben herauslugte. Bos ließ sich wieder zu seinen Füßen nieder.

Greville legte noch ein paar Scheite auf die ersterbende Glut und sagte: »Ich sage Hugh Bescheid, dass jemand dafür sorgen soll, dass das Feuer hier Tag und Nacht brennt und er hier schlafen darf. Ich werde versuchen herauszufinden, wer er ist oder woher er kommt. Wie es aussieht, hat unser Haushalt Zuwachs bekommen, was?«

Am folgenden Nachmittag kam Greville zu Eleanor in den Garten, wo sie gerade energisch verwelkte Blüten vom Schnittlauch riss. Sie wusste, dass er schon bald abreisen würde, und der Gedanke daran, an die Gefahren, denen er begegnen konnte, ließ ihr einfach keine Ruhe. Ihr Herz zog sich zu einem harten, schmerzhaften Knoten zusammen. Sie hatte Jane mit hierhergenommen, damit sie ihr half, doch das kleine Mädchen verlor schon bald das Interesse und hüpfte davon, um die Schafe zu ärgern, die friedlich im Obstgarten grasen wollten. Ihren Platz hatte daraufhin der Junge eingenommen, der Eleanor stetig und so still wie immer folgte.

»Wie ich sehe, ist dein Schatten wie immer bei dir.« Greville lachte und nickte zu dem stummen Jungen hinüber. Jane kam herbeigerannt, als sie ihren Vater sah. Sie kreischte und sprang um ihn herum, bis er sie hoch in die Luft wirbelte. Als er sie wieder absetzte, streckte er die Hände dem Jungen entgegen, doch der versteckte sich hinter Eleanor und vergrub sein Gesicht in den Falten ihrer Röcke.

»Konntest du noch etwas über ihn herausfinden?«, fragte Eleanor, während sie dem Jungen über das Haar strich. Er drückte seinen Kopf gegen ihre Schenkel. Sie hatte heute Morgen darauf bestanden, dass Nell ihn badete, um sicherzustellen, dass er keine Läuse hatte. Offenbar war er wenig erfreut darüber gewesen, doch er sah jetzt weit besser aus – sein Haar glänzte, und seine Haut schimmerte rosa.

»Ich habe ein paar Dinge herausgefunden«, erwiderte Greville, »aber sie sind nicht besonders hilfreich für uns. Aber zumindest kennen wir jetzt seinen Namen. Jemand im Dorf erzählte mir, dass es im Kloster bis vor Kurzem ein kleines Kind gab, deshalb bin ich hingegangen und habe mit dem Prior gesprochen. Er schickte mich zu Bruder Thomas, der bestätigte, dass er einen kleinen Jungen gefunden hatte, auf den die Beschreibung passt. Er hatte zwischen ein paar Getreidesäcken geschlafen, die aus Lynn herübergekommen waren. Er wollte oder konnte nicht sprechen. Sie nannten ihn Thomas, weil er Bruder Thomas überallhin folgte und wie ein kleiner Hund auf dem Boden vor dem Schlafsaal schlief, um auf ihn zu warten. Eines Tages war er einfach verschwunden – er muss wohl hier hoch gewandert sein.«

Eleanor spürte, wie Tränen in ihren Augen brannten, als sie das Kinn des kleinen Jungen umfasste und seinen Kopf so hob, dass sie ihm in die Augen sehen konnte. »Ich finde, Thomas ist der perfekte Name für dich«, sagte sie zu ihm, »und du wirst als Teil unseres Haushalts hierbleiben und vielleicht eines Tages ein Gewerbe erlernen. Das ist doch in Ordnung, oder?« Sie sah Greville an, besorgt, er könnte nicht zustimmen, doch dieser lächelte und nickte.

»Natürlich ist das in Ordnung, wir wollen nicht, dass du wieder woandershin gehst, kleiner Mann.«

Eleanor spürte, wie ihr Herz noch ein bisschen mehr schmolz, als sie ihren Ehemann betrachtete. Grevilles Umgang mit Thomas, mit dessen Auftauchen, hatte ihr noch eine andere Seite von ihm gezeigt. Sie kannte ihn als ihren Gatten – einen Mann, der sie beim Safrananbau unterstützte, der stets freundlich und zärtlich war, aber auch ein sinnlicher, großzügiger und rücksichtsvoller Liebhaber. Bei Hofe verkörperte er etwas anderes – einen bekannten, reichen Kaufmann, aber jemand, dem man besser nicht in die Quere kam. Und hier konnte sie nun erkennen, dass sein gütiges, weiches Herz nicht nur für seine eigenen Kinder schlug, sondern für alle, die ihn brauchten. Er war ein Ehemann und Hausherr, der mannigfaltige Schattierungen hatte, und sie fragte sich, wie sie so entsetzt von ihm gewesen sein konnte, als man ihn ihr vorgestellt hatte. Wie blind sie damals gewesen war.

Thomas sah ihn an, und Eleanor fragte sich, ob ihm wohl bewusst war, dass sich sein Schicksal gewendet hatte, hier im hohen, trockenen Gras, im ersten Anflug von Herbst.

Sobald Greville nach London aufgebrochen war, fühlte sich das Haus leer an. Eleanors Bett war verlassen und kalt, und nur weil sie nach langen Arbeitstagen so erschöpft war, schlief sie ein, sobald sie sich hingelegt hatte. Ihre Liebe zu ihm war langsam, aber stetig gewachsen, und inzwischen umschlang sie ihr Herz wie das hartnäckige Efeu, das sich an den Bäumen draußen hinaufrankte, deshalb war sie am Boden zerstört, weil er wieder fort war.

Eleanor verbrachte viele Tage damit, auf ihre Krokusse zu warten und zu beobachten, wie sich die Blüten entfalteten, bis endlich der große Tag kam. Schon in der Morgendämmerung ging sie über ihren üblichen, inzwischen ausgetretenen Pfad zum Feld, ihre Röcke streiften beim Vorbeigehen die frischen Blätter am Rande des Ackers. Die Tage waren zwar noch warm, doch die Nächte waren jetzt kälter, und der Geruch nach Herbst hing schwer in der Luft, der von absterbenden Pflanzen und dem feuchten Boden gepflügter Felder zeugte. Sie zog ihr Schultertuch gegen die Kälte des frühen Morgens fest um sich, der Himmel über ihr war bereits von einem blassen, milchigen Blau. Die Sonne zeigte sich am Horizont und schien schwach durch die Bäume, ihr Licht gesprenkelt durch die Blätter, die schon bald fallen würden.

Während sie so am Rande des Feldes stand, lächelte Eleanor. Die kleinen lilafarbenen Blüten, die tags zuvor noch fest zusammengerollt gewesen waren, entfalteten sich nun allmählich. In den kommenden paar Stunden mussten sie jede offene Blüte ernten, denn in der Abenddämmerung starben sie und wären nicht mehr von Nutzen. Auch morgen und möglicherweise die nächsten zwei bis drei Wochen wären sie hier draußen auf dem Feld und würden dasselbe tun.

Simon und eine Gruppe Landarbeiter waren bereit, mit der Ernte zu beginnen, sobald Eleanor Henry gestillt und selbst gefrühstückt hatte. Die meisten von ihnen hatten bereits im vergangenen Jahr bei der Ernte geholfen und wussten, wie wichtig es war, die ganzen Blüten vorsichtig zu sammeln. Während sie anfingen, zeigte Eleanor den neuen Arbeitern, wie sie vorgehen mussten. Das Krokusfeld war nun doppelt so groß, daher brauchte sie jedes Paar Hände, das verfügbar war.

Als alle schon hart arbeiteten, half sie ihnen für einige Stunden und genoss die Gemeinschaft, die Scherze und das Gelächter der Arbeiter sowie die warmen Sonnenstrahlen, die auf ihre Schulter fielen, während sie sich bückte. Um die Mittagszeit verschwand sie wieder im Haus, denn Henry war sicher hungrig, und sie musste das Turmzimmer vorbereiten, bis die ersten Körbe mit Blüten dort ankämen. Sie hatte Joan damit beauftragt, das Feuer anzuzünden und zu schüren, doch den Boden hatte sie selbst geputzt und mit frischem Heu und Kräutern ausgelegt. Obwohl sich die Platte über dem Versteck perfekt zwischen die anderen einfügte, passte sie immer auf, dass niemand sie entdeckte. Aus diesem Grund bestand sie darauf, dass nur Joan mit ihr in den Turm kommen durfte. Ihre Freundin war bereits fertig und wartete auf sie. Die ersten Körbe mit Blüten standen unten im Flur, am Fuß der Treppe.

Die folgenden Wochen waren anstrengend. Es kam ihr vor, als würde die Arbeit kein Ende nehmen, und sie war auch viel schwerer als bei der Ernte im vorigen Jahr. Die vielen Stunden und die Notwendigkeit, alle drei Stunden in die Kinderstube hinaufzugehen, um Henry zu stillen – auch nachts –, gingen nicht spurlos an Eleanor vorbei. Nell schlug noch einmal vor, eine Amme zu suchen, doch das lehnte sie ab.

»Es sind nur noch ein paar Tage«, protestierte sie. »Wenn die letzten Blüten geerntet sind, dauert es mit dem Trocknen noch ungefähr einen Tag, dann ist alles vorbei.« Trotz ihrer Erschöpfung genoss sie das Band, die Nähe, zwischen sich und ihrem Sohn. Sie war noch nicht bereit, dies aufzugeben.

Schließlich war der Safran fertig und sicher verpackt in hellen Beuteln aus Sackleinen, durch die das scharfe Aroma des Gewürzes hindurchsickerte. Eleanor hatte einen Beutel für ihren Destillierraum und für den Koch an sich genommen, doch sie war erfreut über die Menge, die übrig geblieben war. Ralph würde den Rest nach Blakeney bringen und von dort mit dem Schiff nach London.

Ihr Herz sank, als Greville ihr schrieb, dass er leider in absehbarer Zeit nicht zurückkehren konnte. Die Auswirkungen der »Sechs Artikel« des Königs, die den katholischen Glauben gestärkt und harte Strafen für jene Häretiker mit sich gebracht hatten, die sie nicht einhielten, waren immer noch spürbar. Loyalität zum König war wichtiger denn je. Viele Protestanten saßen im Gefängnis, und Greville erinnerte Eleanor daran, dass Pflichtbewusstsein und Treue gegenüber der Krone alles waren. Sie verstand, wie heikel alles war, was gerade am Hofe geschah, doch sie war dennoch enttäuscht.

Außerdem schrieb Greville, dass er Nachricht von Francis Dereham aus Irland erhalten hatte, allerdings hätte es nicht so geklungen, als wäre sein Besuch dort so gewinnbringend gewesen wie erhofft. Er sprach bereits davon, nach England zurückzukehren und vielleicht eine Stelle im Gefolge des Königs zu finden. Aus Isabels Briefen wusste sie, dass diese kürzlich nach Norfolk zurückgekehrt war, und sie fragte sich, wie Francis sich eine Stelle am Hofe sichern wollte.

Da kaum Aussicht bestand, dass Greville dieses Jahr vor den Weihnachtsfeierlichkeiten nach Hause käme, ahnte Eleanor, dass es auf Milfleet so schnell kein weiteres Baby geben würde.

Der Winter brach früh herein und mit einer solch grimmigen Kälte, dass alle schockiert waren. Der Herbst war noch angenehm mild gewesen, durch das warme Wetter hatte es nur wenige Krankheitsfälle gegeben, die Eleanors Medizin erforderlich gemacht hätten, was bedeutete, dass sie für die kalte Jahreszeit Salben hatte horten können.

Doch nun waren alle Spuren des milden, rosigen Herbstes verschwunden. Leise rieselten die Schneeflocken, lautlos und weiß; zuerst langsam, doch schon bald fielen sie schneller, wirbelten im Wind und bedeckten jeden Zentimeter Landschaft mit einer dicken, schweren Decke. Die Luft war bitterkalt und fuhr schneidend in die Lungen eines jeden, der das Pech hatte, draußen zu sein.

Jeder im Herrenhaus erfand Aufgaben für sich, um es zu vermeiden, ins Freie zu gehen. Der Priester tauchte nicht zur Frühmesse auf, worüber sich Joan beschwerte, als sie auf einem eisigen Pfad, den die Gärtner zur Kapelle freigeschaufelt hatten, durch den frischen weißen Schnee zurück zum Haus stolperten, der so hell glänzte, dass es in den Augen wehtat. Eleanor hatte sich ein Tuch um Hals und Mund gewickelt, um sich warm zu halten, deshalb machte sie sich nicht die Mühe, auf Joans Murren zu reagieren. Als sie das Haus erreicht hatten, ging sie in die Schreibstube, um das schlimme Wetter in ihrem Stundenbuch zu notieren.

Die kalten Monate dehnten sich entmutigend und unwirtlich vor ihnen aus, und sie sehnte sich nach der Wärme und guten Laune, die nur ihr Gatte bringen konnte.

22

2019

Amber saß umgeben von vorsintflutlichen Ausgaben der *Encyclopaedia Britannica* am Schreibtisch, als ein *Pling* ihres Handys anzeigte, dass eine neue Nachricht gekommen war. Sie schob die schweren, staubigen Wälzer auf dem Schreibtisch herum, bis sie es zu fassen bekam und sehen konnte, dass Becky geschrieben hatte. Sie hatte inzwischen einen ziemlichen Ehrgeiz entwickelt, mit dem Katalogisieren voranzukommen, und brachte viele Stunden damit zu, den Bibliotheksinhalt in ihre Tabelle auf dem Laptop einzutragen. Ihre Freundin hatte sie deshalb seit ihrer vergeblichen Suche nach Marys letzter Ruhestätte nicht mehr gesehen. Sie hatte nicht einmal in Eleanors Buch weitergelesen, sie hatte es völlig aus ihren Gedanken verdrängt und sich rein auf ihre Aufgabe konzentriert.

Jahresfeier der Fakultät, nächsten Freitagnachmittag. Fühlst du dich dazu in der Lage?

Amber lehnte sich auf ihrem Stuhl zurück. Schaffte sie das? Die Jahresfeier für die Professoren und das Personal war in der Regel eine ausgelassene Party, die recht gediegen mit Prosecco und Nachmittagstee begann, aber oft noch bis zur Sperrstunde in einem örtlichen Pub weiterging. Jonathan und sie hatten jedes Jahr daran teilgenommen und sich immer prächtig amüsiert. Amber runzelte die Stirn. Sie musste es tun; sie konnte sich nicht für immer verstecken, irgendwann musste sie allen gegenübertreten. Und sie hätte Becky zur Unterstützung dabei. Sie schrieb zurück, dass sie sich freuen würde mitzukommen, dann schickte sie rasch eine weitere Nachricht, dieses Mal an Jonathan, um ihn zu fragen, ob er sich ebenfalls imstande sah zu kommen. Sie lächelte, als beinahe sofort seine Zusage kam.

Nachdem sie von ihrem Termin im Krankenhaus zurückgekommen war, hatte sie ihn auf eine Art und Weise vermisst, wie sie es seit ihrem Umzug nach Saffron Hall nicht erlebt hatte. Allmählich spürte sie winzige Anzeichen dafür, dass ihr Herz heilte. Er war ein Verbündeter, kein Feind, jemand, der mit ihr im selben Boot saß und wie sie verzweifelt ruderte. Und endlich spürte sie, dass sie nicht mehr versuchten, in entgegengesetzte Richtungen zu steuern.

Eine rasche Durchsicht der Kleidung, die sie mit zu ihrem Großvater genommen hatte, bestätigte, was sie bereits geahnt hatte. Sie hatte nichts Passendes für eine Party dabei. Als sie ihre Koffer gepackt hatte, hatte sie ihre schäbigste Kleidung hineingeworfen. Es spielte keine Rolle, was sie trug, da sie ohnehin nicht vorhatte, außer ihrem Großvater irgendjemanden zu sehen.

Daher schlenderte sie später durch King's Lynn und suchte nach einem geeigneten Outfit, das nicht allzu viel kostete, zumal sie obendrein auch noch Schuhe brauchte.

Nachdem sie in einer kleinen Boutique endlich ein Kleid gefunden hatte, fand sie, dass sie sich eine Tasse Kaffee und eine Pause redlich verdient hatte, bevor sie sich auf die Suche nach hohen Schuhen machte. In einem Café setzte sie sich an einen Tisch am Fenster, nippte an ihrem Kaffee und genoss es, die Menschen bei ihrer samstäglichen Shopping-Tour zu beobachten, die Teenager-Grüppchen, die ziellos umherstreiften, die Eltern, die ihre gelangweilten, trödelnden Kinder hinter sich herschleiften. Sie merkte, dass sie inzwischen Mütter mit Buggys anschauen konnte, ohne dass Übelkeit in ihr aufstieg, und sie freute sich über diesen kleinen Fortschritt.

Plötzlich glaubte Amber, jemand Bekanntes zu sehen, und beugte sich zum Fenster. Ja, tatsächlich, das war eindeutig Pete. Sie erkannte ihn am Profil, als er sich umdrehte und nach unten sah. Doch sie hatte nicht damit gerechnet, dass er die Hand eines kleinen Jungen hielt, der halb ging, halb trabte, um Schritt zu halten. Sie kamen auf sie zu, und fast hätte sie die Hand gehoben, um zu winken, ließ es dann aber sein. Der Junge, der beim Gehen vor sich hinplapperte, war Pete wie aus dem Gesicht geschnitten.

Es ging sie nichts an, wenn er ein Kind hatte, aber gab es auch eine Frau oder Freundin? Jemand war die Mutter dieses kleinen Jungen, und sie würde es Becky erzählen müssen. Sie hatte das unangenehme Gefühl, dass diese Information ihre Freundin verletzen würde.

Allzu schnell kam der Freitag. Amber beschlichen inzwischen Bedenken, alle treffen zu müssen, und sie schlüpfte eher widerwillig in ihr neues Kleid und die Stiefel, die sie dazu gekauft hatte. Der strenge, harte Kurzhaarschnitt, auf den sie nach Saffrons Geburt bestanden hatte, war inzwischen rausgewachsen und ihr Haar fiel ihr lockig bis unter das Kinn. Sie klemmte es auf beiden Seiten mit Perlmutthaarspangen nach hinten.

Amber hatte einen großen Cottage Pie gebacken und aß mit ihrem Großvater zu Mittag. Die Großzügigkeit des Dekans in Bezug auf Prosecco war legendär, und Amber wusste, dass sie eine gute Grundlage für all den Alkohol schaffen musste, damit es nicht womöglich zu peinlichen Szenen kam.

»Da bleibt eine Menge übrig«, sagte sie zu ihrem Großvater, während sie aßen. »Ich habe etwas davon auf einem Teller in den Kühlschrank gestellt. Du kannst es einfach in der Mikrowelle aufwärmen und zum Tee essen.«

»Ich glaube kaum, dass ich heute noch eine Portion davon brauche.« Er lachte. »Wahrscheinlich will ich nur noch eine Tasse Tee und ein paar Vanillekekse.«

Plötzlich kam ihr der Gedanke, am Nachmittag mit einer Tasse Tee vor dem Fernseher zu sitzen und sich zu entspannen, absolut verlockend vor, und sie fragte sich nicht zum ersten Mal, ob sie nicht Becky anrufen und absagen sollte. Eine plötzliche Krankheit vorschützen und einen Rückzieher machen. Aber sie konnte ihre Freundin nicht täuschen, die geradewegs herkommen und nach ihr sehen würde. Erst vor etwas über einer Stunde hatten sie Selfies von ihren Outfits ausgetauscht.

Sie würde die meisten ihrer Kollegen zum ersten Mal nach Saffrons Geburt sehen, und auf diesen Aspekt des Nachmittags – das Mitleid auf ihren Gesichtern – konnte sie gut und gerne verzichten. Sie befürchtete, dass alle wussten, dass sie derzeit nicht mit ihrem Mann im Pfarrhaus lebte.

Schweren Herzens nahm sie ihre Handtasche, als sie Becky vor der Tür hupen hörte, und trat aus der Haustür, ein strahlendes, wenn auch wenig aufrichtiges Lächeln im Gesicht.

»Tu so lang, als ob, bis du es geschafft hast«, murmelte sie vor sich hin, als die Tür hinter ihr ins Schloss fiel.

Die Fahrt zur Party war das erste Zusammentreffen der beiden Frauen, seitdem sie zusammen nach Marys Grab gesucht hatten, und Amber war klar, dass sie erzählen musste, was sie bei ihrer Shopping-Tour vom Fenster des Cafés aus gesehen hatte. Besser Becky erfuhr es, bevor sie sich Hals über Kopf in Pete verliebte. Sie hatte mitbekommen, wie sich die beiden ansahen, und wusste, dass sie schon mehrere Dates gehabt hatten. Sie räusperte sich.

»Ich war letztes Wochenende in King's Lynn«, sagte sie, »zum Shoppen. Und ich, äh, habe Pete gesehen.«

»Ach ja?« Becky versuchte gerade, auf einen viel befahrenen Kreisverkehr einzubiegen, und hörte nicht besonders aufmerksam zu, deshalb schwieg Amber, bis sie wieder über die A47 fuhren.

»Ich habe also Pete gesehen«, setzte sie erneut an, »und er hatte einen kleinen Jungen dabei, der ihm bemerkenswert ähnelte.« Sie hielt erneut inne, den Blick auf Becky gerichtet, die auf die Straße schaute. Zu ihrer Überraschung verzog sich das Gesicht ihrer Freundin zu einem breiten Lächeln, das ihre Augen funkeln ließ.

»Das muss Callum gewesen sein. Petes Sohn mit seiner Ex-Freundin. Callum ist jedes zweite Wochenende bei ihm. Pete will ihm noch nichts von uns erzählen, was ich verstehe.

Wir sind noch nicht lang zusammen, Pete und ich, aber drück mir die Daumen, dass ich Callum schon bald kennenlernen kann.«

Amber seufzte erleichtert. »Ich bin ja so froh! Ich wusste nichts von seinem Sohn und der Ex-Freundin und hatte solche Angst, es dir zu sagen!«, rief sie.

»Er hat mir damals beim Pub-Quiz von Callum und Katie erzählt. Er hat nie ein Geheimnis darum gemacht. Das ist einer der Gründe, weshalb er in King's Lynn wohnt – damit er in der Nähe ist.«

Amber beugte sich vor und tätschelte Beckys Schulter. »Das ist super, und ich hoffe, du lernst Callum schon sehr bald kennen«, sagte sie.

Der Universitätssaal war bereits voller plaudernder Menschen, schillernd bunte Kleider zwischen den schicken Anzügen und Hemden der Männer. Ausnahmsweise hatten sich alle in Schale geworfen. Da sie mit Becky herfahren konnte, hatte sie mit Jonathan abgemacht, ihn hier zu treffen, deshalb suchte Amber nun die Menge nach ihm ab. Hier und da huschten Kellner mit Tabletts voller Champagnerflöten und Orangensaft durch die Menge. Amber lächelte höflich, während sie an ihrem Prosecco nippte und sich umsah; sie war sich bewusst, dass mindestens ein Dutzend Augenpaare auf sie gerichtet waren, die freundliches Mitgefühl ausdrückten.

Eine Gruppe Historikerkollegen hatte sich auf Becky gestürzt und sie fortgeschleppt, sodass Amber nun allein dastand und nach einem befreundeten Gesicht Ausschau hielt; dabei fühlte sie sich, als wäre sie eine Insel, die alle umschifften und mieden. Weil sie nicht wussten, was sie zu ihr sagen sollten.

Als sie schon auf die Toilette flüchten wollte, wo sie sich einschließen konnte, damit niemand sie mehr anstarrte, kam Bewegung in eine der Gruppen, die sich gerade mit dem Dekan unterhielt, und sie entdeckte Jonathan.

Er stand am Rand einer Gruppe ihrer Abteilungskollegen. Ihre Blicke trafen sich, und sein Gesicht hellte sich auf. Er streckte ihr die Hand entgegen, und sie eilte hinüber, duckte sich unter seinen Arm und fühlte sich endlich sicher, als hätte sie ihren Anker gefunden.

»Alles okay?«, formte er mit den Lippen, als er sie fest an seine Seite zog und sie flüchtig auf die Wange küsste. Sie nickte, dann wandte sie sich um und begrüßte den Rest der Gruppe, als hätte sie sie erst vor ein paar Wochen gesehen und wäre nicht schon seit acht Monaten nicht mehr bei der Arbeit gewesen. Sie beobachtete, wie sie sich vor Erleichterung sichtlich entspannten. Es würde kein unangenehmes Gespräch geben, zumindest nicht heute. Diese Menschen waren ihre Freunde, und sie wusste, dass sie ihr alle nur das Beste wünschten.

Wie immer dauerte die Party bis in den Abend hinein, der Alkohol floss in Strömen, und Pork Rolls wurden verteilt. Amber traf Becky wieder, als sie sich ihre Teller mit Essen beluden.

»Ich bin am Verhungern«, rief Becky. »Pulled Pork kann ich einfach nicht widerstehen.«

»Ich auch nicht«, gestand Amber, »trotz eines deftigen Mittagessens mit Grandad ist mir ganz flau im Magen.«

»Ich esse etwas, und dann muss ich nach Hause. Soll ich dich mitnehmen? Oder fährst du lieber mit Jonathan?« Ihr war bereits aufgefallen, dass die beiden ganz entspannt miteinander umgingen.

»Er nimmt mich bestimmt mit. Danke für den Vorschlag herzukommen. Fast hätte ich einen Rückzieher gemacht, ich fürchtete mich so davor, all denen zu begegnen, die ich kenne, aber es war vollkommen unnötig. Es war herrlich, all die vertrauten Gesichter wiederzusehen, und alle waren so nett.« Amber stellte ihren Teller auf dem Tisch ab, damit sie die Hände freihatte. Dann umarmte sie Becky.

»Aber natürlich, alle mögen dich sehr – und Jonathan auch. Sie wollen einfach nur, dass es euch gut geht. Niemand hier verurteilt dich.« Sie erwiderte Ambers Umarmung. »Du hast das Schlimmstmögliche erlebt, und wir alle wollen helfen.«

»Danke, was würde ich nur ohne dich tun?«

»Deine lateinischen Texte selbst übersetzen?«, erwiderte Becky, und sie lachten beide. Als Becky aufgegessen hatte, verabschiedeten sie sich voneinander, nachdem sie verabredet hatten, sich am Wochenende zu treffen. »Und nimm dir um Himmels willen ein wenig Zeit, in Eleanors Buch weiterzulesen«, erinnerte Becky sie, als sie sich trennten. »Ich bin wahnsinnig neugierig, was sie sonst noch zu sagen hat.«

»Becky bricht jetzt auf.« Amber bot Jonathan ein Stück ihres Brötchens an, als sie zu ihm trat. »Wäre es okay für dich, wenn du mich mit zurück nimmst?«

»Natürlich.« Er nickte. »Du kannst für heute Nacht mit nach Hause kommen, wenn du möchtest. Das ist näher. Und morgen bringe ich dich dann nach Saffron Hall?« Noch vor gar nicht allzu langer Zeit hätte sie dieser Vorschlag mit Entsetzen erfüllt, doch zu ihrer Überraschung zuckte sie bei dem Gedanken, wieder in ihrem Zuhause zu sein, nicht zurück und stimmte zu. Dann rief sie rasch ihren Großvater an und erklärte ihm ihre Planänderung.

Es war bereits Nacht, als sie im Pfarrhaus ankamen, die dunklen Umrisse der Bäume zeichneten sich an den blassen Steinen der Kirchenmauern ab. Amber folgte Jonathan nach drinnen, sie fühlte sich ein wenig schüchtern und unbehaglich. In seinem Kopf war es noch immer ihr Zuhause, und alles war wie immer, aber fühlte es sich für sie auch noch so an? Gehörte sie überhaupt noch hierhin? Alles schien irgendwie fremd, auch wenn es oberflächlich betrachtet immer noch dasselbe war. Als wäre ihr Zuhause ein Puzzle, in dem alle Teilchen an ihrem Platz waren, nur sie selbst war ein Teilchen, das sich verändert hatte und nun nicht mehr passte.

Die Möbel standen immer noch an derselben Stelle, aber alles war picobello – anders als damals, als eine nervige Staubschicht alles bedeckte, weil Amber die Hausarbeit eher halbherzig erledigt hatte. Die nicht zusammenpassenden Mahagoni-Stücke, die sie im Laufe der Jahre in Secondhandläden zusammengekauft hatten, glänzten alle, ähnelten sich in diesem einheitlichen Glanz und dem Geruch richtiger Wachspolitur. Wer immer es auf sich genommen hatte, das Pfarrhaus in ein Musterhaus zu verwandeln, hatte offensichtlich nicht Ambers übliche Putzmethode angewandt, die darin bestand, überall im Zimmer Mr. Sheen zu versprühen.

Sie folgte Jonathan in die Küche, die sich glücklicherweise vertrauter anfühlte, und ließ sich auf den kleinen Carver-Stuhl aus Holz sinken, der immer ihrer gewesen war. Ein Stapel Post lag am Ende des Tisches, Jonathans liebste

Ablagemethode, daneben stand ein einzelner Teller, auf dem noch die morgendlichen Spuren von Marmelade und Toastbröseln zu sehen waren. Amber spürte angesichts dieses sichtbaren Beweises für das einsame Leben ihres Mannes das unangenehme Prickeln von Tränen in den Augen. Sie hatte ihm das angetan.

»Kaffee? Tee?« Er nahm ihr schlechtes Gewissen überhaupt nicht wahr, als er den Wasserkocher füllte und den Teller in die Spüle stellte.

»Kaffee bitte, einen starken, wenn es geht. Ich habe mehr von diesem Prosecco getrunken, als ich vorgehabt hatte.«

Sie beobachtete, wie er die Cafetiere füllte, Tassen auf ein Tablett stellte und Milch in einen kleinen Krug goss. Er hatte den obersten Knopf seines Hemds geöffnet. Wenn er sein Kollar abgelegt hatte, sah er immer weniger wie ein Pfarrer und dafür mehr wie der echte Jonathan aus, der Mann, den sie geliebt und geheiratet hatte. Der Mann, den sie noch immer liebte. Wann würde sie sich bereit fühlen, wieder hier einzuziehen, wieder auf das Karussell der realen Welt aufzuspringen? Auch wenn sie es vermisste, bei ihm zu sein, lauerten am Rande ihres Bewusstseins immer noch dunkle Wolken, das Wissen, dass alles nicht so war, wie es sein sollte. Irgendwie musste sie den neuen Status quo akzeptieren, um darüber hinwegzukommen. Solange sie atmete, hatte sie Hoffnung.

»Ich google besser mal, wann morgen früh ein Zug fährt.« Er nahm das Kaffeetablett, und sie folgte ihm durch das Wohnzimmer, wobei sie nach dem alles durchdringenden Geruch der Wachspolitur schnupperte. »Hat sich hier jemand mit der Möbelpolitur ausgetobt?«

»Die Blumenschmuck-Ladys. Sie haben einen Putzplan für das Pfarrhaus aufgestellt. Ich habe ihnen gesagt, dass das nicht notwendig ist, aber du weißt ja, wie energisch sie sein können. Aber sie dürfen nur unten putzen. Ich habe ihnen gesagt, dass ich das oben schon erledigt habe. Ich wollte nicht, dass sie meine Unterwäsche nach Farben ordnen. Außerdem füllen sie den Gefrierschrank mit hausgemachtem Essen. Wenn ich noch einen weiteren wässrigen Shepherd's Pie essen muss, muss ich womöglich kotzen.«

Amber lachte, auch wenn sich ihr Inneres vor Kummer zusammenzog. Sie konnte sich lebhaft vorstellen, wie sich die Klatschtanten im Dorf das Maul darüber zerrissen, dass sie Jonathan im Stich gelassen hatte, als er sie am meisten brauchte. Dass sie eine beschissene Ehefrau war. Nicht in der Lage, Mutter zu sein. Nun ja, wie konnte sie ihnen das übel nehmen, wenn jedes Wort stimmte?

»Du brauchst nicht mit dem Zug zurückzufahren«, sagte er zu ihr. »Morgen habe ich frei. Ich kann dich hinfahren.«

»Bist du sicher? Ich will dir nicht zur Last fallen – du hast ohnehin nicht besonders viel Freizeit.«

»Ich mach das gern. Dann kann ich ein paar Stunden mehr mit meiner Frau verbringen.« Lächelnd reichte er ihr ihren Kaffee, dem er genau die richtige Menge Milch hinzugefügt hatte.

Sie saßen in einträchtigem Schweigen auf dem Sofa und schauten eine Folge von *Silent Witness*, es fühlte sich an wie ein ganz normaler Abend. So wie es früher gewesen war. Bevor alles schiefgegangen war. Um halb zwölf schaltete Jonathan schließlich den Fernseher aus und gähnte, wobei er seinen Mund weit aufriss.

»Willst du ins Gästezimmer?«, fragte er vorsichtig. Amber hatte den Verdacht, dass er sich zwar scheinbar auf den Film konzentriert, sich aber schon den ganzen Abend den Kopf darüber zerbrochen hatte, wer wo schlief.

»Nur wenn es dir lieber ist, wenn ich dort schlafe«, erwiderte sie nach kurzem Zögern, weil sie sich seiner Gefühle nicht sicher war. »Wir sind verheiratet – daran hat sich nichts geändert. Ich finde nicht, dass es unangemessen ist, wenn wir im selben Bett schlafen – wenn es okay für dich ist?«

Wie sein Gesicht aufleuchtete, als er lächelnd zustimmte, ließ ihr Herz höherschlagen. Einer der Gründe, weshalb sie sich vor vielen Jahren von dem blonden grünäugigen jungen Theologiestudenten so angezogen gefühlt hatte – sein absolut offenes Lächeln, das sein Gesicht strahlen und seine Augen funkeln ließ. Von allen Menschen, die sie kannte, hatte er das aufrichtigste, herzlichste Gesicht. Er hatte nichts Falsches an sich. Er war ganz er selbst. Er mochte jeden, und deshalb war es kein Wunder, dass seine Freundlichkeit immer erwidert wurde.

Sie folgte ihm nach oben ins Schlafzimmer. Auf ihrem Kopfkissen lag wie immer ihr Schlafanzug. Passend zu Jonathans, der auf seinem Kissen lag. Das Herz tat ihr weh, als ihr bewusst wurde, dass er alles wie immer machte, als würde er nur auf den Tag warten, an dem sie zurückkehrte. Seite an Seite lagen sie in der Dunkelheit, wortlos, bis Jonathan sie an sich zog. Sie rollte sich unter seinem Arm zusammen, in der Position, in der sie all die Jahre ihrer Ehe geschlafen hatte. Zärtlich küsste er sie auf den Scheitel, und innerhalb von Minuten waren beide eingeschlafen.

Am nächsten Morgen zog sie eine alte Jeans und ein altes

T-Shirt an, die sie unten in ihrem Schrank gefunden hatte, erleichtert, dass sie all ihre Schwangerschaftskleidung weggeworfen hatte, bevor sie zu ihrem Großvater zog. Deshalb gab es keine bösen Überraschungen, als sie nach etwas Sauberem zum Anziehen suchte. Alles roch ein wenig muffig, und sie wünschte, sie hätte sich an Eleanors Haushaltsregeln gehalten und Lavendel zwischen die einzelnen Schichten eingelagerter Kleidung gelegt.

Unten aß Jonathan gerade seinen Toast zu Ende. Er sprang auf, als sie hereinkam, und stopfte sich den Rest seines Frühstücks in den Mund.

»Tee?«, fragte er. »Ich muss die Kirche noch aufschließen, dann können wir los. Willst du kurz mitkommen?«

»Ja, bitte, sehr gern. Dann können wir auch Saffron Hallo sagen.«

»Klar.« Er grinste, und unwillkürlich lächelte sie ihn an. Er nahm seinen Schlüssel vom Tischchen im Flur, und Amber folgte ihm nach draußen.

Die Kirche war ihr so vertraut wie ihr Zuhause. Plötzlich wurde ihr klar, warum ihr der wachsige Geruch im Pfarrhaus so bekannt vorgekommen war; es war das gleiche Bienenwachs, das in der Kirche benutzt wurde. Doch hier musste die Politur gegen die schmerzlich vertraute, modrige, alte Luft ankämpfen, die sie nostalgisch und gleichzeitig traurig werden ließ. Sie setzte sich auf die Kirchenbank, auf der sie sonntags immer saß, und schloss die Augen, während Jonathan in der Sakristei herumwuselte. Sie wartete, wollte mehr spüren. Diese Veränderung in der Atmosphäre, wenn sie wusste, dass sie nicht mehr allein war, doch da war niemand. Wen hatte sie erwartet? Eleanor? Saffron? Sie wusste es nicht so recht.

Jonathan erledigte seine Pflichten, und gemeinsam gingen sie außen um das Gebäude herum zum Friedhof. Er ergriff ihre Hand und drückte sie ein wenig, als sie in einvernehmlichem Schweigen nebeneinanderher gingen.

»Hi, Saffron, sieh mal, wer da ist«, sagte Jonathan leichthin. Er kam jeden Tag hierher, um mit ihrer Tochter zu sprechen; Amber wurde von Gewissensbissen geplagt, weil sie sie beide im Stich gelassen hatte. Wie zuvor waren das Grab und seine Umgebung hübsch gepflegt, und ein kleiner Strauß Wildblumen stand in einer Vase vor dem Grabstein. Ein winziges Tonhündchen war ebenfalls dort aufgetaucht.

»Alfie Byrnes hat es dorthin gestellt«, erklärte Jonathan, als Amber es aufhob. »Er sagte, es sei nicht richtig, dass Megan so viel Spielzeug hat und Saffron nicht.« Amber lächelte, als sie das Hündchen zurückstellte und zu Megan Byrnes' Grab hinübersah, das mit Spielzeug und Wimpeln bedeckt war. Kinder schienen den Tod eines Babys so viel leichter zu verkraften.

»Saffron wäre jetzt fast neun Monate alt«, sagte sie stockend. »Sie würde sitzen, vielleicht krabbeln und spielen. Das ist so unfair.«

Jonathan legte ihr den Arm um die Schultern. »Du hast recht: Es ist unfair. Aber sie würde nicht wollen, dass wir für immer in einer Blase der Trauer gefangen sind, oder? Wir können ab jetzt weitermachen, zusammen. Erinnerst du dich an das Sprichwort aus dem Stundenbuch, von dem du mir erzählt hast? Solange ich atme, hoffe ich. Wir haben immer noch Hoffnung, und wir werden sie nie vergessen. Saffron wird immer unsere Erstgeborene sein, unsere Tochter.«

»Natürlich ist sie das. Und zwar für immer.«

Später am Vormittag kamen die beiden in Saffron Hall an. Grandad saß in seinem Gewächshaus; er lächelte erfreut, als er sah, wie die beiden Hand in Hand den Pfad entlang auf ihn zukamen.

»Das sieht man gern«, sagte er zur Begrüßung. »Wie war die Party?«

»Sehr schön, danke der Nachfrage.« Amber grinste. »Wie immer gab es jede Menge zu trinken. Für einen Job mit so biederem Ruf können Professoren ganz schön viel bechern.«

»Setzt du bitte Wasser auf, jetzt wo du schon mal da bist?« Ambers Großvater ließ hoffnungsfroh die Augenbrauen auf und ab tanzen und lachte. Amber kehrte in die Küche zurück und tat, wie ihr geheißen.

»Komm, ich zeige dir das Gebetbuch«, schlug Amber Jonathan vor, während sie Teebeutel aus dem Schrank nahm und in Tassen warf. »Vielleicht fällt dir irgendetwas zu der seltsamen Passage vorne ein. Becky und mir sind die Ideen ausgegangen. Aber ich habe entdeckt, dass Saffron Hall ursprünglich Milfleet hieß. Die Besitzerin des Buches, Eleanor, lebte hier in diesem Haus. Ist das nicht cool?«

Sie führte ihn durch das Arbeitszimmer und reichte ihm ein Paar Baumwollhandschuhe, bevor sie selbst welche anzog. Dann nahm sie das Buch aus dem Safe und legte es aufgeschlagen auf die Buchwippe vor ihm.

Jonathan beugte sich vor und sah sich den Eintrag mit zusammengekniffenen Augen an. Lautlos bewegten sich seine Lippen, als er die Passage langsam durchlas und dann innehielt, um zu versuchen, das alte Latein zu übersetzen. Schließlich ließ er sich auf seinem Stuhl zurücksinken und blickte Amber an, die neben ihm stand.

»Mein Latein ist nicht mehr so gut, wie es einmal war. Ich erkenne *in pace* und die Zeile *infans filia sub pedibus nostris requiescit*, aber vom Rest habe ich keine Ahnung. Was heißt es?«

Amber blätterte durch ihr Notizbuch, bis sie die Stelle fand, an der sie die Übersetzung notiert hatte; sie reichte es ihm und wartete schweigend ab, bis er fertig gelesen hatte. Als sie die Stille schließlich nicht mehr ertragen konnte, sagte sie: »Was glaubst du, worum sie hier bittet? Was will sie uns sagen?«

»Ich weiß es nicht. Ihr Baby ist irgendwo begraben. Aber nicht dort, wo sie möchte? Sie bittet den Leser darum, etwas zu tun. Vielleicht das Baby zu suchen? Ich verstehe nicht, warum sie keine Zeit hat. Musste sie fliehen, oder lag sie im Sterben? Gibt es noch weitere Hinweise im Buch?«

»Ich bin erst halb durch, aber bisher habe ich keine gefunden, auch wenn es einen faszinierenden Einblick in Eleanors Leben gewährt. Becky und ich haben überall gesucht, wo Mary begraben sein könnte, aber nichts gefunden.«

Und dann spürte sie plötzlich, wie sich etwas in der Luft verlagerte, so wie es schon einmal passiert war, und sie wusste, dass sie nicht mehr allein waren. Sie packte Jonathan fest am Arm, und als er sie verwirrt ansah, presste sie die Lippen aufeinander und schüttelte kaum merklich den Kopf. Sie bildete sich das nicht ein: Da war jemand oder etwas, bei ihnen in diesem Zimmer. Es rührte sich nicht, gab kein Geräusch von sich, aber es war eindeutig da. Amber schloss die Augen und fragte sich, ob es helfen würde, irgendwie zu kommunizieren. Auch der Geruch war wieder da, und er war stärker als je zuvor. Stechend und gleichzeitig süß, die staubige Samtigkeit von frischem Heu und Mädesüß. Amber beschloss, sie anzusprechen.

»Eleanor, bist du das?«, flüsterte sie in die Stille hinein. Sie hielt den Atem an, während sie auf Antwort wartete. Es kam keine. Kein Hinweis darauf, dass sie da war, keine Möbel wurden durch das Zimmer geschleudert, keine Bilder fielen von den Wänden, wie es in Filmen immer geschah. Nur die Fäden der Zeit, die zwischen ihnen lag, lockerten sich ein wenig, ein Seufzen lag in der Luft, und ein Gefühl der Trauer legte sich über sie wie ein feiner Flor, zusammen mit diesem atmosphärischen Duft. Wenn Amber nur dahinterkommen könnte, was es war. Und dann war Eleanor, genau wie beim letzten Mal, plötzlich weg. Der Duft hing noch in der Luft, aber irgendwie wusste Amber, dass das andere Wesen nicht mehr bei ihnen war.

»Hast du das gespürt? Sie war hier im Zimmer, ich habe sie ein paar Sekunden lang wahrgenommen. Eine leichte Veränderung in der Luft, als würde sie aus ihrer Zeit in unsere herüberdriften. Ich bin mir sicher, dass es Eleanor ist. Ich bin im Laufe der Jahre schon unzählige Male in diesem Haus gewesen und habe nie gespürt, dass etwas Beängstigendes oder Seltsames passiert. Erst seit das Buch gefunden wurde und ich ihre Nachricht gelesen habe, erscheint sie. Nachdem der Turm beschädigt wurde. Allerdings ist das Wort ›erscheinen‹ wohl ein wenig übertrieben, denn gesehen habe ich nie irgendetwas. Ich merke es nur irgendwie, wenn sie bei mir ist. Und mich befällt ein überwältigendes Gefühl der Trauer, wenn sie da ist. Dieser Geruch, bemerkst du ihn? Er ist wirklich seltsam, irgendwie würzig. Riechen Gespenster?«

»Ich glaube nicht, dass wir sie als Gespenst bezeichnen können.«

»Als was dann? Als Erscheinung? In Anbetracht dessen, dass sie gar nicht erscheint, ist das auch nicht das richtige Wort.«

»Ich weiß es nicht. Verlorene Seele oder Geist wäre vermutlich die beste Beschreibung. Sie findet keine Ruhe, weil jemand ihre Bitte erfüllen muss. Aber vielleicht kommt der Geruch daher, dass jemand in der Nähe erntet? Du weißt, wie Geräusche und Gerüche über das Land ziehen, wenn der Wind günstig steht.«

»Nein.« Amber schüttelte den Kopf. »Ich habe ihn schon mal gerochen, aber er liegt nur in der Luft, wenn Eleanor bei mir ist. Ich muss herausfinden, was hinter dieser Nachricht steckt, bevor ich mit meinem Leben weitermachen kann. Ich kann den Gedanken nicht ertragen, dass sie schon Hunderte von Jahren auf jemanden wartet, der ihr hilft. Ich werde sie jetzt nicht im Stich lassen.«

»Nun, du weißt, wo du mich findest, falls du mich brauchst, falls ich dir irgendwie helfen kann.« Jonathan erhob sich und streckte ihr die Arme entgegen. Sie umarmte ihn, als wäre es die normalste Sache der Welt. »Danke für den tollen Abend gestern – einfach nur gemeinsam zu Hause zu sein war wunderschön.«

Amber nickte, den Kopf an seine Brust gelehnt. »Ich habe es auch genossen«, sagte sie leise. »Ich hoffe, wir können das bald mal wiederholen?« Er drückte sie fest und küsste sie auf den Scheitel. Dann ließ er sie los, räusperte sich und sagte heiser: »Das hoffe ich auch. Tut mir leid, aber ich muss jetzt los. Heute ist mein einziger freier Tag diese Woche, deshalb muss ich einkaufen gehen. Außerdem muss ich noch eine Predigt fertig schreiben.«

»Keine Ruhe den Gottlosen, was?« Amber lachte.

Nachdem Jonathan gegangen war, suchte sie die Stelle, bis zu der sie in ihrem kostbaren Buch gekommen war, und las weiter. Ihr war so leicht ums Herz wie seit Monaten nicht mehr.

23

1539–40

Weihnachten war fröhlich. Der Wind hatte sich endlich gedreht und brachte milderes, nasseres Wetter, was bedeutete, dass die Böden stets von Spuren matschiger Fußabdrücke bedeckt waren, doch das störte niemanden. Alle waren in Festtagsstimmung und freuten sich auf die Feierlichkeiten und Gelage, vor allem als Greville unerwartet aus London eintraf, weil er das mildere Wetter und somit den besseren Zustand der Straßen ausnutzte.

Eleanor versuchte, Thomas dazu anzustacheln, ebenso aufgeregt wie Jane zu sein, doch das war nicht leicht, weil sie ihm nicht erklären konnte, was vor sich ging. Er hatte gesehen, wie der Mistelzweig hereingebracht wurde, unter dem man sich küssen musste, und schien fasziniert; allerdings hatte er keine Vorstellung – oder Erinnerung –, an die er hätte anknüpfen können. Sie nahm ihn an der Hand und zeigte ihm die immer zahlreicher werdenden Köstlichkeiten, die sich in der Speisekammer auftürmten, und machte ihm übertriebene Zeichen, indem sie sich in erwartungsvoller

Vorfreude den Bauch strich und sogar die eine oder andere Ecke vom Marzipan abzwickte, um sie ihm in den Mund zu stecken. Thomas lächelte und nickte, doch so sehr er alles Süße mochte, wusste sie, dass er immer noch keine Ahnung hatte, was bevorstand.

Auch Greville war bei bester Laune. Ein Teil des Safrans, den er mit nach London genommen hatte, war wieder an die Küche des Königs verkauft worden, den Rest hatte man nach Calais weitergeschickt. Wegen der größeren Menge und dadurch, dass sich seine hervorragende Qualität herumgesprochen hatte, hatte der Safran ihm einen weiteren beträchtlichen Gewinn eingebracht. Die Truhen waren noch nie so voll gewesen. Er sprach davon, einen neuen Flügel an Milfleet anbauen zu lassen, so wie es einem Gentleman gebührte, der bei Hofe inzwischen hoch angesehen war.

»Wer hätte bei unserer Hochzeit gedacht, dass das stille, schüchterne, verängstige Mädchen einmal zu einer Frau mit dem Geschick und der Fähigkeit erblühen würde, uns hier draußen auf den Feldern von Norfolk durch Pflanzen ein Imperium aufzubauen. Ich hatte nicht erkannt, dass du so viel Klugheit und Sachverstand mitbringst. Ich habe großes Glück, dich zur Frau zu haben«, gestand er.

Seine gute Laune bedeutete, dass alle glücklich waren. Als Eleanor in ihr Stundenbuch schrieb, verspürte sie unwillkürlich eine gewisse Selbstzufriedenheit, als sie vom Jahresende und den zwölf Festtagen berichtete.

Das neue Jahr steht bevor, nun heißt es Abschied nehmen von 1539. In Milfleet ist alles bestens. Unser wunderbarer Henry wächst und gedeiht. Jane wird zu einer jungen Dame. Ein Neuling ist hinzugekommen, Tom – er gehört jetzt zur

Familie. Insgeheim bete ich, dass seine wahre Familie ihn nicht suchen kommt. Er ist mir eine große Hilfe im Destillierraum, da er Dinge zu riechen und zu schmecken vermag, die ich nicht wahrnehme. Mein Gemahl ist hocherfreut, dass unsere zweite Safranernte so großen Gewinn abgeworfen hat und so hoch angesehen ist. Unser wachsender Wohlstand und seine Stellung bei Hofe sind voll und ganz mir zu verdanken, und darüber bin ich sehr glücklich.

Sobald die Festlichkeiten begannen, genoss Tom sie ganz genauso wie alle anderen. Eleanor wusste, dass er unmöglich den religiösen Aspekt begreifen konnte, den sie feierten. Sie nahm ihn zwar mit zur Messe, doch er konnte ja nicht hören, was gesagt wurde, deshalb zappelte er ständig herum und scharrte mit den Füßen, weil er sich eindeutig langweilte und keine Ahnung hatte, warum er auf einer unbequemen Bank in einem kalten Gebäude sitzen musste. Der einzige Teil der Kapelle, der je seine Aufmerksamkeit erregte, war das Triptychon auf dem Altar, das sie so bewundert hatte, als sie hier angekommen war. Thomas stand gern davor und betrachtete eingehend die gemalten Menschen. Wenn kein anderer da war, hob Eleanor ihn hoch, damit er mit seinen kleinen Fingern über die Bilder streichen konnte; dabei strahlte er über das ganze Gesicht.

Doch schon bald kam der Dreikönigstag, der Yulklotz war abgebrannt, der Narrenprinz hatte seinen Spaß gehabt, und Greville verkündete, dass er das immer noch milde Wetter ausnutzen und nach London zurückkehren wollte.

»Ich weiß, dass es dir lieber wäre, wenn ich hierbliebe, mein kleiner *Croker*«, sagte er, und benutzte damit den lokalen Namen für Safranzüchter. Er strich Eleanor über den Kopf. Sie war noch im Morgenmantel, denn er hatte sie beim Anziehen unterbrochen, um ihr mitzuteilen, dass er noch am selben Tag abreisen würde. »Aber es nützt uns beiden, wenn ich nicht nur in London Handel treibe, sondern – was noch wichtiger ist – wenn ich bei Hofe anwesend bin. Das Geld von deinem kostbaren Gewürz bedeutet, dass ich bei den höher gestellten Gentlemen beliebt bin, und ich bin zuversichtlich, dass mich das schon bald in die Nähe des Königs rücken wird. Wäre das nicht für uns beide gut? Und durch dein Geschick und deine Kenntnisse beim Safrananbau wurde dies erreicht. Ich gebe zu, dass ich das nicht gedacht hätte, als du zum ersten Mal gesagt hast, dass dein Safran viel einbringen würde, aber alles, was ich jetzt bin, verdanke ich deinen Fähigkeiten.«

Eleanor nickte, das Herz tat ihr weh bei dem Gedanken, dass er wahrscheinlich wieder Monate fort sein würde. »Aber wann darf ich mit an den Hof kommen?«, wollte sie wissen. Es war nicht das erste Mal, dass sie das fragte, und sie kannte seine Antwort, noch bevor er sie aussprach.

»Eines Tages, meine Liebste, eines Tages. Im Moment musst du Milfleet leiten und unsere Kinder großziehen. Und das Allerwichtigste: Du musst deinen Safran anbauen. Ohne all das, was du hier leistest, wäre ich nicht in der Stellung bei Hofe, in der ich jetzt bin. Ich werde niemals vergessen, wie viel ich dir verdanke.«

Sie nickte, wenngleich sie sich elend fühlte. Von London konnte sie nur träumen, doch sie wusste, dass gegenwärtig ihr Platz zu Hause war. Es war für sie beide wichtig, dass Greville am Königshof war und ihr Nachricht aus London schickte. Und sie machte sich immer mehr Sorgen wegen der Gerüchte um Cromwell, jetzt wo der Generalvikar und seine Schergen Klöster plünderten und die Mönche die Suprematsakte unterschreiben ließen – ein Gesetz, mit dem sich die Kirche Großbritanniens vom Papst lossagte und König Heinrich VIII. zum Oberhaupt der neu gegründeten anglikanischen Staatskirche ernannte. Die Welt, wie sie sie kannte, war in Aufruhr, als würde ein Gewitter toben.

Später stieß sie im Schreibzimmer zufällig auf Greville und Hugh. Sie kam vom großen Saal herein und hielt im Türrahmen inne, als sie ihre leisen Stimmen hörte. Hugh hatte gerade gesprochen, und sie hatte nicht gehört, was er gesagt hatte, doch ihr Gatte antwortete: »Ich habe bereits Nein gesagt, es ist zu gefährlich. Sie ist noch jung und könnte allzu leicht etwas Unangebrachtes sagen. Ein Wort am falschen Platz kann den falschen Leuten zu Ohren kommen, und ein Ruf, eine Lebensgrundlage, sind für immer ruiniert. Bei Hofe gibt es zu viele Menschen, die bereit sind, andere in den Staub zu treten, um in den inneren Kreis um den König zu gelangen. Ich kann sie nicht in diese Schlangengrube stoßen. Vor allem, weil ihr starker Glaube und ihre Freundschaft mit den Mönchen dazu führen würde, dass sie eine unpassende Bemerkung macht.«

So war das also. Sie hatte keinen Zweifel, um wen es hier ging, und daran, dass sie in absehbarer Zeit nicht an den Hof kommen würden. War es wirklich so gefährlich, wie er andeutete?

24

1540

Vier Monate später schien sich Eleanors Sorge wegen dem, was bei Hofe passierte, zu bewahrheiten. Einer der Dörfler kam an die Hintertür des Herrenhauses, um mitzuteilen, dass eine Gruppe Gentlemen auf edlen Rössern zum Kloster gekommen sei. Eleanor war beunruhigt. Sie hatte von Mönchen gehört, die sich geweigert hatten, die neuen Regeln anzuerkennen, und daraufhin gefoltert und hingerichtet wurden; sie wollte nicht, dass dies einem ihrer Freunde passierte. Und sie hatte gehört, dass alle Reliquien im Land zerstört wurden. Wie konnte das richtig sein? Das Kloster besaß eine wunderschöne goldene Truhe, die mit erlesenen Edelsteinen fein verziert war und eine Reliquie des Heiligen Philippus enthielt. Niemand würde etwas so Heiligem Schaden zufügen, oder?

Sie fragte sich, ob der König den Verstand verloren hatte, weil er zuerst beschlossen hatte, dass er Oberhaupt der Kirche und nicht mehr länger Teil des Heiligen Römischen Reiches sein wollte, und dann alle Statuen und Reliquien zerstörte und den Klöstern ihre Reichtümer wegnahm. Und – so hatte sie gehört – hin und wieder Mönche auf die Straße setzte. Obwohl viele von ihnen eine Pension erhielten, hatten sie doch so viele Jahre im Kloster verbracht, dass sie nicht mehr zu ihrem Leben in den Dörfern zurückkehren wollten, weil sie nicht mehr dorthin passten. Doch sie behielt ihre Gedanken für sich. Sie war klug genug, ihre Ansichten nicht laut zu äußern. Auch wenn sie noch so weit vom Königshof entfernt waren. Ihr Gatte war mittendrin, und sie wollte ihn nicht in Gefahr bringen.

Eine erste Ahnung davon, dass im Kloster am anderen Ende des Dorfes etwas nicht stimmte, erhielt sie drei Tage, nachdem die Beamten angekommen waren. Ein leicht feuchtes, zusammengeknülltes Stück Papier wurde ihr in die Hand gedrückt, als sie mit zwei leeren Eimern über den Hof zur Molkerei ging. Sie half dem Milchmädchen, das schmächtig war und kaum zwei Eimer gleichzeitig tragen konnte.

Beim Gehen wich sie vorsichtig dem Kot aus, der noch nicht weggeschaufelt worden war, als plötzlich ein kleiner Junge – nicht viel größer als Tom – aus dem Dorf vor ihr stand. Er steckte ihr die Nachricht zu, und bevor sie noch den Mund öffnen konnte, um zu fragen, was das sei, war er auch schon verschwunden.

Sie stellte die Eimer ab und faltete den Zettel auseinander. Es handelte sich um ein Stück dickes Pergament, das an den Rändern bereits schmuddelig und rau war.

Mylady, stand dort in einer geschwungenen Handschrift, die Eleanor nicht kannte. *Ich stehe in Euren Gnaden. Die Männer des Generalvikars sind hier und fordern nicht nur unser Geld, sondern auch unsere kostbare Reliquie, die verbrannt werden soll. Sie haben bereits viele unserer Statuen und Gemälde entweiht. Meine Brüder und ich müssen dem neuen Gebetbuch durch Unterschrift zustimmen, doch das kann ich nicht. Ich muss mit unserer allerheiligsten Reliquie in ein Land fliehen, wo mein Glaube nicht als Ketzerei gilt. Oder bei dem Versuch sterben. Wenn ich nicht unterzeichne, werde ich ganz sicher hingerichtet.*

Ich bitte Euch darum, uns zu helfen, nach Cley zu gelangen. Es heißt, dort erwartet uns ein Boot, das mich und Bruder Rufus in Sicherheit bringt. Wir können Euch kein Geld oder Gold, nicht einmal Geschirr dafür geben, weil uns all dies vor zwei Tagen schon weggenommen wurde. Aber ich kann Euch etwas von entsprechendem Wert schenken, wir haben nämlich noch unsere Säcke mit Krokusknollen, die die Beamten nicht angerührt haben. Ich kann nicht riskieren, dass Ihr uns eine Antwort schickt, sie könnte in die falschen Hände geraten. Rufus und ich werden heute Abend aufbrechen und uns auf dem Anger bei der alten Eiche verstecken. Solltet Ihr nicht helfen können, verstehe ich das. Gott schütze Euch.

Die Nachricht trug Prior Matthews Siegel. Eleanor fragte sich, wie er es geschafft hatte, es aus dem Kloster zu schmuggeln.

Sie musste ihm helfen, ihr blieb keine andere Wahl. Er war alt, und sie konnte den Gedanken nicht ertragen, dass er als Ketzer gehenkt oder verbrannt würde. Es war nur recht und billig, dass er an einen sicheren Ort reisen durfte – vor allem wenn dann die Reliquie versteckt werden konnte, bevor sie unweigerlich zerstört wurde.

Es war solch ein gefährliches Spiel, das sie da spielte, und eine Welle heißer Angst spülte über Eleanor hinweg, als sie über die möglichen Auswirkungen dessen, worum sie gebeten wurde, nachdachte. Wenn sie ertappt wurde, würde sowohl für ihre Familie als auch für Greville alles, wofür ihr Gemahl bei Hofe gearbeitet hatte, hinfortgerissen werden wie Sand am Strand. Alles wäre zerstört. Er wäre strikt dagegen, wäre außer sich, wenn er wüsste, was sie vorhatte. Sie hasste es, ihm zuwiderzuhandeln, und würde dafür sorgen, dass er es niemals herausfände.

Aber welcher Gefahr auch immer sie sich nun aussetzen würde, sie hatte keine andere Wahl. Sie musste es tun. Für die Mönche der Abtei, für ihren Glauben, für ihren Gott. Sie fragte sich, wie sie konkret helfen konnte. Ihr erstes Problem bestünde darin, zu besagter Eiche auf dem Anger zu gelangen, denn das bedeutete, dass sie des Nachts ihr Schlafgemach unbemerkt verlassen musste. Joan hatte zwar ihre eigene Kammer, doch seit Kurzem schlief sie wieder auf einer Pritsche in Eleanors Gemach, solange Greville nicht zu Hause war und bei seiner Frau lag. Entweder musste sie einen Grund finden, nicht zu Bett zu gehen, oder sie musste sich hinausschleichen, sobald Joan eingeschlafen war. Letzteres schien am sichersten, denn wenn sie nicht nach oben ins Bett käme, würde Joan nach unten kommen, um nach ihr zu sehen.

Und dann hatte sie noch ein anderes Problem: Wo konnte sie die Flüchtigen verstecken? Es musste ein absolut sicheres Versteck sein. Plötzlich fiel ihr ein, dass sie den perfekten Ort kannte. Ihr Mann hatte ihr unbeabsichtigt den Ort gezeigt, an dem sie ihre beiden Freunde verstecken konnte. Außer ihr kannte niemand das Loch unter dem Fußboden im Turm, und jetzt konnte sie es seiner eigentlichen Bestimmung gemäß nutzen. An jenem ersten Tag in ihrem neuen Heim hatte Greville zu ihr gesagt: »Man kann darin Dinge verbergen, von denen andere nichts wissen sollen.« Und genau das hatte sie nun vor.

Während sich der Abend dahinzog, saß Eleanor am Feuer, ihre Stickerei müßig in den Schoß gelegt. Sie starrte in die Flammen, während in ihrem Kopf allmählich ein Plan Gestalt annahm.

»Ich wärme mir vor dem Schlafengehen noch etwas Milch auf«, sagte sie zu Joan. »Möchtest du auch?«

»Ja, danke, das wäre nett.« Joan blickte lächelnd zu ihr auf, nichtsahnend, was ihre Freundin im Schilde führte.

In der Küche hängte Eleanor einen Topf Milch an den Dreifuß am Feuer, das hier stets brannte, und schlich sich dann in ihren Destillierraum. Sie wusste genau, welches Gefäß sie jetzt brauchte, ging leise zu der gemahlenen Baldrianwurzel und nahm eine üppige Prise davon zwischen Daumen und Zeigefinger. Niemand wäre überrascht, wenn er sie aus dem Destillierraum kommen oder Kräuter in ein Getränk geben sähe, doch sie wollte nicht, dass Joan etwas davon erfuhr.

Sobald die Milch erhitzt war, fügte sie den Baldrian hinzu und hoffte, er würde den Geschmack nicht verändern. Dann rührte sie noch einen großen Löffel Honig in jeden der beiden Becher. Joan hatte in den letzten Jahren ihre Liebe zu Süßem entdeckt, sie würde sich über den Zusatz zu ihrer Milch freuen.

Und tatsächlich stürzte sie ihre Milch hinunter, sobald sie ausreichend abgekühlt war, und machte keinerlei Bemerkungen über einen ungewöhnlichen Geschmack. Eleanor atmete langsam aus, spähte über den Rand ihres eigenen Bechers, während sie hineinpustete, und seufzte leise vor Erleichterung, als Joans Milch verschwunden war.

Sobald Joan anfing zu gähnen, simulierte Eleanor ebenfalls Müdigkeit und schlug vor, zu Bett zu gehen. Es war bereits dunkel, und sie schätzte, dass sie in ungefähr einer Stunde auf dem Anger sein musste. Genügend Zeit, vorausgesetzt, Joan schlief rasch ein.

Zehn Minuten, nachdem sie die Kerzen gelöscht hatte, hörte Eleanor Joans sonores Schnarchen auf der anderen Seite ihrer Bettvorhänge. Eleanor war froh, dass sie immer Wert darauf gelegt hatte, die Vorhänge zuzuziehen, denn selbst wenn Joan heute Nacht aufwachte – was selten passierte und nach ihrem Schlaftrunk hoffentlich wenig wahrscheinlich war –, würde ihr nicht einfallen, nach Eleanor zu schauen.

Eleanor lag, wie sie schätzte, ungefähr eine halbe Stunde in der Dunkelheit. Ihre Gedanken überschlugen sich, sie war hin- und hergerissen, ob sie etwas so Tollkühnes tun sollte, wo sie so viel zu verlieren hatte. Als sie sich die Gesichter der Kinder vorstellte und überlegte, wie es wäre, wenn sie ohne sie aufwachsen müssten, zweifelte sie an ihrem Entschluss. Doch dann würde sie Gott beichten müssen, dass sie untätig geblieben war, als sie gebraucht wurde, und sie erkannte, dass sie keine Wahl hatte. Sie schlüpfte auf der Seite des Bettes hinter den Vorhängen hervor, die Joan abgewandt war, und schlich auf Zehenspitzen zur Tür. Es gab zwar keine Möbel, gegen die sie hätte stoßen können, doch die Binsen unter ihren Füßen raschelten. Sie raffte ihr Leinenhemd und hielt es fest, damit es nicht auch noch zu den Geräuschen beitrug, die sie verursachte.

Sie zwängte sich durch den kleinstmöglichen Türspalt hinaus in den Korridor, hielt einen Augenblick inne und lauschte. War noch jemand im Haus unterwegs? Sie durfte niemandem begegnen, sonst würde ihr Geheimnis sicherlich entdeckt. In der Dunkelheit war es leicht, sich alle möglichen Schrecken einzubilden, und eine Bewegung direkt neben ihrem Fuß ließ ihr Herz hämmern, bis ihr aufging, dass es nur eine der vielen Mäuse war, mit denen sie ihr Zuhause teilte.

Langsam schlich sie auf Grevilles Schlafzimmer zu, tastete sich mit beiden Händen an der getäfelten Wand entlang, bis sie den Türrahmen und den kalten Riegel unter den Fingerspitzen spürte. Behutsam legte sie die Hand darüber, um das Klicken zu dämpfen, dann schlüpfte sie durch den Türspalt ins Zimmer. Sie hatte es nicht gewagt, durch die Verbindungstür einzutreten, da die immer laut knarrte und sie sofort an Joan verraten hätte.

Drinnen war es kalt; hier wurde kein Feuer entfacht, wenn der Herr nicht da war. Die Luft roch abgestanden. Eleanor hatte im Laufe des Tages heimlich ein zusammengeschnürtes Bündel Kleider ans Fußende seines Bettes gelegt, zu dem sie sich jetzt langsam, mit ausgestreckten Armen, vortastete, bis sie die Stoffrolle berührte, die aus einer von Grevilles Kniehosen und einem alten Wams bestand. Die Kleidungsstücke waren ihr viel zu groß, aber da konnte man jetzt nichts machen. Es würde weit einfacher sein, in Männerkleidung draußen herumzuhuschen, ohne mehrere Schichten Röcke, die sie bloß behinderten. Sie zog die Kniehose an, schnürte die Strumpfhalter fester und steckte ein altes Leinenhemd oben hinein, über das sie das Wams zog. Es roch ein wenig nach ihm, und sie hielt es sich an die Nase, atmete tief ein, und eine Woge des Verlangens fuhr durch sie hindurch – gepaart mit Schuldgefühlen über das, was sie gleich tun würde.

Die Kleider fühlten sich so seltsam an, so leicht und bequem, dass sie sich fragte, ob sie überhaupt richtig würde gehen können, wenn ihre Beine von der unangenehmen Schwere ihrer Röcke befreit wären. Doch tatsächlich war es viel angenehmer, und sie wünschte sich nicht zum ersten Mal in ihrem Leben, als Junge geboren worden zu sein. Sie hatte ihre Stiefel unter dem Bündel versteckt, und schon bald war sie vollständig angezogen und hatte ihren Zopf unter einer alten Kappe zusammengerollt. Unwillkürlich musste sie ein wenig lächeln, als sie sich vorstellte, wie sie wohl aussah, so als Junge verkleidet.

Unten war glücklicherweise alles ruhig. Das Feuer war zwar schon heruntergebrannt, gab aber noch etwas Licht und Wärme ab, und sie nahm einen dünnen Span, um damit eine Kerze anzuzünden. Gott sei Dank schlief hier – anders als in Ixworth – niemand von der Dienerschaft im großen Saal. Allerdings vernahm sie hinter der Küchentür Schnarchen und ein wenig Bewegung.

Ein leises Schlurfen ließ sie innehalten, das Herz hämmerte ihr noch schneller in der Brust, als sie sich umdrehte. In den Schatten bei der Küchentür erkannte sie das Gesicht ihres lieben Toms. Zum Glück hatte sie ihn entdeckt, sonst wäre er ihr leise wie eine Katze nachgeschlichen, und das war das Letzte, was sie jetzt brauchen konnte. Sie stellte ihre Kerze auf den Boden und brachte ihn zurück zu seinem

Bett im Destillierraum. Dort breitete sie seine Decke über ihn und küsste ihn auf den Scheitel. Wenigstens würde er niemandem erzählen können, dass er sie gesehen hatte, und zum ersten Mal war sie unendlich dankbar dafür.

Sie nahm ihre Kerze und ging durch die Tür unten am Turm, und nach einem kleinen Abstecher in die Schreibstube schlüpfte sie durch die Seitentür bei der Kapelle hinaus. Nachdem sie abgeschlossen hatte, steckte sie den Schlüssel ein – man konnte nie wissen –, dann holte sie vor Erleichterung bebend tief Luft und lehnte sich einen Moment lang an die Steinmauer, während sie wartete, bis ihr Herz sich langsam beruhigte. Sie hielt den Atem an, drehte den Kopf zur Seite und horchte, ob sie die Hunde hören konnte, die oft des Nachts um das Herrenhaus strichen, doch da war nichts.

Die Nacht war klar, und der Mond stand schon hoch an einem tintenschwarzen Himmel, von dem die Sterne herabfunkelten. Obschon Eleanor den Weg zum Anger mühelos fand, war es gut, dass das schimmernde Mondlicht ihren Weg erhellte, und da sie sich in der Männerkleidung so seltsam frei fühlte, konnte sie so schnell laufen, wie sie es in ihren eigenen Kleidern niemals vermocht hätte. Kleine Tiere und Vögel huschten davon, aufgeschreckt von ihren eiligen Schritten, als sie am Unterholz vorbeistreifte. Sie lief am Rand der Felder entlang, in der kalten Nachtluft bildete ihr Atem kleine weiße Wölkchen. Winzige Tautröpfchen verfingen sich in ihren Haaren, die der Kappe entwischt waren und wie Ranken auf ihren Wangen klebten. Der berauschende Duft wilden Knoblauchs wehte von ihren Füßen herauf, wenn sie auf ihn trat, und ihr Magen knurrte. Sie war zu nervös gewesen, um beim Abendbrot viel zu essen.

Als sie sich dem Baum näherte, wurde sie langsamer und hielt nach Anzeichen Ausschau, dass der flüchtige Prior und sein Schatz bereits von den Beamten entdeckt worden waren. Über ihrem Kopf ertönte der leise Ruf einer Eule, die dann über Eleanors Kopf hinwegschwebte, worauf sie erschrocken zusammenfuhr. Sie schlich auf die Eiche zu, blieb nach jedem Schritt stehen, drehte den Kopf wachsam zur Seite, lauschte, aber nichts rührte sich. Dies war ihre letzte Chance umzukehren und wieder zurück in ihr Bett zu gehen. Niemand würde etwas merken – morgen früh wären die beiden Männer verschwunden, und sie hätte getan, was ihr Gemahl von ihr erwarten würde. Doch noch während sie das dachte, wusste sie, dass es ihr unmöglich war. Von dem Moment an, in dem sie die Nachricht des Priors gelesen hatte, war schon entschieden gewesen, welchen Weg sie einschlagen würde.

Als sie den Baum erreichte, gab das Mondlicht zwei kauernde Gestalten preis, perfekt getarnt in ihren tristen braunen Kutten. Sie näherte sich ihnen und beugte sich vor, bis sie sie erkannten und aufsprangen.

Für überschwängliche Begrüßungen war keine Zeit. Eleanor wollte sie so bald wie möglich nach Hause bringen und verstecken. Sie war erleichtert, dass sie kein Pferd dabeihatten, denn das hätte sie unmöglich verbergen können.

»Mein Kind, ich freue mich so, dass du uns helfen kannst«, begann der Prior.

»Pst«, unterbrach ihn Eleanor. War er sich denn nicht der tödlichen Gefahr bewusst, in die er sie alle brachte? Sie wollte keine Höflichkeiten austauschen.

»Wir müssen los, und zwar schnell«, flüsterte sie. »Seid Ihr sicher, dass Euch niemand gefolgt ist?« Sie sah Bruder Rufus an, der hinter dem Prior stand. Er nickte. »Duckt Euch und haltet Euch dicht an den Hecken«, befahl sie. Dann drehte sie sich um und lief den Weg zurück zum Herrenhaus.

Der Rückweg dauerte länger, denn Eleanor musste immer wieder stehen bleiben, um auf ihre Schützlinge zu warten, deren lange Kutten ihnen das Fortkommen schwer machten. Bruder Rufus schleppte zudem ein großes Bündel, eine Decke, in die ihre Habseligkeiten und – wie Eleanor annahm – die kostbare Reliquie gewickelt waren. Sie seufzte erleichtert, als sie ohne Zwischenfälle an der Außentür des Turms anlangten. Eleanor presste den Finger auf den Mund, um für absolute Ruhe zu sorgen, dann ließ sie den Schlüssel ins Schloss gleiten und öffnete langsam die Tür. Sie führte die beiden in den kleinen Vorraum hinter dem Schreibzimmer. Dann zog sie einen zweiten Schlüssel aus ihrer Tasche, den sie aus dem Schreibzimmer geholt hatte, bevor sie losgegangen war. Damit schloss sie die Tür zur Treppe auf, schlüpfte zusammen mit den beiden Männern hindurch und schloss sofort wieder hinter ihnen ab.

Schmale Streifen Mondlicht fielen durch die Schießscharten in den Turm, sodass sie genug Licht hatten, um die Treppe hinaufzusteigen, auch wenn der Prior zweimal stolperte und beim zweiten Mal beinahe rückwärts hinuntergestürzt wäre. Dies konnte Rufus, der hinter ihm ging, noch gerade so verhindern, indem er sich mit seinem ganzen Gewicht und dem Gepäck gegen den alten Mann stemmte und ihn gänzlich unelegant auf die Stufen warf. Eleanor zuckte erschrocken zusammen und musste gleichzeitig lachen.

Schließlich gelangten sie ins Turmzimmer, das trotz der späten Stunde von hellem Mondlicht erleuchtet wurde, das durch das Fenster hereinschien. Eleanor reichte den Männern eine Flasche Bier, die sie früher am Abend hier deponiert hatte.

»Das ist perfekt«, flüsterte der Prior, während er sich um seine eigene Achse drehte und den Raum bewunderte, wo an den Wänden noch immer die aufgebockten Tischplatten standen, auf denen der Safran zum Trocknen ausgebreitet wurde. »Wir müssen deine Gastfreundschaft nur zwei Tage in Anspruch nehmen, dann reisen wir weiter, um nach Cley zu gelangen, wo unser Boot anlegen wird. Aber wenn wir bis dahin hier warten können, wird alles gut.«

»Ich fürchte, Ihr werdet nicht hier drin bleiben«, sagte Eleanor unverblümt. Sie musste die beiden Männer rasch außer Sicht bringen, ihre Stimme klang hart. Sie ging zu der Steinplatte am Boden, bückte sich und hob sie heraus. Den beiden Männern blieb erstaunt der Mund offen stehen.

»Ihr werdet dort unten bleiben«, sagte sie zu ihnen. »Es gibt nicht viel Platz, aber genug, dass Ihr beide sitzen könnt. Hier habe ich etwas zu essen für Euch« – sie deutete auf ein Bündel, das auf dem Boden lag – »damit solltet ihr auskommen, bis ich mich morgen Abend mit mehr heraufschleichen und Euch für eine Weile herauslassen kann. Tut mir leid, aber etwas Besseres kann ich Euch nicht anbieten«, fügte sie hinzu, bevor der Prior den Mund öffnen konnte, um zu sagen, dass er nicht in einem Loch unter dem Boden hausen wollte. Entweder dort oder nirgends. »Und Ihr werdet vollkommen still sein müssen«, warnte sie. »Wenn die Beamten herkommen, werden sie das Haus durchsuchen, und dazu gehört auch der Turm. Nur ich und mein Gatte wissen von diesem Versteck, solange Ihr Euch also vollkommen ruhig verhaltet, seid Ihr in Sicherheit.«

Leise und ohne zu widersprechen ließ Rufus ihr Gepäck in das Loch fallen und sprang hinterher. Dann half er dem Prior hinein. Sobald beide am Boden kauerten, zog sie die Steinplatte über das Loch und schob mit dem Fuß die Streu wieder darüber. Dann schlich sie sich nach unten. Sie verschloss die Tür und legte den Schlüssel zurück, dann rannte sie auf Zehenspitzen nach oben. Joan schlief noch, und Eleanor schälte sich aus Grevilles Kleidung, wickelte sie zu einem engen Bündel und schob es unter ihre Matratze. Sobald Joan am Morgen aufstand und das Zimmer verließ, würde sie es zurückbringen; bei Tageslicht würde niemand Fragen stellen, wenn sie ins Schlafzimmer ihres Gemahls ginge.

Nach all der Aufregung und Anspannung konnte sie nicht schlafen. Sie lag auf dem Rücken, ihr Herz hämmerte noch immer, während ihre Fantasie ein Dutzend Szenarien durchspielte, in denen sie von den Beamten gefasst wurde, die ihr aufgelauert hatten. Doch der gefährlichste Teil kam erst noch. Sie musste die beiden Männer versteckt halten und sie zwei Tage lang mit Essen und Trinken versorgen. Eine Zeit, in der nicht auszuschließen war, dass Milfleet von Cromwells Mannen durchsucht würde.

Sie konnte förmlich die Hitze der Flammen spüren, die an ihren Füßen leckten und ihre Haut schmelzen ließen, während sie als Ketzerin verbrannt wurde, doch sie war sich sicher, dass dies nichts war im Vergleich zu Grevilles glühendem Zorn, sollte er jemals entdecken, was sie getan hatte. Er war nie so gläubig gewesen wie sie, weshalb ihm die religiösen Veränderungen des Königs und die Schließung von Klöstern gleichgültig waren. Im Gegensatz zu Eleanor. Sie lernte gerade, ihren wahren Glauben für sich zu behalten und die Entwicklungen zu dulden, um die Sicherheit ihrer Familie nicht zu gefährden.

Endlich zog die Morgendämmerung herauf, und die ersten Lichtstrahlen tauchten den Horizont in weiches, mattes Gold. Eleanor fiel in einen unruhigen Schlaf, ihre Träume waren ebenso beängstigend und dramatisch wie die Gedanken, die ihr durch den Kopf geschossen waren, während sie wach gelegen hatte.

25

1540

Eleanors Plan, Joan zu verheimlichen, was sie gerade tat, löste sich schon am nächsten Morgen in Wohlgefallen auf. In ihrer Hast, ins Bett zu kommen, hatte sie das Kleiderbündel nicht weit genug unter die Matratze geschoben. Mit Bestürzung hörte sie Joans Aufschrei, die ihr im Schlafgemach beim Waschen und Anziehen half: »Was haben diese Lumpen hier zu suchen?« Sie zog das Bündel aus seinem Versteck und legte die einzelnen Kleidungsstücke auf das Bett. »Hast du die gesehen?«

»Pst, ja, sei still!« Entsetzt riss Eleanor die Kleider an sich und versuchte, sie wieder zusammenzuknüllen. »Setz dich her, dann erkläre ich es dir. Aber kein Sterbenswörtchen zu irgendjemandem, und sprich um Himmels willen leise.« Rasch erzählte sie mit leiser Stimme alles, was geschehen war, seit man ihr am Vortag die Nachricht zugesteckt hatte.

»Moment mal, was? Ich verstehe nicht. Es gibt ein Loch unter dem Boden? Im Turmzimmer, wo wir den Safran trocknen? Und dort sind sie jetzt?« Joans Flüstern klang fieberhaft und hitzig, während sie versuchte zu begreifen, was Eleanor da gerade sagte. »Warum hast du das getan? Wir werden alle von Cromwells Männern getötet, wenn sie auf ihrer Suche hierherkommen. Das ist das Dümmste, Selbstsüchtigste, Leichtsinnigste, was du je getan hast!«

Für einen Moment war Eleanor so schockiert vom Ausbruch ihrer Freundin, dass es ihr die Sprache verschlug. In all den Jahren ihrer Freundschaft war Joan sie noch nie so vehement angegangen. Wieder wurde sie sich der Ungeheuerlichkeit dessen, was sie getan hatte, bewusst.

»Die Einzige, die getötet wird, bin ich, denn du kannst immer noch so tun, als wüsstest du von nichts, und alle anderen sind ohnehin unschuldig. Wenn du mir nicht helfen willst, na schön – das verstehe ich –, aber ich muss dies für meinen Glauben tun und für meine Freunde. Ich bitte dich lediglich darum, keiner Menschenseele etwas zu verraten oder uns auszuliefern.«

Joans Gesicht war vor Zorn dunkelrot angelaufen, ihr Mund zu einer schmalen Linie zusammengepresst, die Missbilligung ausdrückte, doch nachdem sie ihre Freundin für einige lange Sekunden wütend angefunkelt hatte, schien es, als würde sie über ihre Forderung gründlich nachdenken. Und dann nickte sie endlich.

»Ich werde schweigen«, willigte sie mit leiser Stimme ein, »nicht um ihretwillen, sondern um deinetwillen. Weil ich auf keinen Fall will, dass dir etwas Schreckliches widerfährt.«

»Danke.« Eleanor legte die Arme um Joan und zog ihren steifen, unnachgiebigen Körper kurz an sich, dann schlüpfte sie durch die Verbindungstür in Grevilles Gemach und legte die Kleidungsstücke dorthin zurück, wo sie sie gefunden hatte.

Langsam atmete sie aus. Warum hatte sie sich Joan nicht schon in dem Moment anvertraut, als sie die Nachricht des Priors erhalten hatte? Ihre Freundin war stets so loyal, und was auch passierte – sie wusste, dass Joan immer hinter ihr stehen würde. Ihr Herz fühlte sich ein wenig leichter an, nachdem sie die Last geteilt hatte. Sie konnte Joan ihr Leben anvertrauen, dessen war sie absolut sicher. Und das könnte in den folgenden ein, zwei Tagen auch notwendig werden.

Schweigend nahmen sie ihr Frühstück ein. Die Kinder hatten bereits gegessen, und die Bediensteten frühstückten dort, wo sie gerade arbeiteten, daher war ihre Mahlzeit rasch beendet. Eleanor plauderte über Blumen, die im neuen Knotengarten entlang der Beete gepflanzt werden konnten. Joan nickte stumm, sie hörte nicht so genau hin, denn sie war ständig in Alarmbereitschaft und rechnete jederzeit damit, die Rufe der königlichen Beamten vor dem Torhaus zu hören.

In ihre wärmsten Umhänge gewickelt, die Gesichter den schwachen Sonnenstrahlen zugewandt, gingen sie im Garten spazieren, fernab von allen, die sie belauschen könnten.

»Ich ertrage das nicht«, platzte es aus Joan heraus. »Ich habe solche Angst. Um dich, um uns alle.«

»Falls sie entdeckt werden, sage ich natürlich, dass ich allein gehandelt habe. Ich würde niemals jemandem verraten, dass du in das Geschehen eingeweiht warst, deshalb schwebst du nicht in Gefahr. Das tun wir beide nicht. Nichts wird passieren«, sagte Eleanor, wobei sie sich zuversichtlicher anhörte, als sie sich fühlte.

Ihren Beteuerungen Joan gegenüber zum Trotz war Eleanor beunruhigt und angespannt. Sie verbrachte den ganzen

Tag im Schreibzimmer, nur zu den Mahlzeiten und zur Messe kam sie heraus. Nichts hätte die anderen Hausbewohner mehr alarmiert, dass etwas nicht stimmte, als wenn sie dem Gottesdienst ferngeblieben wäre. Bisher hatte sie nur gefehlt, als sie im Wochenbett lag. Ihren normalen Tagesablauf beizubehalten war entscheidend. Dass sie den ganzen Tag im Schreibzimmer arbeitete, kam vor; außerdem bedeutete es, dass niemand ungehindert den Turmflügel betreten konnte. Es bestand allerdings auch kein Grund, weshalb irgendjemand dorthin gehen sollte, aber sie fühlte sich besser, wenn sie wachsam war. Darüber hinaus konnte sie so nach oben schleichen und einige gehaltvolle Speisen hinaufbringen, die sie zusammen mit einer weiteren Flasche Bier aus der Speisekammer geholt hatte.

Am späten Nachmittag beschloss sie, sich im Haus zu zeigen, um jeglichen Verdacht zu zerstreuen, und ging dann hinauf zu Joan, in ihr Privatgemach. Während sie sich über ihre Stickerei beugte und die Stiche auftrennte, die sie schon dreimal unordentlich gestickt hatte, hörte sie plötzlich Männer im Hof schreien und Menschen im Herrenhaus herumrennen. Sofort schoss ihr Kopf nach oben, und sie schaute mit vor Schreck weit aufgerissenen Augen Joan an.

»Gott schütze uns, man hat sie gefunden«, flüsterte Joan; sie ließ ihre Stickerei in den Schoß fallen und bekreuzigte sich hektisch.

»Sag nichts«, murmelte Eleanor, sprang auf und rannte nach unten. Zu ihrer Überraschung war die Tür zum Schreibzimmer geschlossen, so wie sie sie zurückgelassen hatte. Wie konnten die Männer gefunden worden sein, wenn niemand oben im Turm gewesen war?

Hugh rannte durch den Saal, und als sie ihn entdeckte, rief sie: »Hugh, was ist das für ein Aufruhr? Ich habe von oben Männer schreien hören. Ist jemand verletzt?« Als das letzte Mal so ein Tumult geherrscht hatte, war einer der Pächter von einem Pferd getreten worden und trotz all ihrer Anstrengungen, ihn zu retten, verblutet.

»Offenbar sind der Prior und die kostbare Reliquie aus dem Kloster verschwunden, und die Beamten durchsuchten die Häuser im Dorf nach ihnen. Die Dorfbewohner sind sehr zornig, weil sie ihre Häuser auf den Kopf gestellt und Möbel kaputt geschlagen haben. Besitztümer wurden hinaus auf die Straße geworfen. Die Gefahr besteht, dass sich die Dorfbewohner auflehnen und es zu Blutvergießen kommt. Es heißt, dass die Beamten auch hierherkommen, um das Herrenhaus zu durchsuchen«, stieß er nach Luft ringend hervor, während er sich vorbeugte und seine Hände auf die Knie stemmte; seine Brust hob und senkte sich.

»Hier? Sie kommen hierher, um zu suchen?«, rief sie mit hoher Stimme und räusperte sich, um wieder normaler zu klingen.

»Natürlich, Mylady, sie werden jeden Stein umdrehen, aber macht Euch keine Sorgen, wir haben nichts zu verbergen. Und ich werde die Männer durch das Haus und über das Grundstück begleiten, damit sie keine Schäden anrichten.«

»Nun gut, aber bitte halte mich auf dem Laufenden.« Sie schaffte es, ihre Stimme im Zaum zu halten.

»Sehr wohl, Herrin.« Er verbeugte sich knapp und eilte hinaus auf den Hof, der sich mit immer mehr erzürnten Dorfbewohnern füllte. Eleanor wurde das Herz schwer.

Sie zweifelte nicht daran, dass sie das Richtige tat, aber sie wollte nicht, dass die Dorfbewohner darunter zu leiden hatten. Und nun würden die Beamten auch noch hier alles auf den Kopf stellen.

Sie ging wieder hinauf, wo Joan am Fenster stand und die Menschen beobachtete, die draußen herumrannten.

»Haben sie sie gefunden?«, flüsterte sie.

Eleanor schüttelte den Kopf. »Es wurde festgestellt, dass sie fehlen, und jetzt wurde das Dorf nach ihnen durchsucht. Die Männer werden zweifellos zu gegebener Zeit hier sein. Wir können nur hoffen, dass sie sich nicht auf den Turm wagen.«

»Eleanor, du musst warten, bis es dunkel wird, und sie dann von hier fortbringen. Es ist mir gleichgültig, was ihnen und ihrer kostbaren Reliquie widerfährt, aber mir ist nicht gleichgültig, was mit diesem Haus und seinen Bewohnern geschieht, und das sollte es dir auch nicht sein.«

»Natürlich mache ich mir Sorgen um alle, die hier wohnen, aber ich kann sie nicht fortschicken«, sagte Eleanor entschlossen. »Jetzt, wo alle auf der Suche nach ihnen sind, ist die schlechteste Zeit zu versuchen, sie woandershin zu bringen. Wo sollen sie sich denn verstecken, solange sie auf ihre Überfahrt warten?«

»Ich weiß es nicht. In einer Schäferhütte oder einer Scheune? Draußen im Freien? Es handelt sich um höchstens zwei Tage.«

»Nur zwei Tage bei eisigen Temperaturen – der Prior ist alt! Nein, ich habe gesagt, dass ich ihnen helfen würde, und das werde ich zu Ende bringen. Dies ist Gottes Werk, und ich muss tun, was richtig ist.« Sie setzte sich wieder hin und nahm ihre Stickerei zur Hand, machte jedoch keine Anstalten, damit fortzufahren.

Draußen auf dem Flur hörte sie Schritte, und rasch legte sie den Finger auf die Lippen, um Joan zum Schweigen anzuhalten. Hugh kam herein und verbeugte sich knapp.

»Hat man sie gefunden?« Insgeheim beglückwünschte sich Eleanor dazu, dass sie nach außen hin ruhig und gelassen blieb.

»Noch nicht, Mylady, ich wollte Euch nur darum bitten, dass weder Ihr noch die Kinder sich hinauswagen, bis die beiden gefasst sind. Ich rechne damit, dass die Männer des Generalvikars binnen einer Stunde hier eintreffen.«

»Wirklich? Ist das denn nötig?«

»Ich glaube schon. Diese Männer sind nun Verbrecher, und wenn sie auf unserem Land gefunden werden, will ich nicht, dass Ihr fälschlicherweise angeklagt werdet, ihnen Obhut zu gewähren. Besser Ihr bleibt im Haus.«

»Na schön. Bring die Beamten zu mir, wenn sie eintreffen.«

»Sehr wohl, Mylady. Ich erwarte sie noch vor Einbruch der Dunkelheit. Wahrscheinlich werden sie fragen, ob sie hier übernachten können, um morgen früh, wenn es wieder hell ist, mit der Suche zu beginnen. Ich gebe Anweisung, dass Nachtlager vorbereitet werden.« Er verließ den Raum, und Eleanor ließ sich auf den nächstbesten Stuhl sinken.

»Du musst sie wegbringen, und zwar sofort«, zischte Joan, doch Eleanor schüttelte nur den Kopf. Joan funkelte sie an, dann bekreuzigte sie sich und rannte hinaus. Eleanor hörte ihre Stimme unten im Saal. Was immer geschah – sie wusste, dass sie sich darauf verlassen konnte, dass ihre Freundin kein Wort sagte, auch wenn sie noch so sehr missbilligte, was sie tat. Wenn es eine tief in Joan verwurzelte Eigenschaft gab, dann war es Loyalität zu Eleanor – die sie bis zu diesem Moment nicht gebührend zu schätzen gewusst hatte. Ihre Freundin war ihr, ohne sich ein einziges Mal zu beklagen, nach Milfleet gefolgt, obwohl sie so womöglich nie die Gelegenheit bekäme, selbst einen Ehemann zu finden. Sie war in den langen Stunden der Wehen und während sie mit Henry im Wochenbett gelegen hatte bei Eleanor gewesen, und sie spielte mit allen Kindern, als wären sie ihre eigenen. Und zur Zeit der Safranernte arbeitete sie lange, lange Stunden an Eleanors Seite. Ohne sich je auch nur mit einem einzigen Wort zu beklagen oder ihr Vorwürfe zu machen. Und zum Dank für diese unerschütterliche Ergebenheit brachte sie Gefahr in ihr Zuhause und hörte nicht auf Joans vernünftigen Rat. Sie hatte die Treue, die ihre Freundin ihr erwies, nicht verdient, aber sie war unendlich dankbar dafür – so dankbar wie noch nie zuvor.

Sie rannte von ihrem Gemach hinunter ins Schreibzimmer und schloss die Tür zum Haupthaus hinter sich ab. Draußen hörte sie hin und wieder jemanden schreien, doch die meisten Bediensteten waren wieder an ihre Arbeit gegangen; offenbar hatten sie das Interesse verloren und beschlossen, dass vorerst nichts passieren würde, niemand hatte die Flüchtigen gesehen. Im Haus war alles ruhig. Eleanor musste nun hinauf in den Turm und die beiden Männer warnen.

Sie schloss die Tür zum Turm auf, schlich sich leise die Treppe hinauf ins Turmzimmer und ging rasch zu der losen Bodenplatte hinüber, um sie zu heben. Die beiden Männer kniffen die Augen zusammen, als die letzten Sonnenstrahlen des Tages auf sie fielen.

»Eleanor.« Bruder Rufus sah äußerst erleichtert aus, sie zu sehen. »Was geht da vor? Selbst hier oben konnten wir von unten Geschrei hören. Sind wir verloren?«

»Nein.« Sie schüttelte den Kopf. »Aber die ganze Gegend weiß nun, dass Ihr verschwunden seid und die Reliquie ebenso. Ihr werdet überall gesucht.«

»Glaubt Ihr, sie kommen nach Milfleet, um hier zu suchen?«

»Da bin ich mir sicher. Sie haben bereits das Dorf durchsucht, deshalb der Aufruhr vorhin.«

»Wie viel Zeit haben wir? Wir müssen fliehen«, rief Rufus und versuchte, aus dem Loch zu klettern.

»Ich kann nicht rennen«, jammerte der Prior. »Geht Ihr, Bruder Rufus. Nehmt die Reliquie mit und lasst mich hier. Ich werde zum Anger zurückkehren und so tun, als wäre ich krank und verwirrt und aus Versehen aus dem Kloster weggegangen.«

»Nein, das werdet Ihr nicht«, fauchte Eleanor. »Niemand würde das glauben. Ihr seid zwar alt, aber nicht wirr im Kopf. Ihr müsst beide hier versteckt bleiben. Ich habe Euch doch bereits gesagt, dass niemand diesen Raum kennt. Verhaltet Euch einfach vollkommen leise, sobald ich kann, komme ich wieder. Aber was immer passiert, ruft nicht, wenn Ihr irgendetwas hört, für den Fall, dass nicht ich es bin. Sobald die Gefahr vorüber ist, bringe ich Euch mehr Essen und Bier. Nur ein einziger Laut von Euch bedeutet das Ende von uns allen dreien, und unsere Köpfe werden in Norwich vor dem Kerker aufgespießt werden.«

Sie schob die Steinplatte wieder zurück an ihren Platz und arrangierte die Streu darüber. Als Greville ihr den Raum unter dem Boden gezeigt hatte, hätte sie sich nicht träumen lassen, dass sie ihn für eine so gefährliche Angelegenheit brauchen würde. Nun hing ihr Leben davon ab, dass er geheim blieb – hier in diesem Raum, in dem noch immer der liebliche Duft ihres Safrans hing.

Sie schloss den Turm ab und kehrte in den großen Saal zurück, in dem sich allmählich alle zum Abendbrot versammelten. Aus der Küche drang der Duft gebratenen Fleisches herüber, doch ihr ganzer Körper war in Alarmbereitschaft und stand unter Spannung, weil sie mit den Beamten rechnete, sodass sie nichts würde zu sich nehmen können. Sie schalt sich dafür, dass sie vergessen hatte, etwas zu essen mit in den Turm zu nehmen, denn sie hatte keine Ahnung, wann es ihr gelingen würde, sich wieder hinaufzuschleichen.

Schon bald hatten sich alle Mitglieder des Haushalts im Saal eingefunden, ein jeder hatte seine eigenen Ansichten darüber, wo sich die Flüchtigen aufhielten – inzwischen schossen die Gerüchte ins Kraut, sodass mittlerweile fünf Flüchtige daraus geworden waren.

»Hast du eine Bestätigung erhalten, wann die Beamten hier ankommen werden?«, fragte Eleanor Hugh, während sie sich Essen auftat, von dem sie wusste, dass sie es nicht hinunterkriegen würde. Ihr Magen gab gurgelnde Geräusche von sich, und sie hatte das Gefühl, dass sich ihre Gedärme verflüssigten.

»Noch nicht«, erwiderte er, »aber bestimmt werden sie es absichtlich so einrichten, dass sie keine andere Wahl haben, als hier zu übernachten. Das ist weit komfortabler als im Schlafsaal des Klosters, und das Essen ist hier auch besser. Aber macht Euch keine Sorgen, Herrin, ich werde mich um sie kümmern. Diese Männer machen ihre Arbeit gut. Sie sind sehr gründlich, und es wird nicht lange dauern, bis sie das Haus und die Nebengebäude durchsucht haben und entdecken, dass die Vagabunden nicht hier sind. Wenn sie bei Verstand sind, werden sie bereits nach King's Lynn geflohen sein und befinden sich inzwischen auf einem Schiff, das sie ins Ausland bringt, deshalb weiß ich nicht, weshalb die Beamten noch hier suchen, anstatt in diese Richtung zu reiten. Ihr habt nichts zu befürchten.«

»Danke.« Sie lächelte ihn schwach an. Sie fühlte sich zwar nicht besser, war aber erleichtert, dass er ihr blasses, verhärmtes Gesicht ihrer Aufregung und der Sorge zuschrieb, dass womöglich der ganze Haushalt während der Suche auf den Kopf gestellt wurde. Am liebsten hätte sie ihn für seine Wortwahl getadelt, weil er die Gottesmänner als »Vagabunden« bezeichnet hatte, doch sie wusste es besser. Die beiden Männer hatten nichts anderes verbrochen, als ihr Leben Gott zu weihen, und jetzt wollte der König, begierig auf ihre Reichtümer, ihnen alles nehmen. Es war richtig, dass sie versuchten, in ein Land zu fliehen, wo sie mit dem gebührenden Respekt behandelt wurden.

»Dann sucht für unsere Gäste bitte ein Zimmer für die Nacht aus, falls dies erforderlich wird«, wies sie ihn an.

»Ich habe mich bereits darum gekümmert«, erwiderte Hugh. »Ich habe die Kammer neben meiner vorbereiten lassen.«

Eleanor nickte. Hughs Kammer lag am Ende des großen Saals an einem langen Korridor. Das war so weit vom

Turm entfernt, dass sich kein neugieriger Besucher nachts aus Versehen in diese Richtung verlief. Doch um sicherzugehen, schloss sie die Tür ab, die vom Saal ins Schreibzimmmer führte, und auch die Tür von dort zur Turmtreppe. Wenn die Schreibstube durchsucht würde, würde sie dafür sorgen, dass sie dabei war und vorgab, das Ganze zu beaufsichtigen, damit beim Herumstöbern niemand irgendwelche privaten Briefe ihres Mannes las. Was noch wichtiger war: Sie würde dafür sorgen, dass es jede Menge Aufruhr und Lärm gab, um ihren beiden Geflüchteten zu signalisieren, dass Gefahr aufzog.

Als sich der Saal nach dem Abendbrot wieder leerte, teilte Eleanor Joan mit, dass sie früh zu Bett gehen wolle. Während die Leute noch beschäftigt waren, war es ein Leichtes für sie, hastig die Tür zum Turmflügel abzuschließen. Danach zog sie sich mit Joan in ihr Gemach zurück, wo sie sich am Feuer zusammenkauerten und leise unterhielten, aus Angst, von Dienern belauscht zu werden, die womöglich von den Männern des Generalvikars bezahlt wurden. Sie durften niemandem trauen.

»Ich wollte heute Abend nicht mit den Beamten zusammentreffen«, gestand Eleanor. »Ich bin schon verängstigt genug und will nicht auch noch Albträume. Ich weiß, dass du das alles missbilligst«, sie umfasste Joans Hände mit den ihren, »und ich will, dass du weißt, dass ich dir von Herzen danke, dass du nichts über Prior Matthew und Bruder Rufus gesagt hast. Du bist mir immer treu gewesen, und ich habe dir niemals für all das, was du für mich tust, gedankt. Aber du sollst wissen, dass ich dich dafür wahrhaft liebe.«

Bevor sie zu Bett gingen, kniete sich Eleanor auf den Boden und rezitierte leise die Vesper, ihre Lippen bewegten sich beinahe lautlos. Schließlich erhob sie sich und blies die Kerze aus, kletterte ins Bett und lauschte angestrengt in die dichte, schwarze Dunkelheit.

Nachdem sie scheinbar eine Ewigkeit, in Wirklichkeit aber nur eine Stunde so dagelegen hatte, hörte sie Hufgeklapper und Männerstimmen im Hof. »Sie sind da«, flüsterte Joan, doch Eleanor konnte nicht antworten. Ihr Mund war so trocken, dass ihr die Zunge am Gaumen klebte, und sie war unfähig, auch nur ein Wort herauszubringen.

26

1540

Nach kaum zwei Stunden unruhigen Dämmerschlafs wachte Eleanor auf, als das erste morgendliche Zwitschern der Vögel zum Fenster hereindrang. Der neue Tag begann, und wer wusste schon, ob sie ihren Kopf noch auf ihr eigenes Kissen betten würde, wenn wieder die Dunkelheit hereinbrach. Ob sie sehen würde, wie Henry aufwuchs. Und wer sich die Zeit nehmen würde, anhand des Blattes mit Bildern, das sie zusammen erschaffen hatten, mit Tom zu kommunizieren. Tränen brannten in ihren Augen. Wie dumm war sie doch gewesen, die Mönche zu beherbergen und so große Gefahr in ihr Haus zu bringen!

Nachdem sie Joan geweckt hatte, bestand sie darauf, dass sie sich trotz der frühen Stunde wuschen und anzogen. Sie musste in den großen Saal gehen und alles überwachen, was im Haus vor sich ging.

Die Bediensteten waren überrascht, dass die beiden Frauen schon wach und nach unten gekommen waren, doch klugerweise behielten sie das für sich. Der Haushalt war bereits in Aufruhr wegen der Ankunft der hohen Gäste, und Eleanor wollte nicht noch mehr Klatsch. Jemand musste jedoch Hugh Bescheid gesagt haben, denn als sie sich zum Morgenmahl hinsetzten, kam er herbeigeeilt. Sein Haar stand in alle Richtungen, offenbar war er gerade aus dem Bett gesprungen und hatte sich, ohne sich zu waschen, angezogen. Sein sonst glatt rasiertes Gesicht war von dunklen Bartstoppeln überzogen, die stellenweise bereits zu ergrauen begannen.

»Mylady, ist alles in Ordnung? Es ist noch nicht einmal halb fünf, sonst steht Ihr doch nicht so früh auf?«

Eleanor hatte mit dieser Frage gerechnet und bereits eine Antwort parat – eine, die zeigen sollte, dass sie keine Angst vor den Beamten hatte. »In meinem Gemach sind sehr viele Mäuse, Hugh. Ich habe die ganze Nacht wach gelegen und ihnen gelauscht – Joan ebenso. Ich kann das nicht mehr ertragen. Es klingt, als wären es Dutzende, vermutlich sind auch Ratten dabei – dem Geräusch nach, wenn sie umherhuschen. Sorg doch freundlicherweise dafür, dass sie zur Schlafenszeit heute Abend nicht mehr da sind, denn ich habe kein Auge zugetan.«

Perplex willigte Hugh ein, ihre sofortige Vernichtung zu veranlassen, und eilte davon. Im Haus wimmelte es zwar nur so von Nagern, aber sie wagten sich nicht oft nach oben, wo es doch in der Küche und im Getreidespeicher fettere Beute zu machen gab. Sie hoffte, dass sich Hugh nun noch um etwas anderes Gedanken machte, nicht nur um die Beamten, um die er sich ebenfalls kümmern musste.

Nachdem er in der Küche verschwunden war, hob Joan ihren Blick vom Teller und sah Eleanor an. Beide wussten sie, dass das Einzige, was sie in den langen Stunden der Dunkelheit wach gehalten hatte, ihre Panik vor der Suche gewesen war, die in ein paar Stunden beginnen sollte.

Nach dem Frühstück mussten sie noch eine Stunde am Feuer im großen Saal sitzen, bis die Beamten reichlich verspätet endlich auftauchten. Eleanor war gleichgültig, wie spät sie am Vorabend angekommen waren, sie wollte sie so schnell wie möglich loswerden. Danach konnte sie endlich dafür sorgen, dass sich der Prior und Bruder Rufus weit von ihrem Haus entfernten. Sie wagte es nicht, sich in ihr Gemach, den Destillierraum oder in die Schreibstube zurückzuziehen, wie sie es normalerweise getan hätte, weil sie dann womöglich den Beginn der Suche verpassen würde. Und sie würde es nicht billigen, dass sie eine weitere Nacht unter ihrem Dach verbrachten.

Die Beamten schienen ganz erpicht darauf zu sein, fertig zu werden und weiterzuziehen, sie machten keinen Hehl aus ihrer Abneigung gegen die karge Landschaft von Norfolk und ihrer Ansicht, wie unangenehm es hier im Vergleich zu ihren behaglichen, eleganten Londoner Häusern war. Hugh ging mit ihnen nach draußen, um in den Scheunen und Nebengebäuden anzufangen, danach gingen sie langsam durch die Viehställe und die Molkerei, am späten Vormittag waren sie dann wieder zurück im Haus.

Hugh schlug vor, dass sie zuerst zu Mittag aßen, bevor sie ihre Suche im Haus fortsetzten, und Eleanor hätte fast vor Enttäuschung geschrien. Ihre Schützlinge waren nun schon seit vielen Stunden in ihrem Versteck eingeschlossen. Konnten sie in dem kleinen Raum überhaupt so lange überleben?

Sie hatte den Koch bereits angewiesen, ein gewöhnliches Mahl zu kochen; er sollte keine speziellen Speisen für ihre Besucher zubereiten. Sie waren nicht ihre Gäste. Daher wurde eine dicke Suppe mit Hammel und Lauch serviert, dazu grobes Brot und ein Teller Früchte. Nach einer halben Stunde erhob sich Eleanor vom Tisch und ging ins Schreibzimmer. Nell und Joan sollten die Kinder zum Spielen nach draußen bringen, damit sie nicht in der Kinderstube waren, solange sie durchsucht wurde. Oder durchwühlt, wie Eleanor böse dachte, da sie bereits gesehen hatte, wie die Arbeitsräume hinter der Küche auseinandergenommen worden waren. Sie hatte Hugh befohlen, dafür zu sorgen, dass im Destillierraum nichts angerührt wurde und keines ihrer Gläser zu Bruch ging.

Nachdem sie gelauscht hatte, wie sie von Zimmer zu Zimmer gegangen waren, gelangten Hugh und die Beamten schließlich ins Schreibzimmer.

»Gentlemen.« Ihre Stimme war kühl, und sie bedachte sie mit einem knappen Lächeln. »Ich nehme an, Ihr habt Eure Flüchtigen nicht gefunden?«

»Nein, Mylady, wir haben nichts gefunden. Ich vermute, dass sie sich draußen im Freien irgendwo verstecken, aber sie werden bald gefasst werden. Die feinen Klosterbrüder sind an ein luxuriöses, komfortables Leben gewöhnt. Überhaupt nicht so, wie es der Heilige Benedikt vorschrieb. Sie werden da draußen nicht lang überleben, vor allem nicht um diese Jahreszeit. Wir sind hier fast fertig, nur noch dieser Raum und der Turm sind zu durchsuchen.«

Eleanor sah sich mit großen Augen im Schreibzimmer um. »Ich hoffe, Ihr könnt sehen, dass sich hier drin niemand versteckt? Nur ich selbst, die wie gewohnt ihrer Arbeit nachgeht.«

»Das sehen wir in der Tat. Und Euer Butler hat uns mitgeteilt, dass es im Turm über uns nur einen einzigen Raum gibt. Und dass Ihr allein über den Schlüssel zu diesem Raum verfügt.« Sie wusste, dass es Hugh ärgerte, dass er keinen Schlüssel hatte und nicht einmal wusste, wo er aufbewahrt wurde. Inzwischen schlug ihr Herz so schnell, dass sie glaubte, ihre Brust müsse zerspringen.

»Das ist richtig, ich habe ihn hier.« Sie zog den Schlüssel aus ihrer Tasche, erleichtert, dass sie vorausschauend genug gewesen war, ihn aus seinem Versteck zu nehmen, bevor das Zimmer voller Leute war. »Ich zeige Euch den Weg.« Als sie aufstand, zitterten ihr so sehr die Knie, dass sie glaubte zu fallen. Ihr Atem ging abgehackt, strömte pfeifend und langsam in ihre Lungen und wieder heraus, während sie verzweifelt versuchte, sich zu beruhigen. Wenn sie doch nur noch ein paar Minuten stark bleiben konnte, dann wären ihre Freunde außer Gefahr, und sie könnte sie aus ihrem kalten, feuchten Gefängnis befreien. Wenn sie denn überhaupt noch lebten.

Auf zitternden Beinen verließ sie das Zimmer und führte die Beamten zu der Tür unten an der Turmtreppe. Flüchtig schauten sie sich in dem kleinen Vorraum um, wo Eleanor keine sechsunddreißig Stunden vorher mit den beiden Männern gewesen war, die sie suchten.

Während sie die Treppe hinaufstieg, plauderte sie lautstark mit den beiden Beamten, sie redete über das Wetter und fragte, ob sie den Hammel, den es zu Mittag gegeben hatte, nicht auch etwas zäh fanden. Zum Glück waren sie ziemlich groß und korpulent, was zweifellos dem behaglichen Leben geschuldet war, das ihre Arbeit mit sich brachte. Deshalb fielen sie schon bald zurück, als Eleanor die Stufen hinaufeilte, an ihre Steilheit und die Schlüpfrigkeit der feuchten Steine gewöhnt. Über ihre Schultern hinweg rief sie ihnen zu, was für ein anstrengender Aufstieg dies war – als hätten sie das nicht bereits selbst gemerkt –, aber dass sie viele Meilen weit sehen konnten, bis zum Meer, wenn sie erst einmal oben angekommen waren. Sie schmunzelte in sich hinein. Als ob sie sich etwas aus der Aussicht machen würden, inzwischen konnten sie es bestimmt kaum erwarten, hier fertig zu werden und sich wieder auf den Weg zu machen. Sie hatte gehofft, dass sie ihre Meinung ändern und auf halber Höhe der Treppe umkehren würden, doch sie stapften entschlossen weiter.

Als sie die Tür oben öffnete, hielt sie den Atem an. Die beiden Männer waren kaum ein Dutzend Stufen hinter ihr. Wenn irgendetwas nicht stimmte, hätte sie keine Möglichkeit zu verhindern, dass sie es sahen. Glücklicherweise wirkte der Raum jedoch genauso wie am Vortag, als sie die Tür hinter sich zugemacht hatte. Langsam und leise atmete sie aus und trat ein.

»Schaut her, Gentlemen, von hier kann man das Meer erblicken und südlich von hier das vornehme Anwesen meines Gatten. Wir sehen jeden, der sich Milfleet über die Straße nähert. Das Haus hat eine sehr gute Lage, findet Ihr nicht auch?« Sie plapperte weiter, als würde sie glauben, sie könnten das Atmen der beiden Männer unter ihren Füßen hören.

Einer der Männer schnupperte und runzelte die Stirn. Eleanor erstarrte. Konnte er den säuerlichen Geruch des

Angstschweißes der beiden Mönche wahrnehmen, den Hauch von Entsetzen, der in der Luft lag? Sie blinzelte langsam, als der geballte Schrecken dessen, was in den nächsten paar Sekunden geschehen könnte, vor ihrem geistigen Auge aufzog: die Kinder heimat- und mittellos, Tom, der wieder durch die Lande streifen und sich allein durchschlagen musste. Und sie selbst und Greville, die als Ketzer hingerichtet wurden. Sie schauderte.

»Hier drin herrscht ein seltsamer Geruch, Mylady«, sagte er und legte den Kopf schräg, als wollte er ihn einordnen. »Es riecht nach Gewürzen. Sir Greville ist Gewürzhändler, nicht wahr?«

Eleanor atmete auf. »Ja, das ist er, aber was Ihr hier riecht, ist der Safran, den wir anbauen. Nach der Ernte wird er hier oben, auf den Tischplatten, die ihr hier seht, getrocknet. Deshalb ist die Tür stets abgeschlossen. Niemand soll während der Ernte hier hereinkommen und die kostbaren Gewürze verderben, bevor sie vollendet sind.«

»In London ist wohlbekannt, dass Euer Gemahl mit seinem Safran ein Vermögen gemacht hat«, bemerkte der andere Beamte.

Eleanor neigte den Kopf, sagte jedoch nichts. Sie wusste, dass allgemein bekannt war, dass ihr Mann seine Stellung bei Hofe hatte verbessern können, deshalb war es wenig überraschend, dass auch Cromwells Schergen davon gehört hatten. Greville war inzwischen eine angesehene Persönlichkeit. Er hatte ihr erzählt, dass es bei Hofe immer Leute gab, die anderen eine plötzliche Vermehrung ihres Reichtums neideten.

»Habt Ihr nun alles gesehen, was Ihr sehen müsst?«, fragte sie mit vorgetäuschter Höflichkeit, während sie zur

Tür ging und darauf wartete, dass sie ihr folgten. Sie ließ den beiden den Vortritt, damit sie die Tür hinter ihnen abschließen konnte.

»Können wir Euch noch eine Stärkung anbieten, bevor Ihr aufbrecht?«, fragte sie, sobald sie wieder im großen Saal waren. Eigentlich wollte sie sie so rasch wie möglich loswerden, doch ihr war klar, dass sie sich gastfreundlich zeigen musste, solange dies notwendig war.

»Nein danke«, kam die Antwort. »Wir müssen das verbleibende Tageslicht ausnutzen und ins Kloster zurückkehren. Morgen müssen wir woanders suchen oder nach London zurückkehren und Cromwell erklären, was passiert ist. Er wird nicht erfreut sein.« Die beiden Männer verbeugten sich vor ihr, dann folgten sie Hugh zu den Ställen, wo ihr Gepäck schon auf den Sätteln verstaut war und die Pferde bereitstanden.

Eleanor wartete noch eine quälende halbe Stunde, bis sie ganz sicher war, dass sie fort waren und nicht mehr zurückkämen und Hugh zu seiner täglichen Arbeit verschwunden war. Sie ging in die Schreibstube, setzte sich hin, nahm eine Feder zur Hand, ohne jedoch etwas zu schreiben, und lauschte den Geräuschen im Haus. Erst als sie einigermaßen sicher war, dass sie unentdeckt bleiben würde, schlich sie sich in den Turm, wobei sie die untere Tür sorgfältig hinter sich verschloss, damit niemand ihr folgen konnte.

Dann rannte sie die Treppe hinauf in das Turmzimmer, schloss auch diese Tür hinter sich ab und hob die Steinplatte vom Versteck. Sie spähte hinein. Der Geruch, der zu ihr heraufdrang, ließ sie würgen, und der Kleiderhaufen darin bewegte sich einige Sekunden lang nicht. Sie schloss die

Augen. Sie waren tot. Sie hatte sie retten wollen und hatte dadurch beide umgebracht. Doch dann hörte sie ein leises schabendes Geräusch und schlug die Augen wieder auf. Sie schnappte nach Luft und schlug die Hand vor den Mund, als sie sah, wie sich der Haufen langsam bewegte und sich die beiden Männer voneinander lösten.

Sie streckte Rufus helfend die Hand hin, als er herauskletterte und auf allen vieren auf dem Boden liegen blieb, weil er sich kaum rühren konnte.

»Helft mir«, krächzte er und beugte sich dann in das Versteck hinunter, um den Prior herauszuziehen, der zwar noch atmete, aber erschreckend bleich aussah und ungesund gelblich graue Wangen hatte. Er lag auf der Seite und rührte sich nicht. Eleanor rieb ihm hektisch die Hände, seine Haut fühlte sich eiskalt und steif an. Sie zog eine Flasche Bier zwischen ihren Röcken hervor und träufelte etwas davon zwischen seine ausgedörrten, aufgesprungenen Lippen. Er zuckte zusammen, als es über die blutigen Risse lief.

Sie reichte Rufus die Flasche, der gierig trank. Als er sie zurückgab, war kaum noch etwas übrig, aber er konnte danach aufstehen, zu einer Bank wanken und sich setzen. Vorsichtig streckte er seine Glieder. Eleanor hörte, wie seine Gelenke knackend protestierten. Sie griff in ihre Tasche und warf ihm einen kleinen Beutel mit Essen zu.

»Ich muss für den Prior Medizin aus dem Destillierraum holen«, erklärte sie ihm. »Es geht ihm schlecht. Und ich hole noch mehr Bier und Essen. Könnt Ihr ihn vielleicht dazu bringen, etwas zu sich zu nehmen, während ich weg bin?« Rufus, der sich immer noch streckte und hin und wieder vor Schmerzen zusammenzuckte, nickte.

»Warte«, krächzte er, als sie sich erhob. »Sind sie weg? Wir haben vorhin gehört, dass sie hier waren. Mein Herz hat so laut gehämmert, dass ich Angst hatte, sie könnten es hören.«

»Nicht lauter als meins«, erwiderte Eleanor, »aber ja, sie sind vor etwa einer halben Stunde aufgebrochen. Wir müssen dafür sorgen, dass Ihr Euch bewegen und reisen könnt, damit Ihr in den nächsten Tagen Euer Boot erreicht und diese Gestade verlassen könnt.«

Sie verschwand nach unten in den großen Saal, der leer war, abgesehen von einer sehr jungen Magd, die die alte Streu zusammenfegte, und Joan, die am Feuer saß und Patiencen legte. Die Art und Weise, wie sie herumfuhr, als Eleanor eintrat, gab preis, dass sie sich hierhergesetzt hatte, um so schnell wie möglich zu erfahren, was als Nächstes geschah. Fragend blickte sie Eleanor an, als diese sich näherte.

»Joan, ich habe im Destillierraum zu tun, könntest du mir bitte zur Hand gehen? Es braucht zwei Leute, um den Krug zu halten.« Sie sprach absichtlich so laut, dass die Dienstmagd und wer sonst noch lauschen mochte, es hörte. Hugh war ein guter Mann, aber letztendlich wusste sie nicht so recht, ob sie ihm trauen konnte.

Gemeinsam gingen die beiden Frauen zum Destillierraum hinten im Haus. Die Küche war ungewohnt leer, und als sie am Tisch vorbeikamen, griff Eleanor nach einem übrigen Brotkanten und einigen Feigen und steckte sie ein.

Sobald sie im Destillierraum angelangt waren und die Tür hinter sich geschlossen hatten, zischte sie Joan zu: »Sie sind am Leben, aber nur gerade so. Ich brauche ein wenig weiches Essen, eine Schüssel Eiercreme oder Eintopf für den Prior. Er ist sehr schwach. Kannst du bitte zurück in die Speisekammer, um nachzusehen, ob du etwas findest? Ohne dass dich jemand sieht? Ich bereite derweil einen Tee aus Malve und Salbei zu und suche die Salbe aus Eichenrinde, die ich letzten Sommer hergestellt habe. Ich stelle alles auf ein Tablett und decke es mit einem Tuch zu, falls uns jemand aufhält. Wir sagen, dass die Medizin für dich ist, wenn uns jemand fragt. Versuche also so blass und krank wie möglich auszusehen. Niemand wird unter das Tuch schauen, wenn ich sage, dass es für dich bestimmt ist.«

Joan drückte kameradschaftlich Eleanors Arm, dann nickte sie und schlüpfte wortlos zurück in die Speisekammer, während Eleanor zusammenstellte, was sie brauchte. Sie war dankbarer denn je für die Loyalität ihrer Freundin. Das Tablett war beinahe vollständig bestückt, als Joan mit mehreren Scheiben Rindfleisch und einer Schale Eiercreme zurückkehrte.

»Ich habe dem Küchenjungen erzählt, dass ich das Frühstück verpasst habe«, sagte sie, während sie das Essen auf das Tablett stellte. »Das hat ihn nicht besonders interessiert. Der Koch ist anscheinend draußen und sucht mit dem Bauern ein Schwein zum Schlachten aus, deshalb ist jetzt ein guter Zeitpunkt für uns, alles aus der Küche zu holen, was wir brauchen.«

»Gut. Ich danke dir. Kannst du auf dem Rückweg ein paar Humpen Bier mitnehmen und mir dann in die Schreibstube folgen? Dort bleiben wir dann ein paar Minuten, bis wir sicher sind, dass niemand auf uns achtet.«

Der Rückweg zum Turm verlief ohne Zwischenfälle, und

während sie in der Schreibstube pausierten und den Bewegungen im Haus und dem Geschrei der Kinder draußen lauschten, musste Eleanor vor Erleichterung kichern.

»Noch nie in meinem Leben habe ich solche Angst gehabt«, gestand sie, »und ich hoffe, dass Hugh jetzt in meinem Gemach ist und nach all den nicht vorhandenen Mäusen sucht.« Joan musste nun ebenfalls kichern, und die beiden Frauen lehnten sich hilflos aneinander, vor Nervosität immer mehr lachend. Als die Luft schließlich rein war, schickte Eleanor Joan als Wachtposten zurück in den Saal, während sie wieder den Turm erklomm.

Der Prior saß inzwischen neben Bruder Rufus auf der Bank, er hielt sich aufrecht, sah aber immer noch sehr blass aus. Er schien in den letzten zwei Tagen um dreißig Jahre gealtert, sein fahles Gesicht war von Myriaden tiefer Linien durchzogen, die in seine Haut eingraviert schienen. Eleanor stellte ihr Tablett mit Arzneien und Verpflegung ab und reichte beiden einen Humpen Bier. Die Hand des Priors zitterte noch so stark, dass er beinahe sein Getränk verschüttet hätte, doch er schaffte es, den Inhalt des Kruges in einem Zug auszutrinken; dann goss Rufus noch etwas aus seinem Krug in den des Priors.

»Ich kann noch mehr Bier heraufbringen«, versprach Eleanor, »und ich habe einen Kräutertee, der gegen Eure schmerzenden Muskeln hilft und eine Salbe für wunde Haut. Hier ist auch mehr Essen und eine weiche Eiercreme für den Prior, die leichter zu schlucken ist. Nach dem Abendbrot wird noch Eintopf oder Gemüsesuppe übrig sein, da bin ich mir sicher. Aber ich fürchte, dass ihr von hier wegmüsst, sobald das Haus für die Nacht gerüstet ist. Ich hoffe, Ihr versteht das. Ich kann dieses Risiko nicht mehr länger auf mich nehmen.«

»Natürlich. Und wir können dir gar nicht genug danken für alles, was du für uns getan hast«, erwiderte Rufus.

»Der Himmel wird es dir vergelten«, flüsterte der Prior lächelnd und drückte ihr zärtlich die Hand.

»Eine kleine Belohnung erhältst du aber bereits vorher«, versprach Rufus. »All unsere Krokusknollen werden in den nächsten Tagen hierhergebracht. Wie es scheint, interessieren sich die Beamten nur für solides Gold, das sie für den König einschmelzen können, nicht für das Gold, das auf den Feldern wächst.«

Eleanor ging wieder hinunter ins Schreibzimmer, wo sie wartete, bis es Abendessenszeit war. Sie nahm ihr Stundenbuch von ihrem Pult und las die Gebete darin. Leise murmelte sie vor sich hin, das vertraute Latein verlieh ihr Trost. Gott sei Dank hatten die Männer des Königs nicht beschlossen, es ihr abzunehmen, wenn sie es denn überhaupt auf ihrem Pult bemerkt hatten. Obwohl sie alle Personen, die im Haus ein und aus gingen, und alles andere, was ihr irgendwie wichtig erschien, in ihrem Buch notierte, wusste sie, dass sie eigentlich nicht niederschreiben durfte, was für eine Gefahr sie über ihr Haus und ihre Familie gebracht hatte. Und über ihren Gatten. Wenn das, was sie getan hatte, in London ruchbar würde, warf man Greville in den Tower, daran zweifelte sie nicht. Dennoch notierte sie sorgfältig das Datum, und darunter schrieb sie:

Mich erreichte ein Sendschreiben des Priors. Er wollte im Kloster bleiben, auch wenn sich die Mönche inzwischen zerstreut haben. Doch jetzt muss er ebenfalls fortgehen. Er hat eine sichere Überfahrt in sein neues Zuhause, zusammen mit seinen heiligsten Besitztümern, die er nicht zurücklassen kann. Er wartet hier, an jenem Ort, an dem er nicht gefunden werden kann, bis er nach Cley aufbrechen kann, wo das Schiff ablegt.

Die Abgesandten des Königs statteten uns einen Besuch ab, was mich in große Angst versetzte. Joan war beinahe überwältigt vor Furcht, aber nichts wurde gefunden. Unser Safran hat sie gerettet. Und seinen allerheiligsten Schatz ebenso. Deo gratias.

Nach dem Abendessen wurde es ruhig im Haus. Hugh teilte Eleanor mit, dass er trotz ausgedehnter Suche kaum Hinweise auf Mäuse in ihrem Gemach oder den angrenzenden Räumen gefunden hätte. Es gelang ihr, überrascht zu wirken, und sie drohte, dass sie Joan nach ihm schicken würde, sollte dasselbe noch einmal passieren, wenn sie im Bett wären. Sie lächelte, als sie sich abwandte, weil sie wusste, dass ein solches Eingreifen nicht nötig sein würde.

Die beiden Frauen gingen nach oben und setzten sich auf Eleanors Bett, bis sie absolut sicher waren, dass sich unter ihnen niemand mehr rührte.

»Du brauchst nicht mit mir hinunterzukommen«, versicherte Eleanor. »Ich lasse sie einfach zur Seitentür hinaus, danach werden sie sich allein durchschlagen müssen. Ich habe alles, was in meiner Macht steht, getan. Ich kann es nicht riskieren, sie weiter zu begleiten. Das Essen, das ich nach dem Abendbrot beiseitegeschafft habe, ist in der Schreibstube, und ab da bleiben alle Türen zugesperrt.«

»Natürlich komme ich mit dir«, erwiderte Joan entschlossen. »Du hast in den letzten beiden Tagen viel zu viele Gefahren allein auf dich genommen. Nun bin ich bereit zu helfen, obschon es fast vorbei ist. Ich bleibe im großen Saal, und wenn jemand kommt, kann ich so laut mit ihm reden, dass du alarmiert wirst.«

»Danke, du warst mir eine große Hilfe. Und eine so gute Freundin. Das kann ich dir niemals vergelten.« Eleanor umarmte Joan, bevor sie sich beide auf Zehenspitzen aus dem Zimmer schlichen. Beinahe hätten sie niesen müssen wegen der trockenen Streu unter ihren Füßen, die mit duftendem, frischem Lavendel und Rosmarin angereichert und nach der vergeblichen Mäusejagd heute ausgelegt worden war.

Es dauerte kaum zehn Minuten, bis die beiden Männer mit Bier und Proviant für ihre Reise versorgt waren. Bruder Rufus steckte alles in den großen Sack, den er nun wieder trug, und ihre kostbare Reliquie hatte einen weiteren Tag sicher überdauert. Sobald sie sich von der Tür entfernt hatten, schloss Eleanor rasch ab und murmelte ein kurzes Gebet vor sich hin, in dem sie um eine sichere Überfahrt für die beiden bat. Es war vorbei. Sie hatte getan, was sie konnte.

Zwei Tage später arbeitete sie gerade im Destillierraum, als es an die Tür klopfte und einer der Gärtner davorstand.

»Eine Lieferung aus dem Kloster ist angekommen«, teilte er mit. »Sie steht draußen.« Er trat zurück und erwartete, dass Eleanor ihm folgte. In der Scheune lagen – wie versprochen – ein Dutzend großer Säcke mit Krokusknollen. Sie schauderte, als sie daran dachte, was dieser Safran sie beinahe gekostet hätte. Das schreckliche Risiko, das sie eingegangen war, machte ihn wertvoller als alles Gold, das Grevilles Truhen füllen würde. Sie würde ihm niemals erzählen können, dass der Reichtum, der ihm so sehr gefiel, beinahe zu seinem Untergang geworden wäre.

27

1540

Meine geliebte Frau,
ich hoffe, dass in Milfleet alles in Ordnung ist und es dir und meinen Kindern gut geht. Hier am Hofe geschieht viel, und ich muss vorerst bleiben, aber du weißt, dass ich lieber bei dir in Norfolk wäre. Die neue Gattin des Königs, Anne of Cleves, ist in England angekommen, allerdings ist sie nicht so schön, wie ihr Porträt verheißen hatte. Ich habe mit einigen Höflingen gesprochen, die dem König nahestehen, und sie sagen, dass er äußerst erzürnt über Holbein und Cromwell ist. Es geht das Gerücht, dass die Ehe nicht vollzogen wurde.
Du siehst also, dass ich in diesen Zeiten des Umbruchs hier sein muss, denn es könnten sich Gelegenheiten ergeben, mich selbst voranzubringen, sobald sich der Zorn des Königs wieder gelegt hat. Er beharrt darauf, sich der neuen Königin zu entledigen. Cromwell ist, wie ich befürchte, nicht länger der aufsteigende Stern am Abendhimmel, seine Freunde fallen zuhauf von ihm ab.

Aber wie alle anderen beobachte ich und warte ab.
Kümmere dich um unser Zuhause und unsere Kinder,
mein kleiner Croker, ich schreibe dir bald wieder.
Dein dir ergebener Gatte, Greville.

Rasch verstrichen die Monate, die Jahreszeiten kamen und gingen, das Wetter und kirchliche Feiertage gaben ihnen den Takt vor. Von Isabel Dereham kam ein kleines Päckchen mit Bändern und Nähseide, und Eleanor wünschte, sie könnte ihre Freundin sehen und mit ihr zusammensitzen wie damals. Doch Greville blieb in London, während der König versuchte, eine weitere Scheidung über die Bühne zu bringen. Eleanor sehnte sich nach ihrem Gatten. Sie hatte Angst, dass Thomas Cromwell, Grevilles früherer Freund, nun geächtet wurde, vom König verstoßen, und dass das auch für ihren Gemahl Folgen haben könnte.

Henry wurde von Tag zu Tag kräftiger, während sein erster Geburtstag herannahte, und zu Eleanors Erleichterung war er nur selten krank. Nell nahm ihn bei fast jedem Wetter mit nach draußen, und so traf man ihn immer lächelnd oder lachend irgendwo auf dem Anwesen oder im Haus an.

Der Kontrast zu Tom hätte nicht größer sein können; Tom hatte sich zwar gut an sein neues Leben gewöhnt, wich Eleanor nur selten von der Seite und weigerte sich, mit den anderen Kindern zum Spielen nach draußen zu gehen, egal wie oft Nell ihn dazu ermutigte. Sein schmächtiger Körper wurde nicht dicker, trotz der riesigen Mengen an Essen, die er in sich hineinstopfte, und ein paar warme Sonnenstrahlen hätten ihm auch nicht schaden können, aber er wagte sich nur nach draußen, wenn Eleanor bei ihm war. Diese versuchte, sich jeden Tag ein paar Stunden Zeit zu nehmen, um mit Nell und Joan im neu angelegten Knotengarten zu sitzen, wenn das Wetter es zuließ, und dann rannte Tom glücklich umher und spielte mit Jane, während Henry auf unsicheren Beinen versuchte, mit ihnen mitzuhalten.

In dieses glückliche Idyll platzte im Sommer 1540 unerwartet Greville hinein, der die Gelegenheit gesehen hatte, für eine Weile aus London zu verschwinden. Der König hatte eine neue Frau gefunden und Cromwell in ungebührlicher Hast enthaupten lassen – nun war alles wieder ruhig, zumindest vorerst. Grevilles Beliebtheit am Hof wuchs weiterhin, und Eleanor konnte ihren Stolz nicht verhehlen, als sie ihren hochgewachsenen, muskulösen Ehemann in seinen neuen, eleganten Londoner Kleidern sah – gut geschnittene Wamse aus feinstem Damast und Samtstoffen, die je nach Strichrichtung von tiefem Tudorgrün beziehungsweise Scharlachrot waren. Sie wusste, dass ihm der Import von Gewürzen und Seide schon immer ein sehr gutes, einträgliches Leben ermöglicht hatte, aber es war nichts im Vergleich zu dem Reichtum, den ihm ihr Safran nun bot. Schon jetzt schoben sich die prall gefüllten Knospen auf den Feldern aus dem Boden – der Kreislauf des Lebens begann von Neuem. Obwohl Simon ihr gesagt hatte, dass es hier in Norfolk Brauch war, die Knollen alle sieben Jahre zu teilen, hatte sie fest vor, dieses bereits im nächsten Frühjahr zu tun und damit dem Drei-Jahres-Zyklus von Ixworth zu folgen.

»Nun, aus welchem Grund bist du zu deiner Frau und deiner Familie zurückgekommen?«, fragte Eleanor mit einem kleinen Lächeln, als sie und Greville nach dem Abendbrot beisammensaßen. Es waren schon volle zwölf Stunden verstrichen, seit er in Milfleet eingetroffen war, doch nun bot sich ihr zum ersten Mal die Gelegenheit, sich allein mit ihm zu unterhalten. Sobald er angekommen war, hatten ihn Hugh und Simon mit vereinten Kräften in Beschlag genommen, um Dinge mit ihm zu diskutieren, von denen sie beschlossen hatten, dass sie Eleanor nichts angingen. Sie ärgerte sich darüber, dass sie ihres Amtes enthoben war, sobald Greville nach Hause kam und das Kommando übernahm.

»Und warum brauche ich einen Grund dafür? Warum sollte ich nicht hier sein wollen?«, fragte er, sein vertrautes breites Grinsen blitzte auf, und seine dunklen Augen ließen sie dahinschmelzen. Sie war kindisch und unreif gewesen, ihn für einen rüpelhaften alten Kerl zu halten, als sie ihn zum ersten Mal gesehen hatte. Jetzt war sie froh, dass er ihr Gatte war, ein feiner, gut aussehender Mann.

»Das Leben bei Hofe habe ich mir nicht zum Vergnügen ausgesucht«, rief er ihr ins Gedächtnis. »Es ist notwendig, wenn ich mein Ansehen und meine Stellung verbessern will. Und das will jeder Gentleman – er will vom König wahrgenommen werden. Du verstehst bestimmt, dass ich den Großteil meiner Zeit dort verbringen muss, um so oft wie möglich gesehen zu werden. Um mich mit den richtigen Leuten zu zeigen. Aber London ist im Sommer nie angenehm, und der König ist immer noch in Oatlands, völlig vernarrt in seine neue Braut Catherine, deshalb ist es eine gute Zeit, sich davonzustehlen, um ein wenig Zeit mit meiner Frau und meiner Familie zu verbringen.«

Er umfasste ihr Gesicht mit seinen großen Händen und lächelte sie an. »Henry wächst zu einem prachtvollen Jungen heran, aber es gibt immer noch Platz für weitere Söhne in der Kinderstube.« Er zog die Augenbrauen nach oben; sie lächelte angespannt und nickte kaum merklich ihre Zustimmung. Es war zu erwarten gewesen, dass er schon bald ein weiteres Kind wollen würde, doch sie würde sich wohl niemals für die Beschwerden einer erneuten Schwangerschaft und die Schmerzen und Sorgen der Geburt bereit fühlen. Letztes Mal war alles gut gegangen, doch eine Garantie gab es nicht.

Wenngleich seine Ankunft bedeutete, dass man nicht mehr von ihr erwartete, sich um geschäftliche Angelegenheiten zu kümmern, ging Eleanors Alltag fast genauso weiter wie bisher. Sie musste Arzneien herstellen und Kräuter und Blüten sammeln, solange es sie noch im Übermaß gab. Und wohin immer sie ging, folgte ihr Tom still und leise, er trug ihren Korb, der fast so groß war wie er selbst.

Die milden Sommertage flogen nur so vorbei, und schon bald war wieder Erntezeit. Dieses Jahr konnte Greville den Arbeitern draußen auf dem Feld helfen. Seine muskulösen Arme glänzten vor Schweiß, und in seiner fade braunen groben Arbeitshose und seinem weißen Leinenhemd war er nicht mehr von seinen Pachtbauern zu unterscheiden. Die elegante Kleidung des Londoner Gentlemans ruhte unterdessen in einer Truhe im Schlafzimmer.

Eines Nachmittags fiel Eleanor plötzlich auf, dass Tom nicht bei ihr war, deshalb ging sie nach draußen, um nach ihm zu suchen. Sie hielt eines der Milchmädchen auf und fragte sie, ob sie ihn gesehen hätte.

»Ja, Herrin, hab ihn mit dem Herrn gesehen.« Sie deutete in Richtung der Gerstenfelder, die noch darauf warteten, abgeerntet zu werden, und Eleanor machte sich auf den Weg. Was mochten sie wohl gemeinsam tun? Erst heute Morgen hatte er ihr gesagt, dass die Gerste erst in einer Woche so weit sei.

Sie entdeckte die beiden beinahe sofort. Greville schritt das Feld der Länge nach ab, die Ähren streiften seine muskulösen Schenkel, kleine Insekten stoben auf. Auf seinen Schultern saß Tom. Gelegentlich zog Greville etwas Unkraut aus dem Boden und reichte es Tom hinauf, der ein ganzes Bündel davon fest in der Hand hielt. Die Nachmittagssonne fiel schräg durch die Bäume, und das in einer leichten Brise wogende Getreide leuchtete wie flüssiges Gold. Ein Meer pulsierenden Lebens – und ihr Gemahl und Tom mittendrin. Freudentränen traten ihr in die Augen. Sie hatte geglaubt, er hätte kein besonderes Interesse an diesem neuen Mitglied des Haushalts. Ein Eindringling in ihre Familie, der die Kleider seiner Tochter auftrug und für immer der Schatten seiner Frau sein würde. Und die Verständigungsschwierigkeiten frustrierten Greville sonst rasch, er fuchtelte ausladend mit den Armen und deutete auf Dinge, was jedoch keinerlei Reaktion bei dem stillen Jungen hervorrief.

Sie hatte sich getäuscht. Er nahm sich Zeit, um eine Verbindung zu ihrem neuen Sohn aufzubauen, auch wenn das nicht einfach war. Am Ende des Feldes drehten die beiden sich um und machten sich auf den Rückweg. Tom entdeckte sie, sein Gesicht verzog sich zu einem Lächeln – ein seltener Anblick –, und er winkte ihr mit seiner Handvoll Wildblumen und Unkraut zu, wobei er fast von seinem Hochsitz gefallen wäre. Sie hörte Grevilles dröhnendes Lachen, und

Tom blickte begeistert nach unten. Er konnte nichts hören, aber sie war sich sicher, dass er die Vibrationen spürte, die das Gelächter durch Grevilles Körper sandte.

Als sie später am Abend zusammen im Bett lagen, dankte sie ihm dafür, dass er sich um Tom bemüht hatte.

»Er muss sich so abgekapselt fühlen«, sagte sie. »Man vergisst leicht, dass er überhaupt da ist, weil er keinen Laut von sich gibt. Er hat so glücklich ausgesehen, als ihr beide da draußen wart.«

»Ich habe ihn sehr gern um mich. Mit Jane und Henry spiele ich gern, aber sie sind laut und fordernd. Jane mag es nicht, wenn sie nicht die volle Aufmerksamkeit bekommt.«

»Das stimmt.« Eleanor lachte. »Sie stand ihr ganzes Leben lang im Mittelpunkt, und Henry hat das alles bedauerlicherweise ziemlich durcheinandergebracht.«

»Tom verlangt nichts. Dafür fehlen ihm die Worte. Schon den kleinsten Bruchteil an Zuwendung genießt er; sein Gesicht leuchtet auf, wenn er weiß, dass man versucht, Kontakt zu ihm aufzunehmen.«

»Und die Zeit, die ich mir dafür genommen habe, ihm Wege zur Verständigung beizubringen, haben sich schon vielfach bezahlt gemacht. Inzwischen kennt er alle Kräuter, die ich verwende, die Arzneien, die ich herstelle. Er weiß, was gefährlich ist und nur in winzigen Dosen benutzt werden darf. Er kann alles, was ich einem Arzneitrank beifüge, an Geruch und Geschmack erkennen. Selbst wenn er nur etwas riecht, kann er auf die entsprechenden Bilder der einzelnen Pflanzen zeigen, die ich für ihn skizziert habe. Und seine eigenen künstlerischen Fähigkeiten sind unglaublich:

Er kann jedes Blatt, das wir sammeln, perfekt abbilden. Er macht es immer vollkommen richtig – es ist erstaunlich. Es ist, als wären seine anderen Sinne schärfer, weil er nicht hören und sprechen kann, und wenn ich langsam Worte mit dem Mund forme, kann er manche inzwischen erkennen. Im Destillierraum ist er mir eine große Hilfe, aber ich wünschte, er würde mehr spielen, sich wie ein normaler Junge benehmen. Nicht wie ein Schatten an meiner Seite, weil er sich dort am sichersten fühlt.«

Anfang September war Eleanor wieder auf ihrem Beobachtungsposten. Und wartete. Jeden Tag in der Morgendämmerung ging sie über den gut ausgetretenen Pfad, der nach den langen Sommertagen trocken und staubig war, zu den Safranbeständen. Sobald sie sich gewaschen und angezogen hatte, band sie sich eine alte Schürze aus Sackleinen um und ging rasch nachsehen, immer in der Hoffnung, dass heute der große Tag wäre.

Sie fegte am Rest des Haushalts vorbei, der gerade frühstückte. Greville, der inzwischen ihre Routine kannte, schnappte sich Brot, Käse und Obst vom Tisch und folgte ihr; er lief neben ihr her, während sie ihren kostbaren Nutzpflanzen zustrebte, und reichte ihr hin und wieder etwas zu essen.

Und schließlich wurden ihre Überwachung, ihre Sorgfalt beim Jäten und der Pflege der Pflanzen belohnt. Als das Paar zwischen den kühlen Hecken hervortrat, unter einem flammenden Himmel, dessen Wolken von den morgendlichen Sonnenstrahlen orange leuchteten, breitete sich eine sich kräuselnde Fläche blasslila Blumen vor ihnen aus.

Ein Teppich, der in der schwachen Brise sanft hin und her schwankte. Über ihren Köpfen sang eine Lerche, ihr Lied wehte über die Landschaft.

Greville ergriff ihre Hand und blieb einen Moment stehen. »Das ist wunderschön«, sagte er leise. »Ich hatte ja keine Ahnung, dass unser Reichtum seinen Ursprung in einer solch herrlichen Zurschaustellung von Schönheit hat.«

»So ist es«, erwiderte sie und ging in die Knie, um eine Blüte abzuzupfen. Sie legte sie auf ihren Handteller und zog mit Daumen und Zeigefinger die Blütenblätter beiseite, um ihm die drei dunkelroten Fäden zu zeigen, die wie winzige Zungen darin lagen.

»Es ist, als wären sie so zart und hübsch, um von dem Geheimnis abzulenken, das sich darin verbirgt«, sagte sie. »Wenn ich traurig bin, weil du in London bist und ich mich einsam fühle, denke ich daran, wie dieses Krokusfeld unter der Herbstsonne wogt. Das bringt mich stets zum Lächeln.«

»Jetzt, wo ich es gesehen habe, werde ich mir dich immer hier vorstellen, wenn ich fort bin. Genauso schön, wie du jetzt aussiehst, vor dir die lila Blumen, deine Macht. Am liebsten würde ich dich jetzt zum Liebesspiel in diese Blumen legen. Aber ich vermute, du hättest etwas dagegen.«

Eleanor lachte. »Da hast du durchaus recht! Wir haben jetzt keine Zeit, uns hinzulegen – weder hier noch anderswo. Nun beginnt nämlich die harte Arbeit. Lange Tage, ja sogar Nächte mühen wir uns hier auf dem Feld und oben im Turmzimmer ab. Ich muss Simon suchen und ihm mitteilen, dass wir heute beginnen. Er wird mich erwarten und die Arbeiter zusammenrufen. Ich weiß, dass sie diese Ernte hassen, wo sie doch beinahe fertig sind, das Obst und Getreide einzufahren. Deshalb gebe ich immer ein großes Fest, um mich für die zusätzliche Arbeit – und zwar äußerst harte Arbeit – zu bedanken, die der Safran mit sich bringt.« Mit der Blüte in der Hand – die Fäden hinterließen dunkelrote Flecke wie Stigmata auf ihrer Handfläche – ging sie Simon suchen.

Am Ende war die Ernte noch erfolgreicher als im Jahr zuvor, doch die größere Anzahl an Pflanzen und damit auch Blüten bedeutete auch, dass die Arbeit viel schwerer und langwieriger war. Die blassen, dunklen Ringe unter Eleanors Augen wurden noch tiefer, weil sie Stunde um Stunde im Turmzimmer verbrachte. Schon bald waren die Böden dick mit den weggeworfenen Blüten belegt, ein duftender Teppich, der an den Röcken der Frauen hängen blieb, wenn sie sich von Zimmer zu Zimmer bewegten.

Nach siebzehn langen Tagen war es endlich vorbei. Der Safran trocknete zu Ende, und die Mägde wurden wieder in ihre normalen Pflichten entlassen.

Joan untersuchte ihre dunkelorange verfärbten Finger. »Es wird Wochen dauern, bis ich wieder mit weißem Leinen arbeiten kann«, klagte sie. »Ich hatte ganz vergessen, wie fleckig der Safran alles macht. Und dann war es heuer auch noch so viel. Musst du wirklich so viel anbauen?«

Eleanor nickte, ihre Hände waren ebenso fleckig wie Joans. Sie blickte die Ernte an, die sich auf den Tischplatten türmte – so golden strahlend, dass es schien, als würde sie von innen leuchten, als hätte sie die Sonne eingefangen. In Gedanken war sie nicht bei dem Schmerz, der sich vom Rücken über ihre Schenkel bis zu ihren Füßen ausbreitete, auch nicht bei ihren Schultern, die so verspannt waren, dass sie kaum den Kopf drehen konnte. Sie dachte auch nicht daran, dass sie so müde war, dass sie sich am liebsten auf den Teppich aus toten Blüten gelegt hätte und auf der Stelle eingeschlafen wäre. Stattdessen dachte sie daran, dass dadurch der Reichtum ihres Mannes gemehrt wurde und ihm noch größeres Ansehen bei Hofe verlieh, so wie er es verdient hatte. Und all das war ihr zu verdanken. Ein zufriedenes Lächeln breitete sich auf ihrem Gesicht aus. Sie war es, die einfädelte, welche Stellung bei Hofe er einnahm, und das konnte nur dazu führen, dass er vom König bemerkt wurde. Inzwischen war das nur noch eine Frage der Zeit.

Ihre Familie wäre großartig, reich und mächtig. Norfolk hatte einen ordentlichen Anteil an mächtigen Familien, warum sollten also die Luttons in Norfolk nicht zu einer weiteren Dynastie werden, die von den Tudors anerkannt wurden? Der kleine Henry steckte zwar noch in den Kinderschuhen, doch sie würde dafür sorgen, dass seine Zukunft so strahlend und hell war, wie das Gold, das sie anbaute. Das war jeden Schmerz in ihrem Körper wert.

Greville hatte sie schon vorgewarnt, dass er, sobald der Safran zur Verschiffung bereit wäre, nach London zurückkehren müsse. In Cley wartete bereits ein Schiff. Er hatte beschlossen, dieses Jahr selbst mit der kostbaren Fracht zu segeln, doch Eleanor war über seine Entscheidung nicht glücklich.

»Aber das Meer kann um diese Jahreszeit rau und wild sein«, wandte sie ein. »Warum reitest du nicht nach London und triffst Captain Wyatt dort, sobald er eintrifft?«

Greville hatte den Kapitän seines Schiffes nach Milfleet gebracht, als die *Elizabeth Jane* vergangenes Jahr in King's Lynn angelegt hatte. Die Tatsache, dass das Schiff nach seiner ersten Frau benannt war, störte Eleanor nun nicht mehr so wie damals – sie wusste, dass sie sein Leben vollkommen zu seinem Besten gewendet hatte, und war zutiefst überzeugt von seiner Liebe zu ihr. Sie hatte den schüchternen, ruhigen Kapitän gemocht, doch sie hatte gemerkt, dass er lieber auf See war, in Gesellschaft der Wellen und Möwen, anstatt zu Hause bei seinem Herrn auf seine Manieren achten zu müssen.

»Es ist eine kostbare Fracht, ich will sicherstellen, dass sie auf jedem Teil ihrer Reise zu ihrem Bestimmungsort sicher ist.«

»Wenn das Schiff in einen Sturm gerät, werden wir nicht nur unseren Safran verlieren, sondern auch dich, mein lieber Mann. Wir können jederzeit mehr Gewürze anpflanzen, aber dich können wir nicht ersetzen.«

Greville lachte. In der tintenschwarzen Dunkelheit ihres Schlafzimmers lag ihr Kopf auf seiner Brust, deshalb konnte sie seine Heiterkeit bebend an ihrem Gesicht spüren.

»Manch einer würde sagen, dass die Ladung in diesem Fall wertvoller ist als ihr Besitzer, deshalb freue ich mich, dass du anderer Meinung bist. Aber ich habe mich entschlossen. Wir werden die Hälfte des Safrans in London löschen, der Rest wird seine Reise nach Calais fortsetzen, wo ich bereits einen Käufer dafür habe. Die Franzosen zahlen sogar einen noch besseren Preis als der König. Doch bei Hofe kann ich die Reichtümer nicht nur an den Münzen bemessen, die das feine Gewürz in meine Truhen spült, und an dem edlen Geschirr, das nun unsere Tafel ziert, sondern auch an den Verbindungen, die ich herstellen kann, und den Türen, die sich mir in Londons großen Herrenhäusern und Palästen öffnen.

Apropos, ich will meine Abreise um einen Tag verschieben, um die Derehams noch einmal zu besuchen. Ihr Sohn Francis ist inzwischen aus Irland zurückgekehrt, und ich möchte wissen, wie sein Besuch gelaufen ist. Erinnerst du dich noch daran, dass ich dir sagte, er habe bei den Howards gelebt und sei ein Freund der neuen Königin Catherine gewesen, bevor sie an den Hof kam? Er könnte sich als nützlicher Verbündeter und Freund herausstellen. Vor ein paar Tagen hat er geschrieben, dass er in Norfolk weilt, deshalb will ich mich mit ihm treffen.«

Eleanor freute sich über die Aussicht, ihre Nachbarn zu besuchen und Isabel wiederzusehen. Seit sie nach Milfleet gezogen war, war dies die erste Gelegenheit, jemanden zu besuchen, und sie gab sich große Mühe mit ihrer Frisur und ihren Kleidern, sodass Greville eine ganze Dreiviertelstunde auf sie warten musste. Dann allerdings leuchteten seine Augen vor Bewunderung auf, und er nickte anerkennend, als sie zu ihrem Pferd hinüberging. Ihr stämmiger weißer Zelter, der selten genug Bewegung bekam, tänzelte seitlich und war genauso erpicht darauf aufzubrechen wie Greville. Eleanor blieb kaum Zeit, ihr sorgfältig ausgewähltes Kleid und ihren Umhang zu arrangieren, denn schon schoss ihr Pferd mit klappernden Hufen aus dem Hof hinaus, dicht gefolgt von Greville auf seinem großen schwarzen Reittier. Dahinter kamen noch zwei ihrer Stallknechte.

Glücklicherweise hatte ihr Pferd nach einem kurzen Galopp ein wenig Energie abgebaut und beruhigte sich wieder, deshalb konnten sie nebeneinander herreiten und die flammenden Orange- und Rottöne bewundern, in die die herbstlichen Bäume getaucht waren. Der Weg war bereits dick mit raschelndem totem Laub und stacheligen grünen Kastanienschalen bedeckt, und Eleanor sah mit Bestürzung, wie schwer beladen mit Beeren die Stechpalmen und Ebereschen bereits hingen. Das helle Rot vor dem dunklen, glänzenden Laub sah zwar wunderschön aus, doch es sagte auch einen harten Winter voraus, wovor sie sich immer fürchtete.

Das Haus der Derehams war beeindruckend. Es war weniger wehrhaft als Milfleet, eher ein Familienheim, wie es Ixworth gewesen war, wenn auch beträchtlich größer. Es war aus eleganten, schmalen dunkelroten Backsteinen erbaut, die in einem raffinierten Fischgratmuster zwischen hellen Eichenbalken unter einem bogenförmigen Dach angeordnet waren. Die zahlreichen Fenster ließen jede Menge Licht ein, und Eleanor gefiel es in dem kleinen Salon, in dem sie mit Isabel vor einem warmen Kaminfeuer saß; sie plauderten über Kinder und stickten, während Francis und Greville irgendwohin verschwunden waren.

Eleanor war von dem jungen Mann angetan. Mit seinen schulterlangen, dunklen Locken und den fröhlichen Augen war er sehr gut aussehend. Er hatte eine tiefe Verbeugung gemacht und ihre Hand geküsst, wobei ein fasziniertes Prickeln sie überlief. Gerne hätte sie sich mit ihm unterhalten, doch sie wurde weggeführt, als die Gentlemen hinten im Haus verschwanden.

Bevor sie gingen, sah sie ihn noch einmal kurz und konnte ihren Blick nicht von ihm losreißen. Er war strahlend wie ein Gott, auf seinem herrlichen Antlitz und in seinen tiefbraunen Augen blitzte hin und wieder ein jungenhaftes Lächeln auf, das direkt unter der Oberfläche stets präsent zu sein schien. Sie konnte nicht so recht einordnen, was er an sich hatte, doch er benahm sich, als hätte er keine einzige Sorge auf der Welt und sei überzeugt, dass alles und jeder zu seiner Freude und seinem persönlichen Vergnügen wie ein Schauspiel inszeniert sei. Er strahlte Gelassenheit und Selbstsicherheit, Zufriedenheit und Freude aus. Wie konnte man in seiner Anwesenheit nicht lächeln?

Auf dem Heimweg konnte es Eleanor kaum abwarten, Greville über ihn auszufragen.

»Wie war deine Begegnung mit Francis?«

»Es lief gut. Ich wollte wieder Kontakt zu ihm aufnehmen, weil ich ihn vor ein paar Jahren in London getroffen habe und er sehr bald wieder an den Hof zurückkehren wird. Erinnerst du dich, dass er einst gut mit seiner Verwandten Catherine bekannt war? Nun hofft er, sich wieder mit ihr anzufreunden. Du siehst, dass diese Verbindung vorteilhaft für mich sein kann. Und umgekehrt kann ich ihm meine Geschäftskontakte vorstellen, was ihm helfen wird, Reichtümer anzuhäufen. Wir haben vereinbart, uns in London zu treffen, und ich habe ihm ein Zimmer in Cheapside angeboten, sollte er eine Unterkunft brauchen.«

»Ist er mit jemandem verlobt?« Eleanors Gedanken waren zu Joan gewandert, und im Geiste plante sie schon eifrig eine Hochzeit der beiden.

»Er hat mir erzählt, dass er und Königin Catherine wie Mann und Frau zusammenlebten, als sie beide bei der Herzoginwitwe wohnten. Kannst du das glauben? Ich habe ihm eingeschärft, dass er dies jetzt, wo sie mit dem König vermählt ist, für sich behalten muss, denn sonst braucht er kein Zimmer bei mir, weil er im Tower wohnt. Ich bin mir ehrlich gesagt nicht sicher, ob er meinen weisen Rat angenommen hat. Er gab nämlich zu, dass es ihm das Herz brach, als er von ihrer Heirat erfuhr.«

»Oh, ich hatte mich gefragt, ob er wohl ein geeigneter Gatte für Joan sein könnte.«

»Joan? Nein, eine solche Verbindung würde ich nicht billigen. Francis hat große Ziele am Hof und bereits eine hochrangige Stellung dort. Joan passt nicht an den Hof.«

Eleanor ließ die Schultern hängen, ihre Fantasien, er könnte eine Verbindung mit ihrer lieben Freundin eingehen, lösten sich in Luft auf wie der Morgennebel in der aufgehenden Sommersonne. »Dann hoffe ich mal, dass er deinen Rat befolgt, damit sein hübscher Kopf auf seinen Schultern bleibt.«

Greville lachte und gab seinem Pferd die Sporen, sodass es in Trab verfiel. »Ich bin mir sicher, er ist schlau genug, sich aus Ärger aller Art herauszuhalten«, versicherte er ihr. »Ich werde dafür sorgen, dass man sich gut um ihn kümmert. Ich kenne solche Typen. Er möchte am Hofe der Königin vorstellig werden, daher wird er sich mir vielleicht als nützlicher Verbündeter erweisen. Als sehr nützlicher Verbündeter.«

Lächelnd ritt Eleanor ihrem Gatten nach, erfreut darüber, dass Greville an genau den richtigen Stellen Freundschaften schloss. Ihr Stern stieg eindeutig am Firmament, und sie fühlte sich unbesiegbar.

28

2019

Schließlich war das Ende der Bucharchivierung in Sicht. Amber hatte sich durch die Berge von Kartons, die überall in Saffron Hall verstreut waren, hindurchgearbeitet, und jetzt war nur noch die dunkle, modrige Bibliothek übrig. Und die nüchterne Erkenntnis, dass sich ihr Sabbatical dem Ende zuneigte und sie schon bald einige Entscheidungen treffen musste. Doch zuerst die Bibliothek. Viele dieser Bücher standen möglicherweise schon seit Hunderten von Jahren auf den Regalen, unangetastet und vernachlässigt von zahlreichen Vorfahren, die den Raum mit Büchern gefüllt hatten, die sie niemals lasen; daher war dieser vergessene Teil des Hauses langsam verfallen. Als Amber an den labilen Zustand des Turmes über ihr dachte, war ihr ein wenig mulmig bei dem Gedanken, dort zu arbeiten, aber es war einfacher, ihren Laptop dort aufzustellen, als alles hinüber ins Arbeitszimmer und wieder zurück zu schleppen.

In diesem Raum konnte man ganz gut nachvollziehen, wie ein früherer Bewohner den originalen Grundriss dieses

Teils des Herrenhauses geändert hatte. An einem Ende des Raums war eine niedrige Balkendecke beibehalten worden, und es war dort dunkel und düster. Doch dann öffnete sich die Bibliothek zu einem viel helleren, luftigeren Raum, einem Teil des ursprünglichen großen Saals, mit hohen Fenstern über dunkler Holztäfelung, die auf halber Wandhöhe endete. In diesem helleren Teil platzierte sich Amber an einem alten Stehpult, das Fenster im Rücken, sodass sie so viel natürliches Licht wie möglich abbekam. Dann fing sie an, die schweren, staubigen Folianten aus den Regalen zu nehmen.

In der Bibliothek zu arbeiten hielt sie davon ab, Pausen einzulegen und noch ein paar Seiten von Eleanors Buch zu lesen. Sie würde bis zum Nachmittag damit warten, bis sie mit ihrer Arbeit für heute fertig wäre. Nachdem sie sich unter der Dusche den Schmutz abgewaschen hätte, der sich auf ihrer Haut, ihren Kleidern und ihren Haaren abgesetzt hatte, würde sie mit ihrem Großvater eine Tasse Tee trinken und sich dann ein Stündchen hinsetzen, um mit ihren Recherchen fortzufahren. Die lateinischen Abschnitte waren so schwer zu entziffern, dass sie nach einer Stunde normalerweise Kopfschmerzen bekam und erst am nächsten Tag weitermachen konnte.

Sie fragte sich allmählich, ob es überhaupt noch mehr Hinweise auf diesen Seiten zu finden gab, doch sie wusste nicht, wo sie sonst hätte suchen sollen, deshalb las sie weiter, auch wenn Eleanor zwischen all den Gebeten und Psalmen nicht viel geschrieben hatte. Jedes Mal, wenn sie jedoch eine Seite umblätterte und etwas in Eleanors vertrauter Handschrift entdeckte, schlug ihr Herz vor Aufregung und

Freude höher. Der inzwischen erkennbare Stil ihrer Buchmalereien stach ihr direkt ins Auge, normalerweise verzierte sie mit kleinen blasslila Blumen, goldenen Äpfeln sowie Reihern oder Falken.

Deshalb war Ambers Freude groß, als sie eines Nachmittags, als es am Himmel draußen vor dem Fenster schon dämmerte und die Nacht hereinbrach, eine Seite umblätterte und einen weiteren Eintrag von Eleanor entdeckte, der am Rand mit einem winzigen Mönch und einem Hasen verziert war. Sie schnappte sich ihren Stift und ihren Notizblock, und versuchte, den Text zu übersetzen.

Als sie von der Übersetzungs-App zu dem Buch und dann zu ihren Notizen wechselte, spürte sie, wie sich ihre Nackenhaare aufstellten. Dieser Eintrag bestand weder aus einer Kräuterliste oder der Beschreibung einer Krankheit und ihrer Heilmittel, noch aus einem Lieblingsrezept oder einer lebhaften Beschreibung von Eleanors Safrananbau. Eleanor schilderte ein Geschehnis. Es musste sich um ein reales Ereignis handeln, davon war Amber überzeugt.

Trotz des dumpf pulsierenden Schmerzes hinter ihren Augen – sie musste sie zusammenkneifen, um die Worte zu entziffern – konnte sie nicht aufhören, daran zu arbeiten. Als sie die ganze Passage übersetzt hatte, war es fast Mitternacht. Ihrem Großvater hatte sie schon längst eine gute Nacht gewünscht und ihm versprochen, dass sie auch bald zu Bett gehen würde. Inzwischen war ihr übel vor Erschöpfung, und sie konnte sich immer noch keinen Reim darauf machen, was da geschrieben stand. Allerdings ahnte sie, dass es bedeutender war als alles andere, was sie bisher in diesem Buch gelesen hatte.

Sie war fix und fertig. Ihre Hände zitterten vor Müdigkeit, als sie das Buch in den Safe zurücklegte, den Laptop zuklappte und zu Bett ging. In der Dunkelheit lag sie da, ihr Herz hämmerte vor Aufregung – vielleicht hatte sie zufällig den entscheidenden Hinweis gefunden, den Durchbruch erzielt, den sie brauchte, um Eleanor zu helfen. Wenn sie doch nur verstehen würde, was das alles bedeutete. Morgen früh würde sie als Erstes Becky anrufen, um herauszufinden, ob ihre Freundin ein wenig Zeit hatte, um ihr beim Enträtseln dessen, was sie übersetzt hatte, zu helfen. Mit einem zufriedenen Lächeln auf dem Gesicht schlief sie schließlich ein.

Becky arbeitete am folgenden Vormittag, versprach Amber aber, gegen Mittag nach Saffron Hall zu kommen. Amber freute sich darüber und musste sich dennoch in Geduld üben. Sie lenkte sich ab, indem sie zum Supermarkt fuhr und anschließend Lasagne zubereitete und eine Zitronen-Baiser-Torte backte. Es hatte keinen Sinn, ihre Notizen anzustarren und zu versuchen, Detektivin zu spielen – sie brauchte Beckys Expertise, um auf Ideen zu kommen. Ihr Großvater war begeistert über das seltene kulinarische Highlight, vor allem als sie seinem Wunsch nachkam, auch noch einige Marmeladentörtchen zu machen. Wie ein Fünfjähriger fragte er dauernd, wann sie endlich essen würden, doch Amber bestand darauf, auf Becky zu warten.

Die Törtchen kamen gerade aus dem Ofen, die Marmelade blubberte, lief bei fast allen über und verbrannte auf dem Blech, als Becky eintraf. Nach einem quälend langwierigen Mittagessen, bei dem Amber am liebsten die Teller weggezogen hätte, kaum dass ihr Großvater und Becky den letzten Bissen in den Mund gesteckt hatten, machten sie es sich in der Bibliothek gemütlich. Ambers Notizen waren auf dem Schreibtisch vor ihnen verstreut.

»Ich weiß nicht mal, ob ich das richtig verstanden habe«, fing sie an, von Selbstzweifeln geplagt. »Die winzigen Buchstaben und wie sie vom Lateinischen ins Französische wechselt, als könnte sie sich nicht mehr an das Wort, das sie suchte, in der Sprache erinnern, die sie gerade benutzte.«

»Wird uns das zu Mary führen? Uns helfen, die erste Passage zu verstehen?«

»Nein, das glaube ich nicht, jedenfalls habe ich nichts dergleichen gefunden. Das ist etwas ganz anderes. Aufregend, aber Furcht einflößend. Ich lese dir mal vor, was ich glaube, was das heißt.«

»Dann mal los, das ist ja faszinierend!«

Amber holte tief Luft und fing an zu lesen. *»Mich erreichte ein Sendschreiben des Priors. Er wollte im Kloster bleiben, auch wenn sich die Mönche inzwischen zerstreut haben.«*

»Stand ein Datum dabei?«, unterbrach Becky. »Meint sie damit die Auflösung der Klöster?«

»Oh, ja, sorry, das war im April 1540, allerdings bin ich nicht dahintergekommen, an welchem Tag. Aber ja, mitten in der Auflösung.« Sie hielt inne und las dann weiter. *»Doch jetzt muss er ebenfalls fortgehen. Er hat eine sichere Überfahrt in sein neues Zuhause, zusammen mit seinen heiligsten Besitztümern, die er nicht zurücklassen kann. Er wartet hier, an jenem Ort, an dem er nicht gefunden werden kann, bis er nach Cley aufbrechen kann, wo das Schiff ablegt.«*

»*Ein Ort, an dem er nicht gefunden werden kann?* Das klingt, als würde sie ihn verstecken. Aber wo?«

»Warte, auf der nächsten Seite ist noch ein Eintrag. Das muss später gewesen sein.« Sie las weiter aus den Seiten vor ihr vor. *»Die Abgesandten des Königs statteten uns einen Besuch ab, was mich in große Angst versetzte. Joan war beinahe überwältigt vor Furcht, aber nichts wurde gefunden. Unser Safran hat sie gerettet. Und seinen allerheiligsten Schatz ebenso. Gott sei Dank.«*

»Verdammt nochmal.« Becky atmete langsam aus. »Was bedeutet das?«

»Ich glaube, sie hat den Prior versteckt – und vielleicht noch einen zweiten Mönch, denn sie hat eindeutig ›sie‹ geschrieben und nicht ›ihn‹. Und ihnen zur Flucht verholfen. Die Beamten haben nach ihnen gesucht – heißt das, sie haben sich geweigert, die Suprematsakte zu unterschreiben? Dann wären sie als Ketzer verbrannt worden. Womöglich handelt es sich bei den heiligsten Besitztümern, die sie erwähnte, um Reliquien. Ich muss zu den Klosterruinen gehen und nachschauen, ob es irgendwelche Informationen darüber gibt, welche Reliquien dort aufbewahrt wurden. Falls dies irgendwo verzeichnet wurde. Das Wichtigste hier ist, dass ihr Safran die Mönche offensichtlich irgendwie geschützt hat. Aber wie? Hat sie sie in den Feldern versteckt? Vielleicht in den Hecken dort – sie waren damals bestimmt viel dichter als heute.«

»Aber es war November, das wäre viel zu kalt gewesen. Als Prior musste er ein – zumindest für damalige Verhältnisse – alter Mann gewesen sein. Möglicherweise war er gebrechlich. Der Safran selbst war nicht hoch genug, als dass man sich auf den Feldern selbst hätte verstecken können, ohne entdeckt zu werden. Wo sonst hätten sie sich so gut verstecken können, dass eine Horde mitleidloser Männer sie nicht fand? Nach allem, was ich aus dieser Zeit gehört habe, hätten sie jeden Stein umgedreht. Eleanor kann von Glück sagen, dass sie nicht die Scheunen niedergebrannt haben, nur um sicherzugehen.«

»Moment mal.« Amber hob die Hand, ihre Gedanken überschlugen sich. »Scheune. Da war doch was.«

»Wurden dort die Krokusknollen aufbewahrt?«

»Nicht in jenem Jahr – ich habe bereits gelesen, dass sie nach der Ernte nicht ausgegraben wurden. Selbst wenn sie geteilt werden sollten, geschah dies vor der Wachstumssaison. Sie mähten das Grünzeug nach der Blüte und benutzten es als Viehfutter. Mir ist gerade eingefallen, dass bei der Safranernte die Fäden aus den Blüten gezupft und sorgfältig getrocknet wurden. Und dass dies eine heikle Sache war, sodass sie fern vom restlichen Haushalt stattfinden musste. Irgendwo, wo es keine Zugluft gab, wo keine Menschen ein und aus gingen. An einem sicheren Ort. Und …« Sie hielt einen Moment inne, als ihr etwas dämmerte »… Eleanor beschrieb auch, wie die blassen Blüten einen tiefen, duftenden Teppich auf dem Boden bildeten.«

»Sodass man jemanden darunter verstecken konnte?«, fragte Becky zweifelnd. »So dick?«

»Ich weiß nicht. Aber ich weiß, wo sie den Safran vorbereiteten. Und zwar am einzigen Ort, den wir nicht betreten können. Den Turm. Ihr sicherer Hafen.«

»Hm, dann ist der Plan wohl geplatzt. Wir können im Moment nicht hinauf – er ist nicht sicher. Wir werden nicht erfahren, ob sie einen flüchtigen alten Mann mit seiner Schatulle alter Knochen dort versteckt hat.«

Amber kicherte über die unverhohlene Geringschätzung ihrer Freundin in Bezug auf die Reliquie. »Das ist jetzt aber ein wenig pietätlos von dir.«

»Überhaupt nicht«, verteidigte sich Becky. »Wir wissen, dass er der Prior war, und wie es scheint, waren sie mit irgendeiner Reliquie auf der Flucht, die normalerweise aus irgendeinem uralten Körperteil besteht, das angeblich einem Heiligen gehört hat, oder aus einem Splitter des Kreuzes. Unter historischen Gesichtspunkten mag dies interessant sein, aber ich glaube nicht, dass so ein Gegenstand heilende Eigenschaften hat oder eine Kommunikation mit dem Göttlichen ermöglicht.«

»Wie auch immer« – unterbrach Amber den Vortrag ihrer Freundin – »wer hat denn eigentlich gesagt, dass es gefährlich ist, auf den Turm zu steigen?«

»Während wir uns hier unterhalten, nehmen sie ihn auseinander«, erklärte ihr Becky geduldig. »Du hörst sie doch. Genau genommen kann man das Geklopfe im ganzen Dorf hören, wenn der Wind aus der richtigen Richtung kommt. Ich will doch hoffen, dass du nicht vorhast, am Gerüst hinaufzuklettern? Ich kann mir nicht vorstellen, dass Kenny oder Pete das gutheißen würden.«

»Nein, da hast du wohl recht, aber ich bin fest entschlossen, mich da oben umzuschauen. Ich muss ja nur die Treppe hinaufgehen. Und auch wenn Grandad mich immer vor dem Turm gewarnt hat, von wegen er würde Unheil bringen und so, wird mich das nicht davon abhalten nachzuforschen. Und ja, ich fürchte mich auch davor, aber ich muss es einfach tun. Wenn du nicht willst, brauchst du ja nicht mitzukommen – ich verstehe das vollkommen. Aber ich muss wissen, ob es irgendwelche Hinweise darauf gibt, dass die Mönche jemals dort oben waren.«

»Nach all dieser Zeit? Ich bin mir sicher, dass Eleanor dafür gesorgt hat, dass jede Spur von ihnen verschwindet.«

»Ich weiß, aber sie ist diejenige, die will, dass ich nachforsche. Das spüre ich.«

So wild entschlossen, wie sie war, biss sie dennoch auf Granit, als sie ihren Großvater nach dem Schlüssel für die Tür unten am Turm fragte.

»Ich habe keine Ahnung, wo der ist«, rief er. »Du weißt doch, dass man mir als Kind immer verboten hat, dort hinaufzugehen, und was passiert ist, als mein Vater herausfand, dass ich vorhatte, es trotzdem zu tun? Und jetzt ist der Turm so marode, dass die Gefahr besteht, dass er in sich zusammenfällt, wie du sehr wohl weißt. Du wirst auf keinen Fall da hinaufsteigen.«

»Grandad, wir wissen beide, dass das doch nur Gruselgeschichten sind.« Amber klang draufgängerischer, als sie sich fühlte. Und wenn doch ein Fluch auf ihm lag? Sie versuchte sich zusammenzureißen. Was konnte jetzt noch Schreckliches passieren? Ihr Baby war gestorben; sie lebte nicht einmal mehr mit dem Menschen zusammen, den sie am meisten liebte. Es gab nichts Schlimmes, was noch geschehen könnte. Und außerdem glaubte sie nicht an Flüche oder Hokuspokus. Ihr Großvater sah alles andere als glücklich aus. Was immer man vor all den Jahren zu ihm gesagt hatte, jagte ihm nach wie vor – achtzig Jahre später – noch immer Angst ein.

»Niemand weiß, wo der Schlüssel ist«, wiederholte er, »oder hat es je gewusst. Er ist schon so lange weg. Aber das spielt keine Rolle, du könntest ernstlich zu Schaden kommen, wenn du jetzt, wo die Bauarbeiten im Gang sind, hinaufsteigen würdest. Wenn du schon gegen meine ausdrückliche Bitte hinaufgehen musst, dann warte wenigstens, bis Kenny fertig ist.«

Aber Amber konnte nicht warten. Was immer Eleanor von ihr wollte, es wurde immer dringlicher, und sie würde auf den Turm steigen, um nachzusehen, koste es, was es wolle. Aber das würde sie ihrem Großvater nicht unter die Nase reiben.

29

1541

Zu Beginn des Frühjahrs 1541 erhielt Eleanor eine Reihe von Briefen von Greville. Mehr als sie in den ganzen vier Jahren ihrer Ehe je erhalten hatte. Jedes Mal, wenn einer eintraf, machte ihr Herz einen Sprung, weil sie hoffte, er enthielte die Nachricht seiner Heimkehr – oder endlich eine Einladung an den Hof. Als man ihr seinerzeit eröffnet hatte, dass sie diesen Mann heiraten werde, hätte sie nie geglaubt, dass sie ihn eines Tages lieben und so sehr vermissen würde, dass sich ihr ganzer Körper, ihr ganzes Sein, nach ihm verzehrte. Zu Beginn ihrer Ehe war er nach London gegangen, und sie hatte nichts mehr von ihm gehört. Manchmal hatte er nicht einmal angekündigt, wenn er nach Hause kam, und sie hatte das nicht sonderlich gestört. Doch inzwischen fühlte sich jede Woche, die er weg war, wie ein Monat an, während sie auf seine Rückkehr wartete.

Und dieser neue Gentleman, Kaufmann und Höfling konnte nicht widerstehen, seine Gattin über alles, was gerade in seinem Leben geschah, auf dem Laufenden zu halten.

Eleanor las begeistert seine Briefe, auch wenn es ihr lieber gewesen wäre, wenn er es ihr persönlich erzählt hätte. Sie schloss die Augen und stellte sich vor, wie es wäre, dort zu sein – die opulenten Stoffe und Kleider, die Bälle, die stolpernden Hofnarren und die Düfte und Aromen all der exotischen lukullischen Freuden, die der Hof zu bieten hatte.

Greville war kurz nach Neujahr Richtung London abgereist, und schon drei Wochen später traf der erste Brief von ihm ein. Eleanor fand Joan durchgefroren vor dem Feuer im großen Saal vor.

»Ein Brief von Greville!«, rief sie glücklich und fuchtelte mit dem Pergament herum. Joan zog die Augenbrauen hoch, legte ihre Stickerei beiseite und wartete auf die Neuigkeiten.

»Meine geliebte Eleanor«, las sie, *»ich habe frohe Nachrichten. Ich wurde in das Gefolge der Höflinge berufen, das den König und unsere neue Königin Catherine im Sommer auf ihrer großen Prozession nach Nordengland begleitet. Dies ist eine große Ehre für unsere Familie. Wir werden mehrere Monate fort sein. Ich übergebe die Verantwortung für die Geschäfte in London an Ralph. Ich hege die Hoffnung, dass ich auf unserer Reise Gelegenheit bekomme, mich dem König zu zeigen und positiv aufzufallen.«*

»Dann arbeitet Greville also richtig am Hof? Für den König?«, fragte Joan.

»Ich weiß nicht so genau«, gestand Eleanor, »aber ist das nicht wundervoll? Bestimmt sind wir bald selbst am Hof und sehen die ganze Pracht mit eigenen Augen. Ich kann es kaum erwarten!«

»Ich würde mal nicht darauf wetten«, erwiderte Joan scharf. Was bei Hofe passierte, betraf sie nur selten, so abgeschieden wie sie hier in der flachen, kargen Landschaft Norfolks waren. Diese harte Wahrheit hatte sie sehr schnell erkannt, und sie scherte sich nicht mehr darum, wer mit wem flirtete oder was der König tat. Was sie jedoch interessierte, waren die Kleider der Königin und die Moden am Hof. Dies drang irgendwann – wenn auch verwässert – in ihre eigene kleine Welt durch.

Und beide Frauen waren sich zudem bewusster denn je, dass nun die frisch reformierte Kirche diktierte, wie sie beten durften. Keine von ihnen war glücklich darüber, dass Hugh darauf bestanden hatte, die Veränderungen an der Kapelle vorzunehmen, die Greville angeordnet hatte: das Entfernen der vertrauten Statuen und des herrlichen Triptychons. Eleanor hatte das schöne Objekt in ihrem Gemach unten in einer Truhe versteckt. Tom liebte es, und sie wollte es nicht zusammen mit den anderen Ikonen in Rauch aufgehen sehen. Vielleicht konnte sie es ja eines Tages wieder aufstellen. Sie und Joan waren sich insgeheim darüber einig, dass es ein unglaubliches Glück war, dass die Beamten zwar das Herrenhaus durchsucht, aber die versteckte Kapelle nicht einmal bemerkt hatten. Sie durften derlei nicht mehr riskieren.

Weitere Briefe von Greville trafen ein. Sie erzählten von den Freuden und Aufregungen des höfischen Lebens und enthielten Neuigkeiten über die Vorbereitungen ihrer Reise durch das Land, die im Juni beginnen sollte. Der König und die Königin würden aufbrechen, sobald der Sommer über London hereinbräche: Die Stadt war kein Ort, an dem es sich bei heißem Wetter gut aushalten ließ – es herrschte ein widerwärtiger Gestank, und häufig breiteten sich auch Krankheiten aus. Sie würden durch das Land reisen und schließlich nach York gelangen, wo der König diejenigen büßen lassen würde, die an der Pilgrimage of Grace – einem Aufstand der Katholiken gegen die Abspaltung der englischen Kirche von Rom – beteiligt gewesen waren. Außerdem hatte Greville seine letzte Ladung Seide direkt an den König verkaufen können, und die wurde der Königin und den Hofdamen präsentiert, was Grevilles gute Laune noch steigerte.

Im April kam dann ein Brief, in dem es hieß, er würde nach einem Besuch in Collyweston Palace, wo die Reise nach York unterbrochen würde, für wenige Tage nach Hause kommen.

Von nun an fragte sich Eleanor jeden Morgen, an dem sie allein in ihrem Bett erwachte, ob dies der Tag von Grevilles Ankunft sei. Es kribbelte nur so in ihr vor Vorfreude und Aufregung.

Tatsächlich ging seine Ankunft ruhig vonstatten, ohne das große Trara, das Eleanor veranstaltet hätte. Eine Woche lang hatte es heftig geregnet, und eine klamme, niedergeschlagene Atmosphäre hatte sich in Milfleet ausgebreitet. Dicker, widerwärtiger Matsch wurde von draußen hereingetragen, und das obwohl Eleanor stets darauf bestand, dass alle Holzschuhe über ihren Stiefeln trugen und nicht einfach Nässe und Dreck im ganzen Haus verteilten. Die Säume ihrer Kleider wurden schlammig, und die Binsen unter ihren Füßen klebten an Schuhen und Röcken, sodass irgendwann alles davon bedeckt war. Selbst das Essen schien danach zu schmecken.

Da Jane und Henry tagelang ihrer Aktivitäten draußen beraubt waren, verhielten sie sich wie Tiere im Käfig. Sie waren aufsässig, laut und rannten im ganzen Haus herum, als würden sie nach einer Fluchtmöglichkeit suchen. Sogar der stets ruhige Tom schien unglücklich. Er blieb noch näher als sonst an Eleanors Seite, wenn sie im Destillierraum arbeitete, und es gab über eine Woche lang keine Ausflüge, um Vorräte einzuholen. An den meisten Nachmittagen reihte er in ihrem Privatgemach Janes Holztiere auf dem Fenstersitz auf und starrte in den anhaltenden Regen hinaus, der in Rinnsalen über die kleinen Glasscheiben rann, winzige Ritzen zum Eindringen fand und Pfützen auf den Fensterbänken hinterließ.

Als Greville also schließlich durch die durchnässte Landschaft nach Hause kam, waren nur wenige Leute draußen, die sein Pferd über den Weg galoppieren sahen. Und selbst das Geräusch der Hufe wurde vom durchweichten Untergrund verschluckt. Nicht einmal die Hunde schlugen an, denn sie lagen vor dem Feuer und versuchten, sich warm und trocken zu halten. Erst als Greville und sein Lehrling John das Herrenhaus betraten – ihre Hüte und Umhänge klebten an ihnen, trieften und hinterließen Wasserlachen auf dem Boden –, merkte der Haushalt, dass der Herr heimgekehrt war.

Eleanor, die sich in ihrem Privatgemach aufhielt, wurde durch den Lärm der Hunde aufgeschreckt, die endlich aufgewacht waren und so aufgeregt bellten, dass das ganze Haus davon widerhallte. Tom hatte natürlich nichts von alldem mitbekommen und setzte sein Spiel fort, bis Eleanors Bewegung, als sie ihre Stickerei fallen ließ und aus dem Zimmer rannte, seine Aufmerksamkeit erregte; er folgte ihr, um zu sehen, wohin sie so eilends ging.

»Warte kurz – ich bin völlig durchnässt.« Greville lachte, als sie sich ihm in die Arme warf.

»Das ist mir egal«, erwiderte sie mit einem breiten Lächeln, während sie einen Schritt zurücktrat, damit er seinen Umhang ablegen konnte. »Ich bin so glücklich, dass du nach Hause gekommen bist. Wir wussten nicht, wann wir dich erwarten sollten.« Sie folgte ihm hinüber zum Feuer, wo er mit dampfenden Kleidern stehen blieb und befahl, dass Bier und Speisen gebracht wurden.

»Ich packte die Gelegenheit beim Schopfe und bat darum, eine Woche frei zu bekommen, während wir in Collyweston verweilen. Ich kann nur sieben Tage bleiben und reite dann nach Stamford, um mich den anderen wieder anzuschließen. Ich habe etwas Aufregendes mitgebracht. Lass mich essen und trinken und mir etwas Trockenes anziehen, dann zeige ich es dir. Hallo, Tom, mein Junge.« Er wandte sich dem kleinen Jungen zu, der mit dem Rücken zur Täfelung an der Seite stand und ihn still beobachtete. Greville streckte die Hand aus, und sofort breitete sich auf Toms argwöhnischem Gesicht ein strahlendes Grinsen aus. Er kam herbeigetrottet, ließ Grevilles ausgestreckte Hand links liegen und drückte sich stattdessen an dessen Bein. Trotz seiner nassen Kleidung hob Greville ihn lachend hoch.

Kurz darauf kam Jane wie ein Wirbelwind die Treppe heruntergefegt und rannte zu ihrem Vater, wobei sie Tom fast umgeworfen hätte. Henry dagegen war bedächtiger, er watschelte zielstrebig auf seine Mutter zu, während er Greville nicht aus den Augen ließ – offenbar wusste er nicht so recht, wer er war.

»Hast du mich vergessen, mein Sohn?«, fragte er; dann wirbelte er den kleinen Jungen durch die Luft und fing ihn wieder auf. Nur wenige Sekunden später lächelte und gluckste Henry genau wie alle anderen, und Eleanor musste darauf bestehen, dass Greville sich endlich trockene Sachen anziehen ging.

Erst viel später bekam er die Gelegenheit, Eleanor zu zeigen, was er mitgebracht hatte – die Quelle seiner Aufregung. Er nahm sie mit in die Schreibstube, und sie bemerkte, dass der übliche Papierstapel auf der Tischplatte an ein Ende geschoben war, offenbar um Platz auf dem Tisch zu schaffen. Aus seiner Reisetruhe, die auf dem Schreibtisch stand, zog Greville ein Stück Pergament heraus und machte sich daran, es auseinanderzufalten. Das dicke cremeweiße Papier lag wie ein Stück Stoff auf dem Tisch. Eleanor sah sich die Zeichnung darauf an.

»Oh, das ist Milfleet«, rief sie, als sie zuerst den Turm und dann die Treppen erkannte, die zum großen Saal führten.

»Ja«, bestätigte er, »aber dieser Bereich hier nicht.« Er deutete auf die gegenüberliegende Ecke. Eleanor runzelte die Stirn.

»Nein, du hast recht, das ist anders.« Sie war verwirrt. »Hier drüben haben wir keine Räume.«

»Noch nicht.« Er lächelte auf sie herab, seine Augen leuchteten vor Begeisterung. »Das sind meine Pläne für den Bau eines neuen Flügels. Ich habe sie in London anfertigen lassen, und ich hoffe, mit den Vorbereitungen für seinen Bau zu beginnen, solange ich hier bin. Das Haus wird dadurch fast doppelt so groß, und wenn der König und die Königin nächstes Jahr in die Sommerfrische ziehen, kommen sie uns womöglich hier besuchen – wer weiß?«

»Greville«, hauchte sie, »das wäre das Wundervollste, was uns je passieren könnte. Ich wünschte, so würde es kommen. Aber dieser neue Flügel ist riesig. Das ist sehr gewagt. Haben wir denn die nötigen Mittel? Können wir uns das leisten?«

»Gewiss können wir das, weil dein Safran genug neuen Reichtum gebracht hat. Und deshalb habe ich die Entscheidung getroffen, auch noch etwas anderes zu ändern.« Er strich eine eingerollte Ecke des Plans glatt und machte eine Kopfbewegung zu dem Namen hin, der unten stand. Obwohl Eleanor ihn las, konnte sie sich einen Moment lang keinen Reim darauf machen, doch plötzlich dämmerte es ihr. Ursprünglich hatte dort »Milfleet« gestanden, doch der Name war abgeschabt worden und stattdessen stand dort in kunstvoller Handschrift »Saffron Hall«.

»Saffron Hall?« Sie strich mit dem Finger über die Worte. »Änderst du den Namen unseres Heims?«

»Das tue ich. Wir tun das. Dies ist eine neue Ära für uns und unsere Familie, das spüre ich. Und das wäre uns ohne das Gewürz, das du auf unseren Feldern anbaust, nicht gelungen. Da ist es nur recht und billig, wenn wir die Großartigkeit dessen, was uns Gutes widerfahren ist, nach außen tragen, indem wir es anerkennen. Und unser Wappen wird in Zukunft das Bild einer Krokusblüte enthalten.« Mit vor Stolz geschwellter Brust strahlte er über das ganze Gesicht.

»Oh, ich danke dir, Greville.« Ihre Augen füllten sich mit Tränen, als sie ihm die Arme um den Hals schlang und ihn fest an sich drückte. »Das ist die größte Ehre, die du mir je erweisen konntest. Ich freue mich so sehr.«

Es bereitete ihr ebenso viel Vergnügen wie ihm, die Planung des neuen Flügels an ihrem Zuhause mit dem neuen

Namen zu beaufsichtigen. Er wies Hugh an, Steine aus dem inzwischen verlassenen Kloster zu holen, um sie für den Bau zu verwenden. Eleanor war nicht glücklich über den Einsatz der geheiligten Steine, doch sie wusste auch, dass jemand anderes sie sich holen würde, wenn Greville sie nicht benutzte. Sie bemühte sich, ihre Loyalität gegenüber den geflohenen Mönchen nicht zu zeigen.

Abends ließ sich Greville neben ihr ins Bett fallen, und sie liebten sich im Dunkeln hinter zugezogenen Vorhängen. Danach lagen sie sich in den Armen, Eleanor von ihrem Nachtgewand züchtig verhüllt, das ein wenig an Grevilles nackter, verschwitzter Brust kleben blieb. Dann breitete er vor ihr aus, was er alles vorhatte, damit ihre Familie so bedeutend wurde wie ihr Nachbar, der Duke of Norfolk. Wie viel prachtvoller Saffron Hall wäre, wenn der neue Anbau fertig war, und dass er ein größeres, eleganteres Haus in London mieten wolle.

Er erzählte Eleanor von den feinen Stoffen, von denen er nun größere Mengen denn je importierte: üppiger Samt aus Venedig, der wie fast alles vom Gewinn der letzten Safranernte finanziert wurde.

»Aber gibt es keine Neider bei Hofe?«, fragte sie. »Weil sich dein Wohlstand und dein Einfluss ständig mehren?« Sie war zwar unendlich stolz auf das, was er dank ihres eigenen Beitrags erreicht hatte, sorgte sich aber, dass er die Missgunst und den Neid anderer auf sich zog. Es gab immer jemanden, der gewillt war, einen anderen nach unten zu ziehen, um selbst aufzusteigen. Greville jedoch lachte nur über ihre Ängste und versicherte ihr, er sehe da keinerlei Gefahr.

Doch sie konnte seine Zuversicht nicht teilen und lag nachts wach, weil sie sich an eine ganze Liste von Leuten erinnerte, die beim König in Ungnade gefallen waren. Sie bekam allmählich Angst vor dem, was sie in bester Absicht erschaffen hatte. Mit ihrem Safran hatte sie ihren Gatten auf den Weg gebracht, den er jetzt beschritt, ihm seine hohe Stellung bei Hofe ermöglicht – und deshalb wäre sie auch dafür verantwortlich, wenn er in Konflikt mit jemandem geriete. Das war eine schwere Bürde, die sie zu tragen hatte.

Schon bald war es Zeit für Greville zurückzukehren, um mit dem Hof weiterzuziehen, und Eleanor konnte ihre Tränen nicht unterdrücken, als er es ihr mitteilte.

»Ich weiß, dass du gerne zu Hause bist«, sagte sie mit bebendem Kinn, »und wir lieben es, wenn du da bist. Wir sind eine richtige Familie. Jane und Henry genießen es, dich um sich zu haben, und Tom ebenso, da bin ich mir sicher, auch wenn er es uns nicht sagen kann – das ganze Haus ist glücklicher! Warum bleibst du dann nicht? Du musst nicht bei Hofe erfolgreich sein. Alle wissen, dass du jetzt reich bist, ganz sicher brauchst du niemandem etwas zu beweisen.« Sie konnte ihre wahren Sorgen nicht zum Ausdruck bringen, die Gefahr, die es mit sich brachte, zu nahe an der Sonne – zu nahe am König – zu fliegen. Sie fürchtete sich zu sehr, es auszusprechen.

»Meine Liebe, ich werde immer etwas zu beweisen haben. Ich muss zeigen, dass mein Reichtum weiterhin wächst und dass ich angesehen bin. Im Moment verbessere ich die Stellung unserer Familie, damit Jane und Henry und alle Kinder, die Gott uns noch schenken wird, und ja, vielleicht auch Tom, in ausgezeichnete Familien einheiraten können, die über den Reichtum und die Insignien verfügen, die sie verdienen. Doch dafür muss ich die richtige Art von Freunden und Kontakten anziehen. Wenn ich hier in Norfolk festsitze, kann ich nichts von alldem erreichen. Ich muss in London sein, wo der König ist. Und jetzt, wo ich eine Stellung am Hof habe, sind wir auf dem Weg, alles zu erreichen, was wir uns ersehnen.«

Alles, was Greville sich ersehnt, wäre wohl treffender, dachte Eleanor bei sich, während sie beobachtete, wie seine Gepäcktaschen für seine Abreise gepackt wurden.

Ihre Begeisterung über seinen Aufstieg schwand allmählich. Wenngleich sie selbst mit ihrem waghalsigen Verstoß gegen das Gesetz und der verantwortungslosen Fluchthilfe für den Prior und Bruder Rufus so leichtfertig alles aufs Spiel gesetzt hatte, was sie besaßen. Einschließlich ihrer aller Leben. Vielleicht sollte sie einfach nur dankbar sein, dass sie immer noch alle zusammen waren.

»Wirst du bald wiederkommen, um die Bauarbeiten zu beaufsichtigen?«, fragte sie, als sie in ihrer letzten gemeinsamen Nacht nebeneinander im Bett lagen. Sie war noch nicht wieder in ihr Nachthemd geschlüpft. Die Vorhänge waren einen Spalt offen, und eine kühle Brise wehte herein. Der Vollmond schien durch das Fenster und beleuchtete den Umriss ihres nackten Körpers, ihre Mulden und Rundungen. Greville strich mit den Fingerspitzen über ihren Schenkel und über ihre Hüften zu ihrer Taille, umfasste ihre Brüste mit seiner warmen Hand, sodass sie vor Verlangen nach ihm erschauerte.

»Ich weiß es nicht. Hugh weiß, was alles getan werden muss, deshalb brauchst du dich nicht damit zu befassen. Du hast schon genug Arbeit mit der Leitung des Haushalts und dem Anbau des Safrans. Ehe man sich's versieht, ist wieder Erntezeit.«

»Davor muss noch gepflanzt werden«, erinnerte sie ihn. »Wir haben die Knollen letztes Jahr ausgegraben, um sie zu teilen.« Sie hatte ein schlechtes Gewissen, weil sie ihn anlog, doch sie brauchte eine Ausrede für das Dutzend Säcke, angefüllt mit Knollen, die von der Scheune ins Turmzimmer gebracht worden waren – ihre Belohnung des Klosters dafür, dass sie dem Prior zur Flucht verholfen und dafür ihren Gatten und seine Loyalität zum König verraten hatte. Sie hatte niemandem von den Säcken erzählt, doch sie hatte Simon darum gebeten, weitere zwei Morgen Land für den Krokusanbau zu pflügen. Und – so sagte sie sich – Greville wäre nicht unglücklich, wenn die Goldengel seine Truhen wieder füllten, sobald das Gewürz verkauft war.

Kaum war er wieder am königlichen Hof, trafen Briefe von ihm ein, die ausführliche Geschichten über die Reise enthielten, die sich langsam durch das ganze Land fortsetzte. Die Bauarbeiten an Saffron Hall gingen weiter, und der Rest der Familie führte sein Leben wie gewohnt.

Im Juli schrieb Eleanor an Greville:

Mein Geliebter, ich bin so aufgeregt, dir mitteilen zu können, dass ich erneut ein Kind unter dem Herzen trage. Ich erwarte, dass es irgendwann im Januar zur Welt kommt. Ein neues Baby für ein neues Jahr wird aufwachsen und durch die Zimmer unserer beträchtlich vergrößerten Saffron Hall toben. Wir sind wahrhaftig gesegnet.

Sie fügte noch hinzu, dass sie hoffte, er würde zu Weihnachten und Neujahr nach Hause kommen und lange genug bleiben können, um sein neues Kind zu sehen. In seinem nächsten Brief ging er auf ihre Neuigkeiten ein, drückte seine Freude darüber aus, gab jedoch keinen Kommentar dazu ab, ob er dieses Mal zur Geburt zu Hause wäre. Diese Unterlassung sprach Bände.

Weitere Briefe berichteten von seiner Reise, dass sie in Pontefract eingetroffen waren, und von den wunderbaren Turnierkämpfen und Vergnügungen, die für den König und die Königin dort veranstaltet wurden. Dann kam etwas, was noch aufregender war, und Eleanors Hand begann zu zittern, als sie es las.

Mein neuerliches Zusammentreffen mit Francis Dereham hat sich – wie ich mir erhofft hatte – ausgezahlt. Er ist in Pontefract eingetroffen und wurde von der neuen Königin Catherine – mit der er, wie du dich erinnerst, eine Liebelei hatte, als sie unter ein und demselben Dach wohnten – als Sekretär eingestellt. Aufgrund unserer Freundschaft habe ich nun ebenfalls eine Stelle – ich assistiere Dereham bei seinen Sekretariatsarbeiten.

Ihr Gatte arbeitete unmittelbar für die Königin. Sie konnte es kaum glauben – ein Traum war wahr geworden. Seine Briefe steckten voller Geschichten über Francis und ihn selbst, über Königin Catherine und ihre Hofdamen und die vergnügliche Zeit, die sie in den großen Häusern verbrachten, die sie auf ihrem Weg nach York besuchten. Dort würde der König mit dem schottischen König Jakob zusammentreffen. Eleanor konnte sich die hochrangige Gesellschaft, in der sich Greville inzwischen bewegte, kaum vorstellen.

»Wenn Greville seine Freundschaft mit Francis nicht

hätte wiederaufleben lassen, wäre dies nie geschehen«, sagte sie zu Joan.

»Ja, als wie vorteilhaft sich das nun herausgestellt hat«, erwiderte Joan schmollend.

Eleanor warf ihrer Freundin, die für gewöhnlich überaus positiv und entspannt war, einen Seitenblick zu. Ob Joan womöglich die Nase ein wenig voll hatte von dem luxuriösen Leben, von dem Greville in seinen Briefen berichtete und das sich so von ihrem eintönigen, von Routine geprägten Dasein unterschied? Vor allem seit Eleanors Beichte, dass sie Greville vorgeschlagen hatte, dass Francis Dereham eine gute Partie für Joan wäre, und dieser anderer Meinung gewesen war.

Nun machte sich Eleanor Sorgen, dass jeder Brief, jede Schilderung des goldenen Lebens am Königshof, ein Messerstich in Joans Herz war, der sie daran erinnerte, was ihr alles entging. Wenn Greville auf Eleanors Vorschlag eingegangen wäre, dann wäre jetzt sie, Joan, im königlichen Gefolge, möglicherweise als eine von Catherines Hofdamen, während ihr Gatte als deren Sekretär arbeitete. Es war wirklich kein Wunder, dass Joan unzufrieden war, dass es ihr schien, als würde ihr Leben langsam vorbeiziehen. Alles, was ihr blieb, war ein Leben als Gefährtin, Schwester und altjüngferlicher Tante für Jane, Henry und das neue Baby, das in Eleanors Leib schon merklich wuchs. Und für Tom, der weiterhin so leise und klammheimlich durch die Räume schlich, dass man ihn gar nicht bemerkte.

Auch wenn Eleanor indirekt Grevilles aufregendes Leben mitlebte, musste sie die Pflanzung ihrer zusätzlichen Krokusknollen beaufsichtigen. Sie wollte dies nicht Simon überlassen, und obwohl ihr Rücken pochte und brannte, half sie den Feldarbeitern, die Zwiebeln in den sorgfältig vorbereiteten Boden zu stecken. Es dauerte volle vier Tage, bis alle gesetzt waren, und nachdem sie Joan darum gebeten hatte, ihr mit einer Salbe aus Lorbeeren den Rücken einzureiben, legte sich Eleanor vierundzwanzig Stunden ins Bett.

Als sie einen Tag später wieder aus ihrem Zimmer auftauchte, fand sie einen weiteren Brief von Greville, dieses Mal aus York, wo sie immer noch auf König Jakob warteten. Und zwar offenbar schon seit über einer Woche, was Eleanor erstaunte; wer würde den großen König Heinrich warten lassen? Greville war überaus verdrossen darüber, zum Herumsitzen verdammt zu sein, vor allem weil das Wetter nass und trostlos war und weil York stank. Auch nicht schlimmer als London stinken würde, dachte Eleanor boshaft. Wenn er frische Luft wollte, hatte er hier ein herrliches Landhaus, in das er sich zurückziehen konnte. Außerdem erwähnte er ein neues Mitglied im Gefolge der Königin, einen gewissen Thomas Culpeper, der nun offenbar plötzlich in der königlichen Gunst stand. Zwischen den Zeilen war zu entnehmen, dass Francis und damit auch Greville von Culpeper beiseitegedrängt wurden, und keiner von ihnen schien besonders erfreut zu sein über diesen neuen Eindringling.

Im Laufe des Sommers kamen die spindeldürren blassgrünen Triebe der Krokusblüten heraus, schimmernd vor dem gedämpften Braun der Erde. Endlich schien die Sonne nur noch sporadisch durch die schweren Regenwolken, und dies war mehr als willkommen, denn die Pflanzen wuchsen stetig, und nur ein gelegentlicher Schauer konnte verhindern, dass alles vollkommen austrocknete.

Zwei Wochen später erhielt Eleanor eine hastig gekritzelte Notiz von Greville, in der stand, dass König Jakob überhaupt nicht in York erschienen war und dass sie sich nun wieder auf dem Rückweg nach London befanden. Sie waren nach Hull weitergezogen, doch offenbar war der König bei übelster Laune und hatte in den letzten Tagen nicht einmal die Königin aufgesucht, darum war alles sehr niedergeschlagen und still. Er hatte gehofft, auf dem Rückweg nach Norfolk kommen zu können, doch es war unerlässlich, dass er beim Hof blieb.

Voller Zärtlichkeit erinnerte sie sich an die Safranernte der letzten Jahre. So fieberhaft hatte sie sich gewünscht, Greville könnte bei Hofe abkömmlich sein, um wieder nach Hause zu kommen und zu helfen – und war nun so enttäuscht. Letztes Jahr war Henry kaum mehr als ein Baby gewesen, und nun war er schon ein richtiger kleiner Junge, der ununterbrochen plapperte und überall hinrannte; Greville sah ihn überhaupt nicht aufwachsen. Jeder im Haushalt liebte den Jungen, oft erbettelte er sich Zuckerzeug vom Koch, der ihn vergötterte, oder er rannte draußen mit den Söhnen der Bauern umher. Nell hatte es aufgegeben, ihm beizubringen, wie sich der Sohn eines Gentlemans benahm, und verbarg nicht, dass sie Jane mit ihrer feinfühligen, femininen Art bevorzugte.

Eleanor fand, dass es Henry nicht schaden konnte, wenn man ihm ein paar Jahre lang seine Freiheit ließ. Er müsste noch früh genug Kniehosen und ein Wams tragen, würde auf eine Schule geschickt oder anderswo, in einem hohen Haus, erzogen. Wie sie wusste, hoffte Greville, dass durch seinen zunehmenden Wohlstand und der entfernten

Verwandtschaft zu seinen Freunden, den Derehams, Henry vielleicht ein Platz in Framlingham angeboten würde, dem prachtvollen Haus des Duke of Norfolk in Suffolk. Doch das würde sich erst mit der Zeit herausstellen. Wenigstens würde Tom niemals fortgeschickt werden. Sie ließ die Hand sinken und berührte dessen Scheitel. Er war stets bei ihr, stand stumm und abwartend in den Falten ihres Rockes.

Sie war wieder dazu übergegangen, jeden Morgen über den vertrauten Pfad zu gehen, allerdings mit hängenden Schultern und schweren Herzens, weil sie sich daran erinnerte, wie sie vergangenes Jahr mit Greville dort entlanggegangen war; stets war Tom dabei leise zwischen ihren Fußabdrücken hinterhergehopst. Selbst seine Pantoffeln schienen so leise zu sein wie er. Und sie erinnerte sich daran, wie sie weißes Weizenbrot, frische Feigen und eine Flasche Dünnbier mitgenommen und sich zum Frühstücken in das trockene Gras gesetzt hatten, das das Feld säumte.

Das Krokusfeld war inzwischen riesig. Genauer gesagt waren es eigentlich zwei Felder, da Simon Anweisung gegeben hatte, Gemeinland jenseits der Weide zu pflügen, um dort anpflanzen zu können. Um das Anwesen herum gab es Gemeinland in Hülle und Fülle, deshalb nahm sie kein Weideland, das die Dorfbewohner für ihr Vieh brauchten.

Die Hand über den Augen, damit die aufgehende Sonne sie nicht blendete, näherte sie sich dem Feld und bemerkte sofort das verräterische Zittern, ein Meer aus flatternden lila Blütenblättern, das in der morgendlichen Brise so weit das Auge reichte schwankte und wogte. Wiegend und tanzend erstreckten sich die Blüten bis zum Horizont. Sie drehte sich auf dem Absatz um und wäre beinahe über Tom gestolpert, der hinter ihr stand. Sie hatte nicht damit gerechnet, dass der Safran so früh reif sein würde.

Sie umfasste sein Gesicht mit beiden Händen und sagte: »Zeit für die Safranernte, Tom, mein Junge. Wir werden viel Arbeit haben, und deine Eltern werden reicher denn je sein.« Sie lächelte ihn an, und er lächelte zurück, auch wenn er kein Wort von dem, was sie gesagt hatte, verstand. Sie ließ ihn auf dem Pfad stehen und ging Simon suchen, damit er die Arbeiter einteilte.

Die Ernte war schwer. Eleanor war erleichtert, dass ihr schwangerer Bauch noch klein und kompakt war und sie deshalb nicht daran hinderte, sowohl auf dem Feld als auch im Trockenraum zu arbeiten. Jeden Tag mussten die Blüten, die sich geöffnet hatten, bei Tageslicht gepflückt werden, darum wurde jedes verfügbare Händepaar auf dem Feld gebraucht, später arbeitete sie dann im Turmzimmer und zupfte die Safranfäden vorsichtig aus den Blüten. Niemand arbeitete so hart wir Eleanor.

Endlich waren die längsten, anstrengendsten Wochen ihres Lebens vorbei, und Eleanor stand mitten im Turmzimmer und betrachtete die Früchte all ihrer Mühen. Die letzte Ladung lag immer noch auf den aufgebockten Tischplatten und trocknete zu Ende. Einen Teil der Ernte hatte sie bereits nach unten in ihren Destillierraum gebracht.

Keine Oberfläche im ganzen Haus war von den weggeworfenen Blütenblättern verschont geblieben, die nun welk und vertrocknet von den Rocksäumen der Frauen in alle Ecken mitgeschleift wurden, auch wenn sich das Dienstmädchen, das damit betraut war, sie zusammenzufegen, noch so anstrengte. Allerdings wurde sie auch von Jane, Tom und

Henry an ihrer Aufgabe gehindert, die die Blüten zu einem weichen Haufen auftürmten, sich dann hineinwarfen und sie so überall wieder verteilten. Unwillkürlich musste Eleanor lachen. Tom klatschte vor Begeisterung in die Hände und Nell tadelte Jane für ihr undamenhaftes Betragen. Henry hingegen erntete kein böses Wort, als er vergnügt die Blütenblätter verstreute, sie armvollweise in die Luft warf und jeden, der ihm zu nahe kam, damit überschüttete.

Wenn doch Greville nur zu Hause wäre! Dann hätte er nicht nur bei der mühevollen Organisation der Ernte und der Erntehelfer geholfen, sondern hätte auch gesehen, wie sehr sich die Kinder amüsierten. Dies alles war nun ihr zugefallen – Simon konnte die Arbeiter einteilen, aber sie hatte gleich am Anfang klargestellt, dass sie ihnen sagen müsste, wann und wo sie ernten sollten.

Natürlich würde Greville das fertige Produkt sehen, die *Elizabeth Jane* lag bereits in Blakeney vor Anker und wartete auf die Sendung mit dem Gewürz. Dieses Jahr sollte alles nach Calais verschifft werden, wo er sogar einen noch höheren Preis erzielte als beim königlichen Gewürzmeister. Sie fragte sich, was für ein minderwertiger Safran die Speisen bei Hofe nun würzen würde. Zur Erinnerung an die Ernte presste Eleanor eine einzelne Krokusblüte unter mehreren großen Büchern. Als sie vollkommen trocken war, legte sie sie in ihr Stundenbuch.

Wenn sie auf einen Heimatbesuch gehofft hatte oder auch nur auf einen Brief, in dem er sie mit Dank für ihre Mühen bei der Herstellung einer solch großen Menge Gewürz und für die damit verbundenen Reichtümer überschüttete, wurde Eleanor enttäuscht.

Stattdessen enthielt sein nächstes Sendschreiben dazu lediglich zwei Zeilen, in denen er bestätigte, dass sein Schiff sicher an seinem Ziel angekommen war und sein Händler dort, zusammen mit Ralph, die Fracht zu einem Rekordpreis veräußert hatte. Vor allem aber beschwerte er sich in dem Brief darüber, dass sie nun nach Windsor zurückgekehrt waren und die Atmosphäre nicht mehr so sonnig und glücklich war wie vor ihrer Abreise von dort. Eleanor war beunruhigt über diese Veränderung der Umstände, sein Brief klang so anders als die, die er im Sommer geschickt hatte.

Nach allem, was sie daraus entnehmen konnte, war Francis miserabelster Laune. Er stand nicht mehr in der Gunst der Königin, die nur noch von ihrem neuen Freund Thomas Culpeper sprach, und Francis war alles andere als glücklich über diese Situation. Eleanor war verwirrt und konnte nicht begreifen, worauf Greville da anspielte. Sie las Joan den Brief vor, die die Lippen schürzte und den Kopf schüttelte.

»Ich dachte, Francis sei der Sekretär der Königin?«, fragte sie. »Und Greville hilft ihm?«

»Das glaubte ich auch. Ich verstehe nicht, weshalb er sich in dem Brief so darüber beklagt, dass sie so viel Zeit mit diesem Thomas verbringt. Weshalb kümmert ihn das so sehr? Und den König erwähnt er kaum. In seinen letzten Briefen ging es immer darum, den König zu sehen und auf prachtvollen Bällen zu tanzen. Nun geht es nur noch darum, dass er in einer kleinen Schreibstube sitzt, Briefe schreibt und sich Francis' Klagen anhört.«

»Warum bleibt er dann dort? Hier gibt es Bauarbeiten zu beaufsichtigen, und du hast die ganze Safranernte allein stemmen müssen. Und ein weiteres Kind ist unterwegs. Ich verstehe nicht, weshalb er darauf beharrt, bei Hofe zu bleiben, wenn es dort keine Fröhlichkeit und Ausgelassenheit mehr gibt?«

»Ich auch nicht«, gestand Eleanor, »aber er hat immer darauf bestanden, dass er im Leben nur weiterkommen kann, wenn der König auf ihn aufmerksam wird. Auf diese Weise würde er zu noch mehr Reichtum kommen, nicht nur für uns, sondern auch für unsere Kinder. Deshalb müssen wir hier weitermachen und hoffen, dass er rechtzeitig zu den Neujahrsfeierlichkeiten und der Geburt des neuen Kindes zurückkehrt.«

Eleanor antwortete nicht sofort auf diesen missmutigen Brief; sie wusste nicht so recht, was sie ihm mitteilen sollte. Wenn sie schon wieder erwähnte, dass er sich nicht die ganze Zeit bei Hofe zeigen musste und dass vielleicht jetzt eine gute Zeit wäre zu seiner Familie zurückzukehren, würde sie als nörgelnde Gattin abgestempelt werden. Außerdem war ihr Alltag immer derselbe, deshalb gab es wenig zu berichten. Dann traf ein weiterer Brief ein.

Sie saß gerade in der Schreibstube, um die Buchhaltung des Haushalts zu führen, als Hugh in der Tür erschien.

»Ein Brief aus London, Herrin.« Er trat ein, verbeugte sich und reichte ihn ihr.

»Oh, danke, Hugh.« Sie nahm den Brief an sich, Überraschung zeichnete sich auf ihrem Gesicht ab, und er zog fragend die Augenbrauen nach oben. »Ich habe doch erst vor ein paar Tagen einen erhalten«, erklärte sie, während sie das Siegel brach. »Ich hoffe, Greville ist nicht krank geworden. In seinem letzten Brief stand, dass das Schweißfieber ausgebrochen ist und der Hof womöglich wieder umzieht.«

Vorsichtig öffnete sie den steifen Umschlag, Stücke des brüchigen, trockenen Wachses rieselten zu Boden, als sie das Blatt ausbreitete. Sie merkte, dass Hugh mit besorgtem Gesicht verweilte, deshalb ließ sie ihn warten, während sie rasch las. Ihr Herz hämmerte, als sie nach einer Erwähnung von Krankheit Ausschau hielt.

»Nein, er ist nicht krank«, versicherte sie ihm, »es geht nur um den König.« Er nickte, verbeugte sich flüchtig und ging hinaus. Eleanor lehnte sich zurück. Sie hatte gelogen. Es ging gar nicht um den König, sondern um die Königin, und sie verstand es nicht so recht. Sie musste es langsamer lesen, denn die Worte ergaben keinen Sinn. Instinktiv wanderten ihre Hände schützend zu ihrem gewölbten Bauch, während ihr kalter Schweiß über den Rücken lief und sie erschauern ließ. Plötzlich hatte sie große Angst.

30

2019

»Nun, damit wäre dieser Plan also gestorben.« Amber und Becky waren wieder in der Bibliothek. Amber blickte durch das Fenster zu dem erdrückenden Gerüst hinaus, das noch immer von dem andauernden Hämmern und Pochen über ihren Köpfen widerhallte.

»Nein, ist er nicht.« Ambers Antwort fiel schärfer aus, als sie vorgehabt hatte, doch je mehr Gründe ihr Großvater geliefert hatte, warum sie den Turm nicht besteigen sollte, umso erpichter war sie darauf. »Ich muss einfach nur vorsichtiger sein.«

»Im Ernst? Du könntest dich verletzen. Oder noch schlimmer. Das ist doch Wahnsinn, Amber. Und da es keinen Schlüssel gibt, wirst du über das Gerüst hinaufmüssen. Wie willst du das anstellen, ohne dass dein Großvater dich sieht?«

»Ich weiß, dass es bescheuert ist, aber ich kann nicht anders. Ich klettere nicht am Gerüst hoch – ich nehme die Treppe. Ich kann nachts gehen, wenn er schläft. Es braucht eine ganze Menge, um ihn aufzuwecken.«

»Wenn der Turm über dir einstürzt, wird er wohl bestimmt aufwachen«, sagte Becky kurz angebunden.

»Ich gehe mal ein Brecheisen suchen.« Jetzt, wo sie eine Entscheidung getroffen hatte, war Amber voll im Planungsmodus. »Eigentlich haben wir zu Hause eines. Ich rufe Jonathan an und frage, ob ich es abholen kann. Vielleicht kann er es sogar herbringen. Womöglich müssen wir brachiale Gewalt anwenden. Ich habe doch immer gewusst, es würde sich eines Tages als nützlich erweisen, dass er an der Universität gerudert ist. Ich lade ihn zum Abendessen ein. Grandad würde ihn gern sehen, und sobald alles still ist, können wir uns nach oben schleichen.«

»Glaubst du ernsthaft, Jonathan ist einverstanden, dass du da hochgehst, wenn er weiß, dass es gefährlich ist? Ich bin es nämlich nicht.«

»Es wird wohl ein wenig Überzeugungsarbeit brauchen, aber ich kenne ihn. Und wenn ich hinaufklettere, wird er mich nicht allein gehen lassen, für den Fall, dass es wirklich gefährlich ist.«

Sie war gefesselt von der Tatsache, dass der Turm möglicherweise ein Geheimnis barg, das schon seit Jahrhunderten im Herzen Saffron Halls schlummerte; und jede Generation hatte die nächste davon abgehalten nachzuforschen, indem sie jedem Angst einjagte, der dort hinaufsteigen wollte. Womöglich stapelte sich der vergessene Familienschmuck in einem Schrank wie in Aladins Höhle. Sie lächelte. Das war ein netter Gedanke, aber eher unwahrscheinlich. Außerdem war weit wichtiger, dass es dort oben irgendeine spezielle Verbindung zu Eleanor gab, die sie magisch anzog. Ein Band in die Vergangenheit, und sie wusste, dass sie Jonathan zwar nicht *brauchte*, aber an ihrer Seite haben wollte, wenn sie endlich in den Turm gelangte. Sie legte sich die Hand aufs Herz. Es pochte, als säße dort ein Schmetterling, der mit den Flügeln flatterte, um sich zu befreien.

Jonathan war überrascht über ihr Angebot, mit ihr zu Abend zu essen, unter der Bedingung, dass er sein Brecheisen mitbrachte, doch er sagte bereitwillig zu. Solange er dafür Zeit mit seiner Frau verbringen durfte, würde er die Gelegenheit beim Schopfe packen. Wegen beruflicher Verpflichtungen konnte er jedoch leider erst am folgenden Montag nach Saffron Hall kommen. Amber knirschte insgeheim frustriert mit den Zähnen, dankte ihm aber höflich und sagte wahrheitsgemäß, dass sie sich darauf freue, ihn zu sehen. Sie merkte, dass sie sich nicht nur auf die Erforschung des Turms freute, sondern auch darauf, von ihm umarmt, von ihm festgehalten zu werden. Ihr Bedürfnis, sich vor der Welt zu verstecken, schwand, die kalten Herbststürme hatten es wohl endlich weggepustet.

Die nächsten paar Tage arbeitete Amber hart an der Katalogisierung der Bücher. Abends widmete sie sich der weiteren Analyse des Stundenbuchs, sie las sich jede Seite ganz genau durch und machte sich Notizen. Es gab einen weiteren Eintrag von Eleanor, doch er enthielt lediglich Rezepte für die farbigen Tinten, die sie benutzte. Dennoch übersetzte Amber sie, ebenso wie die Psalmen, Gebete und anderen Einträge. Fasziniert bemerkte sie, dass Eleanor unter dem Rezept noch Folgendes notiert hatte: *Tom konnte bei dieser Zubereitung helfen, indem er mit seinen Händen und Karten sprach. Sein Eifer, mir zu helfen, vergrößert seine Fä-*

higkeiten weit über das hinaus, was andere ihm zugetraut haben. Es hat sich als richtig erwiesen, dass ich Vertrauen in ihn gesetzt und beschlossen habe, ihn in unsere Familie aufzunehmen.

Amber sah ihre Notizen durch, um die anderen Hinweise auf Tom noch einmal durchzulesen. Warum sollten ihn andere nicht in der Familie haben wollen? Hatten sie ihn bei sich aufgenommen? Sie wusste, dass es nicht ungewöhnlich war, dass ein Kind beziehungsweise eine Waise als Diener aufgenommen wurde, aber nicht in die Familie, es sei denn, es handelte sich um einen Verwandten. Der Beschreibung nach klang es, als hätte er irgendeine Beeinträchtigung, aber das würde sie wohl nie herausfinden.

Endlich kam der Montag. Jonathan rief an und sagte, dass er zu Hause aufbrechen wolle, sobald die abendliche Rushhour vorbei sei, und rechne damit, gegen sieben da zu sein. Für Amber, die die Stunden zählte, seit sie diese Verabredung getroffen hatten, verging die Zeit bis dahin quälend langsam. Nach einem trägen Tag in der Bibliothek, wo sie sich auf nichts konzentrieren konnte, war sie um fünf Uhr nach oben gegangen, um zu duschen und sich umzuziehen. Das Abendessen bestand aus einem einfachen Braten, und das Fleisch schmorte schon fast den ganzen Nachmittag bei niedriger Hitze im Backofen vor sich hin. Da sie schon daran dachte, was sie später vorhatte, zog sie sich Jeans und einen Pulli an, die sie vor Krabbeltieren und Schmutz schützen würden.

Ihr Großvater, der ihr bereits zweimal mitgeteilt hatte, wie sehr er sich auf die »Dinnerparty« – wie er es nannte – freute, runzelte die Stirn, als sie ins Wohnzimmer kam.

»Machst du dich nicht schick?«, fragte er.

»Warum sollte ich? Es ist Jonathan, ich habe keine hohen Herrschaften eingeladen.«

»Es ist immer schön, wenn man sich anstrengt, vor allem dem eigenen Ehemann zuliebe«, tadelte er sie, und sie schämte sich ein wenig, als sie sah, dass er tatsächlich ein sauberes Hemd angezogen und sich eine Krawatte umgebunden hatte. Doch dann rief sie sich ins Gedächtnis, dass er ja auch nicht vorhatte, später an dunklen, möglicherweise feuchtkalten Orten herumzuschleichen. Gott weiß, worauf sie alles stoßen würde.

Jonathan traf wie immer genau zu der Zeit ein, zu der er sich angemeldet hatte. Bei jedem anderen hätte Amber gedacht, dass er am Ende der Fahrt noch bis kurz vor der verabredeten Zeit im Dorf gewartet hätte, doch sie war oft genug mit ihm unterwegs gewesen, um zu wissen, dass sein Timing tadellos war. Noch eine Sache, die sie an ihm liebte.

»Hallo.« Amber umarmte ihn lange und fest, atmete sein vertrautes, moschusartiges Aftershave ein und legte den Kopf an seine tröstliche, warme Brust. Dann stellte sie sich auf die Zehenspitzen und küsste ihn zärtlich. Sie schloss die Augen und wünschte sich, es könnte ewig dauern. »Du siehst gut aus.«

»Du auch«, erwiderte er, »du bist etwas fülliger und hast ein wenig Farbe bekommen.« Wenn sie morgens in den Spiegel sah, merkte sie, dass die durchscheinende Blässe, die ihren Teint dumpf und matt hatte aussehen lassen, langsam verschwand und ihre Haut wieder ein wenig von ihrem früheren Schimmer angenommen hatte.

Amber sah ihn forschend an. »Hast du das Werkzeug mitgebracht?« Sie klang ein wenig vorwurfsvoll, weil sie sich Sorgen machte, er könnte mit leeren Händen gekommen sein.

»Ja, du hast ja genug Textnachrichten geschickt, um mich daran zu erinnern.« Lachend über ihre Ungeduld ging er zum Kofferraum seines Wagens und kehrte mit der alten Segeltuchtasche mit Werkzeug zurück, die sie sofort wiedererkannte. Seine Mutter hatte sie ihm nach dem Tod seines Vaters gegeben, und sie schien sämtliche Werkzeuge, die man je brauchen könnte, zu enthalten. Darin würde sich etwas finden, mit dem sie die Tür aufhebeln konnten, da war sie sicher.

»Stell sie vorerst wieder zurück«, flüsterte sie hektisch, »und was immer passiert – erwähne Grandad gegenüber nicht, dass ich dich darum gebeten habe, sie mitzubringen, okay? Ich erkläre es dir später.« Er sah sie verwirrt an, nickte aber.

Das Abendessen war eine fröhliche Angelegenheit, und obwohl sich Amber die ganze Zeit wünschte, dass es rasch vorbeigehen würde, weil sie unbedingt mit der Erforschung des Turms beginnen wollte, konnte sie doch nicht leugnen, dass sie einen schönen Abend hatten. Alle waren bester Laune, nicht zuletzt wegen des hervorragenden Weins und des köstlichen Essens. Nur einmal kam es zu einem unbehaglichen Moment, als Jonathan nichts ahnend, dass er damit in ein Wespennest stach, nach den Renovierungen am Turm fragte, und ihr Großvater erzählte, dass sie hinaufsteigen wollte.

»Er hat es mir verboten – offenbar besagt eine alte Familienlegende, dass man den Turm nicht betreten darf«, erklärte

Amber hastig, während sie Kaffee einschenkte, in der Hoffnung, davon abzulenken. »Ich verstehe immer noch nicht, wo das Problem ist.«

»An manche Dinge rührt man besser nicht«, sagte ihr Großvater streng. Er stand auf und nahm seine Kaffeetasse mit ins Wohnzimmer. Amber runzelte die Stirn.

»Ich tue ungern Dinge, die ihm missfallen«, gestand sie, »aber ich werde dort hinaufgehen. Ich spüre einfach, dass mir das helfen wird, Eleanors Botschaft zu entschlüsseln. Ich weiß, dass sie auf mich angewiesen ist – ich muss das tun.«

»Moment mal«, zischte Jonathan, »sollte ich deshalb unbedingt die Werkzeugtasche mitbringe? Du willst doch nicht ernsthaft da rauf? Um Himmels willen, Amber, der Turm wird nur noch von einem Metallgerüst aufrecht gehalten. Das ist gefährlich!«

»Pst.« Sie schaute zur Küchentür. »Nicht dass Grandad dich hört. Ich muss endlich wissen, was da oben ist. Es *muss* sein. Hunderte von Jahren hatten meine Vorfahren Angst hinaufzugehen, und ich will wissen, warum. Und was noch wichtiger ist: Eleanor will, dass ich verstehe, warum. Ich glaube, dass sie dort den Prior und wer immer bei ihm war versteckte, und ich will es selbst sehen. Seit Kenny gesagt hat, dass sie den Turm auseinandernehmen müssen, wurde das Gefühl, das mir Eleanor vermittelt, noch eindringlicher. Entweder jetzt oder nie, bevor noch mehr vom Turm zusammenbricht. Du brauchst nicht mit nach oben zu kommen, aber ich brauche deine Hilfe beim Öffnen der Tür. Wie Grandad bereits gesagt hat, gibt es keinen Schlüssel. Aber ganz ehrlich: Ich hätte es lieber, wenn du bei mir wärst. Was immer da oben war oder jetzt noch ist, ich würde es gern mit dir an meiner Seite finden.«

Jonathan schürzte die Lippen und schwieg, doch sie spürte deutlich seinen Unwillen. Nach den Fernsehnachrichten wünschte ihr Großvater den beiden endlich eine gute Nacht und ging zu Bett. Amber lauschte jedem Knarren der Dielen über ihren Köpfen, bis sie davon überzeugt war, dass er schlief und nicht plötzlich hinter ihnen auftauchte und fragte, was sie da machten. Sie eilten in den Flur am Fuß des Turms. Amber nahm eine Art gespannte Erwartung wahr, so als würde die Welt die Luft anhalten. Was immer ihre Familie schon seit Jahrhunderten mied, wartete nun auf sie. Amber hatte Angst, wusste aber, dass sie weitermachen musste, und war froh, dass Jonathan bei ihr war. Er versuchte, die Tür zu entriegeln, und rüttelte fest daran, doch sie gab keinen Zentimeter nach.

»Sie ist eindeutig abgeschlossen«, verkündete er.

Amber sah ihn an und verdrehte die Augen. »Genau deshalb brauche ich ja deine Fähigkeiten, ein Schloss zu knacken«, sagte sie, »und wenn das fehlschlägt, brauchen wir etwas Großes, um die Tür damit aufzustemmen.«

»Nun ja, ich habe null Erfahrung damit, Schlösser zu knacken. Ich fürchte, ich bin beim Panzerknacker-Diplom durchgefallen, deshalb wird es wohl auf das Brecheisen hinauslaufen.« Er nahm den schweren Gegenstand in die Hand und hielt ihn vor sich, als würde er auf einer Auktion einen Gegenstand präsentieren. Amber gab ihm ein Daumenhoch, steckte dann die Finger in die Ohren und zuckte zusammen, als die Holztür und der Rahmen unter dem kraftvollen Aufbruchversuch splitterten.

Es dauerte nur wenige Minuten, bis das uralte, brüchige Holz nachgab und die Tür in den Flur herausschwang. Dahinter befand sich ein kleiner Raum mit Steinstufen, die in einer Linkskurve nach oben führten und in der Dunkelheit verschwanden. Es roch modrig und feucht, und Jonathan verzog ein wenig das Gesicht. »Hier riecht es aber nicht besonders angenehm«, bemerkte er überflüssigerweise.

»Du verbringst dein Leben in Kirchen und bei alten Leuten zu Hause – du solltest daran gewöhnt sein«, entgegnete Amber, während sie in der Werkzeugtasche herumstöberte, um die Taschenlampe zu finden, die hier irgendwo sein musste. Sie bekam sie zu fassen und zog sie heraus.

»Wer geht zuerst?«, fragte sie und sah ihn mit hochgezogenen Augenbrauen an. »Ich?«

»Nein, auf keinen Fall – ich gehe vor.« Jonathan nahm ihr die Taschenlampe aus der Hand. »Wir wissen nicht, wie gefährlich es ist. Du kannst nachkommen. Hast du auch eine Taschenlampe?« Wortlos zog sie ihr Handy heraus und schaltete es ein, dann stieg sie langsam die steilen, eiskalten Treppenstufen hinter ihm hinauf. Sie waren feucht und schleimig durch eine dünne Schicht Flechten, von der sie bedeckt waren. Hin und wieder fiel Licht durch die Schießscharten in der Außenmauer ein.

Schließlich kamen sie oben an, keuchend hielten sie sich an den grob behauenen Steinen und Feuersteinwänden fest, während Jonathan, der so vorausschauend war, das Brecheisen mitzunehmen, die Tür oben an der Treppe aufbrach. Mit einem lauten Krachen öffnete sie sich, und frische Luft wehte von oben auf sie herab. Sie stiegen die letzten Stufen hinauf und betraten das Turmzimmer, ein Sanktuarium der Familiengeheimnisse.

»Wow, das ist toll.« Amber drehte sich einmal um ihre eigene Achse, betrachtete das Koppelfenster aus Stein mit der Bleiverglasung aus kleinen, antiken Glasscheiben, die noch immer erhalten waren. Das andere Fenster und ein kleines Stück Wand fehlten. Durch die gähnende Öffnung konnten sie in die ruhige Nacht hinausblicken – in die Finsternis der Ewigkeit. Gegenüber dem Fenster befand sich ein schwarzer Kamin, ein klaffendes Loch, das noch immer von Ruß bedeckt war, sich an der Wand dahinter hinaufzog und nur darauf zu warten schien, dass ein Feuer darin angezündet wurde. An einer anderen Wand stand eine grobe Holzplatte auf Böcken, die an den Rändern zerfasert war. Der Boden war knöchelhoch von einer Mischung aus Steinstaub und Blattfragmenten bedeckt, die es irgendwie geschafft hatten, über die Jahre erhalten zu bleiben. Hier und da ragte ein kleiner Zweig oder ein vertrockneter Grashalm heraus.

Amber war sich sicher, dass sie beobachtet wurde, jedes Atom in der Luft schien gespannt den Atem anzuhalten, als ob es nur auf sie gewartet hätte – und zwar schon seit fünfhundert Jahren.

»Was ist hier oben nun das große Geheimnis?«, fragte sie und streckte die Arme aus. »Warum war es so absolut verboten, hier heraufzukommen? Warum hat jede Generation beschlossen, der nächsten Angst einzujagen und sie von hier fernzuhalten? Es gibt hier keine Schränke oder Alkoven, um Schätze zu verstecken, ganz zu schweigen von Mönchen. Nichts. Ich glaube, ich habe einen Fehler gemacht, vielleicht habe ich etwas in dem Buch falsch übersetzt. Hier ist nichts, außer einer dicken Schicht Staub und altem Schmutz auf dem Boden.« Sie schob mit der Seite ihres Fußes in einem großen Bogen den Bodenbelag zur Seite und deckte dadurch die alten Steinplatten darunter auf.

»Wow, diese Bodenfliesen sehen alt aus. So richtig alt.« Jonathan ging in die Hocke und fegte mit den Händen mehr vom Boden frei, um sich die Platten anzuschauen. »Sie haben seit Jahrhunderten kein Tageslicht gesehen, bis dieser Blitz eingeschlagen hat und die Bauarbeiter hier hochgekommen sind.«

»Nein«, brummte Amber, »weil meine verschrobene Familie entschlossen war, dieses Zimmer wie eine Art Schrein oder Mysterium zu behandeln.«

»Lass uns den Boden freilegen«, schlug er vor und begann auch schon, mit dem Fuß darüberzufegen, wie Amber es getan hatte. »Wenn irgendetwas unter all diesem Schmutz ist, sollten wir es beim Wegfegen spüren. Aber wir sollten langsam und methodisch vorgehen, damit uns nichts entgeht.«

Amber war enttäuscht und fühlte sich von Eleanor im Stich gelassen, weil es nichts Besonderes zu entdecken gab. Niedergeschlagen machte sie sich ebenfalls daran, den Boden so gut es ging zu säubern, und als die staubigen Blätter und das Heu in der Ecke zu einem Haufen aufgetürmt waren, zog sie ihren Pullover aus und wischte damit über die Steinplatten, um sie noch besser freizulegen.

»Das ist ein schönes Zimmer«, sagte sie. »Stell es dir nur mal als Arbeitszimmer vor. Du würdest nie zu irgendetwas kommen bei einer Aussicht wie dieser. Sieh mal, man kann von hier gerade so die Dorfkirche und den Pub sehen. Wetten, dass man bei Tageslicht das Meer sehen kann?«

»Irgendetwas stimmt hier nicht mit dem Boden«, sagte Jonathan, während sie noch immer aus dem Fenster blickte, und sie schaute zu ihm herüber. Er stampfte mit dem Fuß auf jede einzelne Platte und bewegte sich auf diese Weise vorsichtig durch den Raum.

»Hör mal!« Er hob die Hand, als sie gerade etwas sagen wollte. Nacheinander stampfte er noch einmal auf verschiedene Platten. »Das hier klingt anders. Vielleicht ist irgendetwas darunter. Ein Hohlraum möglicherweise. Das könnte erklären, was Eleanor in ihr Buch geschrieben hat. Ich habe mal gelesen, dass sich viele Katholiken in Hohlräumen zwischen Wänden oder unter Fußböden versteckten, als Cromwells Beamte nach Ketzern suchten. Ein Priesterloch. Ich frage mich, ob das hier eines ist. Allerdings erklärt das nicht, weshalb deine Familie so entschlossen war, jeden daran zu hindern hier heraufzukommen. Wir wissen doch bereits, dass sie entkommen sind.«

»Vielleicht aus Sicherheitsgründen?«, schlug Amber vor. »Damit sich keine neugierigen Kinder aus Versehen einschließen? Auch wenn ich Gesundheit und Sicherheit immer als Obsession des einundzwanzigsten Jahrhunderts betrachtet habe. Können wir es irgendwie öffnen? Vielleicht ist es voller Tudor-Gold – ein Familienschatz wäre eigentlich ganz nett.«

Jonathan lachte. »Ja, das wäre ganz nett, aber mach dir keine Hoffnungen. Hier, hilf mir mal. Unter der Kante ist eine kleine Kerbe, aber meine Hände sind zu groß. Hier braucht es kleine, schlanke Finger wie deine.«

Amber kniete sich dicht neben ihm auf den Boden und fand die winzige Kerbe. Wenn man nicht wusste, wo sie sich befand, sah man sie kaum, vor allem nicht, wenn der Boden mit Streu oder einem Teppich bedeckt war.

Sobald sie so weit wie möglich die Finger daruntergeschoben hatte, murmelte sie »eins, zwei, drei« und zog mit einem Ruck an der Platte. Der Stein hob sich ein wenig an. Rasch schob Jonathan seine Hände darunter und half ihr, die Platte zur Seite zu bewegen.

»Das war nicht so schwer, wie ich erwartet hätte«, fand Jonathan und spähte in das dunkle Loch, das er freigelegt hatte. »Junge, Junge, das stinkt ganz schön, was?«

Da hatte er nicht unrecht. Amber hatte sich die Hand über Mund und Nase gelegt, aber nichts konnte den modrigen, abgestandenen Gestank aufhalten, der aus der Dunkelheit emporstieg. Ihr drehte sich der Magen um, und das Wasser schoss ihr in die Augen. Sie trat einen Schritt zurück. Die Dunkelheit waberte und verschob sich, veränderte sich, und sie hatte das Gefühl zu fallen. Eines Messers Schneide zerschnitt die Luft zwischen ihrer Welt und der Vergangenheit. Jonathan nahm seine Taschenlampe, und Amber beobachtete ihn, als würde sie vom falschen Ende durch ein Fernrohr schauen und ihn aus weiter Ferne sehen. Sie hörte seinen fragenden Tonfall, doch er klang verzerrt und seltsam, wie gedämpft.

Noch jemand stand dort, direkt neben ihr, ohne sie zu berühren. Sie brauchte den Kopf nicht zu drehen oder die Hand auszustrecken, um sie wahrzunehmen. Sie wusste, wer das war. Der Gestank aus dem Loch zu ihren Füßen war ersetzt worden durch den sanften Duft nach warmem Heu, Honig und zerstoßenem Pfeffer.

Jonathan leuchtete mit seiner starken Taschenlampe in das Loch. »Es ist ziemlich tief, ungefähr anderthalb Meter, würde ich sagen. Irgendetwas liegt da unten, ich glaube ein Bündel Lappen.«

»Es ist ein Baby.« Amber hörte ihre Stimme, auch wenn sie gar nicht wahrgenommen hatte, dass sie gesprochen hatte. »Keine Lumpen, ein Baby. Es ist Mary, wir haben sie gefunden.« Einen Moment lang wurde sie von Wärme, Liebe und Dankbarkeit durchflutet, und dann war Eleanor verschwunden. Als sich Amber ins Gesicht fasste, merkte sie, dass ihre Wangen tränennass waren.

»Du kannst jetzt in Frieden ruhen, Eleanor«, flüsterte sie in die Stille des Turms. »Ich kümmere mich um deine Tochter.«

31

2020

Es fühlte sich an, als wäre Saffron Hall wochenlang von Polizisten überflutet worden, dabei waren es eigentlich nur ein paar Tage. Amber war erschöpft, als sie sich vor all dem Lärm und Chaos in ihrem Zimmer versteckte. Sie wusste, es gehörte zum Protokoll, dass der Turm nun ein Tatort war – nicht einmal die Bibliothek durfte mehr betreten werden – und trotz ihrer Beteuerungen, dass die Knochen in dem Leintuch, die Jonathan aus dem Loch unter dem Boden geholt hatte, einem fünfhundert Jahre alten Baby gehörten, musste eine vollständige gerichtsmedizinische Untersuchung eingeleitet werden.

Grandad fand Amber eines Abends in der Küche vor, wo sie gerade eine Tasse Tee zubereitete, das Haus seltsam leer nach all dem Kommen und Gehen. Zahlreiche Dorfbewohner hatten plötzlich das Bedürfnis verspürt, unter fadenscheinigen Gründen die lange Auffahrt heraufzupilgern, um sie zu besuchen. Zum Glück hatte sich der örtliche Dorfpolizist vor dem Haus postiert, um die Leute sowie die Lokalpresse davon abzuhalten, an die Tür zu klopfen. Überregionale Zeitungen hatten das Interesse verloren, als bestätigt wurde, dass dies keine Mordermittlung war und dass es sich um uralte Knochen handelte; und das Lokalfernsehen hatte lediglich eine schnelle zweiminütige Reportage vom Parkplatz bei der Klosterruine aus gesendet.

»Warum bleibst du nicht ein paar Tage bei Jonathan?«, schlug Ambers Großvater vor, während er beobachtete, wie sie ihren Tee stehen ließ und gedankenverloren aus dem Fenster starrte. »Du bist fast fertig mit dem Archivieren meiner Bücher, und du brauchst mal ein paar Tage Pause. Wenn du möchtest, kannst du danach zurückkommen, alles fertig machen und dann entscheiden, was du mit dem Rest deines Lebens anfangen willst.« Amber lächelte. Das klang so einfach, wenn er das sagte, und zum Glück war es das jetzt vielleicht auch. Die Personalabteilung hatte bereits per E-Mail angefragt, wann sie wieder zur Arbeit zurückkäme. Bis zu Saffrons Geburtstag war es weniger als einen Monat.

»Das ist eine gute Idee«, sagte sie. »Aber kommst du zurecht, wenn ich für etwa eine Woche nach Hause zurückkehren würde?«

»Sei nicht albern.« Ambers Großvater winkte ab. »Ich lebe hier schon seit Jahren allein, und dein Aufenthalt war immer nur als vorübergehende Lösung gedacht. Geh und verbring ein wenig Zeit mit deinem Mann. Willst du das Stundenbuch mitnehmen?«

»Nein, es kann hierbleiben. Es gehört hierher, zumindest bis ich es zu Ende gelesen habe. Eleanor ist jetzt weg, da bin ich mir sicher. Seit wir Mary gefunden haben, habe ich sie nicht mehr gespürt. Ich rufe Jonathan an und sage ihm, dass ich für ein paar Tage nach Hause komme, wenn du dir sicher bist, dass es okay ist.«

»Klar bin ich mir sicher.« Ihr Großvater lächelte. »Geh nach Hause zu deinem Mann.«

Binnen vierundzwanzig Stunden war alles arrangiert. Amber hatte ihren Laptop und einige Klamotten eingepackt und fuhr ins Pfarrhaus zurück, sie freute sich auf zu Hause. Becky gestand, dass sie Amber zwar vermissen würde, gleichzeitig aber froh sei, dass ihre Freundin von der Trauer wegkäme, die Saffron Hall noch immer überschattete. Und dass sie hoffte, dass sie bald wieder zusammenarbeiten würden. Außerdem schlug sie vor, dass sie und Pete sich in naher Zukunft mit Amber und Jonathan im Pub träfen, und Amber willigte begeistert ein.

Jonathan war es gelungen, die meisten seiner beruflichen Verpflichtungen zu verschieben, sodass sie Zeit zusammen verbringen konnten. Es war fast wie ein zweiter Honeymoon, jeder Tag war mit sorgfältig geplanten Aktivitäten gefüllt und umfasste in der Regel einen langen Spaziergang – Jonathan schlug sogar vor, dass ein Hund gar keine so schlechte Idee wäre, nachdem er sich jahrelang dagegen gesträubt hatte. Anschließend aßen sie im Pub zu Abend und tranken weit mehr Wein, als sie es beide gewohnt waren. Amber war glücklich, dass sie wieder das Bett teilten, und sie schliefen auch wieder miteinander, was sich natürlich und richtig anfühlte – sie hatten es beide vermisst.

Selbst Saffrons Grab mit ihm zu besuchen war ihr inzwischen möglich. Sie war zwar immer noch traurig und wusste, dass der rasch herannahende Jahrestag ihrer Geburt nicht leicht werden würde, doch die rohe Schärfe der Trauer war an den Kanten jetzt stumpfer, war zu einem dumpfen Schmerz geworden, der ihr für immer erhalten bliebe, den sie jedoch als Teil ihres Lebens akzeptieren konnte. Im Kinderzimmer zu stehen und hinaus auf den Friedhof zu schauen, wo ihre Tochter jetzt lag, verlieh ihr einen Funken Trost, genau wie es für Jonathan gewesen sein musste, als sie ihm noch vorgeworfen hatte, nicht zu trauern. Er hatte auf seine Weise getrauert, das begriff sie nun.

An dem Morgen, an dem sie zu ihrem Großvater zurückkehren sollte und gerade ein geruhsames spätes Frühstück zu sich nahm, klingelte das Telefon. Eine ihr unbekannte Nummer aus Norwich wurde angezeigt, doch als sie abnahm, erkannte sie sofort die Stimme von Constable Whitlock und seinen vertrauten Akzent.

»Ich wollte Ihnen nur Bescheid sagen, dass der Gerichtsmediziner und der Osteologe die Untersuchung des Knochenfundes abgeschlossen haben. Später wird es noch einen detaillierten Bericht geben, aber wie Sie schon vermutet haben, stammen sie von einem weiblichen Baby, das ungefähr im siebten Schwangerschaftsmonat zur Welt kam und etwa vierhundertfünfzig Jahre alt ist. Wir können die Überreste der Gemeinde übergeben, die dann die Bestattung organisieren wird, oder Sie können sie zurückbekommen, falls Sie sich selbst darum kümmern wollen.«

»Ja, bitte«, sagte Amber schnell. »Ich hätte sie gerne zurück. Mein Mann ist Pfarrer – er wird eine Beerdigung organisieren.« Sie deutete auf den Notizblock und den Stift am Ende des Tisches, und Jonathan reichte ihr beides rasch. Sie notierte sich die Adresse der Leichenhalle, in der die

Überreste aufbewahrt wurden, und bedankte sich dann bei dem Polizisten, bevor sie sich von ihm verabschiedete.

»Ich hoffe, das ist okay.« Sie sah Jonathan entschuldigend an. »Ich habe gesagt, wir würden die Bestattung von Mary organisieren – ich möchte das für Eleanor tun. Sie hat mich darum gebeten, und ich glaube, dass sie nur auf mich gewartet hat, damit ich herausfinde und verstehe, was sie mitteilen wollte. Zwischen uns ist so etwas wie eine Verbindung entstanden. Mary wurde unter ihren Füßen zurückgelassen, und nun wird sie ein richtiges christliches Begräbnis bekommen. Sie musste lange Zeit darauf warten. Ich wünschte, ich könnte sie bei Eleanor begraben, wohin sie gehört, aber wir haben ihr Grab nie gefunden und auch keine Unterlagen darüber, wo es ist. Ich frage mich, ob meine Familie deshalb so vehement alle davon abgehalten hat, auf den Turm zu steigen, weil sie wusste, dass sie da oben war.«

»Bevor das Loch dafür benutzt wurde, Glaubensflüchtlinge zu verstecken, hat die Familie es bestimmt dafür verwendet, ihre Reichtümer zu verbergen; wer immer also der Lord oder die Lady waren – sie wollten nicht, dass neugierige Bedienstete hinaufgehen und den Familienschatz fanden.«

»Und all die Jahre ruhte sie da oben, bis ich sie endlich gefunden habe. Wenn ich nicht in Saffron Hall gewesen wäre, als das Gewitter kam, das den Turm beschädigte, wer weiß, wann dann das Buch und ihre Botschaft entdeckt worden wären. Doch jetzt kann ich tun, worum sie vor vielen Hundert Jahren gebeten hat, und dafür sorgen, dass Mary in geweihtem Boden begraben wird.«

»Wir sollten sie hier begraben«, schlug Jonathan vor, »neben Saffron. Immerhin könnte Eleanor eine Vorfahrin von dir gewesen sein.«

»Danke, das würde mir sehr gefallen.« Seine Umsicht wärmte ihr das Herz – noch eine seiner Eigenschaften, vor denen sie in den letzten Monaten die Augen verschlossen hatte. Sie war so kurzsichtig gewesen. »Meinst du, das wäre okay?«

»Du hast gesagt, dass keiner ihrer Eltern oder Geschwister im Dorf begraben sind. Dann lass sie uns in unserer Nähe behalten, oder? Wo sie jemanden hat, der über sie wacht. Eleanor hätte es so gewollt.« Er lächelte sie an und zog abwartend die Augenbrauen hoch.

»Du hast recht – natürlich hast du recht. Du weißt immer, was das Richtige ist. Ich bin so froh, dass ich dich habe.« Sie nahm seine Hände in ihre. »Lass es uns gemeinsam organisieren.«

An einem windgepeitschten Nachmittag mit weichen weißen Wolken, die über den kobaltblauen Himmel zogen, trugen also Amber, ihr Großvater und Jonathan Marys Gebeine neben Saffron in der Kinderecke des Friedhofs zu Grabe. Ihre Knochen und das Leintuch wurden dazu in einen winzigen weißen Sarg gelegt. Zusammen schaufelten Amber und Jonathan die Erde zurück in das Loch, während Ambers Großvater langsam zurück zum Pfarrhaus spazierte. Das Grab war so klein, dass sie in einer Viertelstunde damit fertig waren. Amber nahm einen Strauß Schleierkraut, teilte ihn und legte etwas davon auf den kleinen Grabhügel aus nackter, feuchter Erde, den Rest legte sie auf Saffrons Grab, das inzwischen von Gras bewachsen war.

»Sobald sich das Grab gesenkt hat, kaufen wir einen Grabstein, oder?«, schlug Jonathan vor, während er nach Ambers Hand griff, und sie nickte. Sie wartete auf die Tränen und merkte dann, dass sie nicht kommen würden.

»Und ich werde Krokusse für sie pflanzen«, antwortete sie.

»Und was passiert jetzt? Hast du darüber nachgedacht, wie wir jetzt weitermachen?«, fragte Jonathan, während er sich die nasse Erde von den Fingern streifte; dann nahm er ihre Hände und wischte den Lehm ebenfalls sanft davon ab.

»Ja, natürlich habe ich darüber nachgedacht. Über alles. Alles ist jetzt so anders verglichen mit damals, als ich bei Grandad eingezogen bin. Natürlich bin ich immer noch traurig, aber damals sah ich einfach keine Zukunft, weil Saffron kein Teil davon sein würde. All unsere Pläne hatten sich plötzlich in Luft aufgelöst, und wenn ich mich selbst schon nicht ertragen konnte, wie hätte du oder jemand anderes es gekonnt? Ich hasste mich.«

Jonathan legte ihr beide Hände auf die Schultern und blickte ihr in die Augen. Stirnrunzelnd sagte er: »So habe ich nie gedacht. Ich wollte immer, dass wir zusammen sind.«

»Ich weiß, aber ich musste selbst dahinterkommen und merken, dass das Leben weitergeht, dass wir weiteratmen, weiterhoffen müssen. Und dass wir eine Zukunft haben, auch wenn es nicht die ist, die wir uns ausgemalt hatten.« Sie hielt einen Moment inne und holte tief Luft. »Saffron wird jedoch immer ein Teil von uns sein.«

»Natürlich wird sie das, sie ist unsere Erstgeborene. Und vielleicht wird sie eines Tages Geschwister bekommen, und wir werden ihnen von ihrer Schwester mit den goldblonden Locken erzählen. Was meinst du? Vielleicht?«

Amber sog bebend die Luft ein, bevor sie sanft lächelte und erwiderte: »Ja. Ja, das würde mir gefallen.«

Jonathan legte ihr den Arm um die Schulter, und gemeinsam gingen sie zurück zum Pfarrhaus. Zum ersten Mal seit fast einem Jahr gab es keinen Abstand zwischen ihnen. Weder körperlich noch emotional.

Später fuhr Amber ihren Großvater nach Hause, ihr Koffer war wieder im Kofferraum. Sie wollte noch ein paar wichtige Aufgaben erledigen, bevor sie in zwei Wochen wieder zu ihrer Arbeit zurückkehrte. Die Bücher mussten zu Ende archiviert werden, und sie musste Eleanors Buch zu Ende lesen, bevor sie es dem Museum aushändigte. Sie war sich sicher, dass es noch ein letztes Geheimnis barg – den Grund, weshalb keiner der Familie in der Nähe begraben worden und weshalb Mary von ihrer Mutter in einem Loch unter dem Boden des Turms versteckt worden war.

32

1541

Als Eleanor Joan Grevilles Brief zu Ende vorgelesen hatte, blickte sie auf, ihr Gesicht war weiß, weil alles Blut daraus gewichen war.

»Was hat das alles zu bedeuten?«, fragte Joan, ihre Stimme kiekste ein wenig und verriet dadurch die Beklommenheit, die sie zu verbergen suchte.

»Ich bin nicht ganz sicher«, gab Eleanor zu, »aber mir ist ganz elend vor Sorge. Alles klingt so verstohlen, als würde etwas verheimlicht werden. Die Königin wird von den Hofdamen in ihren Gemächern gehalten, die niemand betreten darf. Sie wurde aufgesucht von diesem …« – sie hielt inne, um auf den Brief zu schauen – »… Thomas Wriothesley, und offenbar wird er normalerweise geschickt, um irgendwelche Verstöße zu ermitteln. Wenn er an deine Tür klopft, musst du dich wohl zu Recht fürchten. Und der König ist bei übler Laune, deshalb gehen ihm alle aus dem Weg. Greville klingt … ich weiß nicht, verwirrt, finde ich. Er tut zwar so, als wäre er mit den Gepflogenheiten bei Hofe vertraut, aber ich habe den Verdacht, dass dem eigentlich gar nicht so ist. Da der König den Ruf hat, aufbrausend zu sein, gibt der Hof diesen gewaltsamen, dramatischen Ausbrüchen vielleicht oft nach. Ich bin beunruhigt darüber, dass Greville überhaupt ein Sendschreiben wie dieses schickt: Was ist, wenn es jemand abgefangen hat? Der Hof ist in Aufruhr, und er bringt sich und damit auch unseren Haushalt in Gefahr, falls irgendjemand Wind von diesem Brief und seinem Inhalt bekommen hat.«

»Glaubst du, der König hat bereits genug von Königin Catherine?«, überlegte Joan. »Andererseits scheint das doch sehr unwahrscheinlich. Erinnerst du dich noch daran, als Greville erzählte, wie vernarrt der König in sie ist? Wie jung, hübsch und kokett sie ist? Bestimmt hofft er darauf, noch einen Sohn mit ihr zu zeugen, da es nun doch schon etliche Jahre her ist, seit unsere liebe verblichene Königin Jane Prinz Edward zur Welt gebracht hat. Wahrscheinlich ist Greville nur krank oder spürt das Alter. Oder sein Bein macht ihm wieder Schwierigkeiten – pass auf, ehe du dich's versiehst, schreibt er wieder bessere Nachrichten über fröhliche Zeiten und ausgelassene Feste bei Hofe«, versicherte sie ihr.

Eleanor nickte, doch tief in ihrem Inneren war sie nicht so zuversichtlich wie ihre Freundin. In dem Brief blieb etwas unausgesprochen, etwas, das sie nicht verstand, stand zwischen den Zeilen, und das erfüllte sie mit Unruhe. Es war eher das, was ihr Gatte ihr *nicht* mitteilte, als das, was er geschrieben hatte. Warum berichtete er über die Details der alltäglichen Abläufe bei Hofe, über Briefe, die Francis ihm auftrug zu schreiben, wer in den Gemächern der Königin ein und aus ging – Dinge, die nichts mit ihm zu tun hatten? Eiskalte Angst flatterte in ihrer Brust auf. Der Brief war vor einer Woche abgeschickt worden. Was war seitdem geschehen?

Die Angst ließ Eleanor nicht mehr los. Sie konnte die rastlosen Gedanken, die sie quälten, nicht abschütteln – ein boshaftes Flüstern, das bis in die Nacht hinein immer lauter wurde. Nur der leise Ruf einer Eule und die Bewegungen des Kindes in ihrem Bauch konnten sie für ein paar Sekunden ablenken. Ihre Gedanken überschlugen sich aus Angst um ihren Gatten.

Sie wünschte sich so sehr, dass Greville wieder zu Hause bei seiner Familie in Saffron Hall wäre. Es war nun fünf Monate her, dass sie beieinandergelegen, den Anbau an ihr Haus geplant hatten – die Aufregung darüber, es in Saffron Hall umzubenennen. Und sie hatten das Kind gezeugt, das sich nun in ihr regte. Ein schwarzer Schatten aus Schuld und Zweifel hatte sich auf ihrer Schulter niedergelassen – sie konnte ihn nicht sehen, doch sie wusste, dass er da war. Wenn sie beim Anbau des Safrans nicht so erfolgreich gewesen wäre, wäre Greville nicht so wohlhabend geworden und nicht in die höheren Kreise aufgestiegen, die seine Position bei Hofe gestärkt hatten. Die Kreise, durch die sein Nachbar ihn für würdig erachtet hatte, ihn der Königin vorzustellen. Für sie zu arbeiten. Ihn in das Geflecht ihrer Bekannten und engen Freunde zu verstricken.

In den folgenden Tagen bemühte sie sich, ihre Sorgen zu verdrängen, und konzentrierte sich stattdessen darauf, die Arzneien und Salben herzustellen, die der Haushalt im bevorstehenden Winter brauchen würde. Da die Mönche das Kloster verlassen hatten und ihre Krankenstation geschlossen war, würden sich die Dorfbewohner mit ihren Krankheiten und Verletzungen woandershin wenden, und sie war nun die fähigste Person in der Gegend. Sie hatte bereits zwei klaffende Wunden versorgt, die bei der Ernte entstanden waren, und ihre Mohnstängel-Honig-Umschläge hatten verhindert, dass sie sich entzündeten. Hinauszugehen und die Pflanzen und Blüten zu sammeln, die sie brauchte, schenkte ihr die notwendige Ruhe, um über die Dämonen, von denen sie heimgesucht wurde, nachzudenken.

Als Hugh zehn Tage später mit einem weiteren Brief zu ihr kam, machte Eleanors Herz einen Satz, und sie spürte, wie gallige Säure in ihr aufstieg. Hughs Gesicht war ernst, als sich ihre Blicke trafen.

»Weißt du, was darin steht?«, fragte sie scharf, beinahe vorwurfsvoll, als sie den Brief an sich nahm.

»Nein, Herrin.« Er schüttelte vehement den Kopf. »Seht Ihr, das Siegel ist nicht gebrochen. Aber ich habe ebenfalls ein Sendschreiben meines Herrn erhalten, und der Inhalt ist einigermaßen beunruhigend.« Er wandte sich zum Gehen, doch Eleanor legte ihm die Hand auf den Arm.

»Warte bitte, bis ich gelesen habe, was er schreibt.« Sie musste in Erfahrung bringen, welche Nachrichten Hughs Brief enthielt, doch zuerst musste sie ihren eigenen lesen. Sie nahm ihn mit zum Fenster, strich mit dem Finger über das dicke Pergament und erbrach das Siegel. Sie öffnete den Umschlag und las den Brief zweimal durch, ihre Lippen bewegten sich dabei, ihre Hände zitterten so heftig, dass ihr das Lesen schwerfiel. Schließlich blickte sie auf. Inzwischen war Joan zu Hugh getreten, zusammen standen sie in der

Tür. Er musste sie wohl – unbemerkt von Eleanor – gesucht und hergebracht haben.

»Der Brief ist noch beunruhigender und verwirrender als der letzte«, sagte sie mit krächzender Stimme.

»Was steht drin?«, fragte Joan. Behutsam führte sie Eleanor zu einem Stuhl und drückte sie sanft darauf. Ihre Fingerknöchel waren weiß, so fest hielt sie Eleanors Schulter, als könnte sie jeden Augenblick fliehen.

»Dort steht, dass die Königin Gerüchten zufolge an einen Ort namens Syon House gebracht werden soll. Und dass sich Francis Dereham in Irland der Piraterie schuldig gemacht hat und jetzt zum Verhör in den Tower gebracht worden ist.«

»Ist das alles? Wird er die Königin begleiten? Arbeitet er noch für sie, jetzt wo Dereham verhaftet wurde?«

Eleanor hob die Hand, um dem Sturm aus Fragen Einhalt zu gebieten.

»Ich weiß es nicht.« Ihre Stimme bebte, sie hatte einen Kloß im Hals, der sie zu ersticken drohte. »Das steht da nicht.« Schützend legte sie ihre Hände um ihren Bauch, als wollte sie ihr Ungeborenes vor der klebrigen, fast greifbaren Angst bewahren, die in der Luft hing, und atmete aus. »Was steht in deinem Brief, Hugh?« Sie blickte zu ihm hinüber, beschwor ihn innerlich, ihr gute Nachrichten zu übermitteln, doch ein Blick auf sein Gesicht sagte ihr, dass daraus wohl nichts werden würde. Er schwieg und holte dann tief Luft.

»Nicht mehr als in Eurem, Mylady.« Er blickte zu Boden, und Eleanor wusste, dass er ihr nicht die Wahrheit sagte. Hugh war ihr gegenüber feindselig gewesen, als sie in Norfolk angekommen war. Er hatte seine Missbilligung nicht verhehlen können, dass sein Herr ein so junges Mädchen heiratete, das dem Haushalt vorstehen sollte. Im Laufe der Jahre war seine Haltung ihr gegenüber jedoch milder geworden, und sie glaubte allmählich, dass er ihr Respekt entgegenbrachte, doch dies wurde nun auf die Probe gestellt.

»Hugh.« Ihre Stimme war scharf, und sein Kopf fuhr nach oben. »Was steht wirklich darin?«

Joan blickte von einem zum anderen und verstand die Welt nicht mehr, weil sie Hughs Worte für bare Münze genommen hatte.

Dieser bedachte Eleanor mit einem schiefen Lächeln. »Ihr seid klug, Mylady«, räumte er ein. »Sir Greville schreibt, dass der Hof in Aufruhr ist und dass er glaubt, dass die Anschuldigungen gegen Dereham erfunden seien. Dass seine Verhaftung eigentlich damit zu tun hat, dass der König seine Gemächer nicht mehr verlässt und die Königin den ganzen Tag und die ganze Nacht schreit und weint. Und dass dieser andere Mann, Thomas Culpeper, ebenfalls im Tower eingesperrt ist.«

»Kann es sein, dass Francis ein Zerwürfnis zwischen dem König und Königin Catherine verursacht hat?«, fragte Eleanor. Sie erinnerte sich daran, wie gut aussehend und charmant Francis gewirkt hatte, als sie ihn in Crimplesham besucht hatten. Mit seinen dunklen, schimmernden Locken, den samtweichen Augen, seinen sinnlichen Lippen und markanten Wangenknochen. Mit der Art und Weise, wie er mit ihr geflirtet hatte, seiner souveränen Selbstsicherheit. Er hätte jeder jungen Frau den Kopf verdrehen können. Vor allem, wenn Grevilles Beschreibung der Königin zutraf: Dass sie kokett war und sich gern mit gut aussehenden jungen

Männern umgab. Diese Beschreibung passte sicherlich auf Francis, und sie waren ja auch alte Freunde. Mehr als nur Freunde, wie ihr wieder einfiel. Kein Wunder, dass Greville von der Idee, Francis mit Joan zu verkuppeln, nichts hatte wissen wollen.

»Ich weiß es nicht. Ich verstehe nicht, wie«, erwiderte Hugh. »Im Brief steht nichts davon. Er bittet mich nur darum, mich um Euch, um seine Familie und sein Haus zu kümmern.«

»Dich um uns zu kümmern? Aber warum? Wohin geht er? Warum verlässt er nicht einfach den Hof und kommt nach Hause?« Eleanor rang die Hände.

»Ich denke, wir müssen einfach abwarten, was als Nächstes passiert«, versuchte Hugh sie zu beruhigen. »Mehr können wir im Moment nicht tun. Nicht bevor wir mehr wissen.«

»Ich antworte ihm sofort und bitte ihn, nach Hause zurückzukehren«, beschloss Eleanor. »Ich werde keinen Bezug auf das nehmen, was er uns geschrieben hat, oder Dereham erwähnen, aber er muss so schnell wie möglich zurück nach Norfolk kommen.« Sie wies Hugh an, einen Jungen und ein Pferd bereitzuhalten, um ihren Brief zu transportieren, und begann, eine Feder zu spitzen. Als sie wieder allein war, blickte sie auf die letzten Zeilen des Briefes, die sie den anderen nicht vorgelesen hatte. *Ich denke stets an dich, mein süßer Croker, und an die blasslila Decke aus Krokussen vor dir, die unser Schicksal waren.* Es schien so endgültig, als wollte er ihr etwas mitteilen, das sie nicht zu verstehen wagte.

Die nächsten vierzehn Tage zogen sich endlos dahin. Eleanor hatte angeordnet, alle Krokusknollen auszuheben, damit sie im folgenden Jahr in frische Erde gepflanzt werden konnten. Sie war erleichtert, dass Simon ihre Anweisung nicht infrage stellte; sie hatte ein schreckliches Gefühl in der Magengrube und wollte ihre kostbare Handelsware bei sich im Haus haben, nicht draußen in der kalten, harten Erde versteckt. Das Winterwetter wurde immer strenger, plötzliche Windböen mit eisigem Regen, der ins Gesicht stach und die Haut rot und spröde machte. Lippen und Fingerspitzen schälten sich und wurden rissig, und Eleanor hatte kaum Zeit, den Destillierraum zu verlassen, wo sie Salben zubereitete, die auf wunde Haut aufgetragen werden konnten. Trotz ihrer Beschäftigung schweiften ihre Gedanken jedoch dauernd nach London, und sie war in ständiger Sorge darüber, wo sich Greville gerade aufhalten mochte und was passierte. Sobald sie morgens aus ihrem unruhigen Schlaf erwachte, begann sie zu zittern, und ihre finstersten Ängste schlichen sich zurück in ihren Kopf, drängten sich zwischen all den kleinen alltäglichen Sorgen in den Vordergrund.

Sie hatte keine Ahnung, ob sich alles in Wohlgefallen aufgelöst hatte, der König und die Königin wieder glücklich miteinander waren und das Kind zeugten, auf das alle hofften und um das alle beteten. Vielleicht waren Francis und Greville so beschäftigt mit ihrer Arbeit, dass schlicht und ergreifend keine Zeit war, um einen Brief nach Hause zu schicken. Mit diesen Gedanken machte sie sich Mut, fand darin etwas Trost, eine Art Sicherheit, doch tief in ihrem Inneren machte sie sich nichts vor. Sie würde sich erst wieder entspannen können, wenn eine Nachricht käme.

Als der Junge endlich mit einem Brief zurückkehrte, fürchtete sie sich davor, ihn zu öffnen. Dieses Mal war es nur einer, nichts für Hugh, aber er blieb bei ihr und wartete. Sie brach das Siegel, öffnete den Brief und fing an zu lesen.

Als sie sich die kurze Passage langsam durchlas, wurden ihre Augen immer größer, bis sie den Brief mit einem Wehklagen zu Boden fallen ließ und die Hände vor das Gesicht schlug. Hugh bückte sich, hob das Stück Pergament auf und rief nach Joan, die aus der Küche herbeigerannt kam.

»Was ist los?«, rief sie. »Ist es das Baby?«

»Noch ein Brief.« Hugh hielt ihn ihr hin, las jedoch währenddessen weiter, was darin stand.

»Also, was gibt es Neues?« Joan kauerte sich neben Eleanor, umfasste deren kalte Hände.

»Francis Dereham wird wegen Verrats im Tower festgehalten. Weil er bei der Königin gelegen hat«, las Hugh vor. Joan schnappte nach Luft und bekreuzigte sich, und Eleanors Wehklagen wurde noch lauter. »Offenbar hatten sie sich als Verlobte betrachtet, als sie bei der Witwe Norfolk in Horsham und Lambeth lebten, doch das war bevor die Königin überhaupt am Hof war. Und jetzt wurde Dereham auf die Folterbank gespannt. Und dieser Culpeper soll ebenfalls wegen Verrats hingerichtet werden.«

»Aber was bedeutet das für Sir Greville?«, fragte Joan. »Er hat nichts Unrechtes getan!«

»In der Tat«, stimmte Hugh grimmig zu, »allerdings könnte er allein deswegen, weil er ein Freund Derehams und bei Hofe ist, angeklagt werden, dem Paar geholfen zu haben, sich zu treffen und ihren Ehebruch zu vollziehen. Er schreibt, dass er um seine eigene Sicherheit fürchtet, aber nicht fortgehen darf. Er hat Angst, er könnte der Nächste sein, der verhaftet wird.«

»Und wenn ja, was würde dann passieren?« Joan konnte sich nicht zurückhalten, Hugh mit Fragen zu bombardieren.

»Was glaubst du wohl, was passieren wird?«, schrie Eleanor und versprühte dabei Tränen und Speichel. »Sie werden ihn ebenfalls foltern, bis er Dinge zugibt, die nie geschehen sind. Er hätte diese Stellung bei der Königin nicht annehmen dürfen. Wenn er einfach so geblieben wäre, wie er war, wäre nichts von alldem passiert.« Schon als sie die Worte aussprach, wusste sie, dass der Lauf der Dinge unvermeidlich gewesen war. Von der Sekunde an, in dem sie die erste Krokusknolle in die dunkle, klebrige Erde gesteckt hatte, hatte sie, Eleanor, ihn auf den Weg gebracht, der zu diesem Moment geführt hatte. Sie hatte sein Schicksal besiegelt. Gottes Wille hatte den Safran Jahr für Jahr so gut wachsen lassen. Die reiche, fruchtbare Ernte, die neuen Knollen, die aus den alten wuchsen und ihre Erträge mehrten. Die Säcke mit Knollen, die aus dem Kloster geschickt worden waren. Jede einzelne dieser Taten hatte Greville dorthin gesteuert, wo er heute war. Ein reicher Kaufmann und Höfling mit guten Verbindungen, dessen alter Familienfreund ihm zur Hand gegangen war, sodass er an den Rändern um den innersten Kreis der Königin arbeiten konnte. Und dies brachte ihn nun möglicherweise zu Fall. Das alles mochte Gottes Plan gewesen sein, doch ausgeführt hatte sie ihn selbst.

»Soll ich den Jungen mit einer Antwort nach London zurückschicken, Mylady?«, fragte Hugh, seine ruhige Stimme unterbrach Eleanors Tränenausbruch.

»Ja, natürlich. Ich weiß nicht, was ich schreiben soll – ich habe in meinem letzten Brief schon alles geschrieben, aber vielleicht hilft es ihm zu wissen, dass hier zu Hause alles so ist, wie es sein soll, und dass es den Kindern gut geht.« Beim Gedanken an Jane, Henry und Tom füllten sich ihre Augen erneut mit Tränen. Mit steifen Gliedern stand sie auf, ging zu ihrem Pult und versuchte, ihren Brief so zu formulieren, dass nichts darin Greville belasten konnte, sollte er in die falschen Hände gelangen. Am Ende schrieb sie einfach ein paar allgemeine Zeilen über Haushaltsangelegenheiten und fügte hinzu, wie sehr sie ihn vermisste, vor allem da sie nur noch wenige Monate von ihrer Niederkunft entfernt war. Sie bezweifelte, dass ihre Nachricht irgendeinen Einfluss haben könnte, sollte er zum Verhör abgeholt werden, doch wenn jemand ihre Worte falsch deuten wollte – so unschuldig sie auch waren – hatte sie keine Zweifel daran, dass dies möglich wäre.

Es war fast, als wäre die Zeit stehen geblieben in der neu benannten Saffron Hall. Eleanor konnte nicht mehr länger so tun, als wäre alles wie immer. Jedes Mal, wenn sie meinte, Hufgetrappel zu hören, rannte sie zum Fenster, um zu sehen, ob ein Brief aus London ankäme. Aber es kam keiner. Sie hatte keine Energie, wenn sie ihren schweren Körper von Zimmer zu Zimmer schleppte, ihre Hände schützend über ihrem dicken Bauch gefaltet, oder wenn sie am Feuer saß und dennoch wegen einer Eiseskälte tief in ihrem Inneren, die einfach nicht weichen wollte, fröstelte. Sie versuchte zu lächeln und interessiert auszusehen, wenn die Kinder sie besuchten, doch ihre Augen blieben ausdruckslos. Schließlich blieb Nell mit ihnen in der Kinderstube und trug sogar ihr Essen nach oben, damit sie außer Sicht waren.

Tom stellte eine Ausnahme dar, er hatte sich Nells Regeln nie gebeugt – sie hatte den Verdacht, dass er seine Taubheit dazu benutzte, sie zu ignorieren; er saß weiterhin schweigend neben Eleanor. Er brauchte keine Worte, um zu wissen, was die salzigen Tränen, die von ihrem Kinn auf sein weiches Haar tropften, bedeuteten. Verstohlen schob er seine kleine Hand in ihre und saß stundenlang wie ein treuer Hund neben ihr auf dem Boden.

Joan machte sich Sorgen um Eleanors Appetitlosigkeit, wo sie doch eigentlich für zwei hätte essen sollen. Sie huschte ständig zwischen der Küche und ihrer Freundin hin und her und versuchte sie zu heißen, süßen Getränken aus Eiern, Milch und Honig oder zu Pudding zu verführen. Normalerweise war Tom der willige Abnehmer für diese Angebote, sobald Joan ihnen den Rücken kehrte, und Eleanor wurde immer bleicher, ihr Gesicht war fahl und grau wie die Landschaft vor dem Fenster.

Endlich, am späten Nachmittag eines Tages, an dem der Morgennebel sich nie verzogen hatte und die Feuchtigkeit wie Efeu an den Fenstern hing, wurde das Haus vom gedämpften Getrappel von sich nähernden Pferdehufen aufgeschreckt. Dem Geräusch der Hufe folgte beinahe sofort das Quietschen des großen Tors, danach erschollen Rufe im Hof und ein Tumult war zu hören. Das Wetter hatte sie den ganzen Tag wie ein schweigendes Gespinst umgeben, und nichts hatte angekündigt, dass sich Leute näherten. Eleanor saß im großen Saal am Feuer und wartete, sie war vor Angst wie erstarrt, ihr Atem stockte in ihren Lungen, während Hugh nach draußen ging, um zu sehen, was dort los war. Zwei der Hirschhunde gaben ein Knurren von sich, das tief aus ihren Kehlen drang. Sie wünschte sich verzweifelt, dass es Greville wäre, der heimkam, doch im Grunde wusste sie bereits, dass er es nicht war. Es waren Fremde.

Und tatsächlich kam Hugh mit zwei Männern herein, die die goldfarbene Livree des Duke of Norfolk trugen. Waren sie von ihren Nachbarn aus Framlingham Castle gekommen? Eleanors Herz schlug noch schneller, als sie sich erhob, und ihre Knie zitterten noch immer. Die Männer verbeugten sich. Einer von ihnen trat vor und reichte ihr einen Brief. Sie nahm ihn und erwartete Grevilles Handschrift und sein Siegel zu sehen, doch es war keine Handschrift, die sie kannte. Sie öffnete ihn und überflog die Worte, doch schon nach den ersten beiden Zeilen fiel der Brief zu Boden, ihre Beine gaben nach, und sie sank auf die trockenen Binsen zu ihren Füßen.

Er war nicht mehr. Greville war tot.

33

1541

Plötzlich entstand um sie herum Unruhe, Hugh rief um Beistand, und die Dienerschaft und Joan kamen angerannt. Sie halfen Eleanor zurück in ihren Sessel am Feuer, ein dickes gestricktes Tuch wurde ihr um die Schultern gelegt und warmer Wein mit Gewürzen an ihre Lippen gehalten. Rasch nahm Hugh den Brief an sich und las ihn durch, dann schickte er die beiden Boten weg. Sie protestierten und sagten, dass ihre Pferde Rast brauchten, doch davon wollte er nichts wissen; kurz darauf waren sie auch schon in die trübe Landschaft hinausgeritten, wobei sie sich lauthals darüber beschwerten, wie leicht man bei dem dichten Nebel in einen Graben stürzen konnte.

Hugh wandte sich wieder Eleanor zu, die heftig zitterte, und schickte auch die Diener weg. Er nahm Joan beiseite und las ihr leise vor, was in dem Brief stand. Eleanor wünschte fieberhaft, sie könnte nicht hören, was gesagt wurde, dass sie in Toms stiller Welt lebte. Joan wurde bleich, als der Schrecken dessen, was er ihr da vorlas, in ihr Bewusstsein drang.

»Dereham wurde des Verrats angeklagt?«, fragte sie und biss sich auf die Unterlippe. »Bist du sicher?«

»Er wird in Tyburn als Verräter hingerichtet«, bestätigte Hugh. »Sir Greville wurde, nur weil er mit ihm in Verbindung steht, weil er sein Freund ist, ebenfalls des Verrats angeklagt. In diesem Brief steht, dass Sir Greville im Tower unter der Folter gestorben ist.« Seine Stimme brach, als er die letzten Worte aussprach, und stille Tränen liefen ihm über das Gesicht. Er wandte sich ab, als wäre ihm dieser seltene Gefühlsausbruch peinlich. Als Eleanor hörte, wie er es laut aussprach, drang ein roher Laut des Schmerzes, wie der eines Tieres, aus ihrer Kehle, während sie in ihrem Sessel vor und zurück schwankte.

»Nein«, flüsterte Joan, »das kann nicht wahr sein.«

Doch Hughs grimmiges Gesicht sagte etwas anderes, es war schneeweiß, als wäre vor Schock alles Blut daraus gewichen, als wäre es aus Stein gemeißelt.

»Es gibt noch mehr schlechte Nachrichten«, fügte er heiser hinzu. »Die Männer des Königs werden dieses Haus und alles, was sich darin befindet, beschlagnahmen. Alles, was Sir Greville gehörte, wird nun der Krone gehören.«

»Aber wohin sollen wir dann gehen?« Joan war verwirrt, unfähig, das Gesagte zu begreifen. »Das ist unser Zuhause. Henrys Erbe. Sie können es nicht einfach wegnehmen.«

»Natürlich können sie das«, schrie Eleanor, ihre wütende Stimme schnitt Joan das Wort ab. »Sie können tun, was immer sie wollen. Sie haben meinen Gatten getötet, einen unschuldigen Mann, und jetzt werden sie ihm alles wegnehmen. Alles, was er besaß. Alles wird beschlagnahmt. Er ist tot, und wir haben nichts.«

34

1541

Die nächsten beiden Tage verstrichen in gelähmtem Schweigen, eine beinahe mit Händen zu greifende Stille erfüllte die soliden Mauern und löste sich dann auf. Die Arbeiten an dem neuen Flügel waren eingestellt worden, und die Abwesenheit des Handwerkerlärms, das Fehlen des ständigen Klopfens und Hackens verstärkte diese Stille noch. Die undurchdringliche kalte Luft, der trübe winterliche Nebel dämpfte die Geräusche der Vögel und Tiere und umschlossen Saffron Hall wie eine stille Gruft, als würde die Welt den Atem anhalten. Greville war tot, und nun war ihrer aller Leben ebenfalls zum Stillstand gekommen.

Eleanor saß Stunde um Stunde im großen Saal am Feuer, dem es trotz der riesigen Scheite nicht gelang, sie zu wärmen. Nach ihren anfänglichen Tränen war sie in stumme Lethargie verfallen, wiegte sich in ihrem Sessel vor und zurück, während sie in die Flammen starrte, die Hände um das ungeborene Kind in ihr gelegt, als würde sie versuchen, Wärme und Trost daraus zu ziehen. Hugh driftete von Zimmer zu

Zimmer, unfähig, irgendwelche Anweisungen zu geben. Körperlich war er zwar da, emotional war er jedoch verloren. Joan übernahm die Leitung des Haushalts, sie hatte endlich ihre Stimme gefunden, auch wenn sie ihre neu erworbene Position liebend gern dafür eingetauscht hätte, etwas von Eleanors früherem Lebensmut zu sehen. Die Dienstboten schlichen auf Zehenspitzen herum und unterhielten sich flüsternd, sie waren genauso schockiert und betäubt wie ihre Herrin. Einige der älteren Hausangestellten erinnerten sich noch an Grevilles Geburt, und niemand wollte glauben, dass er nie wieder nach Hause zurückkehren würde.

Aus der Kinderstube drang kein Laut, die Tür wurde geschlossen gehalten, um zu verhindern, dass Lärm auf den Korridor hinausdrang. Wie immer gelang es Tom jedoch, sich davonzustehlen, und eines Nachmittags, als Eleanor aus einem Nickerchen am Feuer erwachte, bemerkte sie das warme Gewicht seines schmächtigen Körpers an ihrem Bein, wo er zu ihren Füßen saß. Sie ließ die Hand von ihrem Schoß gleiten und strich ihm über das Haar. Er drehte sich zu ihr um, seine großen Augen dunkel und ernst, als er sie forschend ansah, auf der Suche nach Zeichen, die ihm halfen, ihre Gefühle einzuschätzen. Sie hatte keine Ahnung, wie ihm die schreckliche Nachricht übermittelt worden war, aber es bestand kein Zweifel, dass er es wusste – Trauer spiegelte sich in seinem grauen, verhärmten Gesicht.

Nur ihr ungeborenes Kind ahnte nichts von dem Leid, in das es hineingeboren werden würde, es war so aktiv wie immer, drehte sich um und trat um sich. Die Bewegungen erfreuten Eleanor nicht mehr. Sie konnte sich nicht einmal vorstellen, wo sie wäre, wenn die Zeit der Niederkunft käme.

Sie erinnerte sich an Grevilles Stolz, als er Henry zum ersten Mal sah, doch dieses Baby würde seinen Vater niemals kennenlernen.

Am dritten Tag, nachdem sie das Sendschreiben aus London erhalten hatten, kam Joan zu Eleanor, die wie ein Wachposten aus kaltem Stein an ihrem üblichen Platz am Feuer saß, die Arme um sich geschlungen in dem vergeblichen Versuch, sich zu wärmen. Hugh war Joan gefolgt und stand hinter ihr.

»Mylady, wir dürfen nicht länger verweilen«, sagte er ernst. »Es kam Nachricht aus London, dass des Königs Männer schon bald aufbrechen, um hierherzukommen und das Haus und das Anwesen zu beschlagnahmen. Bis dahin müssen wir weg sein, sonst riskieren wir, hinausgeworfen zu werden. Oder Schlimmeres.«

»Dann haben wir nicht mehr viel Zeit«, erwiderte Eleanor ausdruckslos, aufgerüttelt aus ihrem Elend durch die nackten Tatsachen, die ihr da präsentiert wurden. »Ich für meinen Teil möchte nicht hier sein, wenn diese Aasgeier kommen und unser Heim und unsere Habseligkeiten an sich reißen.«

»Hugh und ich haben beratschlagt, wo wir hinkönnten. Würde uns dein Cousin in Ixworth wieder aufnehmen?« Joans Hände waren ineinander geschlungen, als würde sie ständig ein Tuch auswringen, das gar nicht da war.

»Wo mein Gatte tot ist und als Verräter betrachtet wird? Nein, ich glaube kaum. Und dann auch noch mit Grevilles Erben? Noch unwahrscheinlicher. Außerdem lasse ich nicht zu, dass er meine Kinder so schlecht behandelt wie mich.« Einen Moment lang stieg ein flüchtiges Bild vor ihrem geistigen Auge auf – sie selbst als das unschuldige junge Mädchen, das sie gewesen war. Wie die vergangenen vier Jahre sie doch verändert hatten. Und jetzt würde sie jedes Körnchen Stärke brauchen, das je in ihr gesteckt hatte. Alles, was Gott ihr gewähren konnte, und vollkommenes Vertrauen in das Familienmotto der Luttons, das sie jedes Mal, wenn sie ihr Gebetbuch aufschlug, sah: »Solange ich atme, hoffe ich.«

»Aber wenn nicht Ixworth, wohin können wir dann? Glaubst du, Prior Matthew würde uns aufnehmen?« Joan, die stets in Eleanors Schatten gestanden hatte, fand endlich ihre eigene Stimme und Stärke.

Dafür war Eleanor dankbar, doch es war nicht richtig. Sie konnte in dieser entscheidenden Stunde nicht alles Joan überlassen. Sie musste tief in ihrem Inneren Kraft finden, um sich selbst daran zu erinnern, weshalb Greville sie geehelicht hatte. Weil er nämlich gewusst hatte, dass sie innere Stärke besaß und gegen alles kämpfen konnte, was das Leben ihr hinwarf. Um seinetwillen musste sie zeigen, dass sie dazu in der Lage war.

»Ja, das ist eine gute Idee. Ich werde ihm morgen in aller Frühe einen Brief senden. Er und Bruder Rufus haben sich bei einem Orden in Frankreich niedergelassen, in der Nähe eines Ortes namens Lyon. Ich werde ihn darum bitten, eine Unterkunft für uns in der Nähe seines Wohnorts zu suchen. Wenn der Brief sofort nach King's Lynn gebracht werden kann, zum nächsten Schiff, das ablegt …« Sie blickte zu Hugh hinüber; falls er überrascht war, dass sie in Kontakt mit den Geflüchteten aus dem Kloster stand, so zeigte er es nicht. Er nickte knapp. »Dann sollte er ihn erhalten, bevor wir dort ankommen. Wir müssen herausfinden, ob es ein Schiff gibt, das uns mitnehmen kann, vorzugsweise von

Cley, wenn nicht, dann von Blakeney – dort ist es ruhiger als in Lynn, und unsere Abreise wird nicht so viel Aufsehen erregen. Ich bin sicher, irgendjemand wird meinen Gatten dort kennen und uns gern eine sichere Überfahrt vermitteln. Ich kann dafür bezahlen, dass man uns nach Calais oder Antwerpen bringt.« Sie holte tief Luft. Es war die längste Rede, die sie seit Tagen gehalten hatte, doch sie fühlte inzwischen, wie das Feuer tief in ihrer Seele wieder aufloderte, und wusste, dass ihr wahres Selbst darin schlummerte. Sie atmete noch, und deshalb hatte sie immer noch Hoffnung.

»Ich werde so bald wie möglich jemanden schicken, um es herauszufinden«, versprach Hugh, »und ich lasse die Wagen vorfahren und zum Beladen vorbereiten.«

»Gut, dann fahren wir morgen los«, sagte Eleanor. »Joan, bitte sprich mit Nell. Sie muss die Kleidung der Kinder in Truhen verstauen. Hugh, ich möchte, dass du Simon und dem Koch erklärst, was wir tun müssen. Ich weiß nicht, was mit den Dienstboten geschieht, wenn wir weg sind.«

»Das kann ich tun, Mylady.« Er wandte sich zum Gehen und hielt dann inne. »Ich habe keine Familie und schon immer für Sir Greville gearbeitet. Ich bin in diesem Haushalt aufgewachsen. Ich würde Euch gern begleiten. Ihr könnt nicht ohne Schutz reisen.«

Eleanor blickte zu ihm auf. Sein Gesicht war wie immer ernst, beinahe feierlich. Ihr hatte von Anfang an missfallen, dass er seine Loyalität ausschließlich ihrem Gatten erwiesen hatte. Und es war ihm gleichgültig gewesen, dass sie wusste, dass er sie nicht mochte. Greville hatte sie ausgelacht, als sie sich einmal über diese Haltung beschwert hatte. Doch jetzt, wo ihr Gemahl tot war und sich alles um sie herum in Wohlgefallen auflöste und fortgeweht wurde, übertrug er seine Loyalität auf sie, Grevilles Witwe. Plötzlich überkam sie eine Welle der Erleichterung, und sie war dankbar, dass er da war.

»Ich danke dir, Hugh.« Ihre Augen füllten sich mit Tränen, als sich ihre Blicke trafen. »Ich bin so froh, dass du bereit bist, das zu tun. Ich weiß, dass Sir Greville stolz darauf gewesen wäre, wie sehr du uns hilfst.«

Er verbeugte sich und verschwand ohne ein weiteres Wort in der Küche. Sobald er weg war, spürte Eleanor, wie der plötzliche Kraftschub wieder abflaute, und sie ließ sich in ihrem Sessel zurückfallen. Wie sollte sie eine lange Reise durchstehen, zu einer Zeit, in der sie sich eigentlich zur Niederkunft zurückziehen sollte, mit kleinen Kindern im Schlepptau, in ein Land, dessen Sprache sich vermutlich sehr von dem höfischen Französisch unterschied, das sie gelehrt worden war? Und das alles, während sie um ihren Gatten trauerte, einen Mann, den sie so sehr geliebt hatte? Sie ließ sich von Joan aufhelfen und hielt die Hand ihrer Freundin, während sie wortlos nach oben in ihr Gemach ging. Nun musste sie den Flämmchen ihrer Entschlossenheit, die in ihr flackerten, zufächeln. Sie würde auf sie zurückgreifen müssen, um gegen all das, was sie in den kommenden Tagen aushalten müssten, bestehen zu können.

35

1541

Eleanor lag in der frühmorgendlichen Dunkelheit auf dem Rücken, stille Tränen rannen ihr seitlich über das Gesicht und verfingen sich in ihren Haaren, die ausgebreitet auf dem Kissen lagen. Sie konnte nicht glauben, dass Greville nie wieder mit den Fingern hindurchstreichen oder die langen, seidigen Strähnen kämmen würde, wenn sie an Winterabenden in ihrem Gemach vor dem Feuer saßen.

Sie erinnerte sich an ihre Hochzeitsnacht, als er behutsam alle Haarnadeln entfernt hatte und ihren Kopf von den schmerzenden Zöpfen erlöst hatte. Das herrliche tiefrote Haar, das ihr Gemahl so geliebt hatte und das zu dem Safran passte, den sie anbaute. Der Safran, der letzten Endes zu seinem Niedergang und Tod geführt hatte. Sie würde niemals den scharfen Klingen der Schuld entgehen, von denen sie gequält wurde.

Unter ihrem Kissen lag ihr Stundenbuch, sie konnte die Hand darunterstecken und die vertraute Form und die Einkerbungen auf dem Buchdeckel ertasten. Sie brauchte es nicht zu sehen, um jeden Zentimeter davon zu kennen. *Dum Spiro Spero.* Mehr denn je in ihrem Leben musste sie jetzt an ihr Familienmotto glauben und danach leben. Solange sie atmete, musste sie Hoffnung haben.

Doch er würde nicht zurückkehren und das Bett mit ihr teilen, und das brach ihr das Herz. Es tat so weh, dass sie glaubte, es würde zerspringen. Sie hatte Greville lieben gelernt, und zwar inniglich, und sie hatte seine Ambitionen unterstützt, auch wenn sie nie so richtig verstanden hatte, warum er erfolgreich und bei Hofe angesehen sein musste. Und wo war er jetzt? Sie wusste nicht einmal, wo die Leichen von Verrätern begraben wurden. Und als Verräter wurde er nun betrachtet, auch wenn er sich lediglich einem alten Freund der Familie im Gefolge der Königin angeschlossen hatte, mehr nicht. Bestimmt wurde er nicht in geweihtem Boden beerdigt. Würde er für immer im Fegefeuer schmoren?

Sie musste für seine Seele beten, aber sie konnte nicht den ganzen Tag in der Kapelle auf den Knien rutschen, wenn so viel zu erledigen war. Sie ließ sich vom Bett gleiten und bemerkte die eisige Zugluft nicht, die unter der Tür hindurchpfiff und um ihre nackten Füße streifte. Ihre Lippen formten lautlos die Worte des Requiems.

Als es hell war und sich der Nebel draußen allmählich lichtete, hatte sich Eleanor in ihren Umhang gewickelt, in der Hand den versiegelten Brief an den Prior. Sie hatte sich kurz gefasst, war sachlich geblieben und erwähnte darin nicht, weshalb sie ihn um Hilfe bat. Sie schrieb nur, dass sie überzeugt sei, er könne ihr und ihrem Gefolge in seiner Nähe eine Unterkunft besorgen.

Im großen Saal stopften sich die wenigen Dienstboten, die am langen Tisch aßen, die Reste ihres Mahls in den Mund und huschten davon, als sie Eleanor kommen sahen. Eleanor brachte nichts zum Frühstück hinunter, und nachdem sie ein paar Schlucke Bier getrunken hatte, ging sie in ihren Destillierraum, der in Halbdunkel gehüllt war. Sie zündete ein paar Kerzen an und sah sich um. Was sollte sie mitnehmen und was hierlassen? Für das, was sie wollte, wäre viel zu wenig Platz auf den Wagen, deshalb musste sie unbarmherzig sein. Nur die Dinge einpacken, von denen sie annahm, dass sie sie in Frankreich nicht finden würde. Bestimmt gäbe es dort ganz normale Kräuter wie hier?

Zart strich sie mit dem Finger über ihre herrliche Glasdestille; die kugelförmigen Flaschen und die Becher standen auf Metallgestellen, damit sie von unten erhitzt werden konnten, um die Arzneien zu destillieren. Sie konnte sich noch an ihre Aufregung erinnern, als sie endlich sämtliche Bestandteile zusammenhatte und alles aufstellen konnte. Sie wollte es nicht zurücklassen, aber das Glas kam ursprünglich aus Frankreich, deshalb sollte es nicht schwer sein, in ihrem neuen Heim – wo immer das wäre – für Ersatz zu sorgen. Wichtiger war es, die Arzneien mitzunehmen, die sie bereits hergestellt hatte, und eine Auswahl ihrer kleinen Kupfer- und Bleitöpfe.

Rasch stapelte sie auf ihrem Arbeitstisch die Gegenstände, die sie nicht ertragen konnte zurückzulassen, dazu einige Gläser mit seltenen Pflanzen. Dann holte sie alle Safranbeutel aus der Vorratskammer und den kostbaren *saffron du hort* aus ihren eigenen Regalen. Sie konnte ihn verkaufen, falls es notwendig war. Er war so gut wie Geld in der Tasche, und sie würde dafür sorgen, dass nichts mehr davon im

Haus war, wenn die Männer des Königs kämen. Sie durfte auf keinen Fall vergessen, die Säcke mit Krokusknollen, die ordentlich im Turmzimmer aufgestapelt waren, mitzunehmen. Ihre unheilvolle Vorahnung hatte sie nicht getrogen, und so war sie erleichtert, dass sie beschlossen hatte, alle Knollen nach der Ernte auszugraben und in frische Erde zu pflanzen, denn sonst wären sie im Boden zurückgelassen worden. Gold für jemand anderes.

Sie fand Hugh und Joan im Haus vor, wo sie sich gerade unterhielten, und erklärte ihnen, was im Destillierraum gepackt werden sollte.

»Ich habe mich gefragt, wo du bist, als ich aufgewacht bin«, schalt Joan, »und jetzt spazierst du hier in Morgenrock und Nachthemd im Haus herum.«

»Ich spaziere nicht, dafür ist keine Zeit. Wir haben so viel zu tun. Ich kann nicht im Bett liegen, wenn ich weiterkommen muss.«

»Du musst an das Baby denken, das du in dir trägst, und ausruhen.«

In Wahrheit hatte Eleanor kaum einen Gedanken an das Kind verschwendet, das auf französischem Boden geboren und seinen Vater niemals kennenlernen würde. Doch Joan versuchte die Dinge im Kopf zu behalten, für die Eleanor schlicht und ergreifend keine Zeit hatte. All die Kleinigkeiten, die beiseitegeschoben wurden, weil ihr Kopf von den drängendsten Problemen so ausgefüllt war.

»Die Wiege. Wir werden die Wiege mitnehmen müssen«, sagte sie. »Haben wir dafür Platz, was meinst du? Und all die Windeln und Kleider?«

»Ich frage wegen der Wiege nach. Dafür finden wir vielleicht Platz, aber wir haben so viele Habseligkeiten. Nein, wir müssen sie nicht mitnehmen. Wenn es sein muss, können wir aus allem Möglichen ein Bett für das Baby machen. Ich beauftrage Nell damit, so viele Babysachen wie möglich einzupacken.«

»Danke.« Eleanor ergriff Joans Hand und drückte sie. »Ohne deine Hilfe könnte ich das alles gar nicht organisieren. Du bist mir wahrhaft eine Schwester.«

»Eigentlich solltest du nicht mir danken.« Joans Augen waren voller Tränen. »Ich glaube nicht, dass sich Hugh letzte Nacht zu Bett begeben hat. Er hat so viel getan. Er hat mir gerade erzählt, dass Grevilles sämtliche Papiere aus dem Schreibzimmer, sein kaufmännischer Geschäftsverkehr und alles, was irgendwelche Hinweise auf seine Kontakte enthält, verbrannt worden ist. Alles andere aus dem Schreibzimmer – deine Tinten, deine Federn und dein Papier, die Siegel und was immer du sonst noch brauchen könntest – wurde in eine Truhe gepackt. Du solltest dich jetzt anziehen, dann können wir auch dein Nachthemd einpacken.« Joan legte den Arm um Eleanor, als wollte sie sie zur Eile antreiben, und führte sie die Treppe hinauf. »Hugh sagt, wenn es irgend möglich ist, sollten wir heute Abend aufbrechen. Es ist zu gefährlich, noch länger hierzubleiben.«

»Aber wird denn so schnell ein Schiff bereit sein? Unser Brief nach Frankreich wurde erst heute abgeschickt.«

»Er hat noch nichts gehört, auch wenn er eine Nachricht geschickt hat. Wir können ein paar Tage in einem Gasthaus wohnen. Das wird immer noch sicherer sein, als hierzubleiben. Aber jetzt müssen wir wirklich die letzten Dinge auf den Wagen laden.«

»Ja, gewiss«, stimmte Eleanor zu, während sie nach oben gingen. »Dann haben wir bis heute Abend noch jede Menge zu tun, wenn wir bis dahin bereit sein wollen. Und du und ich müssen die Krokusknollen aus dem Turmzimmer holen. Ich werde sie nicht zurücklassen.«

»Soll ich nicht lieber einem der jungen Burschen Bescheid sagen, dass er sie herunterträgt? Die Treppe ist steil und für jemanden in deinem Zustand gefährlich.«

»Nein«, lautete die nachdrückliche Antwort. »Du weißt, warum ich nicht will, dass jemand da oben ist, und das hat sich nicht geändert. Ich habe es Greville versprochen. Wenn jemals jemand herausfindet, dass wir damals den Prior und Bruder Rufus dort oben versteckt haben, könnten die königlichen Beamten davon Wind bekommen, bevor wir weg sind, und wir werden alle als Ketzer verbrannt. Niemand außer dir und mir geht dort hinauf.«

Der Rest des Tages verging in hektischem Treiben, Betten wurden zerlegt und zusammen mit den Matratzen auf die Wagen geladen, dazu die besten Wandteppiche und so viele Truhen wie möglich. Joan hatte die Verantwortung an sich gerissen und kommandierte die Dienstboten herum, als wäre sie die Hausherrin. Eleanor band ihr Stundenbuch an ihrer Tasche fest, um sicherzustellen, dass sie es bei sich hatte und es nicht beim Packen irgendwo verloren ging. Dann füllte sie Grevilles Holztruhe aus dem Schreibzimmer mit allem, was sie an Gold und Schmuck im Haus finden konnte. Die Gewinne aus dem Safran waren unglücklicherweise in Cheapside, das inzwischen zweifellos geplündert worden war. Sie waren für sie verloren, doch Eleanor besaß genug, um ein neues Leben zu beginnen, auch wenn es nicht das Leben wäre, an das sie gewöhnt war. Sie würde mithilfe ihrer Krokusse ihre Welt neu aufbauen.

Das schwache Licht, das schon den ganzen Tag trübe und gedämpft gewesen war, schwand im Laufe des Nachmittags noch, auch wenn Eleanor zu beschäftigt war, um zu merken, dass die tintenschwarze Nacht von draußen hereinkroch. Auch die schweren, düsteren Wolken, die sich im Laufe des Tages über sie geschoben hatten und zur Stimmung im Haus passten, sah sie nicht. Hugh hatte ihr erzählt, dass das Küchenpersonal ein Festmahl zubereitete, so viel Essen, wie es nur kochen konnte – zum Mitnehmen auf die Reise und für ein letztes gemeinsames Mahl für alle.

Sie ging in den großen Saal und sah, dass alle bereits an den Tischen saßen. Die Pachtbauern, die Gartenangestellten, die Kinder, alle. Eine riesige Versammlung, als wäre Neujahr. Zwei Stühle waren leer, ihrer und Grevilles. Beim Anblick des leeren Stuhls wäre sie fast zusammengebrochen, sie hielt sich mit den Fingerspitzen an der Tischkante fest und spürte, dass sie anfing zu schwanken. Alle erhoben sich von ihren Plätzen, die Köpfe gesenkt, und warteten darauf, dass sie das Tischgebet sprach.

Danach entstand eine Pause, bevor rund um den Tisch ein verhaltenes »Amen« gemurmelt wurde, viele wischten sich ihre Tränen grob mit dem Ärmel oder mit Baumwolllumpen ab.

»Lasst uns essen«, sagte Eleanor, ihr Lächeln flackerte, als sie reihum alle ansah, ihre ehemaligen Weggefährten, die mit ihr am Tisch saßen. Ihr Lächeln konnte den gequälten Blick in ihren Augen jedoch nicht vertuschen, während sie sich wieder setzte und Platten mit Fleisch aus der Küche gebracht wurden. Sie benutzten irgendwelche alten Holzteller, da das Zinngeschirr schon auf den Wagen draußen verladen war.

Jane und Henry waren quengelig nach diesem ungewöhnlichen Tag, an dem nichts nach ihrer normalen Routine verlaufen war. Jane verweigerte das Essen und weinte nach ihrem Papa, woraufhin alle am Tisch ebenfalls anfingen zu schluchzen. Henry war zu jung, um den Ernst all dessen, was um ihn herum vor sich ging, zu verstehen, und beschloss, sein Essen herumzuwerfen, und obwohl sowohl Eleanor als auch Nell ihn dafür schalten, ermutigten ihn Janes begeistertes irres Kreischen und Toms Lächeln noch dazu weiterzumachen.

Eleanor war inzwischen so erschöpft, dass sie Nell anfuhr, sie solle die Kinder wegbringen. Sie wusste, dass das Kindermädchen nun die ganze Reise über schmollen würde, weil sie sie gezwungen hatte, das Abendessen früher zu verlassen, aber sie war zu müde, um sich darüber Gedanken zu machen. Ihr Bauch fühlte sich schwer an, vor ein paar Stunden hatte ein unangenehmes, ziehendes Gefühl eingesetzt, und sie wusste, dass sie wohl übertrieben hatte mit all den körperlichen Anstrengungen. Doch sie hatte noch immer eine wichtige Aufgabe vor sich.

»Wann müssen wir aufbrechen?«, fragte sie Hugh.

»In den nächsten fünf bis sechs Stunden«, sagte er. »Ich habe Männer an der Straße nach London postiert, und es kommt eine Truppe des Duke of Norfolk in unsere Richtung. Sie sind noch etwa einen halben Tagesritt entfernt, aber ich nehme an, sie werden irgendwo übernachten. Allerdings werden sie bei Tagesanbruch weiterreiten, deshalb müssen wir so schnell wie möglich von hier weg. Wir nehmen vier oder fünf Wachen mit. Man weiß nie, ob man nicht irgendwo auf Wegelagerer trifft. Wir brauchen einen guten Schutz.«

»Danke, Hugh, ich weiß das zu schätzen. Und ich weiß, dass Sir Greville stolz darauf wäre, was du alles getan hast.« Sie wartete, bis er den Tisch verlassen hatte, und flüsterte dann Joan zu: »Wir sollten die Säcke aus dem Turm holen.« Joan nickte, und die beiden Frauen huschten unbemerkt davon.

Eleanor holte den Schlüssel aus dem inzwischen leeren Schreibzimmer. Sie sah sich in dem Raum um, der trostlos und öde wirkte ohne das Chaos, das ihr Mann hier immer hinterlassen hatte. Die beiden leeren Schreibtische standen Seite an Seite, und sie erinnerte sich daran, wie sie vor erst vier Jahren als junge Braut dort gesessen hatte, verwirrt und wütend auf alle und jeden. Und wie sie und Greville später hier gearbeitet hatten, gelegentlich gelacht und geplaudert oder auch nur in einvernehmlichem Schweigen dort gesessen hatten. Dann war aus ihrem Hass auf ihn unendliche Liebe geworden. Der starre Schmerz, der sich in ihrer Brust festgesetzt hatte, würde niemals heilen.

Nun lag das Zimmer still da, und er war fort. Sie kroch unter seinen Schreibtisch und holte den Schlüssel zum Turm hervor, dann folgte sie Joan die Stufen hinauf, wobei sich jede Stufe steiler anfühlte als die letzte. Ihr Bauch schien immer schwerer zu werden und sie nach unten zu ziehen.

Oben war es kalt. Ihr Atem bildete Wölkchen und schlug sich eisig auf ihren Gesichtern nieder. Trotz der Kerzen konnte man kaum etwas sehen, und mit sinkendem Herzen nahm Eleanor die eine oder andere Schneeflocke wahr, die am Fenster vorbeiwehte. Das hatte ihnen gerade noch gefehlt, doch sie konnten die Reise nicht aufschieben.

»Ich glaube nicht, dass du die Säcke schleppen solltest.« Joan nahm sie in Augenschein, sie waren um das ganze Zimmer herum aufgestapelt. Ihr war gar nicht bewusst gewesen, dass es so viele waren. »Sie sind zu schwer. Ich habe beim Hochklettern gemerkt, dass auf manchen Stufen Eis ist, dort wo die Fenster sind.« Tatsächlich war Eleanor ebenfalls ein wenig ins Rutschen geraten, aber sie hatte es absichtlich nicht erwähnt.

»Wir haben keine andere Wahl«, sagte sie abrupt und nahm den ersten Sack. »Alle anderen sind zu sehr mit anderen Aufgaben beschäftigt, und uns bleibt nur noch wenig Zeit. Beeilen wir uns also.« Langsam stieg sie die Treppe hinunter und lehnte sich dabei an die feuchte Außenwand, um Halt zu finden.

Eleanor war erschöpft, als sie die Hälfte der Säcke in den Vorraum unten gebracht hatten, doch sie wusste, dass sie weitermachen musste. Hinterher konnte sie sich nicht mehr erinnern, wie es passiert war, aber als sie sich die Stufen hinuntergetastet hatte, rutschte ihr Lederschuh auf der eisigen Stufe ab, und sie stürzte. Als sie unten an der Treppe anlangte, umklammerte sie noch immer den Sack mit den Knollen.

Joan, die den überraschten Aufschrei gehört hatte, rannte so schnell, wie sie es wagte, die Treppe hinunter.

»Bist du verletzt?« Sie half Eleanor, sich auf die Säcke zu setzen, die sie bereits heruntergetragen hatten.

»Ich weiß es nicht. Es geht schon. Ich bin nicht weit gefallen, ich war ohnehin fast unten. Wir dürfen jetzt nicht aufhören, wir haben keine Zeit. Geh nach oben, ich halte mich direkt hinter dir.«

Joan runzelte die Stirn. »Warum holen wir nicht einen der Burschen, damit er uns hilft? Er wird auf dem Boden nichts sehen. Es ist fast dunkel, und die Reste der alten Streu liegen noch da …« Doch sie wurde jäh unterbrochen, als Eleanor nach Luft schnappte, ihre Augen waren aufgerissen, als sie zu Joan aufblickte und ihr die Hände entgegenstreckte. Sie waren nass.

»Ist deine Fruchtblase geplatzt?«, flüsterte Joan, und Eleanor nickte wie vor den Kopf geschlagen. Dann erhob sie sich langsam und unter Schmerzen und stieg die Treppe zum Turmzimmer hinauf, wo sie sich auf den Boden sinken ließ und sich an den Kamin lehnte. Ihr Gesicht, das im schwachen Kerzenlicht gerade noch so zu sehen war, war von kaltem Schweiß bedeckt.

»Das Baby kommt«, flüsterte Eleanor, sie strich sich mit den Armen über den Bauch und stöhnte leise. »Das kann nicht sein, es ist zu früh. Es darf jetzt nicht kommen, wir müssen weg.« Joan sah sie mit angstvoll aufgerissenen Augen an.

»Ich weiß, aber die Wehen fangen an und ich verliere auch Blut. Als ich die Treppe hinuntergefallen bin, muss ich es verletzt haben. Ich habe schon Greville verloren, und jetzt verliere ich auch noch unser Kind.« Ihr Gesicht war für einen Moment wie versteinert, die aschfahle Haut zu einer Maske des Leids erstarrt. Dann schnappte sie nach Luft, als eine weitere Wehe, die stärker war als die erste, über sie hinwegspülte.

»Du kannst nicht hier oben bleiben«, drängte Joan. »Du musst in dein Bett.«

»Welches Bett?« Eleanor stieß ein hohles Lachen aus. »Mein Bett ist auf dem Wagen. Außerdem glaube ich nicht, dass ich mich noch bewegen kann. Du wirst die letzten Säcke selbst hinuntertragen müssen. Ich lasse sie nicht hier.«

»Ja, das kann ich tun.« Joan wurde ungeduldig. »Aber du wirst hier oben erfrieren. Lass mich dir hinunterhelfen.«

»Ich rühre mich nicht von der Stelle«, wiederholte Eleanor und unterbrach sich, als die Schmerzen in ihrem Bauch stärker wurden, »und wir haben keine Zeit, die Hebamme zu holen. Geh und such ein paar Decken, schnell, und bring Reisig und Holz, damit wir hier ein Feuer machen können. Wir wissen beide noch, was getan werden muss.«

Die übrigen Säcke wurden rasch hinuntergetragen, und Eleanor hörte, wie Hugh irgendwo unter ihr dafür sorgte, dass sie auf einen Wagen geladen wurden. Joan war mit so vielen Decken und Quilts zurückgekehrt, wie sie finden konnte – alles, was nicht in Truhen verpackt worden war – doch selbst als sich Eleanor darin eingewickelt hatte, konnte diese nicht aufhören zu zittern. Sie wusste nicht so recht, ob es an der Angst oder an der Kälte lag. Oder an beidem.

Die Schmerzen nahmen rasch zu: Sie bauten sich nicht langsam auf, wie es bei Henrys Wehen gewesen war. Das hier war scharf und brutal, heftige Schmerzen, die sie in Schüben attackierten, über sie hinwegspülten, bis sie nichts anderes tun konnte, als sich ihnen zu ergeben. Es war ihr inzwischen egal, ob sie starb, Hauptsache, die Schmerzen hörten auf.

Nach nur einer Stunde spürte sie das heiße Brennen, das gewaltsame Zerreißen ihres Körpers, das sie von Henrys Geburt kannte, und plötzlich lag auf dem Stroh zu ihren

Füßen ein winziges Baby, so klein und dürr, bläulich und mit Blut bedeckt. Sie beugte sich vor und sah, wie sich die Brust rasch bewegte, wie das Hecheln der Hunde, wenn sie zu dicht am Feuer lagen.

»Ein kleines Mädchen«, hauchte Joan. Sie nahm ein Stück Linnen, ein altes, besticktes Hemd, das bereits dünn und weich war, und schlug das winzige Kind darin ein, bevor sie es Eleanor reichte. Das Baby gab keinen Laut von sich, es öffnete den Mund, war aber nicht fähig zu schreien.

»Meine Tochter«, flüsterte Eleanor an dem winzigen perfekten Schädel, der noch ganz nass war, »so teuer und so vollkommen. Ich werde dich Mary nennen, nach unserer Heiligen Jungfrau.« Sie blieb auf dem Boden sitzen, in der Stille, und wiegte sanft das winzige Kind, als es zum letzten Mal ausatmete und dann still in den Armen seiner Mutter lag. Sie fühlte nichts. Die Tränen, die sie erwartet hatte, waren in ihr gefroren. Sie wollte sich nur noch auf den Boden legen und nie wieder aufwachen.

Joan tat ihr Bestes, Eleanor zu helfen, sich sauber zu machen, aber überall war Blut, und sie weigerte sich, Mary loszulassen.

»Eleanor, wir müssen bald aufbrechen«, erklärte sie sanft. »Wir sind schon spät dran und können nicht länger warten. Du wirst Mary zurücklassen müssen.«

»Aber sie muss begraben werden. Ich kann sie nicht einfach zurücklassen.« Ihre Augen waren weit aufgerissen, das Weiße um ihre Iris war zu sehen, als sie Joan am Arm packte und die Fingernägel hineingrub.

»Wir können sie nicht begraben, verstehst du das nicht? Sie ist nicht getauft, und es ist mitten in der Nacht. Der

Dorfpfarrer kann jetzt nicht geholt werden.« Joan schlang die Arme um ihre Freundin, ihre Schwester, und zog ihren Kopf an ihre Brust. Sie streichelte zärtlich ihr Haar und wiegte sie hin und her.

Eleanor nickte langsam. »Du hast recht, das weiß ich. Aber jemand muss ihr helfen, irgendwie. Ich werde sie verstecken und eine Nachricht hinterlassen, sodass sie gefunden und richtig begraben wird. Später. Ich will nicht, dass die Männer des Königs sie finden. Ich weiß, was zu tun ist.« Sie hielt inne und wandte sich dann dem Teil des Raumes zu, wo sie den Prior und Bruder Rufus vor Monaten versteckt hatte. Joan folgte ihrem Blick.

»Dort? Bist du dir sicher?« Sie war skeptisch.

»Natürlich. Mir fällt kein anderer Ort ein, an dem sie nicht zu leicht entdeckt wird. Ich schreibe in mein Gebetbuch und lasse es hier drin. Kein heidnischer Soldat wird hineinschauen. Alles, was ich tun kann, ist beten, dass es eines Tages jemand liest und sie findet und ihr die christliche Bestattung schenkt, die sie verdient hat – egal ob sie getauft ist oder nicht.« Sie zögerte, als sei ihr gerade etwas eingefallen. »Kannst du mir bitte einen Zweig Rosmarin aus der Küche holen?«

Als Joan weg war, richtete sie sich steif auf die Knie auf. Ihr ganzer Körper schmerzte, doch sie konnte nicht zwischen den Nachwirkungen der Geburt und ihrer Trauer unterscheiden. Unglück um Unglück, würde dieser Albtraum je enden? Sie hörte ein Scharren auf der Treppe, eine Bewegung, die die Flammen der Kerzen in der Zugluft kurz tanzen und flackern ließ. Hatte Joan ihre Meinung geändert und war nicht in die Küche gegangen? Bitte, Gott, lass nicht die Soldaten des Königs schon da sein. Als sie zur Tür hinüberschaute, sah sie nicht ihre Freundin, sondern den kleinen Schatten eines heraufschleichenden Kindes, der auf den letzten paar Stufen größer wurde. Tom schlüpfte ins Zimmer, er kam um die Tür herum und trat an ihre Seite.

Eleanor hob die Hand, um ihn wieder nach unten zu scheuchen, dann ließ sie sie sinken. Es spielte keine Rolle, dass er im Turmzimmer war, er würde niemals jemandem erzählen können, was er gesehen hatte.

An ihre Seite gepresst, beugte sich Tom vor und zog das blutige Tuch weg, das sie noch immer festkrallte, um das Baby in ihren Armen anzuschauen. Besorgt sah er sie an, und sie schüttelte den Kopf. Tränen tropften ihr vom Kinn und fielen auf seinen Kopf, während er ihr die Arme um die Taille schlang und sie fest drückte.

Unter Schmerzen rutschte sie auf Knien zu der Bodenplatte hinüber, die sie suchte, und hielt dann inne, um ihre Röcke unter ihren Beinen hervorzuziehen. Dann machte sie sich daran, die Platte zu heben, und sofort sprang Tom auf die Füße und half ihr, sie aus dem Weg zu räumen.

Sie legte sich auf den Bauch und lehnte sich so weit, wie sie es wagte, in das Loch, doch Tom legte ihr die Hand auf den Arm, um sie aufzuhalten. Ehe sie sich's versah, war er über die Kante gekrochen, stand unten im Loch und streckte ihr die Arme entgegen. Er hatte keine Worte, doch sie wusste, dass er ihren Schmerz teilte, sie konnte es in seinen Augen sehen, als sich ihre Blicke trafen, und sie begriff, was er von ihr wollte. Sie legte Mary – ihren winzigen, federleichten Körper – in seine Hände und beobachtete ihn. Er war im Dunkeln kaum zu sehen, als er sich hinkniete und sie sanft auf den Boden legte – zärtliche, dunkle Bewegungen vor dunklem Hintergrund.

Er streckte die Arme, um nach der oberen Kante des Loches zu greifen; Eleanor griff ihm unter die Achsel und hievte ihn am Ellbogen zurück nach oben. Schweigend legten sie die Bodenplatte zurück und streiften mit den Füßen die Streu wieder darüber.

»Geh jetzt.« Eleanor hielt sein Kinn, drehte sein Gesicht zu sich und formte mit den Lippen die Worte, doch sie bezweifelte, dass er im Dämmerlicht etwas erkennen konnte. Sanft schob sie ihn auf die Tür zu und fuchtelte mit der Hand, um ihm zu bedeuten, dass er nach unten gehen solle. Er wandte sich zum Gehen, doch dann schlang er noch kurz die Arme um sie und hielt sie einen Moment, das Gesicht in ihre Röcke vergraben, die noch immer klebrig waren vom Blut; getrocknetes Gras und Samen hingen daran. Dann verschwand er. Sie wusste, dass er niemals würde preisgeben können, wobei er ihr gerade geholfen hatte, und dafür war sie dankbar. Ebenso dankbar war sie dafür, dass er da gewesen war, als sie ihn am meisten gebraucht hatte.

Sie wankte zu dem Tisch neben dem Fenster und ließ sich auf die Bank daneben sinken. Sie hatte über die Safranernte hier oben Buch geführt, deshalb fand sie noch Feder und Tinte; sie waren zwar grob, doch sie waren alles, was sie hatte. Langsam fing sie an zu schreiben.

infans filia sub pedibus nostris requiescit …

Joan kehrte mit einem kleinen Zweig Rosmarin zurück, ein Symbol der Erinnerung, das sie bei sich getragen hätten, wenn sie Mary eine angemessene Beerdigung hätten schenken können. Eleanor legte den Zweig zusammen mit der Krokusblüte, die sie für Greville gepresst hatte, vorne in ihr Buch, das sie dann auf die Fensterbank legte. Die kleine Blume hatte sie als Symbol für ihre erfolgreiche Ernte in glücklicheren Tagen als Geschenk für ihren Gatten aufbewahrt. Nun wurde sie als Andenken an ein Leben verwendet, das nie gelebt werden würde.

»Wir müssen nun aufbrechen«, sagte Joan. »Bist du bereit?«

»Ja, das bin ich. Es stimmt mich traurig, dass wir fortgehen müssen, aber wir werden uns woanders ein neues Zuhause aufbauen. Greville ist nicht mehr, aber seine Kinder sind bei uns, und wir haben die Krokusse. Genau wie wir werden sie wieder wachsen. Wie wir beide, als wir nach Norfolk kamen. Eines Tages wird alles wieder gut sein. Denn solange ich atme, hoffe ich.« Sie schloss die Tür ab und ließ den Schlüssel zum Turm in ihre Tasche gleiten. Dann folgte sie Joan nach draußen.

Unter ihnen knarrte der Wagen und setzte sich auf der gefrorenen Erde langsam in Bewegung. Eine dünne Schneeschicht hatte sich bereits auf das Ölzeug gelegt, das über ihre Habseligkeiten gebreitet war. Eleanor drehte sich um und ließ den dunklen Umriss des Turmes nicht aus den Augen. Sie betete, dass dies nicht die letzte Ruhestätte ihrer Tochter wäre. Schließlich bogen sie um eine Ecke, und der Turm geriet außer Sicht.

36

2020

Die letzten Seiten kamen aus dem Drucker, und Amber legte sie in die Mappe, die sie in Händen hielt.

»Das war's, Grandad. Jedes Buch im Haus ist hier drin katalogisiert und in Schachteln verpackt, außer denen, die ich wieder auf die Regale in der Bibliothek gestellt habe. Jetzt liegt es an dir, sie loszuwerden, aber zumindest weißt du jetzt, was du hast. Und du wirst dich in London nie verlaufen, was?« Sie grinste ihn an, und er bedachte sie mit einem ironischen Lächeln. Sie konnten sich beide an das Gespräch über die alten Stadtpläne, die »London A-Z«s, erinnern, doch das schien Ewigkeiten her. Damals war sie ein anderer Mensch gewesen, zerbrechlich und unnahbar.

»Heute Nachmittag lese ich den Rest des Stundenbuches, und sobald ich zur Arbeit zurückkehre, händige ich es dem Museum aus. Ich hoffe, Eleanor würde das gutheißen.«

»Und morgen ziehst du dann aus?«

»Ja, die meisten Sachen habe ich schon gepackt. Jonathan hat morgen früh ein Meeting, aber ich habe zu ihm gesagt, er solle es nicht absagen. Ich will kein großes Trara um meinen Wiedereinzug machen, sondern einfach wieder zu unserem normalen Leben zurückkehren. Na ja, zu unserem neuen Normal.«

Ihr Großvater lächelte und tätschelte ihr die Hand. Dann überließ er sie ihren letzten Aufgaben.

Amber saß in der Ecke der Bibliothek. Nach all der Arbeit, die sie geleistet hatte, roch es hier immer noch modrig und alt, als hätten Staub und Zeit nur darauf gelauert, sich in dem Moment, in dem sie fortging, wieder häuslich niederzulassen. Die Renovierung des Turms war beinahe abgeschlossen: In ein paar Wochen würde das Gerüst abgebaut sein, und alles würde wieder in den Zustand zurückkehren, in dem es vorher war. Das Haus mochte Wandel ebenso wenig wie ihr Großvater. Sorgfältig schlug sie die Seite auf, die sie als Letztes gelesen hatte, und blätterte dann weiter, auf der Suche nach Einträgen in Eleanors vertrauter Handschrift. Irgendwo – da war sie sich sicher – stünde die Antwort darauf, was Eleanor und ihrer Familie widerfahren war, und Amber wollte das unbedingt wissen, um einen Abschluss zu finden. Der Laptop war voll aufgeladen und bereit, falls es etwas zu transkribieren gäbe.

Die erste Seite, die sie fand, war Zeile für Zeile dicht vollgeschrieben. Das war keine Liste, kein Rezept, sondern ein richtiger Tagebucheintrag; sie spürte, wie ihr Herz schneller schlug und sich ihr die Nackenhaare aufstellten.

Heute haben wir unsere Nachbarn besucht. Ich trug mein blaugrünes Wollkleid mit den neuen Ärmeln, die mir Joan dazu genäht hat, und ich war froh, so gut angezogen zu sein, denn die Derehams sind reich und haben gute Verbindungen.

Ihr Sohn Francis ist kürzlich aus Irland zurückgekehrt. Er ist sehr gut aussehend, und ich wünschte, Greville würde versuchen, Joan mit ihm zu verheiraten, aber er sagt Nein. Francis wird schon bald nach London und – wie er hofft – an den Hof aufbrechen. Greville ist ganz erpicht darauf, dass sie sich dort treffen, denn Francis ist ein alter Kindheitsfreund unserer Queen Catherine.

Amber riss die Augen auf. Die Forschungsabteilung würde begeistert sein über diesen Hinweis auf Francis Dereham, doch am liebsten hätte sie das Buch angeschrien, um Greville irgendwie verständlich zu machen, dass er sich von ihm fernhalten sollte. Sie wusste, was auf den Ex-Geliebten Königin Catherines zukam. Ihre Finger zitterten, als sie versuchte umzublättern. Sie spürte, wie Schweiß auf ihren Händen prickelte, und war froh, dass sie wie immer Baumwollhandschuhe trug. Es waren nur noch herzlich wenig Seiten übrig, und durch die Erwähnung von Derehams Namen erhielt das Buch plötzlich eine dunkle, unheilvolle Ausstrahlung. Sie musste unbedingt weiterlesen.

Die nächsten beiden Seiten enthielten mit hübschen Malereien verzierte Gebete an die Heiligen Philippus und Franziskus. Amber konnte nun diejenigen, die ursprünglich im Buch waren, von denen, die Eleanor hinzugefügt hatte, unterscheiden, und diese gehörten eindeutig zu Letzteren. Die folgende Seite war jedoch auf den 2. September 1541 datiert, und sie las weiter:

Ich habe zwei Briefe von meinem Gatten bekommen, den ich sehr vermisse, aber sie erfüllen mich mit Stolz, weil er Neuigkeiten aus Pontefract schickt – er hat sich an der Seite Francis Derehams eine Stellung als Sekretär am Hof der Kö-

nigin gesichert. Er sieht regelmäßig den König höchstpersönlich, und darüber freue ich mich sehr. Ich hoffe, dass ich eines Tages zu ihm an den Hof gehen kann, doch jetzt trage ich ein Kind unter dem Herzen und kann nicht reisen.

Auf der gegenüberliegenden Seite stand, dass die Safranernte bei Anbruch des Tages begonnen hatte und harte Arbeit erfordern würde. Darunter hatte Eleanor notiert:

Nun ist die Ernte beendet. Wir haben viele Tage gearbeitet, doch jetzt haben wir den ganzen Safran hereingeholt, und ich glaube, er wird uns großen Reichtum einbringen. Es ist mehr von dem Gewürz da, als ich mir je hätte träumen lassen.

Amber starrte noch lange, nachdem sie zu Ende gelesen hatte, auf die Seite, eine dunkle Vorahnung beschlich sie. So viel Geld für so harmlose kleine Blumen. Zarte lila Blüten von unschuldigen Krokussen, die das scharfe Gewürz hervorbrachten, das die ganze Welt so schätzte. Es war verantwortlich für Grevilles Aufstieg in der Welt und letztendlich – wie sie allmählich befürchtete – auch für seinen Niedergang. Fast hatte sie Angst weiterzulesen, doch sie musste einfach herausfinden, warum Mary im Turm zurückgelassen worden war.

Beim Lesen des nächsten Eintrags lief ihr ein Schauer über den Rücken.

Heute hörten wir von Greville, dass Francis verhaftet worden ist, angeklagt der Piraterie während seines Aufenthalts in Irland. Mehr weiß Greville auch nicht. Er sagt, dass er nicht an Ihre Majestät herankommt, um zu fragen, ob es wahr ist. Ihre Hofdamen halten sie von allen fern. Ich befürchte stark, dass er mir etwas verheimlicht. Ich habe geantwortet und ihn angefleht, nach Saffron Hall zurückzu-

kehren, damit er zu Weihnachten, und wenn das Baby im neuen Jahr zur Welt kommt, da ist.

Unwillkürlich breitete sich bei der Erwähnung von Saffron Hall, ihrem Familiensitz, ein Lächeln auf Ambers Gesicht aus, als sie es in Eleanors Handschrift geschrieben sah. Dann blätterte sie um, begierig darauf, noch weitere Einträge zu finden, aber es kam nur noch einer.

Er ist tot. Dereham wurde des Verrats für schuldig befunden, und sie haben meinen Gatten in den Tower gesteckt und gefoltert. Jetzt ist er nicht mehr. Seine weltlichen Besitztümer sind nun des Königs, und noch während ich dies schreibe, sind seine Mannen bereits auf dem Weg nach Norfolk.

Wir müssen fliehen; wir haben nur noch einen Tag Zeit, uns vorzubereiten und aufzubrechen. Ich habe dem Prior ein Sendschreiben geschickt und ihn darum gebeten, in Frankreich eine Unterkunft für uns in seiner Nähe zu finden. Ich kann nur Nell, Joan und die Kinder mitnehmen. Die Dienerschaft werde ich zurücklassen müssen, auch wenn der treue Hugh darum gebeten hat, mit uns reisen zu dürfen. Schon werden unsere Habseligkeiten auf Karren geladen. Ich habe den Safran von diesem Jahr bereits nach London geschickt, deshalb ist er verloren, aber ich habe meine Knollen, so können wir sie wieder einpflanzen, ganz gleich wohin es uns verschlägt. Wo mein Baby sein Zuhause finden wird.

Dum Spiro Spero.

Die übrigen Seiten waren leer. Der letzte Eintrag war auf den 16. November 1541 datiert. Sie würde ihre Geschichtsbücher konsultieren müssen, doch sie war sich ziemlich sicher, dass Catherine Howard im November 1541 des Verrats angeklagt worden war. Sorgfältig überprüfte sie das Datum über der Nachricht vorne, der Passage, die sie zuerst gelesen hatte: 17. November. Etwas war passiert, als sie sich auf die Reise vorbereiteten, und sie hatte Mary vorzeitig geboren. Es schien, als hätte sie keine Zeit mehr gehabt, sie zu begraben, deshalb hatte sie den Leichnam versteckt und diese kryptischen Zeilen hinterlassen, damit sie jemand entdeckte. Und es hatte fast fünfhundert Jahre gedauert, bis dies endlich passiert war. Das erklärte, weshalb weder Greville noch Eleanor noch die Kinder bei der Kirche begraben waren. War sie nach Frankreich gelangt? Amber würde es wohl nie erfahren, aber sie hoffte es. Oder vielleicht war Henry Lutton als Erwachsener zurückgekehrt und hatte den Besitz seines Vaters zurückgefordert, der ihm zu Unrecht weggenommen worden war, und Amber war, wie sie gehofft hatte, eine direkte Nachfahrin Eleanors. Wie auch immer – das kostbare Stundenbuch war all diese Jahre in ihrem Familiensitz versteckt gewesen und hatte auf jemanden gewartet, der es fand und das Rätsel um das Baby löste.

Amber klappte das Buch zu und wickelte es zum letzten Mal in seinen Leinenfetzen. Das ausgefranste alte Tuch, in dem sie es gefunden hatte, war aus demselben Stück Stoff, das auch um Marys Körper gewickelt gewesen war, da war sie sich sicher, und deshalb war es umso kostbarer. Sie würde es zusammen mit dem Buch mitnehmen, wenn sie am nächsten Morgen nach Hause fuhr. Jetzt, wo Mary nicht mehr da war, musste das Haus Eleanors Geheimnis nicht mehr hüten.

Am nächsten Morgen verließ Amber das Haus und stellte ihre Taschen in den Kofferraum, um ohne viel Aufhebens aufzubrechen. Sie wollte sich nicht mehr an den Menschen erinnern, der sie gewesen war, als sie hier ankam, eine zerfetzte Hülle, angefüllt mit psychischen Qualen, denen sie jeden Augenblick erliegen konnte. Sie gab ihrem Großvater einen flüchtigen Kuss.

»Ich komme in ein, zwei Wochen vorbei«, sagte sie zu ihm. »Bis dahin kannst du die Listen durchgehen, die ich dir dagelassen habe, und alles ankreuzen, was ich für dich verkaufen oder zur Auktion stellen soll.«

»Das mache ich«, sagte er. Sie hatte gedacht, er sei vielleicht traurig, wieder allein zu sein, doch tatsächlich schien er erleichtert, seine Einsamkeit und seinen Alltag bald wieder genießen zu können, ohne dass jemand einen Kommentar dazu abgab, wenn er abends Instant-Nudeln oder eine Dose Tomatensuppe essen wollte. Sie hatte den Kühlschrank mit nahrhaften Gerichten gefüllt, aber sie würde viel Geld darauf wetten, dass bis zum Ende der Woche alles im Mülleimer landen würde. Doch gerade als sie sich abwenden wollte, zog er sie in eine Umarmung und hielt sie fest. Sie spürte, wie sich seine Brust hob, als er scharf einatmete, und vernahm ein Schniefen. Sie musste sich wohl verhört haben: Ihr Großvater war noch nie nah am Wasser gebaut gewesen. Das glaubte sie zumindest.

Er bugsierte sie rasch aus dem Haus und schloss abrupt die Haustür hinter ihr. Als sie ins Auto einstieg und den Motor anließ, sah sie ihn am Fenster stehen, sein hinfälliger, schmächtiger Körper wirkte hinter der Glasscheibe wie ein Geist.

Sie verließ die Einfahrt und fuhr langsam durchs Dorf, vorbei an Beckys Haus. Im Vorgarten grub Pete ein Blumenbeet um, und sie entdeckte Becky, die eine Schubkarre schob, in der Callum kniete, sich an den Seiten festklammerte und lachend den Kopf in den Nacken geworfen hatte. Sie hupte und alle drei winkten.

Die Sonne schien, sie drehte das Radio auf und sang mit, so beschwingt fühlte sie sich. Unterwegs hielt sie kurz an einem Supermarkt am Dorfrand an, dann bog sie in die leere Einfahrt des Pfarrhauses ab.

Wie erwartet, war Jonathan nicht da, doch das Haus hieß sie warm und einladend willkommen. Sie war wieder dort, wo sie hingehörte, und es fühlte sich richtig an. Sie ging kurz auf die Toilette, dann stellte sie ihr Gepäck im Schlafzimmer ab, um es später auszupacken. Bevor sie wieder nach unten ging, blieb sie in der Tür des Kinderzimmers stehen. Es war immer noch kahl und widerhallend, doch es wirkte nicht mehr so anklagend. Ihre Trauer hatte sie nicht verlassen, und sie hatte inzwischen begriffen, dass das auch nie geschehen würde, doch sie konnte damit leben, sie akzeptieren. Sie half ihr, sich an Saffron zu erinnern, und das war gut so; das durfte sie nie vergessen.

Unten setzte sie Wasser auf und schrieb Jonathan einen Zettel, für den Fall, dass er nach Hause käme. Darunter schrieb sie in großen Lettern *Dum Spiro Spero* und legte den positiven Schwangerschaftstest dazu, den sie gerade auf der Toilette gemacht hatte – auch wenn er nur bestätigte, was sie schon seit Tagen vermutet hatte. Sie trank ihren Tee und machte sich dann auf den Weg zum Friedhof, um Saffron und Mary die gute Nachricht zu überbringen.

Danksagungen

Auch wenn Schreiben ein einsamer Beruf ist, hätte ich dieses Buch nicht ohne eine ganze Menge wunderbarer Menschen verfassen können, die mir dabei geholfen haben. Tatsächlich waren es so viele, dass ich hier womöglich jemanden vergessen habe (und wenn ja, tut mir das leid!), aber ich bin jedem Einzelnen von euch extrem dankbar.

Zuallererst danke ich meiner hervorragenden Lektorin bei Avon, Bethany Wickington, die das Potenzial von *Die Frauen von Saffron Hall* erkannte und mir die Chance gab, mir meinen Traum zu erfüllen, eine publizierte Autorin zu werden. Sie gab mir viele tolle Ratschläge, die mir dabei halfen, das Beste aus Ambers und Eleanors Geschichte zu machen. Und natürlich danke ich auch allen anderen im Team von Avon, die hart daran gearbeitet haben, dass dieses Buch Realität wird.

Des Weiteren danke ich meiner großartigen Agentin Ella Kahn von der Diamond Kahn and Woods Literary Agency. Ihre Unterstützung und ihre Begeisterung haben mir geholfen, diesen neuen Weg zu beschreiten, und zum Glück machte es ihr nichts aus, dass ich ihr einige ziemlich idiotische Fragen stellte.

Ganz besonderer Dank gilt Dr. Calum Maciver von der University of Edinburgh für seine Hilfe und Expertise bezüglich der lateinischen Texte.

Ohne die Romantic Novelist Association wäre ich nie so weit gekommen, dieses Buch zu schreiben. Im Jahr 2016 hatte ich das Glück, einen Platz in ihrem New Writers Scheme zu ergattern, und die Ermutigung, die ich dort von vielen anderen Mitgliedern erhalten habe, war einfach fantastisch. Vor allem von meiner Ortsgruppe Norfolk and Suffolk, die wunderbar enthusiastisch und motivierend war – ihr seid einfach klasse. Besonders danken möchte ich auch meiner virtuellen Bürokollegin Jenni Keer, mit der ich mich jeden Morgen am virtuellen Wasserspender zum Plaudern getroffen habe. Sie ist mein Cheerleader Nummer eins, seit ich RNA beigetreten bin – ohne dich hätte ich es nicht geschafft, Kollegin! Und auch nicht ohne Heidi-Jo Swain und Rosie Hendry, die unglaublich hilfsbereit waren – ich danke euch so sehr für euren weisen Rat und das Schütteln der Cheerleader-Puschel.

Des Weiteren möchte ich einigen ganz besonderen Freundinnen und Freunden danken, die namenlos bleiben sollen (ihr wisst, dass ich euch meine) und die mir bei den spezielleren Recherchen geholfen haben, vor allem wenn es um kirchliche Angelegenheiten ging.

Riesiger Dank gilt auch meinem Ehemann Des, der mich beim Schreiben dieses Buches unterstützt hat. Ohne sich auch nur ein einziges Mal zu beklagen, fuhr er an vielen, vielen Wochenenden mit mir durch Norfolk, wo wir Kloster- und Burgruinen besichtigten, während die Idee zu diesem Buch reifte und Gestalt annahm. Du verdienst echt eine Medaille, Des, aber stattdessen hast du nur schüsselweise Suppe bekommen. Zu guter Letzt möchte ich noch meinen Kindern danken. Die meisten von ihnen sind bereits ausgeflogen, aber sie bekommen trotzdem massenhaft Updates von meinen Schreibabenteuern – Leute, eure Begeisterung war immer unermüdlich, und dafür bin ich euch sehr dankbar.

Und schließlich möchte ich Ihnen danken, weil Sie mein Buch lesen. Ich hoffe, es hat Ihnen so viel Spaß gemacht, es zu lesen, wie mir das Schreiben Spaß gemacht hat. Und bitte besuchen Sie mich in den Sozialen Medien, ich bin stets zu Plaudereien über Bücher aufgelegt!